Une famille en péril

Le sceau du passé

CARLA CASSIDY

Une famille en péril

Traduction française de
FLORENCE BERTRAND

BLACK ROSE

HARLEQUIN

Collection : BLACK ROSE

Titre original :
THE COWBOY'S SECRET TWINS

Ce roman a déjà été publié en 2010

HARPERCOLLINS FRANCE
83-85, boulevard Vincent-Auriol, 75646 PARIS CEDEX 13
Service Lectrices — Tél. : 01 45 82 47 47 - www.harlequin.fr
ISBN 978-2-2804-8997-3 — ISSN 1950-2753

Composé et édité par HarperCollins France.
Imprimé en mars 2023 par CPI Black Print (Barcelone)
en utilisant 100% d'électricité renouvelable.
Dépôt légal : avril 2023.

MIXTE
Papier issu de sources responsables
FSC® C159065

Pour limiter l'empreinte environnementale de ses livres, HarperCollins France s'engage à n'utiliser que du papier fabriqué à partir de bois provenant de forêts gérées durablement et de manière responsable.

1

Melissa Monroe se demandait si elle n'avait pas commis une épouvantable erreur.

La neige qui tombait sur le pare-brise et les cantiques de Noël diffusés par la radio lui donnaient une étrange et bouleversante sensation de déjà-vu, comme si elle avait été ramenée un peu plus d'un an en arrière, sur cette même route déserte du Texas.

Ce soir-là, elle avait quitté Amarillo afin de rendre visite à une amie qui vivait dans l'Oklahoma.

Au lieu des jolis petits flocons qui voltigeaient paresseusement dans l'air, un violent blizzard avait fini par la contraindre à s'arrêter sur le bas-côté.

Un séduisant cow-boy appelé James lui avait galamment porté secours. Il l'avait conduite dans une ferme inhabitée où ils avaient attendu, ensemble, que la tempête s'apaise.

Ç'avait été une folle nuit. Elle s'était conduite d'une manière qui ne lui ressemblait pas du tout. Et les conséquences de ses actes se trouvaient maintenant dans deux sièges pour bébés, sur la banquette arrière.

Joey et James avaient un peu plus de quatre mois.

Bien que sidérée de découvrir qu'elle était enceinte,

Melissa avait aussitôt désiré et aimé ces enfants de tout son cœur.

Elle jeta un coup d'œil dans le rétroviseur et sourit. Emmitouflés dans leurs petits manteaux bleus et coiffés de leurs bonnets assortis, ses fils dormaient depuis presque une heure. Avec un peu de chance, elle atteindrait sa destination avant qu'ils se réveillent.

Une demi-heure plus tôt, elle avait dépassé l'endroit où elle avait dû s'arrêter durant le blizzard, près de la petite ville de Rockport.

Maintenant, elle se dirigeait vers Dalhart, le but de son voyage.

Ses mains se crispèrent sur le volant tandis qu'une soudaine appréhension la submergeait, accompagnée d'une foule de doutes.

Peut-être avait-elle eu tort d'accepter l'invitation d'une amie rencontrée sur internet. Après tout, elle n'avait jamais vu cette femme, même si elle avait forgé des liens avec elle au cours de ces derniers mois sur un forum destiné aux mamans seules.

« MystérieuseMaman » avait été une source précieuse de soutien, d'information et d'amitié durant l'année écoulée. D'abord, elle avait aidé Melissa à traverser une grossesse difficile. Ensuite, après la naissance des jumeaux, elle s'était révélée incollable sur tout ce qui concernait les nourrissons.

D'ailleurs, MystérieuseMaman et Caitlin, la meilleure amie de Melissa, étaient les seules personnes au monde à connaître les circonstances de la conception des enfants.

Tout cela expliquait pourquoi Melissa n'avait guère

hésité lorsque son amie lui avait envoyé un message contenant en tout et pour tout une adresse détaillée.

L'invitation était implicite, et Melissa s'était réjouie à la perspective de faire la connaissance de celle qui l'avait tant aidée.

D'autant qu'un changement d'air lui ferait du bien. Ces deux dernières semaines, elle s'était sentie déprimée. Dans quatre jours, ce serait Noël — le premier Noël des jumeaux — et elle n'avait même pas les moyens d'acheter un sapin ou des cadeaux.

Lorsqu'elle avait découvert qu'elle était enceinte, elle était en train de créer son entreprise de décoration d'intérieur. Sa grossesse l'ayant contrainte à garder le lit, elle avait dû interrompre ses activités et puiser dans ses économies, lesquelles s'amenuisaient rapidement.

Jusqu'à maintenant, les jumeaux avaient exigé tout son temps et toute son attention, mais, dès le début janvier, elle devrait se débrouiller pour reprendre son travail et subvenir à leurs besoins.

Sa tristesse n'était pas uniquement causée par ses difficultés financières. Elle avait toujours rêvé d'offrir à ses enfants le genre de Noël qu'elle n'avait jamais eu, une famille affectueuse et une atmosphère de fête...

Elle se reprit et ralentit en atteignant les faubourgs de Dalhart.

D'après les instructions que lui avait envoyées MystérieuseMaman, elle devait quitter la route principale au bout d'une quinzaine de kilomètres et s'engager sur une voie secondaire.

Envahie par une nouvelle bouffée de tension, elle se gara sur le parking d'un restaurant, tira son téléphone portable de son sac et composa le numéro de Caitlin.

— Tu es arrivée ? demanda aussitôt celle-ci.

— Non, mais d'après le plan, je suis à un quart d'heure environ.

— Quel temps fait-il ? J'ai entendu dire qu'il neigeait.

— Il tombe quelques flocons, c'est vrai, mais rien d'inquiétant.

— Je ne comprends pas que tu ne sois pas venue chez moi pour Noël au lieu de t'embarquer dans cette aventure ! soupira son amie.

Melissa sourit.

— Tu vas avoir une foule d'invitations pendant les fêtes. Les garçons et moi n'aurions fait que t'encombrer.

Séduisante célibataire, Caitlin menait de front une carrière en plein essor et une vie sociale bien remplie.

— D'ailleurs, reprit Melissa, regarde ce qui s'est passé la dernière fois que je suis venue te rendre visite !

— Ce n'est pas ma faute si tu as été coincée dans une tempête de neige et que tu as décidé de prendre du bon temps avec un bel inconnu !

— Non, en effet. D'ailleurs, j'ai décidé que tout était la faute de Tom, répondit Melissa, s'efforçant d'ignorer le léger pincement au cœur qu'elle éprouvait en pensant à son ex-petit ami.

— Ah, ne me parle pas de lui ! rétorqua Caitlin. J'ai toujours eu des doutes à son sujet et il a prouvé que j'avais raison.

— Enfin, c'est du passé, conclut Melissa. Eh bien, je vais repartir à présent. Je voulais juste te faire signe et te dire de ne pas t'inquiéter pour nous.

— Tu m'appelleras une fois sur place, n'est-ce pas ? Cette MystérieuseMaman m'intrigue, tu sais.

— Bien sûr.

— Et j'espère que tu passeras un Noël fantastique. Tu le mérites.

Melissa prit congé de son amie, rangea son appareil dans son sac et redémarra. Le soleil baissait et elle tenait à parvenir à destination avant qu'il fasse nuit noire.

Tout en roulant, elle laissa ses pensées s'attarder sur Tom Watters.

Comme elle s'était bercée d'illusions !

Elle avait cru qu'ils se marieraient et fonderaient une famille ensemble. Ils se fréquentaient depuis deux ans environ quand elle avait abordé la question du mariage. Il avait fini par lui dire qu'il n'en était pas question. Qu'il sortait avec une autre femme depuis six mois.

Une femme beaucoup plus sexy, beaucoup plus féminine qu'elle.

Les mains de Melissa se crispèrent sur le volant alors qu'elle revivait la scène. Sous le choc, elle avait éprouvé le besoin de s'éloigner de son appartement, de tout ce qui lui rappelait Tom et décidé sur-le-champ d'aller rendre visite à son amie Caitlin.

Souffrant dans son cœur et dans son amour-propre, elle avait été une proie facile pour le séduisant inconnu qui avait volé à son secours.

Les joues en feu, elle se remémora cette nuit de passion. James lui avait donné l'impression qu'elle était sexy, désirable. Jamais auparavant elle ne s'était livrée à un homme avec un tel abandon, et elle soupçonnait que cela ne lui arriverait jamais plus.

Elle s'aperçut qu'elle approchait de l'intersection indiquée sur son plan et ralentit, refoulant ses pensées vagabondes pour se concentrer sur la route.

Arrivée au carrefour, Melissa s'engagea sur une voie secondaire et laissa la petite ville de Dalhart derrière elle.

Dans une quinzaine de kilomètres, elle arriverait chez MystérieuseMaman. Elle avait hâte de rencontrer cette femme qui non seulement avait été une amie, mais aussi une sorte de mère pour elle ces derniers mois.

Si l'endroit ne lui inspirait pas confiance, elle pourrait toujours faire demi-tour et rentrer chez elle. Après tout, le trajet ne durait guère plus de deux heures et demie. Au moindre signe suspect, elle s'en irait.

Il était hors de question qu'elle mette ses enfants en danger.

Melissa eut un léger haut-le-corps à la vue du monument en pierre qui marquait l'entrée de la propriété. Cependant, elle n'était pas au bout de ses surprises. Ayant suivi l'allée bordée d'arbres, elle déboucha dans un espace découvert et eut le souffle coupé.

Le terme de maison n'aurait pas été exact pour décrire l'imposante résidence qui s'élevait devant elle.

Le vaste bâtiment à un étage était flanqué de plusieurs dépendances non moins élégantes. La lumière filtrait gaiement à travers les fenêtres du rez-de-chaussée, donnant à l'ensemble un aspect chaleureux et accueillant.

Stupéfaite, Melissa remonta lentement l'allée circulaire, remarquant une écurie au passage. Elle ne s'était donc pas trompée d'adresse, raisonna-t-elle. MystérieuseMaman avait mentionné qu'elle aimait beaucoup les chevaux.

Elle se gara et jeta un coup d'œil par-dessus son épaule.

Joey était réveillé. Des deux garçons, c'était lui le

plus tranquille. Il pleurait rarement, prenant la vie comme elle venait.

James, en revanche, était d'un naturel plus impatient. Il était prompt à s'énerver quand il avait besoin d'être changé ou qu'il laissait échapper son hochet adoré. Mais il avait aussi commencé à rire de bon cœur quand il était content, et cela ravissait Melissa.

Elle regarda Joey, qui la fixait de ses grands yeux bleus.

— Tu es prêt à faire la connaissance de la nouvelle amie de maman ? demanda-t-elle.

Il agita les bras, comme pour marquer son excitation.

Comme elle descendait de voiture, Melissa constata que la nuit était presque tombée. L'obscurité était venue brusquement.

Elle ouvrit la portière arrière et détacha la ceinture de Joey. L'ayant calé sur sa hanche, elle fit le tour du véhicule et alla sortir James à son tour. Au cours des quatre mois écoulés, elle avait appris à porter non seulement les deux garçons, mais aussi son sac à main et un paquet de couches en même temps.

Il faisait froid dehors et Melissa se hâta vers la porte d'entrée. Elle parvint à frapper du bout du pied, le cœur battant plus vite, tout excitée à la perspective de rencontrer enfin MystérieuseMaman.

Le battant s'ouvrit, et son excitation se mua en stupeur.

Il emplissait le seuil de ses larges épaules. Ses yeux bleus s'écarquillèrent, reflétant un choc au moins aussi grand que celui qu'elle éprouvait. Son regard se posa sur les deux bébés et il pâlit.

James.

L'espace d'un moment, le cerveau de Melissa refusa d'accepter ce qu'elle voyait.

— Henry ? Qui est là ? appela une voix de femme à l'intérieur.

Deux pensées surgirent aussitôt dans l'esprit de Melissa. Apparemment, il ne s'appelait pas James, et il devait être marié. Oh, Seigneur ! Elle avait commis une erreur.

Une terrible erreur.

Avant qu'elle ait pu faire un pas en arrière, avant même qu'elle ait pu bouger un muscle, un bruit sec se fit entendre à côté d'elle et un éclat apparut dans le bois de l'encadrement.

Tout sembla arriver au ralenti. Il y eut un nouveau bruit sec. James ou Henry, quel que soit son nom, la saisit et l'entraîna à l'intérieur, claquant la porte derrière eux.

— Appelle le shérif ! cria-t-il. Quelqu'un tire sur la maison.

Il ouvrit le tiroir d'une élégante commode, en sortit un fusil, puis se précipita au-dehors sans un regard en arrière.

Melissa resta figée sur place, le cœur tambourinant dans sa poitrine.

Une erreur. Toute cette expédition avait été une terrible erreur.

Quel genre d'homme était donc le père de ses enfants pour qu'on tire sur lui dès qu'il ouvrait la porte ?

Un trafiquant de drogue ? Un criminel ?

Joey et James se mirent à pleurer, et Melissa refoula ses propres larmes.

Prenant soin de rester dans l'ombre de la façade, Henry Randolf s'efforça de déterminer d'où venaient les coups de fusil.

Il avait l'impression que le tireur était dissimulé dans le bouquet d'arbres situé directement face à la maison.

Il s'avança sans bruit, tâchant de chasser de son esprit la femme qui venait d'apparaître sur le seuil.

Melissa.

Il avait souvent songé à elle au cours de l'année écoulée. Et il avait ressenti un choc en apercevant les deux bébés qu'elle tenait dans les bras. Mais il y penserait plus tard ; il ne pouvait se permettre d'être distrait alors qu'un individu armé rôdait sur sa propriété.

Chaque chose en son temps, se raisonna-t-il. D'abord le tireur. Ensuite, il devrait décider quoi faire concernant sa visiteuse inattendue.

Il serra étroitement le fusil contre lui en s'approchant du taillis, tendant l'oreille, guettant un mouvement susceptible de lui indiquer où se cachait l'agresseur.

Au souvenir des balles qui avaient failli atteindre Melissa et les enfants, il sentit une rage intense monter en lui.

Ce n'était pas la première fois qu'on le prenait pour cible. Trois jours plus tôt, alors qu'il parcourait ses prairies à cheval, quelqu'un avait tiré sur lui. Le temps qu'il dégaine, sa monture s'était cabrée et était repartie au galop en direction de l'écurie avant qu'il puisse riposter.

Il était toujours en train d'inspecter les environs quand la voiture du shérif apparut.

Jimmy Harrick descendit lourdement du véhicule. Il remonta son col tandis qu'Henry le rejoignait.

— J'ai regardé partout. Il n'y a plus personne. Les coups de feu venaient de ce bouquet d'arbres, là-bas, mais il fait trop sombre pour voir s'il y a des douilles ou d'autres indices.

Il désigna la maison.

— Rentrons.

Henry tourna les talons sans attendre la réponse du policier. Il n'avait pas prêté attention au froid quand il était sorti, mais à présent l'air humide de décembre lui glaçait les os.

— Tu as de la compagnie ? demanda Jimmy en passant devant la voiture garée dans l'allée.

— Oui. Une vieille amie.

Une boule se forma dans l'estomac d'Henry alors qu'il revoyait Melissa sur le seuil, portant deux bébés qui lui ressemblaient de manière frappante.

Bon sang, dans quel pétrin s'était-il mis ?

Il avait l'impression que sa vie était sur le point de devenir extrêmement compliquée.

En entrant dans le salon, il vit Melissa et sa mère assises l'une près de l'autre sur le canapé, chacune un bébé dans les bras.

Les yeux bleus de Melissa étaient écarquillés par la peur. Ce n'était guère étonnant. Pareil comité d'accueil aurait terrifié n'importe qui.

A regret, Henry arracha son regard de la jeune femme et se tourna vers le shérif.

— Il faut faire quelque chose, Jimmy. C'est la deuxième fois cette semaine qu'on me tire dessus.

Jimmy enfonça ses grosses mains dans ses poches et se balança sur ses talons.

— J'avoue ne pas trop savoir quoi faire, Henry. Il

est évident que tu t'es attiré des ennemis en décidant de te porter candidat comme maire.

— Et ça leur donne le droit de me tuer ? Parce qu'ils ne sont pas d'accord avec mes idées ?

Henry avait une conscience aiguë du fait que Melissa écoutait leur conversation avec attention, ses grands yeux fixés sur lui.

Jimmy sortit les mains de ses poches.

— Je n'ai pas dit ça, protesta-t-il. Je vais faire le tour de ta propriété, et puis je retournerai en ville et je fouinerai un peu. Si j'apprends quoi que ce soit, je te tiendrai au courant. Sinon, je t'appellerai demain.

— Très bien, répondit Henry sèchement.

Il savait que rien de plus ne pouvait être entrepris ce soir. D'ailleurs, il avait du mal à détacher ses pensées de la femme assise à côté de sa mère.

Il raccompagna Jimmy, puis referma la porte et prit une profonde inspiration. Comment Melissa l'avait-elle retrouvé ? Lors de la folle nuit qu'ils avaient partagée, un peu plus d'un an auparavant, il ne lui avait même pas révélé son vrai prénom.

Et puis il y avait ces bébés.

Henry avait résolu de ne jamais se marier et il n'avait certes jamais envisagé d'être père, mais il n'y avait aucun doute dans son esprit quant à la paternité des jumeaux.

Que faire à présent ?

Il regagna le salon. Les deux femmes ne semblaient pas avoir bougé, bien que Melissa et les deux garçons ne portent plus leurs manteaux.

Sa mère arborait l'expression qu'elle avait autrefois,

quand il était enfant et qu'il s'était mal conduit. Il était évident qu'il avait quelques explications à fournir.

Elle se leva, s'approcha et lui tendit le bébé qu'elle tenait dans les bras.

— Je vais vous laisser seuls, déclara-t-elle calmement. Il me semble que Melissa et toi avez beaucoup de choses à vous dire.

Le petit garçon sentait bon le talc et la lotion pour bébé. Il posa sur lui des yeux bleus et curieux, puis ses lèvres se retroussèrent en un adorable sourire.

— C'est Joey, annonça Melissa. Et voici James.

Elle avait insisté sur le nom, sans doute pour lui rappeler qu'il avait affirmé s'appeler James le soir où ils s'étaient rencontrés.

Ce soir-là, il n'avait pas voulu être le riche Henry James Randolf, troisième du nom. Il n'avait voulu être qu'un homme ordinaire.

Il s'éclaircit la voix.

— Je m'appelle Henry. Henry James Randolf.

Comme il la regardait, plusieurs pensées s'imposèrent à lui. Elle était aussi jolie que dans son souvenir, avec ses longs cheveux blonds et ses yeux bleus, mais elle semblait fatiguée et stressée.

Se sentant observée, elle rougit légèrement.

— Je ne sais pas quoi dire, murmura-t-elle. Je ne m'attendais pas à te voir.

Il fronça les sourcils et raffermit sa prise sur Joey, qui se tortillait dans ses bras.

— Que veux-tu dire par là ? demanda-t-il incrédule. Tu es venue ici. Tu as frappé à ma porte. Qui d'autre t'attendais-tu à voir ?

Il s'assit dans un fauteuil en face d'elle et Joey appuya

la tête contre sa poitrine. A la surprise d'Henry, son cœur se mit à battre plus fort.

— Je croyais venir passer les fêtes chez une femme que j'ai connue sur internet cette année.

Elle rougit de nouveau.

— Nous nous sommes rencontrées sur un forum pour femmes enceintes, expliqua-t-elle avec gêne. Elle m'a été d'une aide précieuse durant toute ma grossesse et après la naissance des bébés. Elle se fait appeler MystérieuseMaman et elle m'a indiqué cette adresse. J'ai reçu un plan par courrier électronique.

Il la dévisagea, méfiant. Cette histoire semblait complètement invraisemblable.

— Et comment m'a-t-elle trouvé ?

D'une main hésitante, Melissa replaça une mèche rebelle derrière son oreille.

— Je l'ignore, murmura-t-elle. Je lui avais raconté que tu m'avais secourue durant une tempête de neige à Rockport. Je savais seulement que tu t'appelais James et que tu avais un pick-up noir dont le numéro d'immatriculation commençait par TIN.

Il demeura silencieux.

— Quand j'ai compris que j'étais enceinte, je suis retournée à Rockport et j'ai essayé de me renseigner, mais personne ne semblait te connaître. Quelqu'un a essayé de te tuer.

Surpris par le changement abrupt de sujet, il cilla, puis haussa les épaules avec indifférence.

— Je crois qu'il s'agissait d'un avertissement, pas d'une réelle tentative de meurtre. Notre maire actuel souffre d'un cancer et a décidé de démissionner. Le conseil municipal organise des élections anticipées dans deux mois. J'ai décidé de me porter candidat et, apparemment, cela en dérange certains.

James commença à s'agiter, levant les poings en l'air et donnant des coups de pied dans le vide.

— Ils ont faim, expliqua Melissa. Si tu veux bien me montrer la cuisine, je leur préparerai un biberon et puis nous nous en irons.

— Tu plaisantes ? protesta-t-il. Tu ne peux pas t'en aller maintenant. Il fait nuit et j'ignore si celui qui a tiré tout à l'heure est vraiment parti.

Il se leva, Joey toujours dans les bras.

— Reste ici ce soir et nous parlerons plus longuement demain matin.

Elle l'imita.

— Tu n'as même pas demandé s'ils étaient tes enfants.

Pour la première fois depuis qu'il avait ouvert la porte, il lui adressa un sourire.

— Eux et moi nous ressemblons comme trois gouttes d'eau. Ils ont la même fossette au menton. Et je sais que nous n'avons pas utilisé de préservatif ce soir-là.

— Je ne suis pas venue te causer des ennuis, répondit-elle.

Henry acquiesça, ne sachant s'il devait la croire.

— Allons préparer ces biberons.

Avait-elle vraiment été conduite à sa porte par sa mystérieuse amie ? Ou l'avait-elle reconnu le soir du blizzard et avait-elle décidé de profiter de la fortune des Randolf ?

Seul le temps le lui dirait.

2

Melissa se pelotonna dans le lit de la chambre d'amis, songeant qu'il était digne d'une princesse.

Les jumeaux étaient endormis dans un parc qui avait dû être celui d'Henry et que ce dernier était allé chercher au grenier. Il l'avait épousseté, et avait mis un drap propre sur le fond en mousse. Vêtus de leurs pyjamas, les garçons reposaient sous une couverture en cachemire aussi douce qu'un nuage.

Elle avait téléphoné à Caitlin pour lui dire que tout allait bien, et qu'elle n'était pas chez MystérieuseMaman, mais chez l'homme qui était le père de ses enfants. Elle avait dû promettre à son amie éberluée de la rappeler pour tout lui raconter dès qu'elle serait de retour chez elle, le lendemain matin.

Elle était épuisée à présent, mais le sommeil se refusait à venir. La soirée avait apporté trop de surprises. D'abord, Henry. Ensuite, les coups de feu…

Même le premier choc passé, elle n'avait pu deviner les pensées d'Henry.

Malgré ses protestations, il avait insisté pour sortir sa valise du coffre de la voiture. Craignant que le tireur ne soit encore là, tapi dans l'ombre et prêt à faire feu sur lui, elle avait retenu son souffle jusqu'au moment où il était rentré, sain et sauf.

Ensuite, il avait à peine parlé en l'aidant à préparer les biberons. Il avait dû être aussi stupéfait de la voir qu'elle l'avait été de se trouver nez à nez avec lui.

Ils s'étaient contentés de s'occuper des garçons en silence, après quoi il lui avait montré la chambre qu'elle allait occuper pour la nuit, et promis qu'ils parleraient davantage le lendemain.

Qu'allait-il se passer ?

Elle ne savait pas du tout à quoi s'attendre de sa part. Avait-il ou non l'intention d'être présent dans la vie de ses fils ?

Lorsque les garçons étaient nés, elle s'était résignée au fait qu'ils ne connaîtraient jamais leur père. Maintenant, au moins, elle n'aurait pas à souffrir l'humiliation de leur avouer qu'elle était tombée enceinte d'un parfait inconnu durant une tempête de neige.

MystérieuseMaman avait dû parvenir à identifier Henry à partir du numéro d'immatriculation partiel qu'elle avait mentionné. De toute évidence, elle avait à sa disposition des ressources que Melissa ne possédait pas.

Qu'avait donc espéré son amie en la guidant jusqu'ici ? Un dénouement heureux ? Elle devait croire aux contes de fées.

Malgré la nuit qu'ils avaient partagée, Melissa et Henry ne se connaissaient pas du tout.

De plus, il appartenait clairement à un milieu social différent du sien. Il fréquentait sans doute des femmes riches et sophistiquées.

De toute manière, elle n'avait nul besoin d'un homme dans sa vie.

La trahison de Tom était encore fraîche dans sa mémoire et dans son cœur. A présent, elle avait deux petits garçons à élever. Elle ne voulait pas d'homme. Et elle ne demanderait rien à Henry.

Dire qu'elle avait rêvé de passer Noël dans un foyer gai, festif et chaleureux ! Chez les Randolf, rien n'indiquait que Noël était imminent.

Mais peu importait. Elle n'était pas à sa place dans cet endroit.

Dès le lendemain matin, elle prendrait le chemin du retour et regagnerait son petit appartement. Peut-être pourrait-elle s'arrêter en route afin d'acheter un sapin en l'honneur du premier Noël des jumeaux…

Elle finit par s'endormir et rêva de la nuit qu'elle avait passée avec Henry devant la cheminée qu'il avait préparé pour les protéger du froid. La chaleur des flammes n'était rien comparée à celle de ses baisers, à celle de ses mains tandis qu'il la caressait.

Lorsqu'elle se réveilla, un soleil éclatant entrait à flots par la fenêtre de sa chambre. Non pas la lueur blafarde de l'aube à laquelle elle était habituée, mais une lumière vive, révélant une heure tardive.

Les garçons !

Melissa se redressa en hâte et jeta un coup d'œil dans le parc. Il était vide. Elle se leva précipitamment et enfila son peignoir.

La gorge nouée, elle sortit de la chambre en courant et dévala les marches du grand escalier qui menait au rez-de-chaussée.

Des voix venaient de la salle à manger.

Melissa s'approcha, le cœur battant à se rompre, submergée par toutes sortes d'angoisses irrationnelles. Elle ouvrit la porte à la volée et s'arrêta net.

Les garçons étaient installés dans leurs sièges de voiture, lesquels avaient été posés sur l'immense table en acajou. Mary, la mère d'Henry, se tenait devant eux, agitant le hochet tantôt pour l'un tantôt pour l'autre et ils riaient aux éclats.

— Bonjour, Melissa !

Son sourire s'effaça alors que Melissa s'affaissait contre l'encadrement de la porte.

— Oh, mon Dieu ! Nous vous avons fait peur, n'est-ce pas ?

— Je me suis réveillée et j'ai vu que mes enfants n'étaient plus là. Je ne savais pas quoi penser, murmura-t-elle, tandis que les battements de son cœur s'apaisaient peu à peu.

— Henry a cru bien faire, expliqua Mary. Vous aviez l'air si fatiguée hier soir. Il a pensé que cela vous ferait du bien de dormir un peu ce matin. Nous nous sommes glissés dans votre chambre de bonne heure et nous avons descendu les petits ici. Je leur ai donné un biberon et leur ai fait un brin de toilette. J'espère que vous n'êtes pas fâchée.

Melissa aurait voulu l'être, mais Mary regardait les jumeaux avec tant de tendresse que sa colère se dissipa aussitôt.

D'ailleurs, pour être totalement honnête avec elle-même, elle devait s'avouer que les deux heures de sommeil supplémentaires avaient été un luxe délicieux.

— Vous savez, ajouta Mary, j'étais persuadée que je ne verrais jamais ce jour. Henry est un célibataire endurci et je m'étais résignée au fait que je n'aurais sûrement jamais de petits-enfants.

Elle sourit aux jumeaux.

— Ces deux-là sont un cadeau du ciel.

Melissa sourit à son tour.

— Vous regretterez d'avoir dit ça quand vous aurez changé leurs couches.

Mary éclata de rire.

— Ah, vous avez le sens de l'humour. Tant mieux. Si vous voulez, je vais demander à Etta de vous préparer un petit déjeuner pendant que vous vous habillez. Henry et moi l'avons déjà pris.

— Oh, ce n'est pas la peine, merci, répondit Melissa. Je ne mange jamais beaucoup au petit déjeuner, et j'aimerais repartir le plus tôt possible.

Elle voulait non seulement regagner Amarillo au plus tôt, mais aussi s'arrêter en cours de route afin de faire quelques emplettes pour décorer son appartement.

Henry apparut sur le seuil, dominant immédiatement la pièce de sa présence. Vêtu d'un jean serré et d'une chemise en flanelle qui soulignait ses larges épaules, il ressemblait au cow-boy solide et séduisant qu'elle avait rencontré sur la route un an auparavant.

Son regard s'attarda longuement sur elle, puis il la salua. Malgré son sourire, ses yeux demeurèrent voilés, énigmatiques.

Melissa se sentit soudain gênée, consciente que son peignoir était râpé, que ses cheveux étaient sans doute tout emmêlés. Elle ne s'était même pas lavé le visage avant de descendre.

— Je vais aller prendre une douche rapide, murmura-t-elle. Je n'en ai pas pour longtemps.

— Quand tu reviendras, nous parlerons, dit Henry.

Elle acquiesça et sortit de la salle à manger à reculons, puis s'enfuit dans l'escalier, préoccupée par la tension qu'elle avait perçue dans la voix d'Henry.

Ce voyage avait été un cauchemar du début à la fin, songea-t-elle, atterrée.

Elle s'était retrouvée face à un homme qu'elle avait cru ne jamais revoir, avait affronté une volée de balles et, maintenant, elle allait devoir subir cette conversation qui ne semblait pas de bon augure.

Il allait sans doute lui dire qu'il n'avait aucune intention de revoir ses enfants et que la paternité ne s'accordait pas à sa vie de célibataire fortuné. Personnellement, elle s'en moquait, mais elle en souffrait déjà pour ses fils.

Elle avait grandi sans connaître son père et se souvenait de la douleur que son absence lui avait causée. Jamais elle n'aurait souhaité que cela arrive à ses propres enfants.

Quelques minutes plus tard, debout sous le jet d'eau brûlant, elle se demanda une fois de plus ce qu'avait espéré accomplir MystérieuseMaman en la faisant venir ici. Certes, il aurait été préférable que ses garçons aient un père dans leur vie. Elle l'aurait désiré aussi. Mais elle n'était pas en mesure de contrôler la réaction d'Henry face à une paternité imprévue.

Mary l'avait qualifié de célibataire endurci. Par conséquent, il était fort probable qu'il ne voudrait pas s'encombrer de deux petits garçons qui exigeaient beaucoup de temps et d'attention.

Elle se sécha et s'habilla, l'estomac de plus en plus noué. Elle ne connaissait pas Henry suffisamment bien pour deviner ce qu'il voulait lui dire, mais il n'y avait nul besoin d'être un génie pour savoir que cela concernait James et Joey.

Malgré leur nuit de passion, elle n'avait pu s'empêcher d'être un peu effrayée par lui depuis qu'elle était arrivée ici. Pas physiquement, certes. Mais elle redoutait qu'il ne rejette ses fils, des fils qu'il n'avait jamais désirés ni demandés.

Lorsqu'elle redescendit au rez-de-chaussée, Mary avait installé les enfants sur une couverture dans le salon. Elle lui sourit.

— James a déjà son petit caractère, n'est-ce pas ? Il me rappelle Henry quand il était bébé. Il faudra garder l'œil sur lui quand il commencera à marcher !

James arqua le dos, se redressa et sourit à Melissa, comme pour confirmer qu'il avait hâte d'être mobile et indépendant. Pendant ce temps, Joey roula sur le dos, visiblement satisfait de jouer avec ses doigts.

— Cela ne doit pas être facile d'être seule avec des jumeaux, commenta Mary.

— Je me débrouille, répondit Melissa, légèrement sur la défensive.

— Je n'en doute pas, répondit Mary en souriant. Henry vous attend dans son bureau. C'est tout de suite à droite dans le couloir.

Melissa hocha la tête. Après un dernier regard aux bébés, elle sortit de la pièce et alla frapper à la porte indiquée.

Elle entendit Henry lui dire d'entrer et tourna la poignée. Il était assis derrière un énorme bureau en acajou. Il lui sourit, mais cela n'atténua en rien l'appréhension qu'elle éprouvait.

La pièce était tout aussi splendide que le reste de la maison, songea-t-elle en remarquant la cheminée en pierre qui occupait l'un des murs, et les rayonnages pleins de livres de toutes sortes.

— Melissa, assieds-toi, dit-il en désignant la chaise placée en face de lui.

Elle obtempéra, s'efforçant de ne pas être intimidée par le décor, par sa présence.

— Ma mère m'a dit que tu voulais t'en aller le plus tôt possible, mais je voulais te parler d'une autre possibilité, dit-il sans préambule. Pourquoi ne resteriez-vous pas ici pour Noël ?

— Oh, je ne suis pas sûre que…

— Nous sommes liés par ces enfants, à présent, coupa-t-il. Et bien que nous ayons passé une nuit ensemble, je ne sais rien de toi.

Oh, mais si, songea-t-elle. Il savait qu'elle aimait être embrassée juste sous l'oreille, et qu'elle avait gémi de plaisir lorsqu'il avait caressé ses seins.

Une bouffée de désir monta en elle au souvenir des moments qu'ils avaient partagés.

Au prix d'un effort, elle refoula les images qui s'imposaient à elle et se concentra sur ce qu'il disait.

— Mon père est mort d'une crise cardiaque le jour de Noël, il y a trois ans, expliqua-t-il. Depuis, nous n'avons pas eu le cœur de fêter cette journée. Mais cette année, c'est différent. Nous avons quelque chose à célébrer. Les jumeaux. J'aimerais leur offrir un merveilleux premier Noël. Je t'en prie, accepte de rester.

Dans l'esprit de Melissa, ce fut d'abord le soulagement qui l'emporta. Henry ne rejetait pas les garçons, et il désirait même apprendre à les connaître. Mais, presque aussitôt, l'incident de la veille s'imposa à sa mémoire.

— Eh bien… à vrai dire, je n'ai pas oublié qu'on t'a tiré dessus hier soir, quand je suis arrivée. Je ne veux pas mettre Joey et James en danger, conclut-elle, luttant contre un frisson à cette pensée.

— Je me sens plus en sécurité ici que dehors, admit-il. Quelqu'un essaie visiblement de faire pression sur moi pour que je renonce à poser ma candidature comme maire. Mais je ne laisserai personne vous faire du mal, ni aux enfants, ni à toi.

Elle le dévisagea, réfléchissant à ses paroles. Elle le croyait. Il y avait chez lui quelque chose de rassurant, et la fermeté de son regard lui disait qu'il veillerait sur eux trois.

Il était le père de ses fils. Il lui demandait seulement de rester deux ou trois jours.

Comment aurait-elle pu lui refuser de partager avec elle le premier Noël des garçons ?

— Entendu, dit-elle enfin. Nous restons.

Mais alors même qu'elle lui donnait sa réponse, un doute l'assaillit.

N'avait-elle pas commis une nouvelle erreur ?

Une bouffée de satisfaction envahit Henry.

Dès que Melissa était entrée dans la pièce, il avait senti son parfum, un parfum de fleurs coupées auquel s'ajoutait un soupçon de vanille. C'était celui qu'elle portait la nuit où ils avaient été bloqués par la tempête de neige, et il éveillait en lui une foule de souvenirs.

Elle se leva, replaçant une mèche derrière son oreille, et il se souvint de la douceur soyeuse de ses cheveux, du goût de sa bouche, de la rondeur de ses seins, des gémissements qui lui avaient échappé sous ses caresses.

Le désir monta en lui, aussi violent qu'inattendu.

Il ne savait pas s'il avait confiance en elle, ne savait même pas s'il l'aimait bien, mais cela ne l'empêchait pas de vouloir revivre ce qu'ils avaient connu ce soir-là, sous la neige.

— Très bien. Ce sera un Noël mémorable, affirma-t-il en se levant à son tour.

Elle s'approcha de la porte à reculons, comme si elle était impatiente de fuir sa présence.

— Je vais emmener les garçons se reposer dans la chambre. A plus tard.

— Melissa, attends, intervint-il avant qu'elle ait eu le temps de disparaître. Je ne connais même pas ton nom de famille.

Elle sourit. C'était la première fois qu'elle souriait et son visage en fut illuminé.

— Monroe. Melissa Monroe.

Quand elle fut partie, Henry se laissa aller en arrière dans son fauteuil, regardant au-dehors, songeur. De là où il était assis, il voyait au loin l'ancienne maison de gardien, un cottage qu'on utilisait parfois pour héberger des invités.

Henry lui-même y avait vécu avant la mort de son père. Son cœur se serra alors qu'il se remémorait ce dernier. Pas un jour ne s'écoulait sans qu'il pense à lui. Henry Senior, ainsi que ses amis le surnommaient, avait été non seulement un père, mais un ami et un mentor pour son fils unique. Ils avaient travaillé côte à côte pour la société familiale, gérant le ranch, les puits de pétrole et les intérêts financiers qui en découlaient.

Ses pensées se reportèrent sur l'incident de la veille.

Certaines personnes à Dalhart se sentaient menacées par le pouvoir qu'il détenait, et surtout par sa décision de se présenter comme maire. Il s'était engagé à lutter contre la corruption qui sévissait dans l'administration de la ville, et n'avait pas fait mystère de ses intentions.

Il avait quelques soupçons quant à l'identité de celui qui avait tiré sur lui, mais il savait pertinemment que les soupçons n'étaient pas des preuves.

Il était aussi persuadé que son attaquant ne voulait pas l'abattre, mais seulement lui donner un avertissement. Sans doute espérait-il que cela suffirait à l'intimider et à le dissuader de poser sa candidature.

A vrai dire, ces coups de feu l'inquiétaient beaucoup moins que l'idée que Melissa puisse ne pas lui permettre de participer autant qu'il le désirait à la vie des garçons.

— Henry ? demanda sa mère en poussant la porte, l'air soucieux. Va-t-elle rester ?

Elle prit place sur la chaise que Melissa avait laissée vacante.

— Elle ne t'a rien dit ?

— J'étais dans la cuisine, en train de parler du dîner avec Etta. Melissa est remontée avec les jumeaux avant que j'aie le temps de lui parler.

— Elle va passer Noël ici.

Il se pencha en avant.

— Je ne sais pas vraiment quoi penser d'elle. Cette histoire d'amie rencontrée sur internet qui lui aurait indiqué le chemin jusqu'ici… cela me paraît un peu suspect.

— Tu crois que c'est l'argent qui l'intéresse ?

— Il est évident qu'elle ne roule pas sur l'or, commenta-t-il en songeant à la vieille voiture garée devant la maison et au peignoir fané qu'elle portait le matin même.

Mary croisa les mains sur ses genoux.

— Voudrais-tu m'expliquer comment tout cela est arrivé ?

Henry sourit.

— Tu veux un cours de biologie ?

Elle fronça les sourcils.

— Tu sais ce que je veux dire, Henry. Je ne t'ai jamais entendu mentionner son nom, et pourtant elle débarque ici avec des bébés qui sont indéniablement les tiens.

— Tu te souviens de la tempête de neige que nous avons eue au début du mois de décembre, l'an passé ? Le soir où je n'ai pas pu rentrer de chez Hilary à cause de l'état des routes ?

— Le soir où tu as rompu avec elle ?

Henry acquiesça.

— A un moment donné, sur le chemin du retour, il est devenu impossible de continuer à rouler et j'ai dû m'arrêter sur le bas-côté, expliqua-t-il. Une autre voiture était déjà là. Melissa était à l'intérieur. Je ne savais pas si le temps allait s'améliorer et je venais de passer devant la ferme des Miller. Je l'ai fait sortir de sa voiture et nous nous sommes réfugiés là-bas.

Sa mère leva la main.

— C'est tout ce que j'ai besoin de savoir. Est-il possible qu'elle ait su qui tu étais ?

Henry passa une main sur son menton, songeur.

— Je l'ignore. Je suppose que tout est possible. Pourtant, j'ai toujours été prudent. Je sais que les opportunistes ne manquent pas.

Mary arqua un sourcil.

— Hilary, par exemple ?

Henry sourit au souvenir de la femme avec qui il était sorti et avec qui il avait rompu l'après-midi qui avait précédé sa rencontre avec Melissa.

— Hilary est peut-être une opportuniste mais elle ne l'a jamais caché, répondit-il.

Depuis leur rupture, la jolie brune n'avait pas ménagé ses efforts pour le reconquérir et continuait à rêver de devenir Mme Henry Randolf. Elle lui téléphonait ou venait lui rendre visite au moins une fois par semaine.

Mary se redressa, l'air indigné.

— Cette femme avait hâte de t'épouser et de me faire enfermer dans une maison de retraite. Quelle sorcière !

C'était précisément pour cette raison qu'Henry avait mis un terme à ses relations avec Hilary.

Quand celle-ci avait déclaré qu'il serait gênant de vivre avec Mary et qu'elle avait déjà commencé à chercher une maison de retraite pour sa mère, Henry avait su qu'il n'y avait pas d'avenir possible entre eux. Et certainement pas de mariage.

— Ne t'inquiète pas pour ça, dit-il tout en regardant de nouveau par la fenêtre.

Il y eut un bref silence, puis il se retourna vers sa mère.

— Je n'ai jamais vraiment songé à avoir des enfants, ajouta-t-il doucement. Mais à présent qu'ils existent, je veux qu'ils soient ici, avec moi. Qu'ils grandissent au ranch, qu'ils apprennent le métier. Je veux leur apprendre à s'occuper de la société, comme papa m'a appris.

— Tu n'oublies pas un petit détail ? s'enquit sa mère. Melissa n'a peut-être aucune envie de venir s'installer ici. Elle a peut-être une vie qui lui convient très bien, et peut-être même un petit ami, une famille…

Henry fronça les sourcils.

— Ça m'étonnerait, rétorqua-t-il. D'après ce qu'elle nous a raconté, elle est venue faire la connaissance d'une amie rencontrée sur internet. Si elle avait de la famille ou un petit ami, pourquoi ne passerait-elle pas les fêtes auprès d'eux ?

— Je ne sais pas. Tu la connais mieux que moi. Mais souviens-toi d'une chose, Henry : vouloir quelque chose ne signifie pas que tu l'auras. Tu parles d'une femme, pas d'un contrat.

Elle se leva.

— En tout cas, j'ai bien l'intention de profiter de chaque minute du séjour de ces bébés, conclut sa mère avec enthousiasme. Et je vais tout de suite faire une liste. Il ne reste que deux jours avant Noël, et j'ai envie d'aller faire des courses !

Sur quoi elle quitta la pièce d'un pas léger. Henry la suivit du regard, songeant qu'elle n'avait pas été aussi gaie depuis que son père était mort.

Il avait eu toute la nuit pour se familiariser à l'idée d'être père, mais il ne savait pas encore très bien comment les choses allaient se passer.

La première chose à faire était d'apprendre à connaître Melissa, et de déterminer si elle avait dit la vérité ou si elle était venue chercher fortune.

Mais, d'abord, il avait des coups de fil à passer. Il avait promis à Melissa un Noël mémorable, et il était homme à respecter ses promesses.

Sa mère se trompait sur un point. Il s'agissait bel et bien d'un contrat.

Melissa possédait quelque chose qu'il désirait.

Il ne lui restait plus qu'à savoir ce qu'il devrait payer pour l'obtenir.

3

Debout à la fenêtre, Melissa vit une voiture s'arrêter devant la maison et Mary prendre place côté passager. Lorsque le véhicule s'éloigna, elle se demanda si elle ne devrait pas faire pareil — franchir le portail et retourner là d'où elle était venue.

Derrière elle, dans le parc, les garçons venaient de s'assoupir. En général, ils faisaient un petit somme d'une heure environ le matin, et un autre l'après-midi.

Se sentant fébrile, Melissa gagna l'autre fenêtre, qui donnait sur les prairies, les enclos et les dépendances. Au loin, elle aperçut un petit cottage, une ancienne maison de gardien, sans doute.

La légère couche de neige tombée la veille avait fondu. La journée était belle, froide mais ensoleillée.

Un petit bruit lui parvint et elle se retourna. Debout dans le couloir, Henry lui fit signe d'approcher.

— Melissa, voudrais-tu prendre un café pendant que les enfants se reposent ? J'aimerais faire plus ample connaissance avec toi.

La nervosité de Melissa revint au galop. Mais il était tout naturel qu'Henry veuille en savoir plus long à son sujet. Après tout, elle était la mère de ses enfants.

— Avec plaisir, répondit-elle. J'aimerais moi aussi mieux te connaître.

Elle vérifia que les garçons étaient toujours endormis, puis le suivit dans l'escalier. Il la conduisit dans la salle à manger où Etta, la cuisinière, apporta un plateau sur lequel étaient posés deux tasses de café, du sucre, de la crème et deux tranches de gâteau parfumé à la cannelle.

Henry fit les présentations.

— Etta nourrit la famille Randolf depuis plus de vingt ans, ajouta-t-il.

— Et ç'a été un plaisir, répondit celle-ci, adressant un sourire amical à Melissa avant de s'éclipser.

Désireuse de se donner une contenance, Melissa prit une des tasses et la tint entre ses mains. Elle sentait qu'Henry l'observait et ne savait par où commencer.

— C'est gênant, n'est-ce pas ? dit-il enfin.

Elle esquissa un sourire reconnaissant.

— Terriblement, admit-elle, soulagée qu'il éprouve la même chose. Je sais que tu n'as aucune raison de me croire, mais il est important pour moi que tu saches que je n'ai pas pour habitude de coucher avec le premier venu.

Incapable de soutenir son regard, elle baissa les yeux sur sa tasse.

— Ce matin-là, l'homme que je fréquentais depuis deux ans et que je pensais épouser m'a appris qu'il avait trouvé une nouvelle amie, beaucoup plus sexy que moi.

Les joues en feu, elle marqua une pause.

— Quand nous nous sommes rencontrés, je ne sais pas ce qui s'est passé… j'ai perdu la tête.

Il laissa échapper un petit rire grave qui la surprit. Elle se redressa vivement, se demandant s'il se moquait d'elle.

— On dirait que le destin a joué un rôle dans notre rencontre. Ce soir-là, je rentrais chez moi après avoir rompu avec une femme avec qui je sortais depuis plus d'un an. Peut-être avons-nous tous les deux perdu la tête.

— Mais cela ne me ressemble pas, insista-t-elle. D'habitude, je suis quelqu'un de raisonnable.

Il but une gorgée de café, la regardant par-dessus le bord de sa tasse.

— Et pourtant, tu as décidé d'accepter l'invitation d'une femme que tu n'avais jamais vue, et tu es partie à l'aventure avec seulement une adresse en poche.

— C'était un risque calculé, répondit-elle. Si l'endroit m'avait paru suspect, je ne me serais pas arrêtée.

Elle tira sur une mèche de cheveux, envahie par la frustration.

— J'admets que ce n'était peut-être pas très intelligent de ma part, murmura-t-elle.

Il était hors de question qu'elle avoue que c'était la solitude qui l'avait poussée à vouloir rencontrer MystérieuseMaman. Bien qu'elle adore les jumeaux, le contact avec les adultes lui manquait. La perspective de passer les fêtes seule l'avait déprimée.

Elle tendit la main vers une des assiettes. Quand elle était nerveuse, grignoter l'apaisait. D'ailleurs, il était impossible d'ignorer le délicieux arôme qui émanait du gâteau.

— Bon, commençons par le début, dit-il. Je m'appelle Henry James Randolf, j'ai trente-cinq ans, je m'occupe du ranch et de notre société pétrolière. Je suis Taureau.

J'aime le steak saignant et les promenades à cheval au lever du soleil.

Il marqua une brève pause avant de continuer.

— On m'a dit que j'étais têtu, et je ne considère pas nécessairement cela comme un défaut. Je ne bois pas à l'excès, mais j'apprécie un whisky ou un cognac le soir. A ton tour, maintenant.

— Je m'appelle Melissa Sue Monroe. J'ai trente ans. Je suis Balance et j'aime mon steak bien cuit. Je suis décoratrice d'intérieur et, avant de tomber enceinte, j'essayais de monter ma propre société. Je ne suis jamais montée à cheval et j'aime bien boire un verre de vin de temps à autre. Oh, et on m'a dit que j'étais un peu têtue aussi, conclut-elle avec un sourire.

Il lui retourna son sourire, mais elle ne put s'empêcher de remarquer que son regard restait distant.

— Tu as de la famille ? demanda-t-il.

Elle secoua la tête, et marqua une pause afin de manger une bouchée de gâteau.

— Mon père est parti quand j'avais cinq ans. Apparemment, il a dit à ma mère qu'il n'était pas fait pour la vie de famille. Je ne l'ai jamais revu. Ma mère est morte il y a deux ans et depuis je suis seule… avec les garçons, bien sûr.

— Mais j'imagine que tu as des amis ?

— Ma meilleure amie vit dans l'Oklahoma, si bien que je ne la vois pas très souvent. Quant aux autres… pour être honnête, la naissance des jumeaux a sonné le glas de ma vie sociale.

— Et ta société ?

Un instant, elle songea à mentir, à lui dire que tout marchait à merveille. Mais il était inutile de chercher à le tromper. Henry était un homme intelligent. Un seul coup d'œil à sa voiture et à ses vêtements suffirait à lui confirmer que l'argent manquait.

— Non-existante, avoua-t-elle enfin. La grossesse a été difficile. Les trois derniers mois, je n'ai pas pu travailler. Depuis, ça ne s'est guère arrangé. M'occuper des garçons a exigé tout mon temps et toute mon énergie.

Elle redressa le menton.

— Mais je compte essayer de recommencer à travailler après ces vacances.

Elle but un peu de café, s'efforçant de ne pas penser à l'odeur masculine d'Henry, un mélange d'air frais et d'eau de Cologne qui réveillait en elle le souvenir de ses mains habiles, de ses baisers ardents.

— De quoi as-tu vécu ces derniers mois ? reprit-il avec sollicitude.

— J'avais un petit héritage que m'avait laissé ma mère.

Gênée par l'intensité de son regard, elle changea de position et prit une nouvelle bouchée de gâteau.

— Tu as un petit ami ? Quelqu'un d'important dans ta vie ?

Elle laissa échapper un gloussement.

— Sûrement pas. Les seuls hommes dans ma vie portent des couches.

Cette fois, le sourire d'Henry s'élargit.

— Oui, mais ils sont mignons, rétorqua-t-il.

Son sourire s'effaça presque aussitôt.

— Je suis désolé de ne pas avoir été là pour t'aider durant la grossesse. Je regrette que tu aies dû faire face à cette épreuve toute seule et je te promets de tout faire pour t'épauler à l'avenir.

Sans qu'elle sache pourquoi, ses paroles l'emplirent d'appréhension au lieu de la réconforter. C'était absurde, se raisonna-t-elle. Une fois qu'elle connaîtrait mieux Henry, elle serait sans doute moins inquiète concernant ses intentions.

— J'ai grandi sans père et je sais combien il est important pour mes enfants que tu sois présent dans leur vie, dit-elle lentement. Je veux que tu saches que je suis prête à t'accorder un droit de visite.

— Nous aurons le temps d'aborder les détails au cours des deux prochains jours, répondit-il en se calant dans son fauteuil. Tu es originaire d'Amarillo ?

Elle acquiesça.

— J'y suis née et c'est là que j'ai été élevée.

C'était le genre de conversation qu'ils auraient eue lors d'un premier rendez-vous. Le genre de conversation qu'ils auraient dû avoir ce soir-là, au lieu de se jeter l'un sur l'autre comme des adolescents en mal de sexe.

— As-tu quelqu'un dans ta vie ? s'enquit-elle. Une petite amie ? Je ne voudrais pas que ma présence ici te cause des problèmes.

— Tu n'as pas à t'inquiéter. Il n'y a personne et ça ne risque pas de changer.

Il avait parlé d'un ton résolu, comme si la question était définitivement réglée dans son esprit.

Melissa but une gorgée de café sans répondre. Il était si séduisant qu'elle avait peine à croire que les femmes de la région ne cherchent pas à le séduire.

— Ta mère m'a dit que tu étais un célibataire endurci, lâcha-t-elle au bout d'un moment.

— C'est vrai. La seule raison qui aurait pu me pousser à me marier aurait été d'avoir un fils à qui transmettre le ranch un jour. Tu as réussi à m'en donner deux sans que j'aie à subir les inconvénients d'un mariage.

Les inconvénients d'un mariage ? C'était curieux qu'ils voient les choses aussi différemment.

Elle avait toujours rêvé de se marier, songea Melissa, toujours pensé qu'à l'âge de trente ans elle aurait enfin la famille qu'elle n'avait jamais connue enfant.

Elle continuait à l'espérer. La seule différence entre son rêve et la réalité était que ses enfants auraient non seulement leur vrai père mais peut-être aussi, un jour, un beau-père aimant et affectueux.

Cependant, toute relation avec un homme semblait hors de question pour l'instant. Elle était trop épuisée ne fût-ce que pour y penser. A vrai dire, elle était lasse depuis des mois.

Mais les jumeaux valaient bien tous les efforts du monde.

— Tu as l'air fatiguée, Melissa, dit-il comme s'il avait lu dans ses pensées. J'espère que tu vas te détendre ici et nous permettre de t'aider. Il faut que tu te reposes. Cela ne doit pas être facile de t'occuper de deux enfants toute seule.

— Je vais bien, affirma-t-elle. C'est plus facile depuis qu'ils font leurs nuits.

— J'espère quand même que tu vas nous laisser faire une partie du travail pendant les deux prochains jours.

— Ce n'est pas du travail, protesta-t-elle un peu plus vigoureusement que nécessaire.

Il se pencha en avant et effleura la commissure de ses lèvres.

— Tu avais un peu de cannelle, murmura-t-il en retirant sa main.

Elle saisit une serviette et s'essuya la bouche, s'efforçant d'ignorer l'émoi que son contact avait provoqué en elle. C'était comme si elle avait reçu une décharge électrique. « Du calme », se dit-elle. C'était un geste sans importance. Comment pouvait-elle le sentir des pieds à la tête ?

Un coup frappé à la porte d'entrée la fit tressaillir. Henry se leva aussitôt.

— Tu devrais venir avec moi, dit-il. Je crois que c'est pour toi.

— Pour moi ? Qui pourrait être là pour moi ? demanda-t-elle interloquée, se levant néanmoins pour le suivre.

Il jeta un coup d'œil au-dehors et, cette fois, son sourire la réchauffa.

— Noël, Melissa. Noël vient officiellement d'arriver chez les Randolf.

Henry ouvrit la porte, livrant passage à quatre employés qui portaient un immense sapin, dont les branches avaient été repliées au moyen de cordes. Hank et Tim, qui fermaient la marche, apportaient un énorme pot où l'installer.

— C'était le plus grand que Keller avait sur son terrain, expliqua Charlie tandis qu'ils manœuvraient pour faire entrer l'arbre dans le salon.

— Mettez-le dans le coin, ordonna Henry.

Melissa écarquillait les yeux.

— Je n'ai jamais vu de sapin de Noël aussi beau, avoua-t-elle.

Henry sourit.

— Je suis content qu'il te plaise. Nous le décorerons ce soir, après dîner.

— Nous pourrions fabriquer des guirlandes de pop-corn et de baies de canneberge…

Elle s'interrompit et rougit jusqu'aux oreilles, secouant la tête comme si elle était irritée contre elle-même.

— Pardon, c'était une suggestion idiote. Je suis sûre que vous avez des tas d'ornements coûteux.

Il devina qu'elle était gênée et en fut curieusement touché.

— Ton idée me paraît excellente, au contraire, affirma-t-il sincèrement. A vrai dire, j'ai toujours préféré les sapins décorés à l'ancienne.

Elle le remercia d'un regard si reconnaissant qu'il en éprouva une nouvelle bouffée de désir. Lorsqu'il avait retiré la miette de cannelle sur ses lèvres un instant auparavant, il avait dû se faire violence pour ne pas l'embrasser.

Il se détourna, regardant sans les voir ses employés qui dressaient le sapin. Il y avait chez Melissa quelque chose qui l'émouvait, une vulnérabilité, une tristesse qu'il n'avait pas vue dans les yeux d'une femme depuis très longtemps.

Pourtant, il n'avait pas encore confiance en elle.

La seule femme en qui Henry avait entièrement confiance était sa mère, qui l'aimait sans arrière-pensée. Toutes les petites amies qu'il avait eues avaient fini par se révéler plus intéressées par la fortune des Randolf que par lui-même en tant qu'homme.

Melissa était-elle seulement plus rusée qu'elles ? Avait-elle réussi à le piéger comme aucune autre femme n'avait pu le faire ?

Lorsque les hommes eurent installé le sapin et retiré les cordes, Henry s'acquitta des présentations.

— Voici certains des meilleurs cow-boys du Texas, dit-il. Hank, Tim, Ben, Mike et Jacob. Et celui qui porte le chapeau noir, c'est Charlie, mon bras droit.

Il sourit à Melissa, qui semblait un peu perdue.

— Ne t'inquiète pas, je ne vais pas te faire passer un test de mémoire tout à l'heure.

Elle laissa échapper un rire cristallin qui déclencha une vague de chaleur en lui.

— Tant mieux, parce que j'ai tout oublié après Hank, avoua-t-elle avant de s'adresser aux hommes en souriant. Mais je suis contente de faire votre connaissance.

Ces derniers se dirigèrent vers la porte et Henry leur emboîta le pas.

— Je reviens tout de suite, lança-t-il à Melissa.

Dans l'entrée, il fit signe à Charlie de rester pendant que les autres retournaient au travail.

— Vous êtes au courant pour hier soir ? demanda-t-il.

Charlie acquiesça.

— Jimmy est venu nous voir. Il voulait nous poser quelques questions.

— Je veux que vous soyez tous armés en attendant que nous sachions ce qui se passe, ordonna Henry. Et j'aimerais que vous organisiez les équipes de sorte qu'il y ait toujours quelqu'un autour de la maison.

Charlie étrécit les yeux.

— Vous croyez qu'il va y avoir d'autres problèmes ?

Henry poussa un soupir.

— A vrai dire, je ne sais pas, mais c'est la deuxième fois que je suis pris pour cible et je n'aime pas l'idée qu'on puisse m'attaquer ou attaquer les miens jusque chez moi.

— Je m'en occupe, affirma Charlie. Nous commencerons dès cet après-midi.

— Merci, Charlie.

— Pas de problème. Il faut qu'on prenne soin du patron, hein ?

Henry le suivit des yeux tandis qu'il rejoignait les autres hommes.

Charlie était travailleur, toujours volontaire pour les tâches ingrates. Lorsque Henry avait rompu avec Hilary, la sœur de Charlie, il avait craint que celui-ci ne se sente obligé de démissionner par loyauté envers elle. A son grand soulagement, Charlie avait déclaré que leurs affaires ne le regardaient pas.

Henry avait eu l'impression qu'ils ne s'aimaient guère. Quoi qu'il en soit, il se félicitait que Charlie lui soit resté fidèle. Les bons employés étaient rares.

A ce propos, il allait devoir congédier Hank. Il avait remarqué que l'homme empestait l'alcool dès le matin. Henry l'avait déjà averti par deux fois de ne pas boire avant de travailler.

Il n'y aurait pas de troisième avertissement.

Il referma la porte d'entrée et regagna le salon, mais Melissa avait disparu. Sans doute était-elle montée au premier étage afin de jeter un coup d'œil aux jumeaux.

Songeur, il s'approcha de la baie vitrée et contempla les dépendances. La livraison de l'arbre n'était qu'un début : d'autres surprises allaient suivre au cours des deux jours à venir.

La brève conversation qu'il avait eue avec Melissa lui avait appris exactement ce qu'il désirait savoir : elle n'avait pas de famille et sans doute guère d'amis. Cela lui faciliterait la tâche.

Il ne lui restait plus qu'à la persuader que le projet qu'il avait en tête était dans l'intérêt d'eux tous.

Il leva les yeux en l'entendant qui descendait l'escalier. Elle tenait un bébé dans chaque bras. Il se hâta de monter à sa rencontre et prit un des petits garçons, s'efforçant d'ignorer la chaleur du corps de la jeune femme, son parfum qui l'étourdissait de souvenirs.

— Lequel est-ce ? demanda-t-il.

— Joey.

— Comment diable fais-tu pour les distinguer l'un de l'autre ?

Le bébé se nicha contre le torse d'Henry, comme s'il sentait qu'il était dans des bras aimants. Une fois de plus, le cœur d'Henry se mit à battre plus vite, et il se sentit gagné par un étrange émerveillement doublé d'un farouche instinct protecteur.

— Dès que tu les connaîtras mieux, tu verras qu'ils ont une personnalité très différente, affirma-t-elle. Mais le moyen le plus rapide de les distinguer, c'est que Joey a une minuscule cicatrice au sourcil droit. Il ne voulait pas venir au monde et le médecin a dû avoir recours au forceps.

Henry baissa les yeux et remarqua aussitôt la petite marque. Joey lui sourit et tendit le bras vers son nez. Il esquiva en riant.

De son côté, James battit des pieds et se mit à geindre. Déjà ses joues viraient à l'écarlate.

— Il a faim et il n'a pas encore appris les bonnes manières, expliqua Melissa.

— Ah, il doit tenir de moi, plaisanta Henry. Allons leur donner à manger.

Ils entrèrent dans la cuisine, une vaste pièce qui était le domaine d'Etta. Henry et Mary y prenaient rarement leurs repas, mais c'était l'endroit le plus approprié pour nourrir deux petits garçons affamés.

Etta les accueillit avec un grand sourire. Henry alla chercher les sièges de voiture qui faisaient office de chaises hautes et les plaça sur la table en chêne. Quand les deux garçons furent installés, il regarda Melissa préparer deux bols de céréales.

Comme elle s'approchait, il tendit la main pour en prendre un.

— Méfie-toi, avertit-elle en lui donnant une cuiller. Ils aiment ça, mais ils sont très joueurs.

Donner à manger à Joey procura un immense plaisir à Henry. La cuisine s'emplit de rires alors que Melissa et lui versaient des céréales dans les bouches ouvertes des bébés, qui tour à tour les mangeaient et les recrachaient.

— Eh bien ! J'ai l'impression qu'on s'amuse ici ! lança Mary en entrant.

— Ah ! ça y est, le shopping est terminé ? demanda Henry, essuyant la bouche de Joey avant de lui tendre un biberon.

— Randy est en train de tout ranger, répondit Mary en souriant à Melissa. Il y a bien trop longtemps que cette maison n'a pas connu de tels rires. Et le sapin va être superbe.

— Melissa a pensé que ce serait bien de confectionner des guirlandes de pop-corn et de baies de canneberge, annonça Henry.

Mary applaudit, ravie.

— Quelle excellente idée ! Ce sera exactement comme autrefois. Je ferai du chocolat chaud et nous mettrons de la musique de Noël !

Melissa les regarda tour à tour avec émotion.

— Vous êtes si gentils tous les deux, murmura-t-elle.

Une fois de plus, Henry décela un voile de vulnérabilité dans ses yeux.

— Pas du tout, répondit Mary avec conviction. Vous faites partie de la famille à présent.

Ce n'était pas vrai, songea Henry.

Melissa était encore une étrangère. Elle ne ferait jamais vraiment partie de la famille. Certes, elle l'attirait et elle était la mère de ses fils, mais les choses n'iraient jamais plus loin.

Son père l'avait fréquemment mis en garde contre les femmes qui seraient attirées par sa fortune, les femmes telles que Hilary, prêtes à tout pour accéder au mode de vie qu'il pouvait leur offrir. Il considérait sa propre épouse, Mary, comme l'unique exception à une gent féminine aussi vénale que rusée, qu'il valait mieux éviter hormis pour satisfaire des besoins physiques.

« J'ai eu de la chance, mon garçon, disait son père. J'étais pauvre comme Job quand j'ai rencontré ta mère. Je n'ai jamais eu à me demander si elle m'aimait pour mon argent ou pour moi-même. Tu n'auras pas ce luxe. »

Henry était certain que Melissa n'avait pas eu

l'intention de le séduire le soir de la tempête de neige. Jamais elle n'aurait pu prévoir le blizzard, ni le fait qu'ils se retrouveraient tous les deux au même endroit au même moment.

Ce qu'il ignorait, en revanche, c'était si elle l'avait reconnu et si elle avait pris le risque calculé de tomber enceinte. L'acte de séduction avait été mutuel ce soir-là.

Il fronça les sourcils, songeur, l'observant qui jouait avec les jumeaux.

Si tel était le cas, si elle l'avait reconnu avant de faire l'amour avec lui, pourquoi ne l'avait-elle pas contacté dès qu'elle avait découvert qu'elle était enceinte ? Avait-elle redouté qu'il ne la contraigne à procéder à un avortement ?

Une chose était claire : Henry voulait que ses fils vivent auprès de lui et il parviendrait à ses fins.

Avec ou sans l'aide de Melissa.

4

L'après-midi fila à toute allure.

Melissa fut stupéfaite lorsque deux berceaux furent livrés et installés, sur ordre d'Henry, dans la chambre située face à la sienne. On apporta également des chaises hautes, convenant à des nourrissons mais adaptables par la suite à des bambins, accompagnées de cartons et de paquets de toutes les formes et de toutes les tailles.

— Ce n'est pas nécessaire, protesta-t-elle. Nous n'allons passer que deux jours ici.

— Peut-être, mais ce sera plus agréable, répondit Henry.

Le dîner fut plaisant.

Les deux garçons étaient confortablement assis dans leurs chaises neuves et Mary fit l'essentiel de la conversation.

En revanche, Henry demeura silencieux la plupart du temps, l'observant d'un air énigmatique qui ne fit qu'ajouter à la nervosité de Melissa.

Après dîner, ils se réunirent dans le salon et se mirent à décorer le sapin. Mary fournit du coton et des aiguilles pour enfiler le pop-corn et les baies fournies par Etta, tandis qu'Henry déplaçait les chaises hautes afin d'installer les jumeaux aux premières loges.

— Si je m'occupais des guirlandes électriques ? suggéra-t-il.

Mary sourit à Melissa.

— Il est prêt à tout pour éviter de se servir d'une aiguille et de fil, ironisa-t-elle.

— La couture est un travail de femme, affirma Henry.

— Oh ! Têtu et sexiste ! Quelle surprise ! lança Melissa avec humour.

— Je ne suis pas sexiste ! C'est juste que je n'aime pas les aiguilles.

— OK. Têtu et douillet alors ! le taquina Melissa.

Mary éclata de rire.

— Enfin une femme qui peut te remettre à ta place, Henry !

Il la regarda, remarqua Melissa. Dans les profondeurs de ses yeux brillait une lueur de désir qui trouva aussitôt un écho en elle.

— Aïe ! Je me suis piquée.

Comme elle portait le doigt blessé à ses lèvres, Henry déglutit.

— Et voilà pourquoi je n'aime pas les aiguilles, marmonna-t-il en se penchant sur les luminaires.

Il y avait quelque chose entre eux, songea Melissa. Elle n'était pas amoureuse de lui et ne le connaissait pas assez pour savoir au juste ce qu'elle pensait de lui.

Mais l'attirance physique était indéniable.

— J'ai toujours voulu un arbre comme celui-ci, dit Mary. Tout simple, comme autrefois. Henry Senior aimait le clinquant et le tape-à-l'œil.

Un petit sourire se dessina sur ses lèvres.

— Le mot « simple » n'était pas dans son vocabulaire.

— Il vous manque, murmura Melissa doucement.

Mary se cala contre les coussins du canapé, souriant toujours.

— Il était têtu comme une mule, et il fallait parfois avoir une patience d'ange pour le supporter, et pourtant, oui, il me manque chaque jour.

Elle porta une main à sa poitrine.

— Mais il est encore là.

Melissa la regarda, le cœur serré. C'était cela qu'elle voulait, un amour tel que celui que Mary et Henry Senior avaient partagé, un amour qui durerait toute l'éternité.

— Je suis désolée, souffla-t-elle en couvrant la main de Mary de la sienne.

Mary sourit et lui pressa la main, puis la lâcha et se remit à enfiler du pop-corn.

— Merci. Je regrette seulement qu'il ne soit pas là aujourd'hui pour voir ses petits-fils. Il aurait été si heureux !

Il y eut un bref silence, puis Henry prit la parole.

— Je compte aller en ville demain matin. Je me demandais si tu voudrais m'accompagner, Melissa. Maman peut garder les enfants pendant une heure ou deux.

— J'en serais ravie, affirma Mary.

Melissa hésita. Elle n'avait jamais confié les jumeaux à personne depuis leur naissance.

— Oh, je ne sais pas…

— Je vous promets de ne pas les maltraiter et de ne pas les enchaîner à leurs lits, reprit Mary doucement.

Melissa se mit à rire.

— Je n'ai pas pensé à ça une seconde, affirma-t-elle en se tournant vers Henry. Tu n'as pas peur de sortir alors qu'on a tiré sur toi… sur nous… hier soir ?

— Je me refuse à être un prisonnier dans ma propre maison, répondit-il d'un ton empreint de détermination. D'ailleurs, mes hommes surveillent la propriété et nous ne risquons rien en ville. Personne n'oserait m'attaquer au milieu de tant d'autres gens.

Melissa était partagée. Bien que réticente à l'idée de laisser les garçons, elle ne pouvait s'empêcher d'éprouver une certaine excitation à la perspective d'une sortie en ville en compagnie d'un adulte. D'un autre côté, elle était surprise qu'Henry semble traiter à la légère la menace qui pesait sur lui.

— Comme je te l'ai déjà dit, je ne crois pas que ma vie soit en danger, insista-t-il. Je suis persuadé qu'on essaie seulement de me faire peur.

— Très bien. Je viendrai avec toi, dit-elle, se demandant aussitôt si elle ne commettait pas une nouvelle erreur.

— Parfait. Nous partirons après le petit déjeuner et nous serons de retour avant midi.

— Tout ira bien, mon petit, affirma Mary en tapotant la main de Melissa. Je me souviens de la première fois que j'ai laissé Henry avec quelqu'un d'autre. Il devait avoir l'âge des jumeaux, et Henry Senior avait décidé que j'avais besoin de sortir un peu.

Elle se tut un instant, perdue dans ses souvenirs.

— En l'espace de deux heures, j'ai dû téléphoner une dizaine de fois pour vérifier que tout se passait bien. En fin de compte, Henry Senior m'a ramenée à la maison.

Melissa sourit.

— Ils arrivent à un âge où il suffit de cligner de l'œil pour manquer un moment important.

— J'en ai déjà trop manqué, lança Henry d'un ton quelque peu véhément.

Melissa l'observa à la dérobée. Elle était sûre qu'il ferait un père merveilleux. Ses yeux débordaient d'un amour farouche lorsqu'il contemplait ses fils. C'était insensé, mais une petite partie d'elle regrettait qu'il ne la regarde pas de la même manière…

Elle refoula aussitôt cette pensée stupide. Henry était un célibataire endurci. Et s'il décidait un jour de se marier, il pourrait faire son choix parmi un harem de femmes aussi séduisantes que fortunées.

Il aurait été ridicule de se bercer d'illusions à son sujet, même si Henry avait affirmé qu'ils étaient liés à jamais par l'existence des jumeaux. Leur relation n'irait pas plus loin que cela.

La sonnerie du téléphone interrompit ses réflexions. Henry se leva pour aller répondre, laissant Melissa avec sa mère. Elle se tourna vers la femme qui l'avait traitée avec tant de gentillesse.

— Je n'ose pas imaginer ce que vous pensez de moi, murmura-t-elle.

Mary sourit.

— Je ne voudrais pas que quelqu'un se penche sur certaines choses que j'ai faites dans ma vie et porte un jugement, dit-elle simplement. Je ne vais certainement pas le faire en ce qui vous concerne.

— Merci, répondit Melissa avec reconnaissance.

Elle se prit à imaginer combien la situation aurait pu être douloureuse, et n'en éprouva que plus de gratitude envers Mary et Henry pour leur accueil et leur acceptation enthousiaste des jumeaux.

Comme il rentrait dans la pièce, James éclata d'un rire sonore. Henry se figea, ravi et émerveillé.

— Qu'y a-t-il de si amusant, bonhomme ? demanda-t-il en se penchant pour ramasser le hochet que le bébé avait fait tomber.

Il lui tendit le jouet, que James se hâta de laisser tomber de nouveau, avant de regarder Henry en riant. Henry l'imita, ramassa le hochet et le lui rendit. Une fois de plus, James le lança par-dessus le rebord de sa chaise haute.

Melissa se mit à rire.

— C'est son nouveau jeu et il y jouera aussi longtemps que tu voudras.

Les yeux d'Henry pétillèrent, pleins d'une chaleur qu'elle n'y avait pas vue auparavant.

— Ils sont fantastiques, n'est-ce pas ? Il est déjà évident qu'ils sont intelligents.

Melissa sourit, amusée de le voir en papa fier de sa progéniture, certain que ses fils étaient plus adorables et plus intelligents que tous les autres bébés du monde.

Le reste de la soirée passa vite. Ils burent du chocolat chaud et habillèrent l'arbre de guirlandes, avant d'ajouter des ornements. Mary connaissait l'histoire de chacun d'entre eux et Melissa l'écouta, sous le charme.

— Et j'ai acheté ceux-ci cet après-midi, ajouta Mary en prenant sur la bibliothèque une boîte que Melissa n'avait pas remarquée jusqu'alors.

Elle retira le couvercle et en sortit des ornements qu'elle tendit à Melissa.

C'étaient deux petits cow-boys, qui portaient chacun l'inscription *Le premier Noël de Bébé.* L'espace d'un moment, Melissa les fixa, le cœur trop gonflé d'émotion pour parler.

— Je ne sais pas quoi vous dire, parvint-elle enfin à articuler, refoulant les larmes qui lui montaient aux yeux. Encore une fois, merci pour votre gentillesse.

— Choisissez un bel endroit et accrochez-les sur l'arbre, dit Mary. C'est le début d'une nouvelle tradition. Chaque année, il y aura un nouvel ornement à ajouter à la collection des garçons. Quand ils quitteront la maison et qu'ils auront leur propre sapin, ils pourront les emporter.

Melissa se leva et s'approcha de l'arbre, sentant le regard d'Henry posé sur elle. Il l'avait observée tout au long de la soirée, avec une intensité qui la troublait.

Une folle attraction existait toujours entre eux, un désir brûlant pareil à celui qui les avait jetés dans les bras l'un de l'autre le soir de la tempête de neige. Elle le lisait dans ses yeux, et l'air semblait se charger d'électricité chaque fois qu'il était proche d'elle.

Elle accrocha les ornements. Presque aussitôt, James commença à s'agiter.

— Il est l'heure de les coucher, déclara-t-elle en le prenant dans ses bras.

Henry se pencha sur Joey.

— Je m'occupe de celui-ci.

— Je vais vous souhaiter bonne nuit aussi, annonça Melissa en se tournant vers Mary. Merci pour cette merveilleuse soirée. A demain matin.

Mary déposa un baiser sur le front de chaque bébé et sourit à Melissa.

— Dormez bien, mon petit.

Melissa gravit les marches de l'escalier, consciente de la présence d'Henry sur ses talons. Elle sentait son odeur si masculine, si tentante.

Il était plus facile de maîtriser l'attirance qu'il lui inspirait lorsque Mary était là, songea-t-elle.

Quand elle se retrouvait seule avec lui, elle ne pouvait s'empêcher de penser à la caresse de ses lèvres sur les siennes, au bleu électrique de ses yeux lorsqu'il l'avait possédée ce soir-là.

James dans les bras, elle entra dans la chambre en face de celle où elle avait dormi la veille. Les deux berceaux étaient prêts. Les garçons étaient déjà vêtus de leur pyjama. Il ne restait plus qu'à les changer.

— Tu peux déposer Joey sur ce lit, dit-elle à Henry. Je me charge du reste.

— Qu'y a-t-il à faire ? demanda-t-il.

Elle sourit tout en dégrafant le pyjama de James.

— Mettre des couches propres.

— Donne-m'en une et je vais m'occuper de Joey, répondit-il.

Melissa le regarda, surprise.

— Je manie du bétail, fit-il en souriant. Je pense pouvoir venir à bout d'une couche.

Quelques minutes plus tard, les garçons étaient changés et à demi endormis. Melissa déposa un baiser sur leur crâne duveteux, puis gagna le seuil et appuya sur l'interrupteur, après avoir pris soin de laisser une veilleuse allumée dans un coin de la pièce.

Henry et elle sortirent sans bruit dans le couloir.

— Et maintenant, ils vont dormir ?

— Avec un peu de chance, répondit-elle. Si c'est une bonne nuit.

— Et si c'est une mauvaise ?

Il se tenait si près d'elle que la chaleur de son corps se communiquait au sien.

Des images de la soirée qu'ils avaient passée ensemble défilèrent devant les yeux de Melissa. Elle se souvint de sa main sur la sienne lorsqu'ils avaient couru s'abriter dans la vieille ferme, de sa douceur quand il l'avait aidée à retirer ses chaussures et ses chaussettes mouillées.

Il lui avait frictionné les pieds, puis avait préparé un feu dans la cheminée.

Aussi insensé que cela puisse paraître, cette nuit-là entre les bras d'un inconnu, elle s'était sentie plus aimée, plus protégée qu'à aucun autre moment de sa vie. Cela en disait long sur la solitude qui avait été la sienne jusqu'à maintenant.

Au fond, elle s'était sentie seule même lorsqu'elle sortait avec Tom.

Elle prit conscience qu'Henry la regardait d'un air interrogateur, qu'il lui avait posé une question à laquelle elle n'avait pas répondu.

— Si c'est une mauvaise nuit, je me lève et je les berce ou les promène jusqu'à ce qu'ils finissent par s'endormir, expliqua-t-elle. J'espère que cela ne se produira pas pendant que nous sommes ici. Je ne voudrais pas qu'ils te réveillent ou qu'ils réveillent ta mère.

— Ne t'inquiète pas pour ça. Ma mère occupe l'aile opposée de la maison. Quant à moi, cela ne me dérange pas. Je serais content de les bercer ou de les promener si nécessaire.

Elle le regarda, touchée par ses paroles. Elle était en train de tomber amoureuse du père de ses enfants, songea-t-elle avec consternation.

— Eh bien, je vais aller me coucher, dit-elle en reculant. Bonne nuit.

— Bonne nuit, Melissa, répondit-il, avant de reporter son attention sur la chambre des jumeaux.

Ce fut seulement plus tard, une fois blottie entre les draps, que Melissa sentit un malaise la gagner.

Les berceaux neufs, les chaises hautes, et même les ornements du sapin revêtirent brusquement un sens menaçant.

Au début, elle avait redouté qu'Henry ne veuille pas être présent dans la vie de ses fils.

A présent, elle redoutait le contraire.

Et s'il n'avait pas acheté tous ces objets pour rendre son séjour plus agréable ? S'il envisageait d'avoir les jumeaux ici de manière permanente ?

Henry possédait certainement assez d'argent et de pouvoir pour essayer d'obtenir leur garde. Elle ne serait pas en mesure de lutter contre lui, elle le savait.

Elle tenta de refouler cette horrible pensée. Rien jusqu'ici ne lui permettait de tirer de pareilles conclusions. Pourtant, la peur demeura. Melissa resta longtemps éveillée, tenaillée par l'angoisse.

Henry avait-il l'intention de lui voler ses enfants ?

5

— Es-tu prête à partir ? demanda Henry à Melissa le lendemain matin.

Elle était ravissante dans son pull rose et son jean moulant, mais il se demandait si quelque chose n'allait pas. Elle avait à peine parlé durant le petit déjeuner et semblait distante, voire préoccupée.

Elle jeta un coup d'œil vers les garçons encore assis dans leurs chaises hautes.

— Allez-y, Melissa. Je m'occupe de tout, assura Mary. Cela vous distraira. D'ailleurs, vous devriez profiter de cette belle journée.

— Entendu. Il faut juste que j'aille chercher mon manteau, murmura-t-elle.

Elle grimpa les marches en courant pendant qu'Henry gagnait l'entrée. Il mit son holster et sortit son revolver du tiroir, puis se hâta d'enfiler un pardessus.

Il ne voulait pas effrayer Melissa en lui montrant qu'il était armé, mais il ne voulait pas davantage sortir sans son revolver. Bien qu'il ne s'attende pas à une attaque, il tenait à être prêt le cas échéant.

Comme elle descendait les marches, il ne put s'empêcher d'éprouver un frisson d'excitation. Il se réjouissait à la perspective de passer quelques heures avec elle, sans les garçons et sans sa mère.

Melissa l'intriguait.

Il ne savait que penser d'elle. Etait-elle réellement la femme qu'elle semblait être — une femme adorable qui avait cédé à un accès de passion le soir où ils s'étaient rencontrés, une mère aimante venue rendre visite à une amie, ou une manipulatrice sans scrupule, comme tant d'autres femmes qui avaient traversé sa vie ?

— Prête, annonça-t-elle en atteignant le palier.

Il avait déjà demandé à Charlie d'amener la voiture devant la maison. Il sortit, balayant les environs du regard. Pendant que Charlie descendait du véhicule, Henry ouvrit la portière passager à Melissa, puis rejoignit son employé.

— Merci, Charlie.

— De rien. Ouvrez l'œil en ville.

Henry acquiesça.

— Je suis sûr que tout ira bien. Surveillez la maison en mon absence, voulez-vous ? Et dites à Hank que je lui donne un mois de salaire, mais qu'il est renvoyé. Je l'avais averti concernant son penchant pour l'alcool. Il est évident qu'il ne m'a pas écouté.

Charlie demeura impassible.

— Entendu, patron.

Quelques instants plus tard, ils roulaient sur la route principale qui menait à Dalhart.

Henry jeta un coup d'œil à Melissa.

— Tu n'es guère bavarde ce matin, observa-t-il.

Elle se détourna, faisant mine d'observer le paysage.

— J'ai été debout une bonne partie de la nuit. Les garçons ont mal dormi.

Elle marqua une pause, puis reprit :

— Tu sais, élever des enfants n'est pas toujours une partie de plaisir. Ils peuvent être difficiles. Parfois, ils pleurent sans qu'on comprenne pourquoi.

Il fronça les sourcils, se demandant où elle voulait en venir.

— Je sais qu'il n'est pas toujours facile d'être parent, répondit-il.

— Comment le saurais-tu ? rétorqua-t-elle en se tournant vers lui. Tu ne les connais que depuis un jour et demi !

Elle était pâle, et sa lèvre inférieure tremblait légèrement.

— Il faudrait être un imbécile pour s'imaginer le contraire, dit-il calmement.

Une fois de plus, elle reporta son attention sur la vitre.

Une étrange tension semblait émaner d'elle. Quelque chose l'avait troublée et il n'arrivait pas à comprendre quoi. Etait-elle tout simplement une de ces femmes lunatiques, prêtes à s'en prendre au monde entier sans raison ? Peut-être était-ce là une facette négative de son caractère dont il aurait été conscient s'ils étaient sortis ensemble ?

— Tu as assez chaud ? demanda-t-il, désireux de changer de sujet.

— Oui, merci.

Elle se tourna de nouveau, et il sentit son regard sur lui. Au bout de quelques minutes de silence, elle poussa un long soupir.

— Il est évident que tu es habitué à obtenir ce que tu veux dans la vie.

— Je n'ai pas à me plaindre, répondit-il prudemment.

Ils étaient arrivés en ville. Il se gara non loin du centre, détacha sa ceinture et pivota pour lui faire face.

— Melissa, je sais que quelque chose te tracasse. Si tu me disais de quoi il s'agit ?

Elle le dévisagea sans répondre, les yeux pleins d'anxiété. D'une main tremblante, elle repoussa une mèche blonde derrière son oreille.

— Tu me fais peur, Henry. Ton pouvoir et ton argent m'effraient.

Il ne put dissimuler sa surprise.

— D'habitude, les femmes trouvent le pouvoir et l'argent excitants — voire enivrants, commenta-t-il.

— Pas moi, rétorqua-t-elle. Peut-être les femmes dont tu parles n'ont-elles rien à perdre. Moi, si.

Sa voix s'altéra.

— Il faut que je sache si tu veux me prendre les garçons.

— Qu'est-ce qui te fait penser que je ferais une chose pareille ?

— Tu en as le pouvoir, répondit-elle, une lueur de colère dans les yeux. Tu leur as acheté des chaises hautes, des berceaux et je ne sais quoi encore ! Et n'essaie pas de me dire que tu l'as fait seulement pour que ma visite soit plus agréable !

— Je n'ai aucune intention de te les enlever.

Un instant, leurs regards s'affrontèrent. Il vit la bataille qui se livrait en elle, devina qu'elle essayait de juger si oui ou non elle pouvait avoir confiance en lui.

— Melissa, je ne vais pas te mentir. Je voudrais que ces enfants vivent au ranch. Qu'ils y grandissent. Je n'ai aucune envie d'être un père à mi-temps. Je veux leur apprendre à aimer la terre et à faire partie de Randolf Enterprises, qui leur appartiendra un jour.

Elle étrécit les yeux et se raidit, comme prête à passer à l'offensive.

— J'ai une proposition à te faire, se hâta-t-il d'ajouter. Elle te permettrait de garder les garçons et m'offrirait aussi ce que je veux.

— De quoi s'agit-il ? demanda-t-elle, méfiante.

— Il y a une maison de gardien non loin du bâtiment principal. Elle contient deux chambres et il y a tout le confort. J'aimerais que tu envisages de t'y installer avec les enfants.

— C'est impossible, dit-elle aussitôt. Ma vie est à Amarillo.

Il arqua un sourcil.

— D'après ce que tu m'as dit, elle semble plutôt solitaire.

— Peut-être, rétorqua-t-elle fermement, mais c'est la mienne, pas la tienne.

Henry réprima un soupir de frustration. Elle avait admis qu'elle était têtue et, à cet instant, son obstination était visible dans la manière dont elle redressait le menton, dans ses yeux étincelants.

— Ecoute, j'aimerais simplement que tu considères mon offre. Ce serait fantastique pour les garçons d'avoir leur père et leur mère dans leur vie. Réfléchis, c'est tout ce que je te demande.

Une fois de plus, ses magnifiques yeux bleus le dévisagèrent.

— Et tu me promets que tu n'essaieras pas de me prendre les garçons ? Tu ne te serviras pas de ta fortune pour tenter d'obtenir leur garde ?

— Je te le promets.

— Comment puis-je être sûre que tu dis la vérité ?

Il ouvrit la portière.

— J'imagine que tu vas devoir me faire confiance, tout comme je te fais confiance concernant cette femme mystérieuse qui t'a amenée chez moi. Maintenant, allons faire quelques courses. Laisse-moi te montrer les charmes de Dalhart.

A vrai dire, il n'avait pas même envisagé de chercher à obtenir la garde des jumeaux par des moyens légaux. C'étaient des êtres vivants, pas une société qu'il pouvait vendre ou acheter.

D'ailleurs, il savait combien il était important pour les enfants d'avoir une mère. Il avait une relation extraordinaire avec la sienne et n'aurait jamais voulu priver ses propres enfants d'un bonheur similaire.

Il plongea son regard dans le sien, espérant qu'elle pourrait mettre ses craintes de côté, au moins durant leur sortie.

A son grand soulagement, un sourire hésitant se dessina sur ses lèvres.

— J'aimerais choisir un cadeau pour ta mère ce matin, dit-elle en descendant du véhicule.

— Ce n'est pas nécessaire, protesta-t-il, sachant qu'elle avait des moyens limités.

— J'y tiens, répondit-elle en redressant le menton. J'ai remarqué qu'elle aime le parfum à la rose, et j'avais pensé à lui offrir du savon ou une lotion.

Henry ne put s'empêcher d'être surpris et touché par son attention.

— Eh bien, je suis sûr que nous allons trouver. J'ai moi-même quelques achats à faire.

Il s'effaça pour la laisser entrer chez Nathan's General Store.

— Oh, s'écria Melissa d'un air émerveillé. J'ai l'impression qu'on peut trouver tout ce qu'on veut ici !

Le magasin était une véritable caverne d'Ali Baba. Les rayonnages allaient du sol au plafond, pleins d'objets hétéroclites disposés au petit bonheur la chance. Les bougies côtoyaient les couches jetables, et les pots de beurre de cacahuète étaient rangés à côté des céréales.

— Encore faut-il bien chercher, répondit Henry avec humour. Nathan a un système de rangement bien à lui.

— C'est ce que je vois, mais les courses n'en sont que plus intéressantes !

Il la suivit du regard tandis qu'elle s'approchait d'une étagère, se demandant ce qui l'attirait tant chez elle.

Certes, elle était jolie, mais sa beauté n'était pas à couper le souffle. Pourtant, il se souvenait intimement des courbes de son corps. Elle possédait aussi une sorte d'aura, un mélange de force et de fragilité.

Bien sûr, il fallait qu'elle soit forte pour élever les garçons toute seule.

Pourtant, par moments, il apercevait dans ses yeux une tristesse, un désir diffus qui, il le sentait, n'avait rien à voir avec l'argent ou le mode de vie qu'il pouvait lui offrir.

Un chandail bleu, songea-t-il soudain. Voilà cc qu'il lui fallait. Un pull de la même couleur que ses yeux. A vrai dire, il était tenté de lui faire plusieurs cadeaux, mais il ne savait pas si elle en serait contente ou fâchée.

Il mourait d'envie de lui offrir un peignoir pour remplacer celui qu'il avait vu la veille. Une voiture neuve à la place de l'épave qu'elle avait conduite jusque chez lui.

Mais il devinait chez elle une fierté farouche, qui s'accommoderait mal de tels présents.

Par certains côtés, il ne l'en admirait que davantage, même si ce trait de caractère risquait fort de lui mettre des bâtons dans les roues.

Certes, il n'aurait pas eu d'objection à partager une autre nuit de plaisir avec elle, mais il savait qu'il ne voulait pas l'épouser, ni même avoir une liaison durable avec elle.

Il lui fallait seulement la convaincre qu'il était dans l'intérêt de tous qu'elle s'installe dans le cottage. C'était son vœu le plus cher.

Il ne reculerait devant rien pour le voir se réaliser.

Malgré l'anxiété qu'elle ressentait depuis le moment où elle avait ouvert les yeux ce matin-là, Melissa appréciait cette sortie avec Henry. La conversation qu'ils avaient eue dans le pick-up avait apaisé certaines de ses craintes. Il avait promis de ne pas essayer d'obtenir la garde des jumeaux. Elle ne pouvait qu'espérer qu'il tienne parole.

Pour l'instant, elle se refusait à penser sérieusement à la proposition qu'il lui avait faite de s'installer dans sa propriété. Elle y réfléchirait peut-être plus tard, mais elle ne voulait pas gâcher le moment présent.

Ils flânèrent dans plusieurs magasins, et Melissa ne tarda pas à trouver exactement ce qu'elle cherchait : de la lotion et des savonnettes parfumées à la rose pour Mary.

Dalhart était une charmante petite ville qui, d'après Henry, attirait une foule de touristes chaque été.

— Tu vois ce bâtiment là-bas ? demanda-t-il en désignant un édifice en brique. C'est l'Hôtel Randolf. Je l'ai acheté il y a six mois et il est actuellement en train d'être restauré de fond en comble. Quand le gros œuvre sera terminé, j'aurai besoin d'un décorateur d'intérieur. Si tu vivais ici, je t'engagerais.

— Hmm. Curieusement, cette offre ne me paraît pas tout à fait désintéressée, répondit-elle d'un ton léger.

Il sourit.

— Peut-être. Mais il faudra bien que j'emploie quelqu'un. Autant que ce soit toi.

— Tu ne sais même pas si je fais bien mon travail !

— J'ai le sentiment que tu fais très bien tout ce que tu entreprends, répondit-il.

Ils continuèrent à se promener, Henry lui signalant les attractions ici et là. Finalement, il suggéra qu'ils prennent un café avant de rentrer au ranch et Melissa accepta. Bien qu'impatiente de retrouver ses enfants, elle n'avait pas envie que cette escapade prenne fin.

Henry avait été charmant, révélant un sens de l'humour qu'elle n'avait pas vu jusque-là. Et il l'avait traitée comme si elle était la personne la plus importante sur Terre.

Il l'avait aussi présentée aux gens qui les avaient salués. Il était évident que ses amis et voisins avaient du respect et de l'admiration pour lui.

On les conduisit à une petite table au fond de la salle et la serveuse vint prendre leur commande.

— Je croyais que tu avais des courses à faire, fit-elle observer lorsqu'ils furent servis.

— Je les ai faites.

— Tu n'as pas de paquets ! s'étonna-t-elle en tendant la main vers le sucre.

— Je fais toujours livrer mes achats.

— J'imagine que c'est un des avantages quand on est fortuné, commenta-t-elle.

Il sourit, et le cœur de Melissa manqua un battement.

— Je ne vais pas mentir, répondit-il. Naturellement, l'argent offre certains avantages. Par exemple, je n'ai pas à m'inquiéter de savoir comment je vais régler mon loyer. Tu aurais le même luxe si tu t'installais dans la petite maison.

— C'est faux. Je ne m'attendrais pas à vivre là gratuitement. Je ne veux avoir de dettes envers personne, Henry.

Elle entoura la tasse de ses mains, songeuse. C'était une chose d'être indépendante, mais c'en était une tout autre de faire souffrir ses fils en s'obstinant à l'être.

— Il y a deux choses que je voudrais te demander, murmura-t-elle après un instant d'hésitation.

— Lesquelles ?

De près, elle voyait que ses yeux étaient gris-bleu, presque argentés. Une femme pouvait se perdre dans ce regard. S'y noyer.

— Je n'ai pas eu les moyens de souscrire une assurance santé, avoua-t-elle. Si tu pouvais les faire ajouter à ta police, ce serait gentil.

— Pas de problème, répondit-il aussitôt.

— La deuxième chose, c'est que tu pourrais peut-être m'aider à financer leurs études. Je n'ai pas eu la chance d'aller à l'université, mais j'aimerais qu'ils aient cette opportunité.

— Bien sûr. Ne t'inquiète pas pour ça. Je veux qu'ils fassent des études. Qu'est-ce qui t'a empêchée d'en faire ?

— Il y avait plusieurs raisons. Financièrement, c'était impossible, mais même si j'avais eu une bourse, je n'aurais pas pu partir.

Elle marqua une pause et but une gorgée de café avant de poursuivre.

— Quand j'étais au collège, le diabète de ma mère s'est beaucoup aggravé. Elle a perdu presque entièrement la vue et on a dû l'amputer d'une jambe. Il était hors de question que je m'en aille. Elle n'avait personne pour s'occuper d'elle.

— Tu t'es sacrifiée pour elle, fit-il observer.

Melissa sourit.

— Je n'ai jamais vu les choses sous cet angle. Pour moi, c'était un privilège que de prendre soin de celle qui avait toujours pris soin de moi.

Il la dévisagea, une lueur d'admiration dans les yeux.

— Sais-tu pourquoi j'ai rompu avec la femme que je fréquentais il y a un an ? Elle voulait placer ma mère dans une maison de retraite.

Melissa parut atterrée.

— Quelle idée ! Ta mère n'a rien à faire dans un endroit pareil.

— C'est exactement ce que je pense. Inutile de te dire que ma mère n'a pas été peinée quand j'ai rompu avec Hilary. Quand as-tu commencé à t'intéresser à la décoration d'intérieur ?

Melissa lui raconta qu'elle avait trouvé un emploi dans un magasin de meubles et qu'elle s'était rapidement passionnée pour l'aménagement des pièces et du décor.

Tout en parlant, elle ne put s'empêcher de penser aux baisers d'Henry, à la délicieuse sensation de bien-être qu'elle avait éprouvée entre ses bras.

— Nous devrions peut-être rentrer, dit-elle enfin, cherchant à refouler ses souvenirs. Nous sommes partis depuis plus de deux heures et je ne voudrais pas abuser de la gentillesse de ta mère.

— D'accord, dit-il. Mais tu n'as pas à t'inquiéter pour ça. Elle ne verrait aucun inconvénient à ce que nous soyons absents toute la journée. Elle adore les jumeaux.

Melissa sourit.

— Je ne peux pas te dire combien c'est merveilleux de savoir que les enfants ont un père tel que toi et une grand-mère comme Mary. Je suis parfaitement consciente du fait que James le cow-boy aurait très bien pu ne pas s'intéresser du tout à eux.

Il parut contrit.

— Je veux que tu saches que c'était la première et l'unique fois où j'ai menti sur mon nom, dit-il en faisant signe à la serveuse d'apporter l'addition. A vrai dire, je crois que, ce soir-là, je voulais être James le cow-boy plutôt qu'Henry Randolf.

Midi approchait et le café s'était rempli. Comme ils se dirigeaient vers la porte, Melissa remarqua que plusieurs clients les regardaient avec curiosité.

Ils étaient sur le point de sortir quand une jolie brune élancée s'engouffra à l'intérieur.

— Henry ! s'écria-t-elle d'un ton ravi.

Puis elle vit Melissa et son sourire s'effaça.

— Hilary, je te présente Melissa Monroe, une amie d'Amarillo. Melissa, voici Hilary Grant.

— Enchantée, fit Hilary à Melissa avant de reporter son attention sur Henry. J'allais faire un saut chez toi ce soir. J'ai confectionné ce nougat que tu aimes tant et j'allais te l'apporter.

— Merci, mais ce n'est pas la peine, protesta Henry poliment.

— Oh, mais j'en ai envie. Seras-tu chez toi ?

— Nous serons à la maison, mais c'est la veille de Noël. Un autre jour, peut-être.

Une moue irritée se dessina sur les lèvres écarlates d'Hilary.

— En ce cas, je donnerai le nougat à Charlie pour qu'il te l'apporte demain, répondit-elle. Je l'ai fait exprès pour toi, Henry.

Il lui sourit.

— C'est très gentil de ta part. A présent, nous ferions mieux de partir. Nous bloquons l'entrée.

— Ravie d'avoir fait votre connaissance, Hilary, dit Melissa.

Celle-ci hocha la tête et lui rendit son sourire, mais son regard était dépourvu de chaleur. Elle se dirigea vers une table où l'attendait une autre femme tandis que Melissa et Henry sortaient dans l'air froid de ce matin d'hiver.

— Hilary connaît Charlie ? s'enquit Melissa.

— Ils sont frère et sœur, expliqua Henry.

Elle leva les yeux vers lui.

— Ç'a dû être un peu délicat quand tu as rompu avec elle, non ?

— A vrai dire, pas du tout. Charlie ne semble guère se soucier de sa sœur. J'ai l'impression qu'ils ne sont pas très proches.

Ils n'avaient fait que quelques pas sur le trottoir quand ils se trouvèrent nez à nez avec un petit homme trapu. Melissa vit Henry se raidir.

— Tom, dit-il d'un ton bref.

— Henry. Il paraît qu'il y a eu de l'action chez toi l'autre soir.

— Et tu ne saurais rien de plus, par hasard ? rétorqua Henry.

Son regard était glacial, dur comme de l'acier.

— Je sais seulement ce que j'ai entendu dire ici et là. J'ai l'impression que certains ne sont pas très contents que tu aies décidé de te présenter.

— Surtout ceux qui ont quelque chose à perdre, riposta Henry. Tu n'en ferais pas partie, Tom ?

— Tirer sur les gens n'est pas mon genre. Si je m'en prends à toi, je ne le ferai pas par-derrière.

Sur quoi Tom adressa un bref salut à Melissa puis les contourna et poursuivit son chemin.

— Qui était-ce ? demanda-t-elle alors qu'ils regagnaient leur véhicule.

— Tom Burke, l'administrateur de la ville, quelqu'un qui ne veut certainement pas me voir devenir maire.

Henry ouvrit la portière de Melissa. Elle monta et le suivit du regard pendant qu'il faisait le tour du pick-up. Il était visiblement irrité. Un muscle tressautait à sa mâchoire et ses épaules étaient plus tendues que d'habitude.

— Tu n'apprécies pas Tom Burke ? demanda-t-elle quand il s'installa au volant.

— Je pense que c'est un escroc qui se fait passer pour un citoyen respectable, répondit Henry en démarrant.

Si je deviens maire, je ferai tout ce qui sera en mon pouvoir pour qu'il soit démis de ses fonctions.

— Tu crois que c'est lui qui est responsable des attaques perpétrées contre toi ?

Henry fit marche arrière avant de répondre. Une fois sur la route qui menait au ranch, il parut se détendre un peu.

— Oui, Tom Burke figure sur ma liste de suspects. Je crois qu'il a accepté des pots-de-vin de divers entrepreneurs qui ont travaillé pour la municipalité. Il sait que, si je suis élu, ses jours sont comptés.

— Tu as parlé de tes soupçons au shérif ?

Il hocha la tête, ses cheveux bruns reflétant le soleil qui filtrait à travers les vitres.

— Jimmy est au courant. Malheureusement, Tom n'est pas le seul à être corrompu. C'est pourquoi je suis décidé à nettoyer cette ville.

— Que disent les gens ?

— Je pense qu'ils me soutiennent, mais personne n'a eu le courage de le dire tout haut. J'espère qu'ils se feront entendre en votant pour moi.

Melissa éprouva un élan d'admiration pour lui. Il la faisait penser à un de ces héros de l'Ouest qui se lançait dans la reconquête d'une ville aux mains des hors-la-loi.

— Elle est très belle, murmura-t-elle, changeant de sujet.

Henry ne feignit pas de ne pas comprendre.

— Elle est assez jolie, répondit-il.

« Plus qu'assez », songea Melissa.

Hilary Grant était grande, mince et superbe, dotée de longs cheveux bruns et de beaux yeux en amande.

Avec son long manteau et ses jolies bottines à la mode, elle ressemblait à un mannequin.

— Que fait-elle dans la vie ?

— Elle est esthéticienne. Charlie et elle ont connu une enfance plutôt difficile. En gros, elle cherche un homme qui va lui permettre de vivre dans le luxe.

— Elle est amoureuse de toi, tu sais.

— Pas de moi, rétorqua-t-il avec un petit rire. De mon argent.

— Tu étais amoureux d'elle ? demanda Melissa, surprise de se rendre compte que sa réponse comptait pour elle.

Beaucoup plus qu'elle ne l'aurait dû.

— Non, mais dans un moment de faiblesse, j'ai envisagé de l'épouser.

— Tu te marierais avec quelqu'un sans l'aimer ? s'écria-t-elle, stupéfaite.

— Pour moi, c'était une sorte de contrat, expliqua-t-il tranquillement. Hilary aurait fait une bonne hôtesse pour les dîners d'affaires et les soirées. En échange, elle aurait eu le mode de vie qu'elle désire tant.

— Et tu ferais ça ? Tu te marierais pour un… arrangement plutôt que par amour ?

— En ce qui me concerne, l'amour n'est pas si important que ça.

Il l'enveloppa d'un regard amusé.

— Je suppose que tu es une romantique invétérée ?

— Absolument ! rétorqua-t-elle. Je ne me marierai que par amour. Je veux épouser quelqu'un qui m'aime à la folie, désespérément, et que j'aime de la même manière. Je veux quelqu'un avec qui rire, avec qui vieillir. Je ne me contenterai pas d'un pis-aller.

Comme pour ponctuer sa phrase, un bruit sec se fit entendre. Le pick-up vira brutalement vers la droite tandis qu'Henry proférait un juron.

Melissa vit un fossé profond surgir devant eux. Redoutant l'impact, elle ferma les yeux et hurla alors que le véhicule s'envolait.

6

Henry eut beau lutter pour maintenir la trajectoire du pick-up, ses efforts furent vains. Le véhicule dérapa vers la droite, heurta le bord du fossé et décolla, avant de retomber violemment sur la chaussée et de s'arrêter dans un mugissement sourd.

Le cœur battant à se rompre, il se tourna vers Melissa.

— Ça va ?

Elle ouvrit les yeux et hocha lentement la tête, mais son visage était livide.

— Oui.

Elle prit une profonde inspiration, repoussant ses cheveux en arrière d'une main tremblante.

— J'espère que tu as une roue de secours, murmura-t-elle.

Henry sortit le revolver de son holster et lui tendit son téléphone portable. Melissa écarquilla les yeux à la vue de l'arme.

— Appelle Jimmy, ordonna-t-il. Dis-lui que nous sommes à cinq kilomètres de chez moi, sur la voie express, et qu'on vient de tirer dans un des pneus.

Tandis qu'elle parlait, Henry garda l'œil sur le bouquet d'arbres qui bordait la route. Il était quasi certain d'avoir entendu une détonation dans la fraction de seconde qui avait précédé l'éclatement du pneu.

— Il arrive, annonça Melissa d'une voix un peu plus aiguë que d'habitude.

Il sentait la peur irradier d'elle, mais ne se tourna pas. Au contraire, il continua à fixer l'endroit d'où le danger pourrait venir. Il ignorait si l'attaque était terminée ou si le pneu éclaté n'était qu'un début.

Quelqu'un s'approchait-il en ce moment même du pick-up immobilisé, sachant que Melissa et lui étaient des cibles faciles ?

Les minutes s'égrenèrent dans un silence total. Henry était reconnaissant envers Melissa d'être restée calme et de ne pas chercher à lui parler. Elle semblait avoir aussitôt compris qu'il avait besoin de concentrer toute son attention sur sa tâche.

Son cœur continuait à battre à toute allure, mais la peur ne tarda pas à laisser place à la colère. Qui donc se cachait derrière tout cela ? Pourquoi Jimmy et lui ne parvenaient-ils pas à le découvrir ?

Il ne se détendit vraiment que lorsque la voiture de patrouille de Jimmy s'immobilisa de l'autre côté de la route. Il abaissa son arme et ouvrit la portière tandis que le policier s'avançait vers eux, l'arme au poing.

— Tu es en train de devenir un boulot à plein temps, Henry, commenta-t-il en arrivant à leur hauteur. Ça va ?

Il se pencha pour regarder Melissa.

— Et vous, madame ?

— Oui, merci, répondit-elle.

— Tu es sûr qu'on a tiré sur le pneu ? demanda Jimmy à Henry.

— J'ai entendu un claquement juste avant. Je crois que c'était un coup de feu.

Jimmy parcourut les environs des yeux.

— Tu as une idée de l'endroit d'où il venait ?

— Quelque part dans ce bosquet, répondit Henry, à deux ou trois cents mètres d'ici. Je suis sûr que le type est parti. S'il avait voulu nous abattre, il aurait pu essayer avant que tu arrives.

— Tu as des soupçons sur l'identité du tireur ?

— Les mêmes que d'habitude, rétorqua Henry. Plus un : j'ai congédié Hank Carroll ce matin avant de partir en ville. Peux-tu faire en sorte qu'on nous ramène au ranch ?

Jimmy acquiesça.

— Je vais appeler Gordon par radio. Il vous raccompagnera. En attendant, je vais jeter un coup d'œil dans les bois et voir si je trouve quelque chose. Tu es armé ?

Henry lui montra le revolver.

— Ne t'en fais pas, j'ouvre l'œil. Vas-y et nous allons attendre Gordon.

Jimmy hocha la tête, avant de pivoter sur ses talons afin de regagner sa voiture.

Henry se tourna vers Melissa, constatant avec plaisir qu'elle avait repris quelques couleurs.

— Je ne crois pas que nous soyons en danger, dit-il doucement. Et j'apprécie que tu aies gardé ton sang-froid.

Elle lui adressa un faible sourire, mais ses lèvres tremblaient légèrement.

— Je ne suis pas du genre à faire des crises d'hystérie. Tu as renvoyé Hank ?

— Oui, dit-il en recommençant à scruter les environs. Je lui ai donné deux avertissements concernant sa consommation d'alcool durant les heures de travail, mais il était à moitié ivre hier, quand il est venu apporter le sapin.

— J'avais remarqué. Crois-tu qu'il serait capable de faire une chose pareille, seulement pour se venger ?

Henry fronça les sourcils.

— A dire vrai, je n'en sais rien. Il ne travaille pas depuis très longtemps pour moi. J'espère que cet incident ne va pas te faire changer d'avis, que tu accepteras quand même de vivre ici.

— Je n'ai pas encore pris de décision à ce sujet, répondit-elle fermement. Et le moment me paraît plutôt mal choisi pour me demander ce que j'en pense.

A cet instant, Gordon Hunter arriva au volant de sa voiture de patrouille. Melissa et Henry descendaient de leur véhicule quand Jimmy réapparut.

— Je n'ai rien trouvé, avoua-t-il. Je suppose que tu ne vas pas accepter de rester calfeutré chez toi en attendant que je sache qui t'en veut ? Demain, c'est Noël. Tu n'as sûrement pas besoin de t'absenter ?

— Je ne sortirai sans doute pas pendant les deux jours qui viennent, admit Henry, mais je refuse de me terrer chez moi, Jimmy.

Le shérif fronça les sourcils.

— Je sais. Je fais ce que je peux, mais ces incidents ne me fournissent guère d'indices.

Henry mit la main sur l'épaule de son ami. Il savait que ce dernier prenait son travail très au sérieux, et qu'il était tout aussi frustré que lui par leur absence de progrès.

— Je demanderai à Willie de remorquer ta voiture jusqu'au garage, ajouta Jimmy. Et je te rappelle demain ou après-demain. En attendant, essaie quand même de passer un joyeux Noël.

Henry acquiesça, puis rejoignit Melissa sur la banquette arrière.

— Ça va ?

— On ne s'ennuie pas avec toi, n'est-ce pas ?

Décelant encore un vestige de peur dans ses grands yeux, il lui prit la main. Elle enroula aussitôt ses doigts autour des siens, comme si elle avait désespérément besoin de ce contact.

A sa grande surprise, Henry se sentit envahi par un farouche instinct protecteur alors qu'il tenait sa main fine dans la sienne.

Sans doute parce qu'elle était la mère de ses enfants.

Il fut non moins surpris de se rendre compte qu'il n'avait aucune envie de la lâcher, même quand la voiture de Gordon s'immobilisa devant la maison.

Melissa prit ses paquets et Henry se hâta de la faire entrer. Ils furent accueillis par Mary, visiblement inquiète.

— Que se passe-t-il ?

— Rien de grave, rassure-toi. Un de mes pneus a éclaté, répondit Henry avant que Melissa ait eu le temps d'ouvrir la bouche. La roue de secours était à plat et Gordon passait par là. Il a proposé de nous ramener.

Il ne voulait pas effrayer sa mère, et il espéra avec ferveur que Melissa entrerait dans son jeu. En effet, elle ne le contredit pas.

— Tout va bien ? demanda-t-elle. Les garçons ont été sages ?

Le visage de Mary s'éclaira aussitôt.

— Comme des images, répondit-elle tandis qu'Henry remerciait Melissa d'un sourire.

La jeune femme suivit sa mère dans le salon tandis qu'il se dirigeait vers son bureau. Il devait parler au garagiste, et avoir une conversation avec Charlie pour savoir comment s'était déroulé son entretien avec Hank.

Surtout, il avait besoin de s'éloigner de Melissa. Il ne pouvait s'empêcher de penser à la joie qu'il avait éprouvée à tenir sa main dans la sienne, à son parfum qui l'avait enivré toute la matinée.

Il la désirait.

Il voulait la revoir nue entre ses bras, gémissant de plaisir comme lors de la nuit qu'ils avaient partagée. Le problème, c'était qu'elle lui avait expliqué très clairement ce qu'elle cherchait : le grand amour, un mariage pour toujours, toutes ces sornettes !

Pas du tout ce qu'il comptait lui offrir.

Serait-elle tentée par une nuit de passion, sans engagement de part ni d'autre, sans promesse d'amour ?

Peut-être.

Elle n'était pas indifférente, il le savait. Il avait vu une étincelle briller dans ses yeux lorsqu'il s'approchait d'elle. Il avait remarqué que son regard s'attardait sur lui quand elle ne se pensait pas observée.

Il s'assit à son bureau et soupira.

Il était nettement plus facile de réfléchir à la manière d'attirer Melissa dans son lit que d'essayer de deviner qui cherchait à l'abattre.

— Tu es tout à fait en sécurité ici, affirma Henry à Melissa plus tard ce soir-là. La maison est équipée d'un système d'alarme dernier cri. Personne ne peut s'introduire à l'intérieur sans qu'il se déclenche.

Melissa acquiesça et but une gorgée de vin. Mary venait d'aller se coucher, les jumeaux étaient endormis et Henry et elle étaient assis dans le salon éclairé par les guirlandes lumineuses du sapin.

Depuis leur retour de Dalhart, elle n'avait cessé de s'inquiéter pour la sécurité de ses enfants. Comment pouvait-elle envisager de s'installer ici en sachant que quelqu'un cherchait à nuire à Henry ? En sachant qu'il était possible que les garçons ou elle soient des victimes innocentes ?

— Je ne peux sérieusement songer à vivre ici avant que ce problème soit résolu, avoua-t-elle avec franchise. Et même dans ce cas…

— Mais je veux que tu y songes sérieusement, insista Henry avant de marquer une pause. Les élections auront lieu en février. D'ici là, je suis sûr que Jimmy saura qui me harcèle.

Elle arqua un sourcil.

— Franchement, il me semble que le terme de « harcèlement » est un peu faible pour décrire ce qui est arrivé depuis que je suis ici. Nous aurions pu mourir tous les deux aujourd'hui. Si le pick-up s'était retourné, nous ne serions pas là pour en discuter.

— Je te jure que je ne ferai rien qui puisse vous mettre en danger, les garçons et toi.

Elle haussa les épaules.

— Peu importe, de toute façon. J'ai l'intention de rentrer chez moi demain après-midi.

— Le jour de Noël ? se récria-t-il. Tu ne peux pas faire ça. Ma mère aurait le cœur brisé !

Melissa lui sourit.

— D'abord tu essaies de m'amadouer avec une offre d'emploi et maintenant tu te sers de ta mère pour me manipuler. Tu devrais avoir honte !

Il éclata de rire et une agréable vague de chaleur se répandit dans le corps de Melissa.

— Je refuse de me sentir coupable si cela t'incite à rester un peu plus longtemps. D'ailleurs, Etta va préparer un repas de Noël traditionnel pour le déjeuner. Un jour de plus ne fera pas une grande différence, si ?

— Tu veux seulement avoir plus de temps pour me persuader d'emménager ici, rétorqua-t-elle.

Il hocha la tête, l'enveloppant d'un regard taquin.

— Ça aussi, reconnut-il.

— Bon. D'accord. Je ne partirai pas demain. Mais après-demain matin, nous devrons rentrer.

Il termina son whisky et déposa son verre sur la table du salon.

— Et ensuite ? demanda-t-il, redevenu grave. Quand reverrai-je les garçons ?

Melissa hésita.

Sa vie allait se compliquer, c'était certain. Elle avait été ravie qu'Henry veuille s'impliquer dans la vie de ses fils, mais à présent elle devait faire face aux problèmes logistiques que cela posait.

— Je peux m'engager à venir ici deux week-ends par mois, je suppose. Je sais que ce n'est pas idéal, que tu voudrais voir les jumeaux tous les jours, ajouta-t-elle devant son évident désarroi. Mais, Henry, il faut que nous fassions un compromis.

— Je sais.

Il se laissa aller contre le dossier du canapé, fronçant les sourcils d'un air songeur.

— Jamais je n'avais imaginé qu'avoir des enfants aurait un tel effet sur moi, murmura-t-il. Je ne savais pas à quel point j'aurais envie de les voir, de prendre soin d'eux, de les protéger…

Elle sourit. Lorsqu'il parlait ainsi de ses enfants et que l'amour se lisait dans son regard, il ne lui en paraissait que plus séduisant.

— Non, répéta-t-il. Je ne savais pas du tout comment ce serait.

Ses traits étaient adoucis dans la pénombre, et Melissa se surprit à caresser des rêves impossibles.

Elle aurait tant aimé qu'Henry et elle soient mariés et que, ce soir, ils fassent l'amour. Qu'ils partagent leur petit déjeuner, échafaudent des projets, rient des mêmes plaisanteries. Qu'ils se retrouvent autour d'une tasse de café, chaque matin, durant le reste de leur vie.

C'était stupide, elle le savait. Il s'agissait de rêves nés d'une lumière romantique, d'un sapin de Noël, de la chaleur qui berçait cette maison.

Petit à petit, elle était en train de tomber amoureuse d'Henry, alors qu'elle savait qu'il était vain d'espérer quoi que ce soit hormis des week-ends passés là avec les garçons.

Néanmoins, elle avait accepté de rester un jour supplémentaire parce qu'elle était réticente à quitter cette maison chaleureuse, à le quitter, lui.

— Y a-t-il d'autres jumeaux dans ta famille ? demanda-t-il soudain, l'arrachant à ses pensées vagabondes.

— Pas que je sache. Et dans la tienne ?

— Je crois qu'il y en avait du côté de mon père…

Le tintement de la sonnette l'interrompit. Fronçant les sourcils, Henry jeta un coup d'œil à sa montre.

— Qui diable cela peut-il être ? marmonna-t-il.

Melissa le suivit des yeux alors qu'il se levait, admirant ses gestes souples et virils.

Lorsqu'il disparut dans l'entrée, elle laissa échapper un soupir. Elle avait pris tant de plaisir à passer cette journée avec lui…

Pourtant, elle avait été choquée par ses idées sur le mariage.

Avait-il donc si peur qu'une femme ne lui prenne son argent ? Ne se rendait-il pas compte de sa valeur en tant qu'homme ? A quoi cela servait-il d'avoir tant d'argent si on devait redouter constamment que quelqu'un ne vous le vole ?

Elle se demanda ce qui avait rendu Henry cynique à ce point. Avait-il été trahi par une femme par le passé ?

Pour sa part, Tom l'avait fait souffrir, mais même cette déception ne l'avait pas fait douter de l'existence du véritable amour.

Henry revint, ses clés de voiture à la main.

— C'était Willie, le garagiste. Il a ramené le pick-up, dit-il en se rasseyant.

— Henry, as-tu un ordinateur ?

Elle savait qu'il n'avait pas vraiment accepté son récit concernant MystérieuseMaman. Et elle tenait par-dessus tout à lui fournir la preuve qu'elle ne s'intéressait pas à son argent.

— Bien sûr. Pourquoi ?

— Je me demandais… accepterais-tu que je

m'en serve ? J'aimerais voir si je peux contacter MystérieuseMaman. C'est à peu près l'heure où je me connectais au forum. C'est important pour moi que tu croies ce que je t'ai dit.

— Tu ne m'as pas donné de raison d'en douter.

Néanmoins, elle décela une pointe d'incertitude dans sa voix, comme si « jusqu'à maintenant » manquait à la fin de sa phrase.

— Peut-être, mais pour ma propre tranquillité d'esprit, j'aimerais te montrer.

Il se leva. Melissa termina son verre et le suivit dans le couloir. Il lui fit signe de s'asseoir devant l'ordinateur et vint se tenir derrière elle. Aussitôt, il sembla à Melissa que l'immense pièce venait de rétrécir.

Ils attendirent un instant que l'ordinateur se mette en marche. Elle avait une conscience aiguë de son odeur masculine, de son haleine chaude sur son cou. Un frisson de plaisir la traversa et elle espéra qu'il ne s'était pas aperçu qu'elle avait le souffle court.

— Vas-y, dit-il. Tu es connectée à internet maintenant.

Elle déplaça la souris, cherchant le forum où, soir après soir, pendant des mois, elle avait bavardé avec son amie et d'autres futures mamans. A sa totale consternation, ce lieu devenu si familier, où elle avait passé tant de temps et confié tant de ses secrets, n'était plus là.

— Je ne comprends pas, murmura-t-elle en cliquant ici et là, à la recherche du lien manquant. Il n'y a plus rien.

Un affreux sentiment de frustration monta en elle.

— C'est Noël, Melissa, intervint Henry. C'est sans doute la raison pour laquelle personne n'est en ligne.

— Non, ce n'est pas ça. C'est le forum lui-même qui a disparu.

Elle leva les yeux vers lui, surprise par l'émotion qui la submergeait. Elle aurait tant voulu lui prouver que ce n'était ni son argent ni la perspective d'une vie facile qui l'avaient amenée chez lui !

— Tu as une adresse de courrier électronique pour cette MystérieuseMaman ?

Melissa fit non de la tête.

— Nous parlions toujours sur le forum. Je n'ai eu qu'un seul message de sa part, et c'était celui où elle m'indiquait le chemin pour venir ici, mais quand j'ai essayé de répondre, mon message m'a été retourné.

Elle couvrit sa main de la sienne.

— Il faut que tu me croies, Henry. C'est très important pour moi.

Il la dévisagea longuement, intensément, comme s'il lisait dans son âme.

— Je te crois, Melissa. Tu n'as rien à me prouver.

Il retira la main qu'il avait placée sur son épaule et éteignit l'ordinateur.

— Viens. Il commence à être tard et le Père Noël passera tôt demain matin.

Il était grand temps qu'elle sorte du bureau, qu'elle s'éloigne de lui. Les jambes flageolantes, encore troublée par son odeur, par la chaleur de sa main, par le regard qu'il avait posé sur elle, Melissa le précéda dans le salon où il éteignit les lumières.

Ils gravirent côte à côte les marches qui montaient au premier étage, et, une fois de plus, elle éprouva un pincement de regret. Tout aurait pu être différent entre eux deux s'ils s'étaient rencontrés autrement. S'ils étaient sortis ensemble plusieurs mois durant avant qu'elle tombe enceinte…

Elle se reprit.

A quoi bon ressasser le passé ?

Lorsqu'ils atteignirent le palier, elle entra dans la chambre des jumeaux, suivie d'Henry.

Joey dormait paisiblement, un petit sourire sur les lèvres, comme s'il faisait de beaux rêves. Le cœur gonflé d'amour, Melissa se pencha sur James, et ne fut pas surprise de voir qu'il avait repoussé la couverture et qu'il était allongé en travers de son berceau. Elle ne chercha pas à le bouger, mais le recouvrit tendrement.

Puis elle recula et regagna le couloir.

— James a le sommeil agité. Il se réveille facilement, commenta-t-elle doucement.

Elle fit quelques pas, s'arrêtant sur le seuil de sa chambre.

— Bonne nuit, Henry.

Il s'avança vers elle. Il était si proche qu'elle sentait la chaleur de son corps.

— Melissa… j'ai été très heureux de passer la matinée avec toi, murmura-t-il.

— Moi aussi.

Son cœur battit plus vite, tout à coup.

Elle ne pouvait se méprendre sur la lueur de désir qui brillait dans les yeux d'Henry. Lorsqu'il se pencha pour lisser une mèche de ses cheveux, Melissa tressaillit, comme sous l'effet d'une décharge électrique.

— J'ai souvent pensé à toi après cette nuit, ajouta-t-il d'une voix rauque. Je me demandais si tu étais bien arrivée. Si, un jour, nos chemins se croiseraient de nouveau… J'ai du mal à croire que nous avons partagé tant de choses… et pourtant si peu.

— Nous avons perdu la tête, souffla-t-elle.

— Ce soir aussi, j'ai l'impression de perdre la tête…, dit-il dans un souffle.

Sans lui donner le temps d'assimiler ses paroles, il l'attira dans ses bras et prit possession de ses lèvres.

Pas un instant, elle ne songea à le repousser, à se refuser le plaisir de l'embrasser.

Ses lèvres étaient à la fois tendres et exigeantes, exactement comme dans son souvenir.

Elle entrouvrit la bouche, et leur baiser se fit plus intime. Henry promena les mains sur son dos, la pressant contre son corps musclé.

Etourdie, enivrée, Melissa sentit le désir déferler en elle. Aucun homme n'avait jamais eu un tel effet sur elle.

Jamais elle ne s'était sentie aussi vivante qu'à cet instant, entre les bras d'Henry.

Il la lâcha brusquement et recula d'un pas, le regard sombre et voilé. Melissa lutta pour se ressaisir, réprimant l'envie folle de le prendre par le bras et de l'entraîner dans son lit.

Puis une pensée s'imposa à son esprit, chassant instantanément tout le reste.

— Tu as essayé de me manipuler pour me persuader de rester ici, dit-elle. La séduction est-elle aussi une de tes armes ?

Un sourire se dessina lentement sur ses lèvres, et il prit son temps pour répondre.

— Je te promets que je ne te séduirai pas dans le but de te faire emménager dans la petite maison, affirma-t-il, son regard rivé au sien. Si je le faisais, ce serait strictement pour mon plaisir. Rien d'autre.

Il leva la main et, du bout du doigt, effleura sa lèvre inférieure.

— Et j'ai bien l'intention de te séduire, Melissa, murmura-t-il. Dors bien. A demain.

7

Le lendemain, Henry s'éveilla de bonne heure, envahi par une excitation qu'il n'avait pas ressentie depuis l'enfance. La maison embaumait Noël, les petits pains à la cannelle, les branches de sapin et les bougies parfumées que sa mère affectionnait.

Il s'attarda un instant au lit, songeant à la journée qui s'annonçait et à celle de la veille.

Embrasser Melissa avait été son cadeau de Noël.

Il en rêvait depuis le matin.

Alors qu'elle flânait dans les magasins, ses lèvres dessinant une adorable petite moue, il n'avait eu qu'une envie : capturer cette bouche sensuelle comme il l'avait fait lors de la tempête de neige.

Ce soir-là, il l'avait embrassée jusqu'à ce que la peur disparaisse de son regard, cédant la place à de tout autres sentiments.

Le baiser avait été exactement tel que dans son souvenir. Ses lèvres étaient douces, chaudes, accueillantes, et il aurait voulu que l'instant dure toujours.

Il aurait voulu la prendre par la main et l'entraîner dans son lit.

Au lieu de quoi il lui avait souhaité bonne nuit. Il était redescendu au rez-de-chaussée et il avait passé un long moment à emballer ses achats et à les déposer au pied du sapin, ainsi que tous les autres objets livrés au cours des vingt-quatre heures écoulées.

Il était content des cadeaux qu'il avait choisis pour les jumeaux, mais il avait surtout hâte que Melissa ouvre les siens. A vrai dire, il y avait une éternité qu'il ne s'était pas senti aussi heureux à la perspective d'offrir.

Certes, il donnait généreusement aux associations caritatives, mais faire des emplettes pour Melissa lui avait apporté un plaisir tout particulier.

Il se leva et gagna la salle de bains. Il était 6 heures tout juste lorsqu'il passa devant la chambre de Melissa et jeta un coup d'œil par la porte entrebaîllée pour voir si elle dormait toujours.

Elle était à peine visible sous la couette. Il ne distinguait qu'une forme mince et des cheveux blonds. Il mourait d'envie d'aller la rejoindre, de la prendre dans ses bras et de lui faire l'amour alors que le soleil se levait à l'horizon.

Avec un léger soupir, il recula et alla voir les garçons, qui dormaient à poings fermés. Il inspira profondément leur odeur de bébé, le cœur serré à la pensée qu'il allait devoir être séparé d'eux, ne fût-ce que temporairement.

Au rez-de-chaussée, le sapin était illuminé et des bougies brûlaient gaiement sur le manteau de la cheminée. Sa mère était assise à la table de la salle à manger, une tasse de café devant elle.

— Joyeux Noël, Henry, lança-t-elle en venant l'embrasser sur la joue, les yeux pétillants.

Il l'étreignit et lui souhaita la même chose.

— Tu es matinale, fit-il observer en se versant un café.

— Je ne pouvais plus rester au lit. J'ai hâte que Melissa voie tout ce que nous avons acheté pour les garçons, dit-elle en souriant. A partir de maintenant, chaque Noël va être merveilleux !

— Quand Melissa et moi discuterons des visites, j'insisterai pour que les jumeaux viennent ici à Noël, répondit-il.

Ses propres paroles ne lui apportèrent aucun réconfort. Il voulait que les garçons soient là tout le temps. Il voulait être témoin de leurs premiers pas, il voulait les entendre dire « papa » pour la première fois. Il ne pouvait supporter l'idée d'attendre leur retour des jours ou des semaines durant.

— Tu n'as pas réussi à la persuader de venir s'installer ici ? demanda Mary. Dans le cottage ?

— Pas encore. Mais j'ai jusqu'à demain pour la convaincre.

— Elle part demain ? demanda Mary, visiblement déconcertée.

— C'est ce qu'elle m'a dit.

— Ce serait bien si nous pouvions la persuader de passer le nouvel an ici.

Henry adressa à sa mère un sourire amusé.

— Et après, nous pourrions peut-être essayer de la persuader de rester jusqu'à la Saint-Valentin, ou même jusqu'à Pâques.

Mary éclata de rire et acquiesça.

— Je n'y vois aucun inconvénient, s'écria-t-elle avant de redevenir songeuse. Il ne s'agit pas seulement des garçons. J'aime bien Melissa. C'est exactement le genre de femme que je rêvais de te voir épouser.

Henry fronça les sourcils.

— Tu sais que cela n'a aucune chance de se produire, alors n'y pense même pas.

La plupart du temps, Mary respectait sa décision de rester célibataire, mais, parfois, elle se lançait à l'attaque, espérant le faire changer d'avis.

— Je déteste penser que tu vas vieillir seul, insista-t-elle. Je voudrais que tu connaisses le bonheur que ton père et moi avons partagé.

Il but une gorgée de café avant de répondre :

— J'ai des fils qui me tiendront compagnie. Cela me suffit.

— Je disais seulement que ce serait bien s'ils pouvaient tous être ici de manière permanente.

Henry se laissa aller en arrière sur sa chaise.

— J'ai l'impression qu'elle ne voudra pas s'engager à quoi que ce soit avant que j'aie pu lui prouver qu'il n'y a pas de danger. Le comité d'accueil de l'autre jour lui a fait très peur.

— Jimmy n'a toujours aucune idée de l'identité du tireur ? demanda sa mère avec inquiétude.

Henry secoua la tête.

— Il vient demain pour que nous en discutions.

A cet instant, Melissa apparut sur le seuil, un jumeau calé sur chaque hanche. Mary et Henry se levèrent aussitôt pour lui venir en aide.

— Joyeux Noël, dit-elle gaiement.

Vêtue d'un jean et d'un pull rouge, sa chevelure soyeuse déployée sur ses épaules, elle était splendide.

— Joyeux Noël à vous aussi, Melissa, répondit Mary en prenant Joey.

Henry se chargea de James, qui lui adressa un sourire un peu grognon et se mit à gigoter.

— Ils ont faim, commenta Melissa. Je vais préparer deux bols de céréales et je reviens.

Henry la suivit des yeux tout en installant James dans sa chaise haute. Ce dernier cessa de s'agiter, comme s'il avait compris qu'il allait bientôt avoir ce qu'il désirait.

De son côté, Mary se mit à faire quelques grimaces et bruits drôles pour distraire les garçons. Quelques secondes plus tard, ils riaient aux éclats.

Le son résonna dans le corps d'Henry, l'emplissant d'un tel amour qu'il en eut les larmes aux yeux.

Des fils.

Ses fils.

Il avait encore du mal à assimiler la nouvelle, mais il était infiniment reconnaissant que le blizzard les ait réunis, Melissa et lui, pour cette folle nuit qui avait mené à la naissance de Joey et de James.

Il était hors de question qu'il ait une relation à distance avec eux. D'ailleurs, que se passerait-il si Melissa finissait par se lasser de faire la navette entre Amarillo et le ranch ?

Et si, un jour, elle finissait par tomber amoureuse et qu'elle épousait un homme qui n'appréciait pas la présence des garçons ?

Son cœur se serra à cette affreuse pensée.

Il devait convaincre Melissa d'emménager dans le cottage. C'était la seule manière dont il pourrait obtenir ce qu'il voulait — une place à plein temps dans la vie de ses fils.

Il sourit en la voyant qui revenait dans la pièce, munie de deux bols.

— Assieds-toi et bois ton café, lui dit-il en les prenant. Maman et moi allons donner à manger aux jumeaux. Tu as bien dormi ?

— Comme un loir.

Elle se versa une tasse de café et s'assit à côté de lui. Aussitôt, il respira son parfum, à la fois léger et enivrant.

— Le petit déjeuner sera prêt dans un quart d'heure environ, annonça Mary. Et, ensuite, nous irons voir ce que le Père Noël nous a apporté.

— Il m'a déjà donné plus qu'assez, répondit Melissa en les regardant tour à tour avec chaleur. Votre accueil est le plus beau cadeau dont je pouvais rêver.

— Peut-être que, plus tard dans la journée, vous permettrez à Henry de vous montrer la maison, suggéra Mary. Jetez-y un coup d'œil avant de vous décider, d'une manière ou d'une autre.

— Oui, je pourrais la visiter, je suppose.

Melissa avait parlé d'un ton conciliant, mais Henry la vit redresser le menton d'un air obstiné qui n'augurait rien de bon.

Etta entra, chargée d'un plateau contenant des biscuits, de la sauce et des œufs brouillés.

Le petit déjeuner fut agréable. Mary raconta ses Noëls d'autrefois, et Melissa partagea avec elle et Henry certains de ses meilleurs souvenirs d'enfance, à l'époque où sa mère était encore en vie.

Henry avait du mal à détacher son regard de la

jeune femme. Elle semblait si douce, si chaleureuse. Il aimait son rire musical, la façon dont elle replaçait la même mèche de cheveux derrière son oreille quand elle réfléchissait ou qu'elle était nerveuse.

Il avait un peu l'impression d'être retourné au lycée, à l'époque où il était tombé amoureux pour la première fois d'une jeune fille appelée Angela. Une blonde aux yeux bleus, comme Melissa. Il lui avait fallu des mois pour rassembler le courage de l'inviter au bal du lycée.

C'était là qu'il avait découvert combien les femmes, même les très jeunes, pouvaient se montrer matérialistes.

Il refoula ce douloureux souvenir au fond de lui, s'efforçant de se concentrer sur la conversation et le rire musical de Melissa.

Lorsqu'ils eurent terminé, ils se rendirent tous dans le salon. Sa mère insista pour qu'ils habillent les enfants des petits costumes de Père Noël qu'elle avait achetés pour eux. Pendant que les deux femmes se chargeaient de cette tâche, Henry apporta les chaises hautes. Ensuite, sous son regard amusé, Mary prit des dizaines de photos des enfants qu'elle montrerait avec fierté à toutes ses amies.

Pour sa part, il se coiffa d'un chapeau de Père Noël qui déclencha l'hilarité de James.

Henry sourit, certain que ce Noël serait bel et bien inoubliable.

Melissa prit place à côté de Mary pendant qu'Henry commençait à sortir les paquets. Chevaux à bascule et grosses peluches furent suivis de vêtements et de jouets éducatifs. Bien sûr, les garçons prirent surtout plaisir à déchirer le papier d'emballage.

Mary ouvrit le cadeau que lui avait fait Melissa et se déclara ravie, ajoutant que c'était justement sa marque préférée.

Melissa était déjà au comble de l'émotion quand Henry lui tendit un paquet.

— Tu n'aurais pas dû, murmura-t-elle.

Il sourit.

— Ouvre-le, Melissa. Je l'ai choisi exprès parce qu'il est de la couleur de tes yeux.

Ses paroles firent battre plus vite le cœur de Melissa. Elle le déballa avec soin et eut le souffle coupé à la vue d'un superbe pull bleu, en laine incroyablement douce.

— Oh, Henry ! Il est magnifique, souffla-t-elle, touchée par son attention.

— Ce n'est pas tout, répondit-il en lui tendant un carton plus gros. Celui-ci est un peu plus personnel et j'espère que tu ne seras pas offensée, mais je n'ai pas pu résister à la tentation.

Melissa fronça les sourcils, quelque peu embarrassée d'ouvrir ce cadeau devant Mary. Les larmes lui vinrent aux yeux à la vue d'un peignoir, un splendide peignoir bordeaux, avec un col et une ceinture en satin. Sans doute avait-il remarqué que le sien était usé.

Elle éprouva un élan de reconnaissance envers lui. Bien qu'il ait acheté une foule de présents pour les enfants, il avait choisi pour elle des objets relativement ordinaires, comme s'il avait deviné qu'elle serait mécontente s'il faisait des folies pour elle.

— J'ai quelque chose pour toi, Henry, dit-elle en

se levant pour aller chercher le petit paquet qu'elle avait glissé sous l'arbre plus tôt ce matin.

Il la regarda avec surprise.

— Ce n'est pas grand-chose, ajouta-t-elle, mais je sais que cela te fera plaisir.

Intrigué, Henry s'assit et déchira l'emballage, révélant deux petits cadres. Chacun d'eux contenait la photo d'un des garçons nouveau-né.

Il les contempla longuement, les yeux embués de larmes. Puis il se leva et vint déposer un baiser sur sa joue.

— Merci, dit-il d'une voix rauque. C'est le plus beau cadeau que tu pouvais m'offrir.

La joue brûlante, Melissa se sentit une nouvelle fois submergée par l'émotion, songeant qu'elle avait l'impression d'avoir retrouvé une famille.

A 10 heures, ils avaient presque rangé la pièce. Melissa finissait de mettre le papier froissé dans un sac poubelle quand la sonnette retentit.

Henry alla ouvrir.

Melissa se raidit en entendant une voix familière s'élever dans l'entrée.

Hilary.

Elle ressentit une bouffée de jalousie dont la violence la surprit. C'était ridicule, se réprimanda-t-elle. De quel droit aurait-elle été jalouse des femmes qu'Henry pouvait avoir dans sa vie ?

Hilary entra dans le salon et s'arrêta net à la vue des jumeaux dans leurs chaises. Elle dévisagea les garçons, puis Henry, et le choc se lut sur ses traits.

— Bonjour, Hilary, dit Melissa.

Vêtue d'un pantalon noir étroit et d'un pull en lamé

étincelant, la jeune femme était l'image même de la sophistication. Ses cheveux bruns étaient coiffés en chignon, et elle arborait des boucles d'oreilles en or.

Elle était chargée d'un plateau qui, soupçonna Melissa, contenait sans doute le nougat promis à Henry la veille.

— Joyeux Noël, Mary et Melinda, répondit Hilary.

— Melissa. Je m'appelle Melissa.

— Oui, bien sûr, fit Hilary avant de reporter son attention sur Henry. Pourrais-je te parler en tête à tête un instant, s'il te plaît ?

— Si tu veux. Allons dans mon bureau, dit-il en désignant le couloir.

Lorsqu'ils eurent disparu, Mary se tourna vers Melissa.

— Je ne comprends pas ce qu'il a jamais pu voir chez cette femme, marmonna-t-elle.

— Elle est très belle.

— Peut-être en apparence, mais c'est la beauté intérieure qui compte. Maintenant, excusez-moi, Melissa, je dois aider Etta à préparer le déjeuner.

— Et moi, je vais emmener les garçons faire une sieste.

Quelques minutes plus tard, Melissa se tenait sur le seuil de la chambre qui faisait office de nurserie. Joey s'était assoupi presque immédiatement, mais James remuait encore un peu, luttant contre le sommeil.

Comme il s'apaisait enfin, elle se retourna pour partir et laissa échapper une exclamation de surprise en se trouvant nez à nez avec Hilary.

— Il ne vous épousera pas, vous savez, lâcha celle-ci doucement.

— Je ne m'attends pas à ce qu'il le fasse, répondit Melissa d'une voix calme.

Hilary sourit.

— Il ne m'épousera pas non plus. J'avais espéré venir à bout de sa résistance, mais Henry est résolu à ne pas se marier. Vous avez l'air gentille. Ce serait dommage que vous souffriez.

— J'apprécie votre sollicitude, mais croyez-moi, Henry a été on ne peut plus clair à ce sujet. D'ailleurs, qu'est-ce qui vous fait croire que je voudrais l'épouser ?

Hilary la dévisagea avec stupeur et laissa échapper un petit rire sec.

— Vous plaisantez, j'imagine ! rétorqua-t-elle. Il est séduisant, charmant et fortuné. Pourquoi ne voudriez-vous pas l'épouser ?

Melissa avait du mal à croire qu'elle était en train d'avoir cette conversation avec une femme qui avait été la maîtresse d'Henry.

— Ma vie est à Amarillo, dit-elle simplement. J'y retourne demain.

— Eh bien, quoi qu'il en soit, je suis venue vous dire que j'avais été enchantée de faire votre connaissance. Je vous souhaite un bon retour.

Sur un hochement de tête, Hilary tourna les talons et s'engagea dans l'escalier.

Melissa prit une profonde inspiration et entra dans sa chambre.

Cette matinée avait été une des plus heureuses de sa vie, mais, à présent, elle se sentait au bord des larmes.

Jamais elle ne serait en mesure d'offrir aux jumeaux le genre de vie qu'Henry pourrait leur fournir. Refuser de s'installer ici signifiait-il qu'elle privait ses enfants d'une opportunité ?

Elle ne voulait pas commettre d'erreur. Quelle était la bonne décision ?

Peut-être devait-elle visiter le cottage en s'efforçant de garder l'esprit ouvert ?

En même temps, elle ne pouvait ignorer le fait que quelqu'un voulait du mal à Henry et qu'il était possible que les garçons et elle soient en danger.

— Melissa ?

Elle tressaillit et fit volte-face. Henry se tenait sur le seuil, l'air soucieux.

— Tout va bien ?

— Oui.

— Je sais qu'Hilary est montée ici. J'espère qu'elle ne t'a rien dit de blessant ?

Melissa sourit.

— Pas du tout. Elle m'a simplement dit qu'elle avait été heureuse de faire ma connaissance et elle m'a souhaité bon voyage.

Il parut soulagé.

— Hilary a parfois la langue un peu acérée.

— Ne t'inquiète pas pour moi, Henry. Je suis une grande fille et je sais me défendre.

Il acquiesça.

— Puisque les jumeaux font la sieste, je me demandais si je pourrais en profiter pour te faire visiter la maison…

Il s'interrompit, puis lui décocha un sourire sexy qui fit pulser plus vite le sang dans ses veines.

— … et si j'allais te voir porter ce pull bleu.

— Donne-moi cinq minutes et je te retrouve en bas.

— Entendu. A tout de suite.

Quand il fut sorti, elle tira le pull de son carton. Il lui allait à la perfection. Henry avait pensé à ses yeux… cela seul suffit à la faire fondre.

Comme elle descendait les marches d'un pas lent, la terrible vérité s'imposa soudain à son esprit.

Elle était amoureuse.

Follement amoureuse d'Henry Randolf.

8

La matinée s'était déroulée encore mieux qu'Henry l'avait espéré. Le salon avait été rempli de rires, de chaleur et de joie. Pour la première fois depuis la mort de son père, il avait eu le sentiment d'avoir une vraie famille.

Melissa l'avait taquiné comme si elle le connaissait depuis toujours, et, par certains côtés, c'était l'impression qu'il avait. Il était à l'aise avec elle, et, pourtant, elle l'excitait plus qu'aucune femme ne l'avait jamais fait.

Il enfila son holster et prit son revolver avant de mettre sa veste d'hiver. On avait beau être le jour de Noël, il ne pouvait baisser sa garde. Il avait hâte de voir Jimmy pour savoir si ce dernier avait trouvé des indices. Ensemble, ils devaient mettre au point un plan afin de forcer son ennemi à la faute.

Il se retourna en entendant Melissa qui descendait les marches.

Vêtue du pull bleu et d'un jean qui soulignait les courbes sensuelles de ses jambes, elle était superbe. Il demeura immobile, le souffle coupé.

C'était du désir, raisonna-t-il. Du désir et rien de plus. S'il passait une autre nuit avec elle, ces sentiments insensés s'en iraient d'eux-mêmes.

Elle projetait de partir le lendemain matin. A moins de l'enfermer à double tour dans sa chambre, il n'avait aucun moyen de l'en empêcher. Pensif, il sortit son manteau du placard et le lui tendit.

— Prête ?

Elle acquiesça.

— Prête.

— Tu es incroyablement sexy dans ce pull, tu sais, murmura-t-il.

— Je parie que tu dis la même chose à toutes les femmes, rétorqua-t-elle d'un ton léger, rougissant néanmoins.

Ils sortirent et Henry passa un bras autour des épaules de Melissa. Il se justifia intérieurement en se disant qu'il voulait pouvoir la protéger si quelqu'un essayait de s'en prendre à eux, mais il savait qu'il se mentait.

En réalité, il y avait des heures qu'il mourait d'envie de la toucher.

Au lieu de se dégager, elle se blottit contre lui.

Un vent vif soufflait, et ils marchèrent d'un pas rapide, sans parler. Henry jetait des coups d'œil à droite et à gauche et se détendit quelque peu en apercevant Charlie et certains de ses hommes au loin.

Lorsqu'ils atteignirent la maison, il déverrouilla la porte et s'effaça pour laisser entrer la jeune femme.

— Mieux vaut garder ton manteau, avertit-il. Le chauffage est réglé sur minimum en ce moment.

Elle hocha la tête, s'avança à l'intérieur et retint son souffle.

— Oh ! c'est quatre fois plus grand que mon appartement.

C'était une vaste pièce, avec un côté salon et une

cuisine américaine. Une moquette beige recouvrait le sol du salon, tandis que la cuisine était dotée d'un joli carrelage dans les tons du Sud-Ouest. Le mobilier était simple, mais fonctionnel et de bon goût.

— Si tu voulais apporter tes propres meubles, nous pourrions remplacer tout cela, dit-il, cherchant en vain à déchiffrer son expression. Laisse-moi te montrer les chambres.

Il la conduisit vers un petit couloir qui menait à la première, assez grande pour contenir deux lits jumeaux. La fenêtre donnait sur le corral et les écuries et Melissa ne put s'empêcher de songer que ce serait une vue idéale pour ses deux petits garçons.

Ensuite, il la mena dans la chambre principale, qui était immense et qui possédait sa propre salle de bains avec Jacuzzi. Un instant, il s'autorisa à imaginer Melissa dans cette baignoire, ses cheveux remontés en chignon, le corps entouré de bulles parfumées. Au prix d'un effort, il repoussa cette vision tentatrice.

Elle fit quelques pas dans la pièce, puis se retourna vers lui, les yeux humides, visiblement malheureuse.

— Qu'y a-t-il ?

Les larmes roulèrent sur ses joues.

— Je ne sais pas quoi faire, avoua-t-elle. Je suis si perdue… si émue.

Henry ne put supporter de la voir pleurer. Il s'approcha d'elle, capturant son joli visage entre ses mains. Le désarroi se lisait dans son regard. On aurait dit qu'elle voulait prendre ses jambes à son cou, le fuir, lui et toute cette situation.

— Melissa, ne pleure pas, dit-il doucement. Dis-moi ce qui ne va pas.

Elle se dégagea d'un geste brusque et recula.

— Tu ne comprends donc pas ? s'écria-t-elle d'un ton véhément. Cet endroit est merveilleux et tu as offert des cadeaux extraordinaires aux enfants. Je sais qu'ils pourraient avoir une vie fantastique ici, mais je sais aussi qu'ils pourraient être heureux avec moi à Amarillo.

Elle redressa le menton, essuyant ses larmes d'un geste rageur.

— Il y a des millions d'enfants qui ne voient leur père que le week-end et qui survivent très bien. Les gens divorcent, ou ne se marient jamais, et ils se mettent d'accord pour un droit de visite, c'est tout.

Henry la dévisagea longuement.

— C'est possible, mais je ne veux pas d'un arrangement pareil.

Il mit les mains dans ses poches et s'adossa au mur.

— Je ne veux pas être un père à distance. Comment puis-je te convaincre d'accepter ? Naturellement, je prendrais en charge toutes les dépenses du déménagement. Si tu t'inquiètes pour ton travail, je suis sûr que les clients potentiels ne manquent pas. Je t'aiderai à en trouver et, d'ailleurs, j'aimerais que tu prennes en main la décoration intérieure de l'hôtel. Je peux satisfaire tous tes besoins, Melissa.

Pendant qu'il parlait, ses larmes avaient cessé. Elle le fixait, arborant une expression qu'il était incapable de déchiffrer.

Lorsqu'il eut terminé, elle secoua la tête et lui offrit un petit sourire triste.

— Henry, il y a des choses que l'argent ne peut pas acheter. Tu ne peux pas m'acheter, moi. Ma mère et moi n'avons jamais eu beaucoup d'argent, mais nous étions heureuses.

Elle marqua une pause, fronçant les sourcils.

— Alors, c'est non ? demanda-t-il d'un ton sec.

— Je ne sais pas, répondit-elle, visiblement frustrée. Je ne te connais que depuis deux jours. Je refuse de prendre une décision aussi importante en si peu de temps. Ce que je te propose, c'est que je rentre chez moi pour réfléchir tranquillement, sans qu'on fasse pression sur moi. Je veux faire pour le mieux, agir dans l'intérêt de tous, et cela inclut le mien.

Bien que déçu par sa décision, Henry ne put s'empêcher de l'admirer. Il soupçonnait que sa vie n'était guère facile et, pourtant, elle n'avait pas succombé à la tentation qu'il lui offrait.

— Tu sais que je vais continuer à essayer de te faire changer d'avis, dit-il, s'efforçant de parler d'un ton léger pour dissiper la tension.

Elle sourit.

— Bizarrement, je n'en suis guère surprise.

Elle sortit de la chambre et lui emboîta le pas.

— Je t'ai dit que j'étais têtu, ajouta-t-il.

— Et je t'ai prévenu que moi aussi.

Alors qu'ils sortaient de la maison, Henry remarqua que le soleil avait disparu derrière d'épais nuages et que l'air semblait plus froid qu'auparavant.

Il avait besoin d'une tempête de neige, songea-t-il. D'un bon vieux blizzard qui contraindrait Melissa à rester assez longtemps pour qu'il la persuade d'accepter sa proposition.

Mais, au fond de lui, il savait pertinemment qu'il

y avait deux choses qu'il ne pouvait contrôler. La première était le temps.

Et, apparemment, Melissa était la seconde.

Il commença à neiger vers 21 heures.

Debout à la fenêtre de sa chambre, Melissa contempla la scène avec consternation. Si cela continuait, elle ne pourrait jamais s'en aller le lendemain matin, ainsi qu'elle l'avait prévu.

Après avoir jeté un coup d'œil aux garçons et constaté qu'ils dormaient profondément, elle redescendit au rez-de-chaussée, songeant qu'elle commençait déjà à connaître les habitudes d'Henry.

En général, il s'attardait dans le salon après que sa mère s'était retirée, sirotant un whisky pour se détendre.

Comme elle s'y attendait, il était assis dans son fauteuil préféré et fixait le sapin de Noël illuminé.

Il sourit à sa vue.

— Voudrais-tu un verre de vin ?

— Avec plaisir.

Elle prit place sur le canapé tandis qu'il se dirigeait vers le bar.

C'était étrange, mais elle se sentait à la fois excitée et totalement à l'aise en sa présence. Elle appréciait sa compagnie. Il était facile de bavarder avec lui, de lui confier toutes sortes de choses.

Comme il lui tendait un verre de vin, elle se demanda de nouveau si quelqu'un l'avait fait souffrir par le passé. L'avait-on convaincu qu'il n'avait rien à offrir à une femme hormis son compte en banque et une vie de luxe ? L'argent semblait être son seul argument pour obtenir ce qu'il désirait dans la vie.

— On dirait que ton départ risque d'être retardé, commenta-t-il en retournant s'asseoir.

— N'aie pas l'air si content de toi, répliqua-t-elle d'un ton taquin. Si tu veux le savoir, j'espérais que la neige allait s'arrêter bientôt et que les routes seraient praticables demain matin.

— Et moi, j'espère qu'il va neiger jusqu'au mois de mars et que tu seras forcée de rester ici, ce qui me donnera le temps de te persuader de t'installer dans la maison.

Elle se mit à rire.

— Tu n'es pas du genre à te décourager facilement, n'est-ce pas ?

Elle but une gorgée de vin et le regarda avec curiosité.

— Dis-moi pourquoi tu refuses de croire à l'amour. N'as-tu jamais été amoureux ?

— La dernière fois que je l'ai été, j'avais seize ans. Elle s'appelait Angela et j'étais fou d'elle, commença-t-il avant de marquer une pause. Il m'a fallu des semaines pour rassembler le courage de l'inviter à un bal au lycée.

— Elle a accepté ?

Il sourit, mais elle décela une lueur de tristesse, un soupçon de solitude dans les profondeurs de ses yeux bleus.

— Oui. Elle m'a dit qu'elle savait que j'étais riche et qu'elle viendrait si je lui offrais un bracelet en or.

— Et tu le lui as acheté ? demanda Melissa, le cœur serré pour le jeune garçon qu'il avait été, et qui avait découvert si tôt que son argent comptait plus que lui.

Il acquiesça.

— Je le lui ai offert et je l'ai emmenée au bal, en pensant que c'était le début d'une merveilleuse histoire d'amour. Quand je l'ai raccompagnée chez elle, ce soir-là, elle m'a dit qu'elle n'était venue que pour le bracelet et qu'elle ne voulait pas sortir avec moi.

Il eut un sourire cynique.

— Ç'a été ma première et ma seule expérience de l'amour.

— C'est affreux ! s'écria-t-elle, sincère.

Il haussa les épaules.

— C'était il y a longtemps et je m'en suis remis. Parle-moi de l'homme que tu fréquentais avant notre rencontre. Tu étais amoureuse de lui ?

— Je le croyais, à l'époque.

Peu de temps auparavant, le seul fait de penser à Tom l'aurait fait souffrir, mais, à présent, Melissa n'éprouvait que du soulagement.

Au moins n'avait-elle pas épousé un homme qui l'avait trompée, un homme qui ne l'avait pas aimée.

— J'aimais l'idée de me marier et de fonder une famille, avoua-t-elle. De me réveiller chaque jour auprès de mon mari. Nous étions ensemble depuis deux ans et je me sentais à l'aise avec lui. J'avais supposé à tort que nous franchirions le pas, mais, maintenant, je suis contente que nous ne l'ayons pas fait.

Elle marqua une pause avant d'ajouter :

— Il ne m'aimait pas comme je veux être aimée.

— A la folie, désespérément, murmura Henry.

— Exactement, répondit-elle, surprise qu'il se soit souvenu de ses paroles.

Un silence confortable s'installa entre eux. Melissa

but son vin à petites gorgées, sans pouvoir s'empêcher de regarder Henry à la dérobée.

Il était si séduisant. Il avait des traits décidés, virils, une adorable fossette au menton. Mais ce n'était pas son physique qui l'attirait le plus.

Elle adorait la lueur espiègle qui dansait si souvent dans ses yeux. Elle était touchée par le respect et l'affection qu'il témoignait à sa mère. C'était quelqu'un de bien. Il serait un exemple idéal pour ses enfants.

— Je crois que je vais aller me coucher, dit-elle enfin. J'espère encore pouvoir partir demain matin.

Elle se leva, termina son vin et se dirigea vers la cuisine afin d'aller poser son verre dans l'évier.

— Moi aussi, répondit-il en lui emboîtant le pas. Jimmy vient demain. Nous allons discuter de la situation et des mesures à prendre.

— Que pouvez-vous faire ? demanda-t-elle en le regardant avec inquiétude. Vous ne savez même pas qui est derrière tout cela. Même s'il essaie seulement de te faire peur, rien ne dit qu'il ne va pas mal viser et t'abattre sans le vouloir.

Elle sentit son estomac se nouer à cette pensée.

— Oui, cela m'est venu à l'esprit aussi, répondit-il avec humour. Je suis certain que Jimmy et moi allons finir par découvrir le responsable et le faire mettre sous les verrous. Ne t'inquiète pas.

— Je ne peux pas m'empêcher de me faire du souci, avoua-t-elle. Tu fais partie de ma vie maintenant.

Une bouffée d'émotion la submergea.

— Je ne veux pas que mes enfants grandissent sans leur père, se hâta-t-elle d'ajouter.

Elle le précéda dans le couloir, s'efforçant de se

ressaisir. Elle avait dit la vérité. L'idée qu'il puisse lui arriver malheur la bouleversait pour ses enfants. Mais ce n'était pas tout.

En tant que femme, elle serait anéantie.

Il éteignit les luminaires et ils gravirent ensemble les marches de l'escalier. Comme toujours, la première chose que fit Melissa en arrivant sur le palier fut d'entrer dans la chambre des jumeaux afin de s'assurer qu'ils dormaient paisiblement.

Henry la suivit, et un sourire se dessina sur ses lèvres tandis qu'il regardait Joey, puis James. Il y avait tant d'amour dans ce sourire, tant de tendresse, que Melissa sentit la chaleur se répandre en elle.

Ses enfants étaient aimés. Elle n'avait pas à s'inquiéter pour eux. S'il lui arrivait quelque chose, Henry ferait en sorte qu'ils ne manquent de rien et qu'ils reçoivent tout l'amour auquel il refusait de croire pour lui-même.

Comme ils sortaient de la chambre, il la retint par le bras.

— Melissa.

Elle comprit aussitôt ce qu'il voulait d'elle, ce qu'elle voulait de lui. Des mois durant, après cette nuit dans le blizzard, elle avait songé au plaisir qu'elle avait connu entre ses bras.

Elle voulait revivre ces instants. Elle le désirait de tout son être et voyait dans son regard qu'il éprouvait la même chose.

Elle fit un pas vers lui et leva la tête. Henry répondit à son invitation silencieuse en prenant possession de ses lèvres.

Sa bouche était brûlante contre la sienne, et elle sut

qu'elle attendait ce moment depuis la seconde où il lui avait ouvert la porte, deux jours plus tôt.

Il promena les mains dans son dos, la pressant plus étroitement contre lui, avivant les flammes de son désir.

Au bout d'un long moment, il se détacha enfin d'elle.

— Tu es superbe dans ce pull bleu, Melissa, mais je me souviens combien tu es belle toute nue. J'ai envie de toi.

— Moi aussi, j'ai envie de toi, avoua-t-elle d'une voix rauque.

— Tu sais que je ne peux pas te faire de promesses. J'ai besoin que tu comprennes qu'il n'y a pas d'avenir avec moi. Je ne suis pas l'homme qui fera ton bonheur.

— Ce soir, tu es un cow-boy séduisant qui va me garder au chaud pendant une nuit d'hiver, souffla-t-elle. Je ne te demande rien de plus.

Il l'entraîna dans la chambre et la prit dans ses bras.

9

Lorsque le baiser prit fin, Melissa était hors d'haleine, en proie à un désir si intense qu'il était presque douloureux. Avec des gestes tendres, Henry lui retira son pull, et elle n'éprouva aucune gêne à se tenir devant lui en soutien-gorge. La lumière de la salle de bains attenante éclairait à demi la chambre et elle voyait une lueur ardente briller dans ses yeux.

Les jambes flageolantes, elle tendit les mains vers lui et se mit à défaire les boutons de sa chemise. La chaleur de son corps se communiquait à elle, la pressant d'aller plus vite, de faire glisser le vêtement sur ses épaules larges.

Elle retint son souffle à la vue de son torse puissant, de son ventre plat.

Il l'attira à lui et, tout en l'embrassant, dégrafa son soutien-gorge et fit courir les bretelles le long de ses bras. Puis il la serra contre lui et elle savoura le plaisir de sentir sa peau nue contre la sienne.

— J'attendais cela depuis le moment où je t'ai vue, dit-il d'une voix rauque.

— Moi aussi, avoua-t-elle.

Quelques minutes plus tard, ils étaient nus tous les deux, entre les draps. Bien qu'ils n'aient fait l'amour qu'une seule fois auparavant, le corps d'Henry était exactement comme dans son souvenir, chaud et ferme, songea Melissa. Elle inspira son odeur familière, certaine qu'elle ne pourrait jamais l'effacer de sa mémoire.

Etourdie par ses baisers, elle gémit doucement tandis qu'il prenait ses seins dans ses mains. Il détacha ses lèvres des siennes et la contempla.

— Tu es splendide, murmura-t-il.

Elle se sentait belle sous son regard.

Comme le soir où ils s'étaient rencontrés dans le blizzard.

Il se pencha pour capturer la pointe dressée de son sein, et elle enfouit les doigts dans ses cheveux bruns. Traversée de délicieuses sensations, elle ferma les yeux, oubliant tous ses soucis concernant l'avenir.

Elle ne pouvait penser à rien hormis à Henry et à la magie de ses caresses.

Promenant les mains le long de son dos puissant, elle savoura le jeu des muscles sous ses doigts. Elle se sentait en sécurité avec lui. Elle avait l'impression qu'elle pouvait tout lui dire, lui dévoiler ses secrets les plus chers, et qu'il ne les trahirait pas.

L'amour qu'elle essayait de refouler monta en elle, un amour qui, elle le savait, ne serait jamais réciproque. Mais, pour l'instant, cela n'avait pas d'importance.

Elle avait cette nuit avec lui et elle savait qu'elle devait s'en contenter.

— C'est mieux qu'un plancher et qu'une couverture, souffla-t-il, la voix altérée par le désir.

— J'ai des souvenirs très chers de ce plancher et de cette couverture, répondit-elle avant qu'il prenne ses lèvres de nouveau.

Son cœur battait contre le sien, le cœur qu'il affirmait ne pas posséder, celui qui refusait de croire qu'il pouvait être aimé pour lui-même.

Elle déposa une traînée de baisers le long de son cou, voulant qu'il se sente aimé, désiré, tout autant qu'elle avait l'impression de l'être. Sa bouche effleura le torse d'Henry, et elle lécha un mamelon, puis le second.

Il retint un cri de plaisir, et elle s'enhardit davantage. Comme il roulait sur le dos, elle laissa descendre ses lèvres sur son corps, titillant sa peau brûlante.

Il enfouit les doigts dans ses cheveux alors qu'elle déposait un baiser au creux de sa cuisse. Désireuse de partager une intimité totale avec lui, Melissa prit son membre rigide dans sa bouche.

Henry se raidit, et un gémissement sourd lui échappa.

— Melissa, haleta-t-il.

Elle savoura le son de son propre nom, savoura le plaisir qu'elle lui donnait. Mais il ne tarda pas à la repousser et à rouler sur le côté.

— C'est mon tour à présent, dit-il, les yeux brillants. Je veux t'entendre crier mon nom…

Il posa les doigts sur le centre de sa féminité, la caressant lentement. Elle s'arqua à sa rencontre, submergée de sensations enivrantes.

Quand la vague de plaisir déferla en elle, elle cria son nom, les larmes aux yeux, tremblant de tous ses membres. Mais il n'en avait pas terminé. Il se pencha et prit un préservatif sur la table de nuit, puis se plaça entre ses cuisses et la pénétra.

Pendant un instant, ils restèrent l'un et l'autre immobiles. Le plaisir de le sentir en elle était si intense que Melissa craignait de le perdre si elle bougeait.

Il se figea, prenant appui sur ses bras. Elle voyait ses traits. Il avait les paupières closes et les muscles de son cou étaient tendus, comme s'il faisait un effort suprême.

Ouvrant les yeux, il souda son regard au sien. L'instant d'après, il se mit à aller et venir, lentement d'abord, puis plus vite. Elle l'encouragea, agrippant ses fesses, l'attirant plus profondément en elle.

Perdue. Elle était perdue. Une fois de plus, elle sentit le plaisir monter aussi inexorablement qu'une marée. Au même moment, Henry se raidit et gémit.

Il s'affaissa contre elle et Melissa l'entoura de ses bras, rêvant de pouvoir le garder ainsi pour toujours. Trop tôt, il se leva et gagna la salle de bains.

Elle tourna la tête de côté, luttant contre les larmes.

De toutes les bêtises qu'elle avait pu faire dans sa vie, c'était sans doute la pire.

Pourquoi avait-elle choisi d'aimer un homme qui, apparemment, n'était pas capable de l'aimer en retour ?

MystérieuseMaman ne pouvait pas savoir qu'elle la condamnait à avoir le cœur brisé de nouveau. Sans doute avait-elle seulement désiré qu'Henry retrouve ses fils et que Melissa n'ait pas à affronter seule la tâche de les élever.

De ce point de vue, elle avait réussi. Elle ne serait pas seule. Elle savait dans son cœur et dans son âme qu'Henry lui apporterait un soutien et une aide constants.

Mais MystérieuseMaman ne pouvait pas deviner qu'elle tomberait follement amoureuse d'Henry. Elle ne pouvait pas deviner qu'elle allait refaire exactement la même erreur qu'un an auparavant.

Au moins, cette fois, il avait utilisé un préservatif. Il n'y aurait pas d'autre grossesse imprévue.

Il sortit de la salle de bains et, au lieu de regagner sa propre chambre, il surprit Melissa en venant la rejoindre entre les draps. Il l'enlaça, puis déposa un baiser sur sa tempe, un baiser doux et tendre qui la toucha plus que tout ce qu'ils avaient partagé jusque-là.

— C'est vraiment mieux dans un lit, commenta-t-il en s'allongeant sur le dos, l'attirant contre lui.

Elle posa la tête sur sa poitrine et il lui caressa les cheveux.

— Je déteste l'idée de te voir partir demain.

— Il est temps que je m'en aille, Henry. J'ai passé des fêtes merveilleuses, mais maintenant c'est fini. Il faut que je retourne à la réalité.

A vrai dire, il était plus important que jamais qu'elle s'en aille le plus tôt possible. Elle allait déjà souffrir suffisamment. Plus longtemps elle resterait, plus son cœur serait meurtri.

Elle leva la tête vers lui.

— Tu sais que je ferai tout mon possible pour que tu voies les garçons souvent.

— Je sais.

Il lui caressa la joue du bout du doigt.

— Je ne peux imaginer une meilleure mère pour mes enfants.

Les larmes qu'elle refoulait à grand-peine rejaillirent dans ses yeux.

— Tu dis ça seulement parce que tu veux que je couche avec toi, dit-elle avec un petit rire étranglé.

— Ce n'est pas vrai, protesta-t-il. Je sais que tu

leur apprendras à être honnêtes et courageux, mais aussi à avoir du cœur.

Elle promena la main sur son torse. Avant de s'endormir, sa dernière pensée fut qu'elle apprendrait aussi à ses garçons le bonheur d'aimer.

Quelque chose qu'apparemment personne n'avait enseigné à Henry.

Debout à la fenêtre du bureau, Henry regardait voltiger les flocons. Il était tombé environ cinq centimètres de neige durant la nuit, ce qui avait obligé Melissa à différer son départ.

A présent, il attendait Jimmy. Ce dernier lui avait téléphoné un peu plus tôt pour l'avertir qu'il viendrait malgré le mauvais temps.

Les yeux fixés sur le cottage, Henry songeait à la nuit écoulée.

Faire l'amour avec Melissa avait été fantastique.

Il n'avait pas voulu la quitter. Autant qu'il s'en souvienne, c'était la première fois qu'il dormait dans les bras d'une femme. Il n'avait jamais passé la nuit avec Hilary, préférant toujours retrouver le confort de son propre lit.

Pourtant, dormir avec Melissa avait été non seulement confortable, mais étonnamment réconfortant. Ç'avait été doux de sentir sa chaleur près de lui alors qu'il sombrait dans le sommeil.

Et non moins doux de se réveiller avec elle blottie dans ses bras.

Ces étranges sentiments n'étaient sans doute que de

la gratitude. Après tout, elle lui avait donné le plus beau cadeau qu'un homme puisse recevoir — des enfants.

Il s'était promis de ne pas lui reparler du cottage. Il se rendait compte que, ces derniers jours, il avait été à deux doigts de se comporter en tyran dans le seul but d'arriver à ses fins.

Quelle que soit la décision de la jeune femme, ils se débrouilleraient pour que l'arrangement fonctionne. Ils n'avaient pas le choix. D'ailleurs, bien qu'ils ne soient pas mariés, il savait qu'ils agiraient toujours dans l'intérêt des jumeaux.

A cet instant, elle se trouvait dans la cuisine avec sa mère et les enfants. C'était le jour de congé d'Etta, et elles préparaient le déjeuner. En entrant dans le bureau, il avait entendu des rires et des voix joyeuses.

La maison allait sembler terriblement vide quand Melissa et les garçons seraient partis.

A vrai dire, elle semblait vide depuis bien longtemps. Et s'il devait être honnête avec lui-même, sa vie était non moins vide. Il fronça les sourcils, irrité par la direction de ses pensées. Peut-être valait-il mieux que Melissa s'en aille, après tout. Elle semait le trouble dans son esprit.

On frappa à la porte et il se détourna de la fenêtre. Jimmy passa la tête par l'entrebâillement.

— Ta mère m'a dit d'entrer.

Henry lui fit signe de s'asseoir.

— Comment sont les routes ?

— Un peu difficiles, mais ça pourrait être pire, répondit-il en prenant place dans un fauteuil.

— Je t'offre un whisky ? demanda Henry en se dirigeant vers le bar.

— Avec plaisir, merci.

Henry revint avec deux verres, lui en tendit un et retourna s'asseoir à son bureau.

Jimmy prit une profonde inspiration.

— Je ne sais pas si Willie t'a mis au courant, mais il a trouvé la balle qui a été tirée dans ton pneu. C'était un calibre 22. Je sais que Hank n'a rien à voir dans cette histoire. Quand on a tiré sur vous, il était chez Ed, en train de prendre une cuite.

Ed tenait un bar populaire parmi les cow-boys des environs.

— Ça ne m'étonne pas, commenta Henry, les sourcils froncés. C'est justement parce qu'il buvait que j'ai dû me séparer de lui.

Jimmy le dévisagea.

— Je saute du coq à l'âne, mais ta mère m'a présenté à deux charmants jumeaux dans la cuisine. Tu es cachottier, mon vieux !

Henry sourit, décidant sur-le-champ de ne pas révéler à Jimmy la vérité concernant son aventure avec Melissa. Il ne voulait pas qu'elle soit l'objet de commérages.

— Melissa est une amie d'Amarillo. C'est une femme fantastique et nous sommes proches depuis un certain temps. Quand elle est tombée enceinte, nous nous sommes mis d'accord pour rester bons amis et partager l'éducation des enfants.

— J'ignorais que tu voulais des enfants, fit observer Jimmy d'un ton étonné.

Henry sourit de nouveau.

— Moi aussi, jusqu'au jour où ils sont arrivés. Franchement, Jimmy, être père change la vie. C'est pourquoi il est si important pour moi de régler cette histoire d'attaques. Je ne peux pas me permettre de garder les enfants ici s'ils sont en danger.

Il marqua une pause.

— Tu connais mon suspect numéro un.

Jimmy acquiesça.

— Tom Burke. Tu lui fais peur, Henry.

— Il a toutes les raisons d'avoir peur, rétorqua Henry en fronçant les sourcils. Tu sais aussi bien que moi que c'est un escroc.

— J'ai contacté le FBI et j'espère qu'ils vont lancer une enquête à son sujet. En attendant, nous n'avons aucune preuve contre lui.

— L'as-tu interrogé ? Où était-il quand on a tiré sur mon pneu ?

— D'après ce qu'affirme sa femme, soupira Jimmy, il était à la maison.

Henry fronça de nouveau les sourcils.

— Tu sais parfaitement qu'elle mentirait pour lui.

— J'ai deux hommes qui le surveillent, répondit Jimmy. Tant que j'ai la main-d'œuvre disponible. S'il tente quoi que ce soit, nous le tenons. C'est le mieux que je puisse faire, Henry.

Henry hocha la tête, conscient que son ami disait la vérité. Il but une gorgée de whisky, s'efforçant de mettre de l'ordre dans ses pensées.

— Si tout avait commencé le soir où Melissa est arrivée ici avec les enfants, fit observer le shérif d'un ton songeur, je te demanderais si tu penses qu'Hilary pourrait être rongée par la jalousie.

Henry ne put s'empêcher de rire en imaginant la

jeune femme rôdant dans les bois, une carabine à la main.

— Non. C'est vrai qu'elle n'a pas été enchantée d'apprendre que j'ai deux enfants, mais Hilary a toujours su à quoi s'en tenir me concernant, affirma-t-il avec conviction. D'ailleurs, elle aurait trop peur de se casser un ongle dans l'entreprise.

— Et la première attaque a eu lieu avant l'apparition de Melissa, renchérit Jimmy.

Henry acquiesça.

— Je suis sûr que c'est Tom Burke ou un homme de main à sa solde, insista-t-il. C'est lui qui a le plus à perdre si je deviens maire.

Jimmy vida son verre.

— Je voulais simplement que tu saches que nous faisons de notre mieux.

— Il n'est pas possible d'effectuer un test balistique sur la balle que Willie a extraite du pneu ?

— Malheureusement, elle a touché la jante et elle est plutôt en mauvais état. D'ailleurs, pour faire un test, il faudrait avoir une arme avec laquelle comparer la balle, et Tom Burke affirme ne pas en posséder.

Henry le regarda avec des yeux ronds et laissa échapper un rire dédaigneux.

— J'ai du mal à le croire ! Il n'y a pas un seul homme de tout le comté qui ne possède pas d'arme. Nous sommes au Texas, enfin !

Pendant la demi-heure qui suivit, les deux hommes évoquèrent d'autres suspects potentiels. Il n'y en avait que deux, membres du conseil municipal et grands amis de Tom Burke.

— Tu as le soutien de la population, affirma Jimmy.

Les gens t'aiment bien et respectent ton intégrité. Ils te font confiance. Si tu restes en vie jusqu'en février, tu seras sans aucun doute élu maire.

— Content de l'entendre, commenta Henry avec humour.

Jimmy jeta un coup d'œil au-dehors.

— Il se fait tard, dit-il en se levant. Il faut que je rentre en ville.

Henry l'imita et le raccompagna.

— Merci d'être venu par ce temps.

La neige avait recommencé à tomber.

Jimmy prit congé et se dirigea vers sa voiture tandis qu'Henry refermait la porte, conscient d'être de plus en plus préoccupé par cette affaire de harcèlement.

Auparavant, il était irrité, voilà tout.

Maintenant, il songeait à ses fils. S'il lui arrivait quelque chose, ils n'auraient plus de père. Il avait toutes les raisons du monde de rester en vie. Pour eux… et pour Melissa.

Il gagna la cuisine, où Melissa et sa mère achevaient de préparer le repas. Quand il entra, les jumeaux lui décochèrent un grand sourire qui l'emplit de chaleur.

— Ça sent merveilleusement bon, dit-il.

— Melissa sait faire la cuisine, s'écria sa mère d'un air ravi.

— C'est seulement des spaghettis bolognaise, expliqua Melissa en égouttant les pâtes.

Henry s'assit à table et la regarda.

— Tu ne comprends pas. Maman penserait que tu es fantastique si tu savais faire cuire un œuf. C'est la pire cuisinière de tout le Texas !

Melissa jeta un coup d'œil furtif à Mary, qui la rassura d'un rire.

— Ne vous inquiétez pas. C'est vrai. C'est une des raisons pour lesquelles Henry Senior avait engagé Etta. Il savait que, si nous avions dû vivre de ma cuisine, nous serions tous morts de faim ! Henry, veux-tu mettre la table ? Je vais chercher la salade.

Comme d'habitude, le dîner fut détendu et agréable. Ils parlèrent de leurs plats favoris et Mary raconta à Melissa certains de ses moments épiques aux fourneaux tandis que les garçons gazouillaient tranquillement dans leurs chaises.

Après le repas, Mary porta les enfants dans le salon pendant qu'Henry et Melissa débarrassaient la table.

— C'était délicieux, commenta-t-il en remplissant le lave-vaisselle. Tu aimes cuisiner ?

Elle acquiesça.

— Oui. Quand ma mère était en vie, je faisais très souvent la cuisine. J'avoue que je la fais moins depuis qu'elle n'est plus là.

— Elle te manque.

Elle eut un sourire empreint de tristesse.

— Chaque jour. Malheureusement, le diabète est une maladie cruelle, et elle était lasse de lutter. Au moins, je sais qu'elle ne souffre plus.

— Mon père aussi me manque, avoua Henry. C'était non seulement un père, mais un ami pour moi. Et puis c'était un personnage haut en couleur, quelqu'un que les gens n'oubliaient pas.

Melissa lui tendit la dernière assiette.

— Et il t'a appris tout ce que tu as besoin de savoir pour être un bon père.

Henry sourit.

— Oui. Je n'avais pas songé à ça avant, mais il a été un très bon exemple, répondit-il en se séchant les mains avec la serviette qu'elle lui offrait.

— Tu sais, cela m'inquiétait d'être seule, reprit Melissa gravement. Je me demandais ce qui arriverait aux garçons si j'étais renversée par une voiture ou si je mourais d'une crise cardiaque. Maintenant, je n'ai plus à me faire de souci. Je sais que, si cela se produisait, tu les aimerais et tu prendrais soin d'eux.

— Il ne va rien t'arriver, affirma-t-il. Toi et moi allons élever ces garçons jusqu'à ce qu'ils deviennent des adultes et que nous soyons vieux et grisonnants.

Elle sourit.

— Tant mieux. A propos des garçons, je crois qu'il est sans doute temps de changer leurs couches.

Le reste de la soirée s'écoula paisiblement. Lorsque le moment fut venu d'aller mettre les jumeaux au lit, Mary leur souhaita bonne nuit et se retira. Melissa porta Joey dans la nurserie, suivie d'Henry qui tenait James dans ses bras.

Une fois les enfants couchés, Melissa fit signe à Henry d'entrer dans sa chambre.

— Crois-tu que je pourrai partir demain ? demanda-t-elle.

Henry s'approcha de la fenêtre et jeta un coup d'œil au-dehors.

Il neigeait toujours un peu.

— Si tu attendais demain matin pour prendre une décision ? suggéra-t-il en se tournant vers elle. La neige continue à tomber, mais cela ne va peut-être pas durer. Je pourrais appeler Jimmy de bonne heure et lui demander comment sont les routes.

Il mourait d'envie de passer la nuit avec elle, comme la veille. Cependant, à en juger par la posture de Melissa, ses bras croisés sur sa poitrine, il comprit que ses espoirs allaient être déçus.

— Veux-tu redescendre boire un verre avec moi ? suggéra-t-il avec espoir.

Elle secoua la tête.

— Non, merci. Je crois que je vais me coucher. J'espère vraiment pouvoir prendre la route demain matin et je suis fatiguée.

Henry devina qu'elle prenait ses distances, qu'elle se préparait déjà aux adieux. Une bouffée de tristesse l'envahit, aussi soudaine qu'inattendue.

Ce n'était pas comme s'ils se quittaient pour toujours, se raisonna-t-il. Après tout, bon an mal an, ils se verraient sans doute chaque week-end. Si elle ne voulait pas venir ici, il se rendrait à Amarillo.

Pourtant, curieusement, il ne pouvait se défaire du sentiment que, si elle s'en allait, les choses ne seraient plus jamais comme avant.

— En ce cas, je vais te souhaiter une bonne nuit, murmura-t-il.

Il fit un pas en avant dans l'intention de l'embrasser sur le front, mais ne put résister à la tentation de poser ses lèvres sur les siennes.

A l'instant où leurs bouches s'unissaient, la vitre fut réduite en miettes. Henry ouvrit les yeux, vit l'objet qui avait atterri sur le sol de la chambre et sentit la terreur l'envahir.

En un éclair, il passa un bras autour des épaules de Melissa et la poussa vers la porte.

Ils s'effondrèrent ensemble dans le couloir au moment où l'engin explosait.

10

Une seconde auparavant, Melissa était dans les bras d'Henry. Maintenant, elle était plaquée au sol, le corps d'Henry recouvrant le sien.

Elle s'était cogné la tête en tombant, et elle se sentait à demi assommée, sous le choc.

La déflagration résonnait encore à ses oreilles. Comme Henry se relevait, elle entendit par-dessus le sifflement du signal d'alarme les cris de ses bébés. Son cœur se mit à tambouriner dans sa poitrine, lui coupant le souffle.

— Va voir les garçons, cria Henry en la relevant.

L'instant d'après, il s'était rué dans la chambre. Il arracha les rideaux en feu et les piétina tandis qu'elle traversait le couloir en courant pour gagner la nurserie.

Une bouffée de soulagement la submergea. Le vacarme avait effrayé ses fils, mais ils étaient sains et saufs.

Le cœur battant à se rompre, elle les prit dans ses bras et resta immobile au centre de la pièce, paralysée sur place, ne sachant ce qui allait se passer. Elle tenta de calmer les jumeaux, mais, avec le hurlement strident de l'alarme, c'était impossible.

Les larmes roulant sur ses joues, elle tenta de maîtriser sa propre peur.

Quelqu'un avait jeté un cocktail Molotov par la fenêtre de sa chambre. La fenêtre devant laquelle Henry s'était tenu quelques secondes plus tôt.

Elle ne parvenait pas à le croire.

L'explosion aurait pu le tuer. Ou la tuer, elle. Si Henry n'avait pas réagi aussi vite, ils auraient sans doute été gravement blessés tous les deux.

Voire pire.

Elle serra plus étroitement les garçons contre elle, et laissa échapper un soupir de soulagement lorsque l'alarme se tut enfin.

Cela signifiait-il que tout danger était écarté ? Trop terrifiée pour bouger, elle demeura là où elle était.

Quelques secondes plus tard, Henry et Mary firent irruption dans la pièce.

— Ça va ? demanda Henry, d'une voix altérée par la tension.

— Oui, je crois, répondit-elle, luttant de nouveau contre les larmes tandis que Mary passait un bras réconfortant autour de ses épaules.

— Jimmy est en route, annonça Henry en prenant Joey. Descendons l'attendre au rez-de-chaussée.

Lorsqu'ils atteignirent l'entrée, on frappait à la porte. Henry reconnut deux de ses hommes et les fit entrer.

— Nous avons entendu la déflagration, déclara Charlie, la mine sombre. Ensuite, nous avons vu le feu à la fenêtre. C'est une chance que vous soyez tous indemnes.

— Vous n'avez vu personne rôder dans les environs ? demanda Henry tout en changeant Joey de position.

Charlie et Randy secouèrent la tête en même temps.

— Je n'ai pas entendu de voiture, pas vu âme qui vive, grogna Charlie. Bon sang, c'est comme si ce type était un fantôme !

— Un fantôme ne jette pas de cocktails Molotov, rétorqua Henry d'une voix où perçait la colère.

Il tendit Joey à sa mère.

— Je veux aller jeter un coup d'œil au-dehors. Avec la neige, il devrait y avoir des traces.

Charlie fronça les sourcils.

— J'ai peur que Randy et moi n'ayons marché dessus, avoua-t-il. Quand nous avons entendu l'explosion, nous nous sommes précipités tous les deux vers ce côté de la maison. Je n'ai même pas pensé qu'il pourrait y avoir des empreintes.

— Il en reste peut-être quand même, répondit Henry d'un ton décidé.

— Je t'en prie, Henry, intervint Melissa, attends que Jimmy soit arrivé avant de sortir.

Qui savait quel danger l'attendait au-dehors, dans le noir ? L'idée qu'il puisse arriver quelque chose à Henry lui était intolérable.

— Melissa a raison, renchérit sa mère avec inquiétude. Attends Jimmy, s'il te plaît. A quoi bon prendre des risques inutiles ?

Melissa le dévisagea. A en juger par son expression, il mourait d'envie de faire quelque chose, n'importe quoi qui puisse aboutir à l'arrestation du coupable.

— Si vous voulez, Randy et moi pouvons retourner jeter un coup d'œil, proposa Charlie.

— Croyez-moi, ajouta Randy, si ce type traîne

encore par ici, je ne demanderais pas mieux que de lui flanquer une bonne rossée !

Henry lui tapa amicalement sur l'épaule.

— Merci, Randy, mais je ne veux pas que quiconque soit blessé. Je suggère que nous restions tous ici en attendant que Jimmy arrive.

Charlie et Randy acquiescèrent et s'assirent sans discuter. Melissa et Mary prirent place sur le canapé avec les jumeaux tandis qu'Henry faisait les cent pas dans la pièce, bouillant d'une rage contenue.

La peur de Melissa s'était un peu apaisée à présent, mais elle était désormais résolue à quitter cette maison le plus tôt possible. Elle ne pouvait exposer ses enfants au danger plus longtemps. La pensée que l'engin aurait pu être jeté dans la chambre des jumeaux lui glaçait le sang.

Cessant d'arpenter la pièce, Henry s'adressa à Randy.

— Quand Jimmy aura inspecté les lieux, allez voir dans la grange si vous pouvez trouver un morceau de contreplaqué pour remplacer la vitre cassée.

Il se tourna vers Melissa. Ses yeux étaient aussi sombres que de l'encre.

— Melissa, je voudrais que tu prépares un sac pour toi et pour les garçons.

Elle le regarda avec surprise.

— Mais… où pouvons-nous aller ?

Les routes étaient presque impraticables et elle savait que ses pneus étaient usés. Il était hors de question qu'elle prenne le chemin du retour ce soir.

— Charlie va te conduire dans un motel. Tu y resteras jusqu'à ce que les routes soient dégagées.

Enfin, il considéra sa mère.

— Tu ferais peut-être mieux de faire pareil.

— Absolument pas, rétorqua Mary. Je pense comme toi qu'il vaut mieux que Melissa et les enfants soient mis à l'abri. Mais personne ne va me chasser de chez moi.

Henry hocha la tête, comme si la décision de sa mère ne le surprenait guère. Il reporta son attention sur Melissa.

— D'après le dernier bulletin météo, la neige va durer entre vingt-quatre et quarante-huit heures. Emporte assez de vêtements pour deux jours au moins.

— Et toi ? demanda-t-elle, inquiète.

Elle aurait voulu qu'il les accompagne, qu'il s'éloigne de cet endroit dangereux et aille se cacher avec eux en lieu sûr.

— Ne te fais pas de souci pour moi. L'important, c'est que les garçons et toi soyez en sécurité.

Il tendit les bras et lui prit James.

— Viens, je vais t'aider à préparer le nécessaire.

— Et moi, je vais à la grange, intervint Randy. Je suis sûr que celui qui a lancé ce truc est parti depuis longtemps, à présent.

Charlie acquiesça.

— Je reste ici avec Mme Randolf.

Henry et Melissa gravirent l'escalier en silence et gagnèrent la chambre. Une odeur d'essence et de fumée flottait encore dans l'air.

Un frisson parcourut Melissa alors qu'elle songeait à ce qui aurait pu arriver. Avec des gestes tremblants, elle sortit la valise du placard et y mit rapidement les quelques vêtements qu'elle avait apportés avec elle. Ensuite, elle se rendit dans la nurserie et fit de même avec les affaires des garçons.

— Je t'appellerai demain matin, murmura Henry.

Elle se tourna vers lui. L'angoisse se lisait sur ses traits, mêlée à la colère.

Il s'approcha d'elle et posa la main sur sa joue. Melissa se laissa aller contre sa chaleur.

— Tu aurais pu être blessée, dit-il d'une voix sourde. Toi ou les enfants.

— Mais nous sommes sains et saufs, souffla-t-elle.

— Pour ce soir, oui, mais je ne peux pas courir le risque qu'une chose pareille se reproduise. Je vous croyais en sécurité ici, mais je comprends à présent que je me trompais. Vous serez à l'abri au motel jusqu'à ce que vous puissiez rentrer à Amarillo.

La voix de Jimmy s'éleva au pied de l'escalier.

— Henry ?

Henry laissa retomber sa main et fit un pas en arrière.

— Je suis là. Monte.

Ils allèrent à la rencontre du shérif.

— Jette un coup d'œil si tu veux. J'envoie Charlie conduire Melissa au motel. Je reviens tout de suite.

Pendant que Melissa et Mary mettaient leurs manteaux aux jumeaux, Henry entra dans son bureau. Il en ressortit quelques instants plus tard.

— Je vous ai réservé une chambre chez Ted. Le motel est propre et confortable, et le propriétaire est un de mes amis. La chambre est au nom de Hank James. Personne ne saura que vous êtes là.

Un muscle tressauta à sa mâchoire.

— Charlie prendra soin de vous. Je t'appelle demain matin, dit-il en plaçant une liasse de billets dans la main de Melissa. Il y a un restaurant à côté. On te livrera tout ce dont tu as besoin.

Charlie prit la valise, prêt à partir. Melissa enfila son manteau, soudain effrayée pour Henry.

— Je t'en prie, sois prudent, murmura-t-elle, les jumeaux dans les bras.

Il se pencha pour déposer un baiser sur leur front, puis replaça doucement une mèche folle derrière l'oreille de Melissa.

— Vas-y.

Quelques minutes plus tard, les garçons et elle étaient installés à bord du 4x4 de Charlie. Comme ils s'éloignaient de la maison, Melissa se retourna et vit la silhouette d'Henry qui se détachait sur le seuil.

Une fois de plus, un terrible pressentiment l'envahit. Une peur inexplicable.

La crainte de ne plus jamais le revoir.

Une heure plus tard, Jimmy avait prélevé les fragments du projectile et examiné les débris laissés dans la chambre. A présent, Randy était en train de fixer le contreplaqué à la fenêtre béante.

Charlie était rentré au ranch après avoir déposé Melissa et les enfants au motel. Bien que soulagé de les savoir en sécurité, Henry bouillait de rage. A vrai dire, sa colère n'avait fait que s'accroître depuis l'incident.

Et il savait exactement contre qui elle était dirigée.

Il se dirigea vers l'entrée et enfila sa veste.

— Où vas-tu ? demanda Jimmy, interloqué.

— Chez Burke.

Henry décida de laisser son revolver dans le tiroir. S'il l'emportait, il risquait d'être tenté de s'en servir.

Et bien qu'il brûle de punir celui qu'il considérait comme responsable de l'attentat, il ne voulait pas aller jusqu'à le tuer.

Il était père, à présent. Il ne pouvait se laisser dominer par la fureur qu'il éprouvait, même si elle était justifiée.

— Bon sang, Henry, tu ne peux pas débarquer chez lui comme ça ! s'écria Jimmy, consterné.

— Tu veux parier ?

— Reste ici, insista le shérif. Je vais aller voir Burke.

— En ce cas, je t'accompagne.

Sans laisser à Jimmy le temps de protester davantage, Henry sortit dans la nuit enneigée, claquant la porte derrière lui.

Quelques instants plus tard, ils roulaient dans la voiture de patrouille de Jimmy. La neige rendait la circulation difficile, mais une seule pensée occupait l'esprit d'Henry : il imaginait ce qui se serait produit si le projectile avait été lancé dans la chambre des jumeaux.

Le seul fait d'envisager pareille tragédie décuplait sa rage.

— Il aurait pu tuer mes enfants, Jimmy, dit-il, rompant le silence qui régnait dans l'habitacle. Il aurait pu tuer Melissa.

— Je sais.

La voiture fit un petit écart et Jimmy manœuvra pour la redresser.

— Nous vérifierons si Tom a un alibi pour ce soir.

— Il est possible qu'il n'ait pas agi lui-même, rétorqua Henry, les sourcils froncés. Il a pu employer un homme de main. Il faut que je mette un terme à tout cela.

Il se détourna, fixant la nuit noire.

— Peut-être devrais-je retirer ma candidature.

Jimmy le regarda, abasourdi.

— Tu ferais ça ?

— S'il n'y avait que moi, je n'y songerais pas une seconde. Mais la situation a changé, Jimmy. J'ai des enfants. Melissa et eux ont besoin de moi.

— Si tu te retires, tes ennemis auront gagné. Et la corruption continuera à sévir à Dalhart, répondit Jimmy avec un soupir. Accorde-moi encore quelques jours avant de prendre une décision. En ce moment, tu es sous le coup de l'émotion. Donne-toi le temps de retrouver ton calme et laisse-moi régler cette affaire.

Henry demeura silencieux, conscient que son ami avait raison. Il était trop bouleversé pour se montrer rationnel, mais il ne pouvait s'empêcher de penser à Melissa, à Joey et à James.

Il avait voulu être un héros, débarrasser sa ville de la corruption que ses habitants subissaient depuis trop longtemps. A présent, il se demandait si le prix à payer n'était pas trop élevé.

Il voulait être un père plus qu'un héros.

Il se redressa sur son siège alors qu'ils approchaient des faubourgs. Les seuls autres véhicules qu'ils croisaient étaient des chasse-neige et des camions qui déversaient du sel sur la chaussée.

Tom Burke vivait bien au-dessus de ce que lui permettait son salaire, dans une luxueuse villa de cinq chambres située sur un vaste terrain. La première chose qu'Henry remarqua fut sa voiture, garée dans l'allée.

Des traces de pneus indiquaient clairement qu'on s'en était servi peu de temps auparavant.

Sa colère, qui s'était un peu apaisée durant le trajet, revint au galop. Il ouvrit sa portière et se rua hors du véhicule avant même que celui-ci se soit complètement immobilisé.

— Henry ! Attends-moi, bon sang ! cria Jimmy en coupant le contact.

Henry n'en fit rien. Il se dirigea d'un pas résolu vers la porte d'entrée et se mit à tambouriner des deux poings contre le battant.

Lorsque Tom apparut sur le seuil, Jimmy avait atteint la véranda. Sans dire un mot, Henry saisit l'homme courtaud par le col de sa chemise immaculée et le traîna au-dehors.

— Hé ! Lâche-moi, hurla Tom.

Il se dégagea d'un geste brusque.

— Ça ne va pas, non ?

— Tu es sorti faire un tour ce soir, Tom ? rétorqua Henry en le foudroyant du regard. Je vois qu'on a conduit ta voiture. Tu es venu me rendre une petite visite ?

Il prit brusquement conscience d'une autre présence. L'adjoint au shérif, Gordon Hunter, venait de les rejoindre.

— Je ne sais pas de quoi tu parles, s'écria Tom, les joues écarlates.

— En ce cas, tu as engagé quelqu'un pour lancer un cocktail Molotov par ma fenêtre ! accusa Henry en faisant un pas vers lui. Il y avait deux bébés chez moi, espèce de salaud !

Tom regarda tour à tour Henry et Jimmy.

— Quoi ? Je ne sais rien de cette histoire, je vous le jure !

— En ce cas, où es-tu allé ? demanda Henry. Ta voiture a roulé récemment. Où es-tu allé ?

— Au supermarché ! rétorqua Tom, visiblement irrité. On annonce encore des chutes de neige. J'avais besoin de lait. C'est un crime ?

— Il dit la vérité, intervint Gordon. Je l'ai surveillé toute la soirée. Il n'est allé qu'au supermarché.

Henry fixa Gordon, puis Tom.

— Je te préviens, Tom. S'il arrive quoi que ce soit à un de mes proches, je reviens te voir et je te ferai regretter d'être né.

Tom regarda Jimmy d'un air outré.

— Vous avez entendu ça ? Il m'a menacé !

Jimmy secoua la tête.

— Non. Ce n'était pas une menace, Tom. C'était une promesse.

Le shérif mit la main sur l'épaule d'Henry.

— Viens, Henry. Nous ne pouvons rien faire de plus pour l'instant.

Après avoir lancé un dernier regard assassin à Tom, Henry tourna les talons et regagna la voiture. Jimmy et Gordon échangèrent encore quelques mots avec l'homme tandis qu'il fulminait en silence.

Quand donc parviendraient-ils à éclaircir cette affaire ? Qui que soit le coupable, il était assez habile pour ne pas laisser d'indices derrière lui.

Une chose était claire : Henry ne pouvait permettre à Melissa de revenir chez lui avant que le problème soit réglé. Et cette pensée ne faisait qu'aviver sa fureur.

Le trajet de retour fut tendu. Jimmy se chargea de la conversation, exposant à Henry son plan d'action.

— S'il y a des empreintes sur les débris que j'ai récupérés chez toi, il sera peut-être possible de déterminer la provenance des matériaux utilisés. Fais-moi confiance, Henry. Je trouverai celui qui se cache derrière tout cela.

Henry se taisait, fixant le noir, songeant à Melissa et aux garçons.

Que faisaient-ils en ce moment ? Il jeta un coup d'œil à sa montre. Ses fils devaient dormir à poings fermés, et ce soir, il ne pourrait pas se tenir sur le seuil et respirer leur odeur, contempler leurs adorables petits visages.

Ce soir, Melissa et lui ne pourraient pas s'asseoir ensemble dans le salon et bavarder paisiblement après que sa mère se serait retirée dans sa chambre.

Savoir qu'un odieux individu lui avait volé ces plaisirs réveilla sa colère. Pourtant, lorsqu'ils arrivèrent à la maison, elle s'était dissipée d'elle-même, le laissant épuisé.

Randy et Charlie étaient dans le salon avec sa mère lorsqu'il entra. Il leur résuma la situation en quelques mots, après quoi les hommes s'en allèrent.

Henry se dirigea vers le bar et se servit un whisky.

— Ça va ? demanda Mary avec sollicitude.

— Non. Je suis furieux, frustré, et je me demande si je ne devrais pas renoncer à me présenter, avoua-t-il en s'asseyant à côté d'elle.

— C'est ce que tu veux ?

— Ce que je veux, c'est qu'il n'arrive rien à Melissa ou aux enfants.

Mary lui sourit.

— Mais tu n'as pas répondu à ma question. D'ailleurs, dès que les routes seront dégagées, Melissa et les jumeaux rentreront à Amarillo. Tu devras continuer à vivre ici, avec ta décision.

Henry soupira, et se laissa aller contre le dossier de son fauteuil.

— Je n'ai jamais eu vraiment peur dans ma vie jusqu'à ce soir. L'idée que Melissa et les enfants soient passés si près du danger me terrifie.

— Etre parent apporte une multitude de craintes, commenta Mary en lui tapotant la main. La première fois que ces garçons monteront à bicyclette, tu seras terrifié aussi. Le jour où tu les mettras dans un bus pour qu'ils se rendent à l'école, tu auras le cœur serré en pensant à tout ce qui pourrait mal se passer. Mais tu connaîtras aussi des joies plus grandes que toutes celles que tu as pu éprouver auparavant.

Henry hocha la tête sans rien dire.

— Et puis il y a Melissa, dit Mary doucement. Ton visage s'éclaire quand elle est près de toi, Henry.

— Elle est la mère de mes enfants.

— Je pense qu'elle pourrait être davantage si tu lui ouvrais ton cœur.

— Je ne veux pas qu'elle soit davantage, répondit-il avec une légèreté forcée.

Mary soupira.

— Ton père était un homme merveilleux, Henry, mais il était obsédé par la crainte qu'une femme ne vole ta fortune. J'ai peur qu'au lieu de te rendre prudent, ce qui était son intention, il ne t'ait rendu incapable d'être proche de quelqu'un.

Henry n'était pas d'humeur à écouter sa mère tenter de le faire changer d'avis sur l'amour et le mariage. Il vida son verre d'un trait.

— Maman, la journée a été longue et je suis épuisé. Je ne veux pas avoir une conversation concernant ma décision de rester célibataire.

— Tu as raison, murmura-t-elle. Je suis désolée.

Elle se leva.

— Je vais me coucher. A demain, Henry. J'espère que, d'ici là, Jimmy aura tout résolu et que la vie pourra reprendre son cours normal.

— Bonne nuit, maman.

Il la suivit des yeux jusqu'à ce qu'elle ait disparu dans l'escalier, puis se laissa de nouveau aller contre le dossier du fauteuil, poussant un long soupir.

Il espérait lui aussi que Jimmy aurait obtenu des réponses le lendemain matin, mais il n'était guère optimiste.

Son regard se posa sur le téléphone. Il réprima l'envie d'appeler Melissa, juste pour entendre sa voix avant d'aller se coucher. Il était tard et il ne voulait pas réveiller les jumeaux. D'ailleurs, il lui avait dit qu'il téléphonerait de bonne heure le lendemain matin.

Il se leva et s'approcha de la fenêtre. Il avait recommencé à neiger.

La veille, il avait espéré qu'il neige afin de pouvoir garder Melissa et les garçons plus longtemps auprès de lui.

A présent, il priait pour que la neige cesse et que Melissa puisse ramener les enfants à Amarillo, là où ils seraient à l'abri du dément qui s'était mis en tête de gâcher sa vie.

11

Ce fut la nuit la plus longue de la vie de Melissa.

Equipée d'un grand lit, d'une télévision et d'un bureau, la chambre était typique de celles qu'on pouvait voir dans tous les motels du pays, et d'une propreté immaculée.

Elle déposa les enfants sur le matelas, et s'empressa de former une sorte de barricade à l'aide d'oreillers afin qu'ils ne puissent pas tomber. Par chance, ils s'endormirent presque aussitôt.

Après avoir pris une douche rapide et enfilé sa chemise de nuit, Melissa se coucha à son tour, s'efforçant de ne pas repasser dans sa tête les événements de la soirée.

Pourtant, elle ne parvint pas à trouver le sommeil.

Que se passait-il à la maison ? Henry et Mary étaient-ils en sécurité ? S'il leur arrivait malheur, qui viendrait l'en informer ?

Elle se tourna et se retourna dans son lit, et ce fut durant ces longues heures d'insomnie qu'elle prit enfin conscience de la profondeur de l'amour qu'elle portait à Henry.

Au moment où elle s'en rendait compte, elle sut qu'elle ne pourrait jamais lui donner ce qu'il désirait.

L'idée d'emménager dans la petite maison, d'être

si proche de lui sans pour autant être incluse dans sa vie lui était insupportable. Elle imaginait facilement le genre de routine qui risquait de s'ensuivre…

Les jumeaux partageraient leurs journées entre le cottage et la maison principale. Elle verrait sans doute constamment Henry. De temps à autre, le désir qu'ils avaient l'un de l'autre serait si violent qu'ils y succomberaient et passeraient une nuit ensemble.

Il n'y aurait pas d'amour, pas d'engagement. Il s'agirait seulement d'un… arrangement.

Elle ne pouvait l'accepter.

Elle ne pouvait sacrifier ses rêves d'amour et de mariage pour qu'Henry obtienne ce qu'il voulait — un accès permanent à ses fils et la satisfaction occasionnelle de ses besoins sexuels avec elle.

Non. Sa décision était prise.

Elle rentrerait chez elle dès que possible. Ensuite, Henry et elle devraient mettre au point un système de visites qui ne l'obligerait pas à vivre sur sa propriété.

Les premières lueurs de l'aube apparaissaient dans le ciel lorsque le sommeil la gagna enfin. Elle se réveilla vers 8 heures et vit la lumière filtrer à travers les rideaux. Les garçons dormaient encore, sans doute épuisés par le remue-ménage de la veille.

Melissa se leva, enfila le luxueux peignoir bordeaux qu'Henry lui avait offert et alla jeter un coup d'œil au-dehors.

Il était tombé deux ou trois centimètres de neige supplémentaires durant la nuit, mais la vue du soleil la rassura. D'ici à ce soir, ou le lendemain au plus tard, les routes seraient suffisamment dégagées pour que les jumeaux et elle puissent rentrer à Amarillo.

Elle avait besoin de regagner son petit appartement. S'éloigner d'Henry lui permettrait d'analyser la situation de manière plus lucide. Sa présence la troublait, l'empêchait d'y voir clair.

La sonnerie du téléphone l'arracha à ses pensées. Elle se hâta vers le bureau et décrocha.

— Allô !

La voix grave d'Henry s'éleva dans l'écouteur.

— Tu vas bien ?

— Oui, maintenant que je sais que tu vas bien, répondit-elle. Je n'ai presque pas dormi cette nuit. Je me faisais du souci pour toi.

— J'ai failli t'appeler hier soir pour te dire que tout allait bien, mais j'ai eu peur de réveiller les garçons. Comment vont-ils ?

Elle jeta un coup d'œil vers le lit.

— Ils dorment toujours.

— Un vitrier vient tout à l'heure pour remplacer la vitre cassée dans la chambre, reprit Henry.

— Tant mieux. Que s'est-il passé après mon départ hier soir ?

— Jimmy et ses hommes ont ratissé les lieux pour trouver des indices. Et après…

— Oui ?

— … je suis allé chez Tom Burke, avoua-t-il. Je l'ai accusé d'être à l'origine des attentats.

— Oh, Henry ! Tu ne pensais pas qu'il allait se confesser, si ?

— Non, mais je n'avais qu'une idée en tête, c'était de régler cette affaire une fois pour toutes. J'espère que les débris récupérés par Jimmy vont lui fournir des éléments nouveaux, suffisants pour justifier une arrestation.

— Tu sais que je ne peux pas retourner chez toi, dit-elle, le cœur lourd.

— Je ne veux pas que vous reveniez, répondit-il fermement. Pas avant que tout soit résolu. L'incident d'hier soir était trop sérieux. S'il arrivait quelque chose à l'un de vous trois, je ne pourrais jamais me le pardonner.

Les doigts de Melissa se crispèrent sur le combiné. Une vive émotion vibrait dans la voix d'Henry. Il avait de l'affection pour elle, bien sûr, mais ce n'était pas assez pour qu'il l'invite réellement dans sa vie.

— Tu as tout ce qu'il te faut ? reprit-il. Les routes sont encore mauvaises, mais tu devrais pouvoir repartir demain.

— C'est ce que je me suis dit quand j'ai regardé par la fenêtre tout à l'heure. Et oui, j'ai tout ce qu'il me faut — ce qu'il nous faut.

— Charlie ou un autre de mes hommes conduira ta voiture au motel dans la journée, ou demain matin au plus tard. Je ne veux pas être vu avec vous.

Il marqua une pause.

— Malheureusement, je ne pourrai pas vous dire au revoir de vive voix.

Sa déception était évidente, et pourtant Melissa fut presque soulagée par ses paroles. Il y aurait assez d'adieux à l'avenir et elle avait le sentiment qu'elle ne cesserait jamais de les trouver douloureux.

— Tu me tiendras au courant s'il se passe quoi que ce soit ?

— Bien sûr. De toute façon, je te rappelle ce soir. Et, Melissa, je veux que tu saches combien je suis désolé.

— Tu n'as pas à t'excuser, mais sois prudent, Henry. Mes petits garçons ont besoin de leur papa.

— Et j'ai besoin d'eux aussi, répondit-il doucement.

Il prit congé d'elle, puis raccrocha. Les jumeaux commençaient à s'agiter. Melissa changea leurs couches et leur prépara un biberon.

Après avoir fait du café dans la cafetière fournie par le motel, elle se rendit compte qu'elle mourait de faim, sans doute à cause de toutes les émotions de la veille. Elle étudia le menu qu'elle avait trouvé sur le bureau et passa par téléphone une commande d'omelette et de pain grillé avant de s'habiller pour la journée.

Son petit déjeuner fut livré peu après. Elle s'assit au bureau pour manger, surveillant les jumeaux qui venaient de terminer leur biberon et jouaient avec leurs orteils, échangeant des gazouillis comme s'ils partageaient un langage qui n'appartenait qu'à eux.

Melissa apprécia l'omelette, qui se révéla excellente. Ensuite, elle débarrassa la table et s'étendit sur le lit pour jouer avec ses enfants.

Les sentiments qu'elle éprouvait envers Henry étaient peut-être temporaires, songea-t-elle. Une sorte d'effet secondaire. Après tout, ce Noël passé chez lui avait été un véritable conte de fées.

C'était comme si ses rêves de toujours s'étaient réalisés.

Non pas à cause des cadeaux, de la fortune et des domestiques. Elle se moquait éperdument de tout cela.

C'était la chaleur humaine qui l'avait séduite, la gentillesse que Mary et Henry leur avaient témoignée, à elle et à ses enfants. Elle avait aimé leurs rires, leurs conversations détendues.

Henry ferait un père formidable. Il l'avait avertie dès le départ qu'il ne voulait pas se marier, et, pourtant, il lui avait donné envie d'être sa femme…

Elle se morigéna. Au lieu de caresser des rêves impossibles, elle ferait mieux de penser à ce qu'elle allait faire en rentrant chez elle. Elle était plus que jamais résolue à reprendre sa carrière de décoratrice. Elle contacterait ses anciens clients, et démarcherait pour en trouver de nouveaux.

Il lui faudrait du temps et des efforts, mais elle finirait par réussir.

D'une manière ou d'une autre, Henry et elle aboutiraient à un compromis concernant la garde des enfants. Ils trouveraient un arrangement qui leur donnerait à l'un et l'autre assez d'indépendance pour mener leur propre vie.

Un jour, peut-être, elle finirait par rencontrer un homme qui l'aimerait comme elle voulait être aimée, et qui ne demanderait pas mieux que de l'épouser.

Même si, pour le moment, l'idée d'aimer un autre homme qu'Henry lui était insupportable.

Elle comprenait à présent qu'elle n'avait pas aimé Tom. Ce qu'elle avait autrefois éprouvé pour lui n'était qu'un pâle reflet de ce qu'elle ressentait pour Henry. Jamais elle n'avait aimé personne comme elle aimait Henry.

La journée fut interminable.

Quand les garçons s'assoupirent, elle alluma la

télévision afin de tromper son ennui et regarda deux séries qu'elle n'avait jamais vues auparavant. Vers 16 heures, elle passa une nouvelle commande au restaurant, décidée à dîner et à se coucher de bonne heure.

Il avait fait beau toute la journée, et elle avait entendu les chasse-neige déblayer les environs. Elle était sûre de pouvoir prendre la route le lendemain matin à l'aube.

Vers 17 h 30, elle avait pris son repas et donné à manger aux enfants. Le soleil disparaissait à l'horizon quand elle entendit frapper à la porte.

Surprise et légèrement méfiante, elle mit la chaîne de sécurité et entrebâilla le battant afin de voir le visage de son visiteur.

— Charlie ! s'écria-t-elle soulagée en se hâtant de le faire entrer. Henry m'avait dit que vous amèneriez sans doute ma voiture.

— A vrai dire, Henry m'a chargé de vous ramener tous chez lui, répondit Charlie en entrant.

Melissa le regarda avec stupeur.

— Comment ça ? Il s'est passé quelque chose ?

Charlie acquiesça.

— Tom Burke a été arrêté. Il n'y a plus de danger. Henry veut que vous regagniez le ranch.

— Quand tout cela s'est-il produit ? demanda-t-elle, n'osant croire à cette bonne nouvelle.

— Il y a très peu de temps. Je n'ai aucun détail. Henry m'a seulement dit de venir vous chercher et de vous ramener à la maison.

Melissa jeta un rapide coup d'œil autour d'elle.

— Il va me falloir un petit moment pour faire mes bagages.

Charlie sourit.

— Prenez votre temps. Je sais qu'Henry ne veut pas que vous passiez une autre nuit ici puisque la maison est sûre à présent.

Ravie d'apprendre que Tom avait été appréhendé et qu'Henry n'était plus en danger, Melissa se hâta de boucler sa valise tandis que Charlie distrayait les jumeaux en leur faisant des grimaces.

Certes, elle allait devoir affronter le moment de la séparation, et elle eut un pincement au cœur à cette pensée. Il aurait été plus facile de partir le lendemain sans avoir revu Henry, mais elle savait qu'il tenait sans doute à passer une dernière soirée avec les jumeaux avant qu'elle ne rentre à Amarillo.

Ce soir, elle devrait lui avouer qu'elle avait pris la décision de ne pas s'installer dans la maison qu'il lui avait offerte. Ce serait difficile, mais elle était sûre d'avoir fait le bon choix et il serait contraint de l'accepter.

Une fois prête, elle habilla chaudement les enfants pendant que Charlie se chargeait d'aller ranger les bagages dans le coffre.

— Vous allez revoir papa, dit-elle gaiement en boutonnant le manteau de Joey.

— Je vais porter ce petit bonhomme, déclara Charlie en rentrant dans la pièce. Les sièges-bébé sont encore dans ma voiture, ça tombe bien. Tout le monde sera en sécurité.

Quelques minutes plus tard, ils étaient tous à bord. Comme Charlie démarrait, Melissa se tourna vers lui.

— Ne devrais-je pas aller avertir la réception que je m'en vais ?

— Ne vous inquiétez pas pour ça. Henry s'en occupe, affirma-t-il en faisant marche arrière.

— De quoi Tom a-t-il été accusé, au juste ? demanda-t-elle, curieuse.

— Je ne sais pas mais je suppose que c'est « Tentative de meurtre » ou quelque chose du même genre.

— Je suis si heureuse que l'affaire ait été éclaircie, soupira-t-elle. Henry va enfin pouvoir recommencer à vivre normalement !

Au bout de quelques secondes, elle regarda par la vitre et fronça les sourcils.

— Nous n'allons pas dans la bonne direction, si ?

— Si. Je sais exactement où je vais.

Charlie se tourna vers elle et sourit, mais une lueur froide brillait dans ses yeux. Un frisson soudain parcourut le dos de Melissa.

— Vous avez une course à faire ? demanda-t-elle, la bouche sèche.

— Oui. Une course qui va changer toute ma vie, répondit-il en tirant un revolver de sa poche. Je vous conseille de vous détendre, Melissa. D'admirer le paysage.

Elle le fixa, horrifiée, tandis que mille questions se bousculaient dans son esprit.

Pourquoi Charlie braquait-il une arme sur elle ?

Où l'emmenait-il ?

La terreur s'empara d'elle. Qu'allait-il faire d'elle ? Et, surtout, qu'allait-il arriver aux deux bébés assis sur la banquette arrière ?

La journée avait été bien remplie, mais Henry n'avait pas cessé un seul instant de penser à Melissa et aux garçons. Il était bouleversé à l'idée de ne pouvoir embrasser ses fils une dernière fois avant qu'ils s'en aillent, de ne pouvoir respirer leur douce odeur de bébé.

Il aurait aussi voulu dire au revoir à Melissa de vive voix. Contempler une dernière fois ses yeux pétillants, un de ses adorables sourires…

Il devait se raisonner, songea-t-il. Après tout, il ne s'agissait pas d'une séparation définitive. Que cela leur plaise ou non, leurs vies allaient être étroitement mêlées pour les dix-huit ans à venir, au moins.

Etta n'était pas venue à cause de la neige, si bien que sa mère et lui s'étaient contentés de sandwichs pour le dîner. A vrai dire, la maison avait été douloureusement silencieuse toute la journée.

Jusqu'à maintenant, il n'avait pas compris à quel point Melissa et les enfants avaient changé cette demeure, l'avaient illuminée de leur présence. Mais c'était temporaire, se consola-t-il. Un jour ou l'autre, ils seraient de retour et la maison reprendrait vie.

Il était presque 18 heures quand il s'assit à son bureau et composa le numéro de la chambre. Le téléphone sonna une fois, puis deux, puis trois. Henry fronça les sourcils alors que le signal se répétait interminablement.

Il finit par raccrocher, perplexe. Melissa n'était sûrement pas sortie avec les enfants. Sa voiture se trouvait encore au ranch et il faisait un froid glacial.

Peut-être était-elle en train de prendre une douche ?

Il joua machinalement avec son stylo, imaginant Melissa sous la douche. La vision de son corps mince et souple s'imposa à lui, l'eau chaude et savonneuse dégoulinant sur ses seins ronds…

Irrité contre lui-même, Henry se fit violence pour refouler ces images. Il avait cru qu'il suffirait de passer une nuit avec elle pour se débarrasser de l'attirance qu'elle lui inspirait. Il avait été persuadé qu'une fois son désir rassasié il cesserait de penser constamment à elle.

Curieusement, le contraire s'était produit.

Il décrocha le combiné et refit le numéro. Une fois de plus, seule la sonnerie lui répondit. Combien de temps une femme pouvait-elle rester sous la douche ?

Se sentant gagné par l'anxiété, Henry se leva et arpenta la pièce. Il s'approcha de la fenêtre et regarda le cottage dans lequel il espérait toujours la voir s'installer. Tout serait beaucoup plus facile si elle acceptait.

Ils élèveraient les garçons à deux, travaillant de concert pour les rendre heureux. Il avait une chance inouïe qu'une femme telle que Melissa soit la mère de ses enfants…

Il retourna au bureau, et tenta une nouvelle fois de l'appeler. Pas de réponse. Le malaise qu'il avait éprouvé tout à l'heure se mua subitement en angoisse. Il courut dans l'entrée, sortit sa veste du placard et fourra son revolver dans sa poche.

Alertée par le bruit, sa mère apparut sur le seuil.

— Henry ? Où vas-tu ?

— Melissa ne répond pas au téléphone. J'ai un mauvais pressentiment.

Mary porta une main à son cœur.

— Peut-être était-elle dans la salle de bains ? A

moins qu'elle ne soit sortie un moment, pour demander quelque chose à la réception ?

— Peut-être, répondit-il d'une voix sombre. Mais je veux en avoir le cœur net.

— Dois-je avertir Jimmy ? demanda-t-elle avec inquiétude.

— Non. Je l'appellerai moi-même si nécessaire. Je ne veux pas le déranger pour rien.

Il se pencha vers sa mère et déposa un baiser sur son front.

— Ne t'inquiète pas.

— Tu m'appelleras ?

— Dès que je serai arrivé et que je saurai que tout va bien, affirma-t-il.

Puis, sans attendre sa réponse, il sortit dans l'air froid de la nuit.

Quelques instants plus tard, il roulait vers la ville, passant en revue les raisons possibles du silence de Melissa. Elle avait pu aller faire une course. Peut-être que les bébés pleuraient et qu'elle n'avait pas entendu le téléphone ?

Il avait beau se dire que les possibilités ne manquaient pas, son cœur cognait violemment dans sa poitrine, prêt à exploser.

C'était la peur, songea-t-il.

Une peur intense, primitive, qui lui dévorait les entrailles et lui donnait la nausée. Jamais il n'avait rien éprouvé de tel.

Jamais de sa vie il n'avait eu aussi peur.

La chaussée était glissante, l'empêchant d'aller plus vite. Les mains crispées sur le volant, il priait pour qu'il ne soit rien arrivé.

Une boule se forma dans sa gorge. Un des garçons était-il tombé malade ? Melissa avait-elle dû se rendre chez un médecin, d'une manière ou d'une autre ? Mais dans ce cas, ne l'aurait-elle pas prévenu ?

Lorsqu'il atteignit les abords de la ville, il était fou d'inquiétude. Le motel se trouvait côté sud, le long de la route principale. C'était un bâtiment sans étage, dont les chambres faisaient face au parking.

Henry passa devant la réception sans s'arrêter, et alla droit au numéro 112, qu'il avait réservé pour Melissa.

Il se gara à la va-vite et se rua hors du véhicule pour aller tambouriner à la porte.

— Melissa ? cria-t-il d'une voix rauque. Melissa, c'est Henry. Ouvre-moi !

Personne ne lui répondit, et la porte demeura fermée. Aucun bruit ne lui parvenait. Il tourna la poignée et vit que la pièce était plongée dans le noir.

Il chercha l'interrupteur et le pressa d'une main fébrile. La courtepointe était froissée, et des oreillers étaient empilés d'un côté, mais il n'y avait pas trace de Melissa ou des enfants. Pas de bagages.

S'était-il trompé de numéro ? Alors même qu'il tentait de se cramponner à cette idée, il prit conscience que le parfum de Melissa flottait encore dans l'air. Elle avait bel et bien occupé cette chambre.

Seigneur, où était-elle à présent ?

Il aurait cru impossible que son cœur puisse battre plus vite, et pourtant c'était le cas. Un étau lui comprimait la poitrine à l'écraser.

Il sortit de la pièce et traversa le parking en courant afin de gagner le restaurant. Peut-être avait-elle décidé d'emmener les enfants dîner là-bas ? Il avait du mal à imaginer qu'elle se soit donné tout ce mal alors qu'on pouvait lui livrer tout ce qu'elle désirait, mais il s'agrippa à cet espoir.

Un soir normal, la cafétéria aurait été bondée, mais les conditions climatiques avaient dissuadé les gens de sortir. L'endroit était quasi désert. Henry fit deux pas à l'intérieur et sut que Melissa n'était pas là.

Il crut que son cœur allait cesser de battre. Il ressortit, tâtonnant dans sa poche à la recherche de son téléphone portable. Les doigts tremblants, il composa le numéro du shérif.

— Jimmy, c'est moi. Il est arrivé quelque chose à Melissa et aux garçons. Il faut que tu me retrouves chez Ted.

Celui-ci promit de venir immédiatement et Henry se dirigea vers la réception. Peut-être s'était-il trompé de numéro de chambre, après tout. Peut-être avait-il imaginé le parfum de Melissa.

Ted Warren, propriétaire des lieux, l'accueillit avec un grand sourire.

— Henry ! Quel bon vent t'amène ? Je ne m'attendais pas à te voir ce soir.

— Ted, la chambre que je t'ai louée par téléphone, quel numéro était-ce ?

— Le 112, répondit Ted sans hésiter. Je le sais parce que c'est la seule à être occupée en ce moment. Ce fichu temps m'a privé de clients. Pourquoi ? Quelque chose ne va pas ?

— Tu n'as vu personne rôder autour ? Tu n'as pas remarqué de voiture garée devant ?

— Non. A vrai dire, je n'ai pas bougé d'ici de toute

la journée. Je sais seulement qu'une jolie femme est venue prendre la clé hier soir, et c'est tout.

— Elle n'est plus là. Et elle avait deux bébés avec elle. Tu ne les as pas vus ce soir ?

Ted secoua la tête.

— Non, Henry. Je suis désolé.

Henry sortit en titubant, aveuglé par la douleur.

Qu'était-il advenu de ses enfants ? Qu'était-il arrivé à Melissa ?

12

Melissa n'avait jamais éprouvé pareille terreur.

S'enfuir était impossible. Elle ne pouvait ouvrir la portière et sauter hors du véhicule en laissant Joey et James aux mains de Charlie.

Elle était prisonnière, et elle n'avait pas la moindre idée des raisons qui avaient pu pousser Charlie à se conduire ainsi. Qu'allait-il faire d'eux ?

Ils franchirent les limites de la ville. Bientôt, ils empruntèrent des routes de campagne, sombres et désertes. Joey et James s'étaient endormis, trop jeunes pour savoir qu'un drame se déroulait.

La gorge nouée, au bord de la nausée, Melissa se tourna vers Charlie.

— Où nous emmenez-vous ? demanda-t-elle d'une voix incertaine.

— Ne vous inquiétez pas pour ça, répondit-il. Si vous faites ce que je dis, il n'y a aucune raison pour que les choses tournent mal. Il ne vous arrivera rien, ni à vous ni à vos enfants.

— Que voulez-vous, Charlie ? Pourquoi faites-vous cela ? insista-t-elle, éprouvant le besoin de comprendre. C'est à cause de votre sœur ? Parce que Henry n'a pas voulu l'épouser ?

Charlie eut un rire mauvais.

— Je me fiche complètement d'Hilary. Cette idiote est sortie avec Henry pendant plus d'un an et elle a été incapable de conclure l'affaire. Si elle avait persuadé Henry de l'épouser, mon avenir aurait été assuré. Le beau-frère d'Henry Randolf n'aurait pas continué à nettoyer les écuries, hein ? J'aurais eu un boulot respectable, et tous les avantages qui vont avec. Mais non ! Il a fallu que je prenne les choses en main moi-même.

Henry s'était trompé, comprit soudain Melissa. Il avait cru à tort que c'était un membre de l'administration municipale qui le harcelait, alors que le coupable travaillait sous son propre toit.

— C'est vous qui avez essayé d'abattre Henry, n'est-ce pas ?

Charlie la regarda et ricana de nouveau.

— Croyez-moi, si j'avais voulu le tuer, il serait mort à l'heure qu'il est. Je voulais juste déranger sa petite vie tranquille, le rendre un peu nerveux.

— Mais pourquoi ? Que vous a-t-il fait ?

— Je le hais ! s'écria Charlie d'un ton véhément. Je devrais mener la vie qu'il mène. Avoir son fric. Il n'a rien fait pour le mériter à part naître dans la bonne famille. Moi, je travaille du matin au soir depuis toujours. Je suis parti de rien. Mais tout ça va changer à présent. Ces bébés sur la banquette arrière représentent mon ticket pour la fortune.

La lumière se fit brusquement dans l'esprit de Melissa. C'était un enlèvement. Charlie les avait enlevés tous les trois afin d'exiger une rançon.

Henry avait passé toute sa vie à craindre qu'une

femme n'essaie de le déposséder de sa fortune, et voilà qu'à cause d'elle et des enfants ses peurs se réalisaient.

Sauf que ce n'était pas une femme qui s'apprêtait à l'escroquer, mais un homme.

Et s'il refusait de verser la rançon ?

Cette idée lui était à peine venue à l'esprit que Melissa la rejeta. Elle n'avait passé que quelques jours avec Henry, mais elle le connaissait, elle connaissait son cœur. Il viderait son compte en banque pour garantir la sécurité de ses fils.

Mais si, pour une raison ou pour une autre, les choses ne se déroulaient pas comme Charlie l'espérait ? Comment réagirait-il alors ? Elle était sûre qu'il n'hésiterait pas à se débarrasser d'eux.

Après tout, personne ne savait où ils se trouvaient, et nul ne soupçonnerait un employé modèle d'avoir voulu nuire à Henry ou d'être mêlé à la disparition de ses enfants.

Ils couraient un danger mortel et, pour le moment, Melissa ne voyait pas d'échappatoire. Peut-être pourrait-elle faire quelque chose lorsqu'ils arriveraient au lieu où Charlie comptait les détenir. Peut-être alors trouverait-elle un moyen de s'enfuir. Elle se cramponna à cet espoir.

Un coup d'œil furtif à sa montre lui apprit qu'il était 18 heures passées. Henry avait promis de lui téléphoner ce soir. Avait-il déjà essayé ? Savait-il seulement qu'ils avaient disparu ?

Au bout d'un trajet qui lui parut interminable, la voiture s'immobilisa enfin. Une petite cabane était visible à la lueur des phares. L'endroit était sombre, loin de tout, entouré d'arbres aux branches alourdies par la neige. On n'apercevait aucune lumière, aucun signe de civilisation.

Un frisson parcourut Melissa lorsque Charlie ouvrit sa portière, mais il n'était pas dû au froid.

— Prenez les enfants et n'essayez pas de faire la maligne. Vous n'avez aucune valeur pour moi. Je n'hésiterai pas à vous éliminer si vous me causez des problèmes.

Elle le crut sur parole. La froideur de son regard et le ton dur de sa voix prouvaient qu'il parlait sérieusement. Charlie savait qu'Henry était prêt à payer n'importe quel prix pour récupérer ses enfants, mais c'était différent pour elle, songea-t-elle avec un pincement au cœur.

Henry ne l'aimait pas.

Elle sortit les jumeaux de leurs sièges, et fut soulagée qu'ils continuent à dormir paisiblement. Gardant son arme braquée sur elle, Charlie lui fit signe d'entrer dans la cabane. Elle s'exécuta, tenant les enfants serrés contre sa poitrine.

Quand ils furent tous à l'intérieur, Charlie alluma une lumière, révélant une pièce misérable, meublée du strict minimum.

Il y avait un évier, un réfrigérateur, un réchaud à deux plaques, un four à micro-ondes et une petite table placée contre le mur. De l'autre côté se trouvait un lit d'une personne et une porte qu'elle supposa être celle d'une salle de bains. Un radiateur électrique soufflait de l'air chaud, mais pas assez pour que la température soit plaisante.

— Mettez les enfants sur le lit, ordonna-t-il.

Les jambes flageolantes, elle déposa doucement les jumeaux endormis au centre du matelas. Des larmes lui brouillaient la vue, mais elle se redressa et fit face à son ravisseur.

— Ceci va être votre foyer pendant un ou deux jours. Asseyez-vous, ajouta-t-il en désignant une des chaises près de la table.

Melissa jeta un regard aux enfants puis obéit.

— C'est vous qui avez lancé le cocktail Molotov dans la vitre ? demanda-t-elle sans pouvoir réprimer le tremblement de sa voix.

Charlie ouvrit le placard de l'évier et en sortit une grosse chaîne. Une nouvelle bouffée de peur envahit Melissa.

— Oui, répondit-il d'un ton satisfait. Il n'y a rien de plus facile à fabriquer. Suffit d'être un peu bricoleur. C'est moi aussi qui ai tiré dans le pneu d'Henry. Au départ, j'avais l'intention de vous enlever sur votre chemin de retour à Amarillo, mais la décision d'Henry de vous expédier au motel m'a facilité la tâche.

Il se releva, accrocha un bout de la chaîne à un crochet en métal fixé au mur et s'approcha.

— Je vous en prie, murmura-t-elle, les larmes roulant sur ses joues, ne faites pas ça. Je peux parler à Henry. Il vous donnera tout ce que vous voulez. Mais je vous en prie, laissez-nous partir, mes enfants et moi.

— Bouclez-la.

Il se pencha pour lui saisir la cheville. Instinctivement, Melissa lui décocha un coup de pied.

Il recula, pointant aussitôt le revolver sur sa tempe.

— Ne me compliquez pas la vie, grogna-t-il d'un ton exaspéré. Je vous ai dit qu'il ne vous arriverait rien si vous coopériez. Dans le cas contraire, je vous descends. Vous pigez ?

Elle prit une profonde inspiration, ravala un sanglot et acquiesça. Elle ne voulait pas lui donner une raison de l'abattre. Il fallait qu'elle reste en vie pour trouver un moyen d'échapper à ce cauchemar et sauver ses enfants.

— Maintenant, je vais mettre cette chaîne autour de votre cheville. Elle est assez longue pour que vous puissiez vous occuper des mômes et aller à la salle de bains. Il y a de quoi manger dans le frigo. Vous n'aurez besoin de rien avant mon retour.

Il enroula la chaîne autour de sa cheville et elle frissonna en sentant l'acier lui mordre la peau.

— Je vais chercher vos affaires. Vous aurez tout ce qu'il vous faut.

A peine eut-il disparu que Melissa se mit à tirer sur la chaîne, s'efforçant d'arracher le crochet. En vain. La fixation était solide.

Elle entendit Charlie revenir et s'immobilisa. Il apportait la valise et le sac de couches. Seul manquait le sac à main, dans lequel se trouvait son téléphone portable.

— Ne faites pas cette tête. Vous ne devriez rester ici qu'un jour ou deux, le temps qu'il me remette l'argent. Je ne ferai la demande de rançon que demain matin, de toute façon. Je veux qu'il passe une nuit à s'inquiéter d'abord. Cela le rendra plus enclin à accepter mes demandes.

— Je vous en prie, Charlie, supplia-t-elle une dernière fois. Si vous nous relâchez maintenant, je ne dirai rien à personne.

— Si un jour vous avez la possibilité d'en parler à

quelqu'un, je serai loin d'ici. Je serai riche et je vivrai sous un faux nom sur une île des tropiques.

— Henry ne cessera jamais de vous chercher, insista-t-elle. Il vous retrouvera où que vous alliez. Vous passerez votre vie à regarder par-dessus votre épaule.

Il sourit, visiblement indifférent à ses paroles.

— Mais quelle vie, hein ! A tout à l'heure.

Laissant tomber les bagages sur le sol, il ressortit. Elle l'entendit tourner la clé dans la serrure.

L'instant d'après, elle était seule dans la nuit silencieuse.

— Henry, il n'y a aucun signe d'effraction, fit observer Jimmy, arrivé sur les lieux avec deux de ses adjoints. Rien n'indique qu'il lui soit arrivé malheur. Elle est peut-être rentrée chez elle, voilà tout.

— Sans sa voiture ? rétorqua Henry, au comble de la frustration.

— Elle a pu demander à quelqu'un de venir la chercher, suggéra un des adjoints.

Henry secoua la tête.

— Elle n'aurait pas fait une chose pareille. Elle ne serait pas partie sans me dire au revoir.

— Il est possible que l'incident d'hier soir l'ait effrayée au point qu'elle parte. Et qu'elle ne t'ait rien dit parce qu'elle redoutait que tu n'essaies de la faire changer d'avis, murmura Jimmy.

Henry sentit une bouffée de nausée l'envahir. Avait-il fait pression sur Melissa au point qu'elle aurait décidé de regagner Amarillo sans l'avertir ? Par peur qu'il ne la pousse à rester contre son gré ?

Il n'avait passé que peu de temps avec elle, mais il était certain de la connaître suffisamment pour savoir que ce n'était pas le cas.

— Jimmy, je te répète qu'il lui est arrivé quelque chose. Il faut la retrouver, martela-t-il en fixant le shérif. Elle a des ennuis. Je le sais. Je le sens.

— Ben, ordonna ce dernier, Jake et toi allez interroger les résidents du quartier. Quelqu'un a peut-être vu un individu suspect.

— Et Tom Burke ? intervint Henry.

— J'ai déjà vérifié avec Gordon. Tom est chez lui avec sa famille. Il ne peut pas être mêlé à cette affaire.

Henry prit Jimmy par les épaules. Son angoisse était telle qu'il avait l'impression d'avoir les jambes en coton.

— Il faut faire vite, Jimmy, dit-il d'une voix pressante. Il faut qu'on les retrouve !

— Nous allons les retrouver, Henry. Si tu rentrais attendre des nouvelles ? Peut-être va-t-elle te téléphoner.

— Pas question, rétorqua-t-il. Je ne vais pas rester les bras ballants alors qu'ils ont disparu !

— Henry, respire un bon coup, conseilla Jimmy calmement. Nous ne savons même pas s'il leur est arrivé quelque chose.

Henry n'était pas d'accord. Il le sentait dans ses tripes. Il était impossible que Melissa soit partie sans lui parler, à plus forte raison en laissant sa voiture.

Quelque chose n'allait pas.

Pas du tout.

— Je vais jeter un coup d'œil dans les environs, dit-il enfin. Peut-être que quelqu'un l'a vue.

Comment aurait-il pu rentrer chez lui et avouer à sa mère que Melissa et les garçons s'étaient volatilisés ?

Après avoir promis à Jimmy de rester en contact avec lui, Henry monta dans son pick-up et descendit la rue, cherchant des yeux des gens qui auraient pu remarquer Melissa et les enfants. Il passa l'heure suivante à entrer dans chaque magasin ouvert, interrogeant tous ceux qui se trouvaient sur les lieux.

Où pouvaient-ils être ? Que s'était-il passé dans cette chambre d'hôtel ?

Jimmy avait raison, il n'y avait aucun signe de lutte. Melissa était partie de son plein gré avec celui ou celle qui l'avait emmenée.

Mais si elle projetait de demander à quelqu'un de venir la chercher pour la ramener à Amarillo, pourquoi ne lui en aurait-elle rien dit lorsqu'ils s'étaient parlé au téléphone ?

Pourquoi n'aurait-elle pas fait en sorte de récupérer sa voiture ?

Il était presque 21 heures lorsqu'il prit le chemin du retour. Il ne savait plus quoi faire, ni où chercher. Une terreur indicible le submergeait.

Le trajet jusqu'au ranch lui parut durer une éternité.

Des larmes lui brûlaient les paupières, mais il se refusait à pleurer. Il ne pouvait céder à la tristesse, au chagrin, comme s'il avait déjà admis que le pire était arrivé. Il se devait de rester fort pour Melissa et pour ses fils.

Sa mère l'attendait à la porte.

— Que se passe-t-il ?

— Ils ne sont pas là.

Les mots lui avaient échappé avant qu'il puisse les retenir, et, soudain, les larmes qu'il tenait tant à refouler roulèrent sur ses joues.

— Melissa et les garçons ne sont plus au motel, dit-il d'une voix étranglée. Personne ne sait où ils se trouvent, maman.

Bouleversée, Mary l'entoura de ses bras, s'efforçant de le réconforter comme à l'époque où il était petit garçon et qu'il s'était égratigné le genou.

Mais Henry n'était plus un petit garçon, et ce qui arrivait était bien pire qu'une égratignure.

Il s'essuya les yeux et se redressa.

— Je ne sais pas quoi faire, admit-il. J'ignore ce qui s'est passé. Jamais je ne me suis senti aussi impuissant.

Sa mère le guida dans le salon et ils se laissèrent tomber sur le canapé.

— Jimmy et deux de ses hommes sont à leur recherche. J'ai sillonné les rues et interrogé tous ceux que j'ai vus, mais personne ne savait rien.

— Peut-être a-t-elle téléphoné à une amie, suggéra Mary, mais le ton de sa voix trahissait son manque de conviction.

— Tu sais aussi bien que moi qu'elle n'aurait pas quitté la ville sans nous dire au revoir. Melissa n'est pas comme ça.

Il se laissa aller en arrière et ferma les yeux, priant pour que ce cauchemar se termine.

Mary et lui tressaillirent en même temps au tintement de la sonnette. Henry bondit sur ses pieds et courut à la porte.

C'était Charlie.

— Je viens d'apprendre la nouvelle, dit-il. Puis-je faire quoi que ce soit ?

Henry lui fit signe d'entrer.

— Hier soir, quand vous avez déposé Melissa au motel, vous n'avez vu personne aux alentours ?

Charlie fronça les sourcils.

— Je n'ai rien remarqué. J'ai vérifié que personne ne nous suivait quand nous sommes partis d'ici, mais je ne peux pas être sûr à cent pour cent que personne ne l'a vue quand elle est descendue de la voiture avec les garçons. Seigneur ! Que puis-je faire ?

Henry passa une main lasse dans ses cheveux.

— Rien pour le moment, murmura-t-il. Jimmy et ses hommes ont entrepris des recherches dans le quartier, et je ne vois pas ce que nous pourrions faire d'autre.

— En ce cas, je vais rentrer chez moi. N'hésitez surtout pas à m'appeler en cas de besoin.

— Entendu, Charlie. Merci.

Henry le suivit des yeux tandis qu'il sortait de la maison et se dirigeait vers son véhicule.

La nuit était noire et froide, et Melissa était dehors, quelque part, avec ses bébés.

— Je me demande si nous ne lui avons pas fait peur, murmura sa mère derrière lui.

Henry se tourna vers elle, interdit.

— Peut-être que nous avons trop fait pression sur elle. Nous avons acheté des tas de choses, comme si nous voulions créer un foyer pour les garçons, dit-elle en se tordant les mains. Peut-être qu'elle a eu peur que tu lui prennes ses enfants et qu'elle s'est enfuie.

— Non. Elle n'aurait pas fait ça.

Il en était certain. Il sentait jusqu'au tréfonds de lui-même que Melissa n'aurait pas disparu sans rien dire.

Il se retourna vers la porte, fixant l'obscurité.

— Je pense que quelqu'un les a enlevés, dit-il d'une voix sourde. Dans la chambre du motel.

— Mais pourquoi ? s'écria Mary.

Il pivota et lui fit face.

— Peut-être est-ce une ultime tentative pour me dissuader de me présenter, suggéra-t-il en haussant les épaules. Je ne sais pas. Nous ne pouvons pas en être sûrs avant que le ravisseur entre en contact avec nous.

— Il ne leur fera pas de mal, tout de même ? demanda Mary d'une voix tremblante.

Henry ne tenta pas de lui mentir.

— Je ne sais pas, maman.

— Qu'allons-nous faire à présent ?

— Attendre, répondit-il, l'estomac noué.

Une fois Charlie parti, Melissa ne perdit pas une seconde.

D'abord, elle tenta de libérer sa cheville. Charlie avait mis un cadenas sur la chaîne et elle espérait trouver un instrument qui lui permette de crocheter la serrure. Elle fouilla dans les tiroirs de cuisine, mais en vain. Elle ne trouva que deux cuillers.

Par chance, les garçons continuaient à dormir profondément, lui offrant le silence dont elle avait besoin pour réfléchir.

Même si elle parvenait à retirer la chaîne, que ferait-elle ensuite ?

Elle n'avait aucune idée de l'endroit où elle se trouvait.

Pendant combien de temps devrait-elle marcher, les jumeaux dans les bras, avant de trouver de l'aide ?

Néanmoins, elle finit par conclure qu'il valait mieux braver les éléments que de rester là, à attendre le retour de son geôlier. Henry avait affirmé que ce dernier n'avait pas semblé s'émouvoir de sa rupture avec Hilary. Apparemment, c'était tout le contraire.

Aux yeux de Charlie, un mariage entre sa sœur et Henry représentait le moyen d'échapper au travail du ranch. Quand ses espoirs s'étaient effondrés, la venue de Melissa lui avait offert une solution de rechange.

Elle regarda les jumeaux, la gorge nouée par l'angoisse.

Elle eut soudain l'affreuse certitude que Charlie n'allait pas lui laisser la vie sauve. Contrairement aux enfants, elle pouvait identifier leur ravisseur. En revanche, si elle mourait, Charlie ne risquait rien. Il n'aurait jamais à regarder par-dessus son épaule.

Une heure durant, elle tira obstinément sur le crochet qui reliait la chaîne au mur, dans l'espoir de l'arracher. Enfin, elle s'assit lourdement sur le sol, épuisée par l'effort et envahie par un sentiment de défaite.

Elle se mit à pleurer en silence.

Jamais elle ne verrait grandir ses enfants. Elle ne serait pas là quand ils feraient leurs premiers pas, ne les entendrait pas dire « maman ». Elle ne serait pas là pour leur premier jour d'école, pour ajuster leur nœud de cravate lorsqu'ils assisteraient à leur premier bal de fin d'année.

Submergée de douleur, elle plaqua une main sur sa bouche afin d'étouffer ses sanglots. Elle pleura jusqu'à ce qu'elle n'ait plus de larmes à verser, et puis elle pria pour que les garçons soient sains et saufs, quoi qu'il lui arrive.

Pour qu'ils vivent heureux avec Henry et Mary.

Comme elle songeait à Henry, les larmes jaillirent de nouveau. Jamais elle ne le reverrait. Jamais elle ne reverrait son sourire si séduisant, la lueur de plaisir dans ses yeux bleus.

Sa montre indiquait presque 22 heures.

Il devait savoir qu'ils avaient disparu, à présent. Il avait dû lui téléphoner et s'inquiéter de ne pas avoir de réponse. Il était sans doute en train de la chercher en ce moment même.

Malheureusement, il ne lui viendrait pas à l'idée de soupçonner son bras droit au ranch, l'employé en qui il avait toute confiance. Charlie serait la dernière personne au monde qu'Henry soupçonnerait.

Elle se releva, cherchant des yeux un objet qui puisse lui servir d'arme. Charlie avait peut-être l'intention de la tuer, mais elle voulait lui faire mal avant qu'il y parvienne.

Laisser sur lui des marques, qui, peut-être, soulèveraient des questions.

Ses ongles étaient trop courts pour qu'elle puisse lui griffer le visage, mais elle trouverait sûrement quelque chose dans les placards…

Elle fouilla la pièce de fond en comble, jusque dans les moindres recoins.

En vain.

Les étagères ne contenaient que quelques boîtes de conserve. Dans le réfrigérateur, elle vit du lait, du pain, une boîte de sauce bolognaise et un pot de mayonnaise. Le congélateur renfermait en tout et pour tout cinq plats surgelés.

Elle devina que les aliments avaient été achetés exprès pour elle. Il y en avait juste assez pour deux ou trois jours. Il était clair que Charlie avait préparé son plan bien à l'avance, et cela ne fit que la déprimer davantage.

Découragée, elle s'assit sur le lit où dormaient les enfants et s'inclina en arrière, respirant l'odeur de l'innocence et de l'amour.

Elle ferma les yeux.

Sa seule consolation était de savoir que ses fils seraient aimés par Henry jusqu'à la fin de leurs jours, même si elle n'était pas là pour le voir.

13

— Henry ? Hilary est au téléphone, annonça Mary.

Henry fronça les sourcils.

— Je n'ai pas le temps de lui parler maintenant. Dis-lui que je la rappellerai plus tard, lança-t-il en reportant son attention sur Jimmy, assis en face de lui.

— Nous traitons la chambre du motel comme une scène de crime, déclara celui-ci. Même si nous ne savons pas encore ce qui s'y est déroulé. Deux de mes hommes sont en train de relever les empreintes.

— C'est un motel, soupira Henry avec lassitude. Vous allez sans doute trouver celles de clients qui sont passés là il y a dix ans.

— J'en doute, rétorqua Jimmy. L'établissement de Ted est très bien tenu. Il est très possible que nous trouvions des empreintes récentes.

— Et après ? A moins que vous ne les ayez déjà dans votre base de données, elles ne nous apprendront rien !

— Henry, répondit Jimmy patiemment, nous faisons de notre mieux.

— Je sais, je sais. Dis à Tom Burke que s'il est mêlé à cette histoire, il a gagné. S'il les laisse partir sans leur faire de mal, je retire ma candidature et il pourra continuer ses petites affaires comme bon lui semble.

— Je ne crois pas que ce soit Tom. Ni qu'il ait engagé un homme de main. Je le connais depuis toujours. C'est un escroc, certes, mais je ne pense pas qu'il soit capable de violence.

— Tu parierais la vie de Melissa là-dessus ? La vie de mes fils ? rétorqua Henry d'un ton brusque.

— Bien sûr que non. Je te dis mon sentiment, voilà tout. Pour moi, Tom n'est pas responsable.

— Alors, qui l'est, bon sang ? s'emporta Henry, au bord du désespoir. Qui, Jimmy ? Qui donc pourrait me haïr à ce point ?

Jimmy hésita.

— Je ne sais pas. Ce n'est peut-être pas une question de haine, mais d'argent. S'il s'agit d'un enlèvement, j'imagine que le ravisseur va entrer en contact avec toi.

Henry baissa les yeux sur sa montre. Il était plus de 22 heures.

— Nous ne savons même pas depuis combien de temps ils ont disparu, soupira-t-il. Je lui ai parlé ce matin, mais pas depuis.

— J'ai vérifié auprès du restaurant. On lui a livré un repas vers 16 h 30, ce qui signifie qu'elle était encore dans sa chambre à ce moment-là.

Mary entra dans la pièce.

— J'ai fait du café, annonça-t-elle.

Jimmy se leva.

— Viens, Henry, allons en boire une tasse. La nuit risque d'être longue.

Henry n'avait aucune envie de siroter du café alors que Melissa et ses enfants manquaient à l'appel. Il aurait voulu aller tambouriner à toutes les portes de Dalhart jusqu'à ce qu'il les ait retrouvés.

Pourtant, il suivit Jimmy dans la cuisine sans discuter. Ils s'installèrent autour de la table et Mary leur apporta à chacun une tasse du breuvage noir et brûlant.

— Vous ne pensez pas que nous devrions avertir le FBI ? s'enquit Mary.

Ses traits étaient tirés. Elle semblait avoir vieilli de dix ans en l'espace de quelques heures.

Jimmy secoua la tête.

— Ils ne nous écouteront pas tant que je n'ai aucune preuve tangible. Melissa n'est portée disparue que depuis cinq ou six heures et nous ignorons si elle a pris de son plein gré la décision de s'en aller.

Henry fronça les sourcils et mit les mains autour de sa tasse, cherchant à bannir le froid glacial qui s'était emparé de son corps dès l'instant où il était entré dans la chambre de motel désertée.

— Si ce type veut une rançon, pourquoi n'appelle-t-il pas ? grommela-t-il, à bout de nerfs.

Tous les trois se figèrent en entendant la sonnerie du téléphone portable de Jimmy. Il prit l'appel et écouta un instant.

— Bien. Tiens-moi au courant, dit-il avant de mettre fin à la communication. C'était Jake. Ben et lui ont interrogé tous les résidents des rues situées autour du motel. Personne n'a vu Melissa.

— Pourquoi n'appelle-t-il pas ? répéta Henry. Si quelqu'un les a enlevés, pourquoi ne m'a-t-il pas déjà demandé de l'argent ?

Il abattit son poing sur la table, donnant libre cours à la rage et à la frustration qui s'étaient accumulées en lui.

— Si quelqu'un leur a fait du mal, je le tuerai. Je te le jure, Jimmy, je tuerai ce salaud !

A cet instant, on sonna à la porte. Henry se rua vers la porte d'entrée, le cœur cognant follement dans sa poitrine. Si seulement ce pouvait être Melissa…

Mais non. Hilary se tenait sur le seuil.

— Henry, j'ai entendu dire que Melissa et les enfants avaient disparu. Il faut que je te parle, dit-elle d'une voix pressante.

— Hilary, ce n'est vraiment pas le moment, rétorqua-t-il, luttant contre la douleur qui déferlait en lui.

Elle tendit la main et la posa sur son épaule.

— Je t'en prie, Henry, écoute-moi. Je pense savoir qui est le coupable.

Il la dévisagea avec méfiance, se demandant s'il s'agissait d'une manœuvre insensée pour rentrer dans ses bonnes grâces.

— Qu'est-ce que tu dis ?

Il entendit vaguement sa mère et Jimmy qui s'approchaient.

— Charlie a été vraiment anéanti quand nous avons rompu, commença-t-elle. Il croyait que, si nous étions mariés, tu lui obtiendrais un emploi bien payé, dans un bureau quelque part. Il y a deux jours, il m'a dit qu'il avait un plan qui lui apporterait assez d'argent pour quitter cette ville et mener la belle vie. Je lui ai demandé des détails, mais il n'a pas voulu en dire plus.

Les mots avaient jailli d'un trait, accompagnés d'un torrent de larmes.

— J'ai peut-être des défauts, Henry, mais j'ai vu la manière dont tu regardais Melissa et ces bébés, et je ne peux pas être complice d'un tel crime, sanglota-t-elle.

Je crois que Charlie a fait quelque chose d'affreux et il fallait que je vienne te le dire.

Henry la dévisageait, sidéré.

Charlie ?

Son cerveau se mit à fonctionner à toute allure. Charlie savait où Melissa séjournait. Cette dernière aurait fait confiance à Charlie. Elle l'aurait suivi sans se poser de questions.

Et pourtant… Charlie ? Cela paraissait si invraisemblable !

— Il était ici il y a quelques instants, objecta-t-il. Il m'a offert son aide.

— Je te dis seulement ce que je crois, Henry. Je pense vraiment que mon frère détient Melissa et les enfants, répéta Hilary.

Tirant son téléphone portable de sa poche, Henry composa le numéro de Charlie. La sonnerie résonna à son oreille.

— Personne, dit-il en coupant la communication.

— Charlie vit dans un appartement minuscule, intervint Jimmy en fronçant les sourcils. Il est impossible qu'il ait emmené Melissa et les enfants là-bas. Quelqu'un entendrait forcément les bébés pleurer. Sans compter que n'importe qui aurait pu les voir entrer.

Henry continuait à réfléchir, les pièces du puzzle s'emboîtant les unes après les autres dans son esprit.

Charlie avait facilement pu tirer sur lui le jour où il inspectait les prairies à cheval. Il l'avait vu partir en ville avec Melissa et savait approximativement à quelle heure ils rentreraient. Charlie avait aussi pu lancer le cocktail Molotov dans la fenêtre, avant de piétiner la neige pour effacer ses propres empreintes.

Charlie. Il avait encore du mal à y croire. Charlie avait été son bras droit, le plus fidèle et le plus dévoué de ses employés.

— Mon frère possède une petite cabane dans les bois, un endroit où il va chasser, expliqua Hilary. Il les a peut-être emmenés là-bas.

— Pourquoi aurait-il fait ça ? insista Henry. J'avais confiance en lui. Je l'ai toujours traité correctement.

— Il te hait, Henry. Il est jaloux de ton argent, de ta vie. Et quand il a vu combien tu étais attaché à Melissa et aux enfants… je crois qu'il a pensé que tu serais prêt à payer n'importe quelle rançon pour les sauver.

Une rage froide s'était emparée d'Henry.

— Où est cette cabane ?

Hilary essuya ses larmes d'un revers de main.

— J'espère ne pas vous envoyer sur une mauvaise piste. Je ne veux pas qu'il arrive quoi que ce soit à Melissa ou aux bébés…

— Où est la cabane, Hilary ? répéta Henry d'un ton impatient.

Ils avaient déjà perdu trop de temps. Chaque seconde comptait.

Pendant qu'Hilary leur donnait des explications, il enfila sa veste et prit son revolver. Puis il interrogea Jimmy du regard.

Ce dernier acquiesça.

— Allons-y, dit-il avant de se tourner vers Hilary. Si Charlie t'appelle, ne lui dis pas que tu nous as parlé. Ne révèle rien qui puisse lui mettre la puce à l'oreille sinon je te ferai mettre sous les verrous pour obstruction à la justice.

— Soyez prudents, je vous en prie, répondit-elle simplement. Je ne sais pas de quoi il est capable.

Henry sortit dans la nuit froide tandis qu'elle prenait la main de Mary dans la sienne. Il espérait de tout son cœur qu'elle avait dit la vérité.

Et il priait pour qu'il ne soit pas trop tard.

Melissa était transie. Elle n'aurait su dire si c'était dû au manque de chauffage ou à la peur qui la tenaillait.

L'attente était presque insoutenable. Une foule de questions se bousculaient dans son esprit, et les réponses possibles lui glaçaient le sang.

Il n'était pas question qu'elle s'endorme.

Cherchant à se réchauffer un peu, elle ouvrit une boîte de soupe à la tomate et la vida dans une casserole, puis la fit réchauffer sur la plaque.

Charlie avait-il contacté Henry ? Lui avait-il déjà demandé une rançon pour le retour de ses enfants ? Il avait dit qu'il attendrait jusqu'au lendemain matin, mais peut-être s'était-il impatienté.

Quand donc ce cauchemar prendrait-il fin ?

Une grimace lui échappa quand elle voulut se lever pour remuer le potage. Elle avait passé si longtemps à essayer de se dégager que sa cheville était tout ensanglantée.

Peut-être devrait-elle essayer de trouver le sommeil, après tout. Peut-être Charlie n'allait-il pas revenir ce soir.

Pourtant, alors même qu'elle y songeait, elle sut qu'elle ne pourrait jamais fermer l'œil. Elle voulait tenir ses bébés contre son cœur, entendre une dernière fois le rire joyeux de James, contempler l'adorable sourire de Joey.

Les larmes roulèrent de nouveau sur ses joues.

Son cœur saignait pour Henry. Jamais elle ne le reverrait. Elle ne pouvait qu'espérer qu'il parlerait d'elle aux enfants, qu'il leur dirait combien elle les avait aimés, combien elle désirait être une bonne mère.

Un bruit de moteur lui parvint soudain et elle se figea, le cœur battant à se rompre tandis que le faisceau des phares balayait la pièce.

Une terreur subite l'envahit, lui nouant la gorge. La rançon avait-elle été versée ? Charlie était-il revenu pour la tuer ?

Des pas se firent entendre dans la véranda, puis la porte s'ouvrit et Charlie entra.

— Bonsoir, mon chou. C'est moi ! lança-t-il en ricanant, comme si la plaisanterie l'amusait.

Debout devant la cuisinière, Melissa pivota lentement pour lui faire face.

— Vous avez appelé Henry ?

— Pas encore. Je vous ai dit que j'allais le laisser se ronger les sangs. Je suis juste revenu voir comment se portait mon investissement.

Il s'adossa à la porte et baissa les yeux sur sa cheville.

— On dirait que vous vous êtes donné du mal pour retirer cette chaîne, dit-il d'un ton narquois. Pas la peine. Vous n'irez nulle part.

Jamais Melissa n'avait éprouvé une telle haine envers quiconque. Jamais elle ne s'était crue capable de tuer quelqu'un, mais elle savait à présent qu'elle aurait pu assassiner Charlie sans la moindre hésitation.

Il poussa une chaise et s'assit à la table tandis qu'elle reculait contre le placard.

— Vous allez me tuer, n'est-ce pas ?

Elle poursuivit sans attendre la réponse.

— Je ne dirai pas que c'était vous. Je dirai que je ne sais pas qui nous a enlevés, qu'il portait un masque et que je ne l'ai pas reconnu.

Il lui répugnait de le supplier, mais elle voulait désespérément vivre. Elle avait toutes les raisons de vouloir rester en vie.

— Et vous vous imaginez que je vais avaler ça ? rétorqua-t-il.

Melissa comprit que tout espoir était perdu. La mort dans l'âme, elle se retournait vers la cuisinière quand un fracas subit lui fit faire volte-face. La porte venait d'être enfoncée, et la scène qui s'offrait à ses yeux semblait se dérouler au ralenti.

Henry se tenait sur le seuil, immense et menaçant. Au même moment, elle vit Charlie bondir sur ses pieds et sortir son arme.

En une fraction de seconde, Melissa sut qu'Henry allait mourir. Instinctivement, elle souleva la casserole de soupe brûlante et la jeta sur Charlie, qui poussa un cri de douleur et laissa tomber son revolver. Henry se rua sur lui avec un hurlement sauvage, le projetant au sol tandis que les jumeaux se mettaient à pleurer.

Melissa donna un coup de pied dans le revolver, le poussant sous le lit. Puis elle courut vers les jumeaux alors qu'Henry et Charlie luttaient au corps à corps. Le cœur battant la chamade, elle pressa les enfants contre sa poitrine, regardant le combat à mort entre l'homme qu'elle aimait et celui qui voulait la tuer.

Un sanglot lui échappa lorsque Henry pressa son propre revolver contre la tempe de Charlie, mettant fin au duel. A cet instant, Jimmy fit irruption dans la cabane.

— C'est bon, Henry. Lâche ton arme.

Henry ne bougea pas. Son visage séduisant s'était transformé en un masque de fureur. Il tremblait de tous ses membres. Visiblement, il était dévoré par l'envie de tirer une balle dans la tête de Charlie.

— Henry, ne fais pas ça, dit le policier en effleurant son épaule. Allons, lâche-le. Je m'occupe de lui.

Henry ferma les yeux, en proie à un tel conflit intérieur que Melissa sentit une terreur nouvelle la gagner. Elle savait que, s'il tuait Charlie, sa vie en serait changée pour toujours. Un tel geste lui apporterait peut-être une satisfaction sur le moment, mais il finirait par le détruire.

— Henry, dit-elle doucement.

Il ouvrit les yeux et croisa son regard. Dans les profondeurs du sien, elle lut la torture qu'il avait subie au cours des heures écoulées.

— Laisse Jimmy l'emmener. Je t'en prie. J'ai besoin de toi avec les garçons.

Avec un sanglot étranglé, il abaissa son arme et s'éloigna de Charlie. Aussitôt, Jimmy passa les menottes à ce dernier et le releva sans ménagement.

Henry s'approcha en hâte et s'agenouilla devant elle. Il prit son visage entre ses mains, l'enveloppant d'un regard intense.

— Il t'a fait du mal ? Oh, Seigneur ! Il a fait du mal aux enfants ?

— Non. Je vais bien. Nous allons tous bien.

Les jumeaux s'étaient déjà apaisés, en effet.

Il baissa les yeux sur la chaîne qui retenait sa cheville prisonnière et se raidit. Redoutant qu'il ne s'en prenne à Charlie de nouveau, elle mit une main sur son bras.

— Ce n'est rien.

Henry se tourna vers Jimmy.

— Fouille-le, Jimmy. Il me faut une clé pour libérer Melissa.

Un instant plus tard, il ouvrit le cadenas. Il retira la chaîne avec précaution, massant doucement la peau meurtrie, et elle se souvint de la douceur de ses gestes lorsqu'il avait frotté ses pieds glacés, la nuit de la tempête de neige.

Puis elle fut entre ses bras, pleurant de soulagement, et il la serra étroitement contre lui, comme s'il avait peur de la relâcher. Enfin, Gordon arriva, accompagné de plusieurs autres adjoints qui se mirent à passer la cabane au crible.

Jimmy escorta Charlie à la prison tandis que Gordon ramenait Melissa, Henry et les enfants au ranch. Les jumeaux s'endormirent tout de suite. Melissa était assise entre eux, à la fois heureuse et épuisée.

Sur le trajet du retour, Henry relata à Melissa la visite d'Hilary et ses soupçons concernant Charlie. Lorsqu'ils arrivèrent, Mary et Hilary sortirent toutes les deux sur le perron pour les accueillir.

Henry emmena les jumeaux à l'intérieur pendant que Mary étreignait Melissa avec force.

— Dieu soit loué ! murmura-t-elle. Vous êtes tous sains et saufs.

Lorsque Mary la lâcha, Melissa prit les mains d'Hilary.

— Merci, dit-elle d'une voix émue. Vous m'avez sauvé la vie.

Des larmes brillaient dans les yeux de la jeune femme.

— Je suis tellement désolée ! Je n'arrive pas à croire que Charlie ait pu faire une chose pareille. J'ai toujours su qu'il avait un côté méchant, mais de là à être capable d'un tel acte…

Elle se dégagea doucement.

— Je vous laisse. Je suis sûre que vous avez besoin d'être seuls.

Une heure plus tard, les jumeaux étaient installés dans leurs lits, et Jimmy était arrivé afin de prendre la déposition de Melissa.

L'aube approchait quand il s'en alla.

Mary conduisit Melissa à l'étage. Comme elles passaient devant la nurserie, elles virent Henry assis sur une chaise à l'intérieur, tel un garde chargé de protéger le trésor du royaume. Melissa le regarda, attendrie, songeant qu'il resterait sans doute à son poste jusqu'au petit matin.

Malgré sa fatigue, elle resta éveillée, incapable de trouver le sommeil. Trop de pensées se bousculaient dans son esprit. Non seulement elle repassait dans sa tête les événements et les émotions de la journée, mais elle ne pouvait s'empêcher de penser à Henry.

Elle ne pouvait rester ici plus longtemps.

Il fallait qu'elle rentre chez elle. Henry s'était glissé

dans son cœur comme aucun autre homme ne l'avait jamais fait. Chaque instant qu'elle passait avec lui ne faisait qu'approfondir l'amour qu'elle lui portait.

Il était temps de partir.

14

Henry avait l'estomac noué.

Melissa s'en allait. Avec ses fils. Bien sûr, il avait su que ce moment viendrait, mais il n'était pas prêt à leur dire au revoir, même temporairement.

C'était le milieu de l'après-midi et le soleil brillait au-dehors quand Melissa termina ses bagages.

— Je déteste te voir partir, dit-il.

— Je sais, mais ce n'est pas comme s'il s'agissait d'une séparation définitive.

Elle referma sa valise. Henry regarda ses cheveux qui scintillaient sous les rayons du soleil et une bouffée d'émotion monta dans sa poitrine. Il déglutit avec peine, ne sachant au juste pourquoi il était si abattu.

Melissa déposa ses bagages sur le sol.

— J'ai besoin de rentrer chez moi, Henry.

Il ne put s'empêcher de remarquer que ses yeux semblaient moins gais que d'habitude.

— J'ai besoin de temps pour me remettre de tout ce qui est arrivé.

Il acquiesça.

— Je comprends, murmura-t-il. Au moins, maintenant, nous sommes sûrs qu'il n'y a plus de danger ici. La prochaine fois que tu viendras, les choses seront complètement différentes. Tu n'auras aucune raison d'avoir peur.

Melissa le considéra, une expression indéchiffrable sur le visage.

— Je suis heureuse que tout soit terminé pour toi… pour nous.

— Je suis désolé, Melissa. Je regrette tellement que les garçons et toi ayez été mis en danger…

Elle leva une main pour l'interrompre.

— Ne t'excuse pas. Ce n'était pas ta faute. Tu ne pouvais pas deviner quel genre d'homme était Charlie.

Elle se tut, puis baissa les yeux sur sa montre.

— Il est temps que je parte.

Il hocha la tête à regret et se baissa pour prendre les bagages. Ils descendirent les marches ensemble afin d'aller rejoindre Mary et les enfants dans le salon.

— Vous allez revenir, n'est-ce pas ? demanda celle-ci d'un ton inquiet.

— Bien sûr, répondit Melissa. Et vous savez que vous êtes la bienvenue à Amarillo si vous avez envie de nous rendre visite.

Mary sourit.

— Je vous ferai peut-être la surprise.

— J'en serais très contente, affirma Melissa.

Elle se pencha vers les jumeaux qui jouaient sur une couverture, par terre, et souleva James.

— Je m'occupe de Joey, dit Mary.

Les larmes aux yeux, elle prit le petit garçon souriant dans ses bras, puis adressa un sourire ému à Melissa.

— Je ne sais pas ce qui est le pire : dire au revoir à ces deux précieux enfants ou à vous.

Melissa hocha la tête, visiblement trop émue pour répondre.

— J'ai mis une partie des cadeaux de Noël dans le coffre, déclara Henry comme ils se dirigeaient vers la voiture. Si tu as besoin de quoi que ce soit, tu n'as qu'à me téléphoner et je viendrai tout de suite.

— Tout ira bien, merci, répondit-elle tandis que Mary installait Joey sur la banquette.

Melissa fit de même avec James, puis se redressa et plongea son regard dans celui d'Henry.

Dans les profondeurs de ses yeux, il vit une émotion qui, l'espace d'un instant, lui coupa le souffle.

Une seconde plus tard, elle avait disparu.

— Merci encore à vous deux d'avoir été si généreux avec nous, murmura-t-elle.

Une fois de plus, son regard rencontra celui d'Henry, et il crut qu'elle allait ajouter quelque chose.

Au lieu de quoi elle prit place côté conducteur et leur fit un signe d'adieu.

Henry suivit des yeux la voiture qui s'éloignait, submergé par un sentiment de solitude tel qu'il n'en avait jamais connu.

— Tu es un idiot, Henry James Randolf ! s'exclama sa mère en tournant les talons.

— De quoi parles-tu ? Je n'ai rien fait.

— Exactement. Et c'est pour ça que tu es un idiot.

Elle rentra dans la maison, claquant violemment la porte derrière elle.

Henry passa une main dans ses cheveux et soupira.

Les femmes ! Jamais il ne les comprendrait. Sa mère était sans doute fâchée contre lui parce qu'il n'avait pas réussi à convaincre Melissa de s'installer dans le cottage. Mais après le traumatisme de la veille, il n'avait pas voulu faire davantage pression sur elle.

Peut-être l'occasion se présenterait-elle d'en parler à l'avenir. Entre-temps, il avait un certain nombre de choses à régler, qui, il l'espérait, rempliraient le vide douloureux qui s'était fait en lui.

Les trois jours suivants, Henry s'occupa du mieux qu'il le put. Tout le monde en ville avait été atterré par le geste de Charlie, et Henry fut à la fois stupéfait et touché par les témoignages de soutien que lui apportèrent ses voisins et ses amis.

Il alla présenter ses excuses à Tom Burke, lequel le surprit en lui apprenant qu'il avait démissionné de son poste et que sa femme et lui partaient vivre en Floride.

Mais le soir, après que sa mère fut allée se coucher et alors qu'il était assis dans son fauteuil, un verre de whisky à la main, il ne pouvait chasser de son esprit Melissa et les garçons.

C'était incroyable à quel point ils avaient rempli la maison de chaleur et de joie. Le sourire de Melissa lui manquait, son rire musical, et ses taquineries. Il songeait avec regret à leurs conversations, aux moments partagés qui ne reviendraient jamais plus.

Melissa était une femme merveilleuse, et, un jour, elle ferait une épouse merveilleuse pour un homme. Ce n'était pas sa faute s'il n'était pas cet homme-là.

Il serait le meilleur père possible, mais il n'avait rien à offrir à Melissa. D'ailleurs, il ne lui avait pas fait de promesses.

Il n'avait pas cherché à la tromper à son sujet.

Ne lui avait-il pas toujours dit et répété qu'il voulait rester célibataire ?

A présent qu'elle avait repris sa vie normale, les journées passées chez Henry faisaient à Melissa l'effet d'un rêve.

Les garçons s'étaient réhabitués à leur routine, comme s'ils n'avaient jamais quitté la maison, et elle s'efforçait tant bien que mal de faire la même chose.

Le jeudi matin, elle s'assit devant son ordinateur dans le salon et se mit en devoir de créer un nouveau site internet afin de promouvoir sa société.

Installés sur une couverture, les jumeaux babillaient gaiement. Ils ne semblaient pas avoir souffert du drame qui s'était déroulé dans la cabane. Melissa elle-même était surprise d'avoir surmonté l'incident aussi facilement.

Maintenant, elle avait sa vie à construire. Elle devait aller de l'avant, sans trop s'attarder sur cette nuit où elle avait failli tout perdre.

Elle s'efforçait de ne pas trop penser à Henry. Après tout, elle ne devait pas oublier qu'elle était entrée dans sa vie par hasard. Mais cela ne l'empêchait pas de souffrir à l'idée qu'elle ne serait jamais pour lui que la mère de ses enfants.

Durant les quatre soirées écoulées, elle avait passé des heures sur internet, à tenter de rétablir le contact avec MystérieuseMaman. Ses efforts n'avaient cependant abouti à rien.

C'était comme si cette dernière n'avait jamais existé.

Comme si elle n'avait été que le produit de son imagination.

Melissa aurait aimé lui dire qu'elle avait réussi à retrouver le père de Joey et James. De ce point de vue, l'histoire se terminait bien.

Un jour, peut-être, elle connaîtrait le bonheur avec un homme qui l'aimerait, et qui mourrait d'envie de l'épouser. Pour l'instant, l'idée d'avoir une relation romantique avec quiconque lui répugnait.

Il lui faudrait du temps pour guérir, pour recoller les morceaux de son cœur brisé.

Au moins Henry n'avait-il pas reparlé de sa proposition concernant le cottage. S'il la mentionnait de nouveau, elle lui avouerait que la vraie raison pour laquelle elle ne voulait pas y vivre était qu'elle était amoureuse de lui. Elle ne voulait pas lui imposer son amour. Cela n'aurait fait que compliquer leur relation.

Il était important pour les garçons qu'Henry et elle entretiennent des rapports stables et plaisants, et non pas difficiles et tendus.

Vers 18 heures, elle cessa de travailler sur son site et donna à manger aux jumeaux, puis s'assit à côté d'eux sur le canapé. C'était toujours à ce moment-là que sa solitude lui semblait la plus pesante.

Les enfants ne tardèrent pas à s'assoupir, et le silence de l'appartement sembla à Melissa plus oppressant que jamais. Malgré elle, ses pensées retournèrent aux soirées partagées avec Henry, à ces conversations tranquilles où ils s'étaient confié une partie de leurs secrets.

A l'avenir, elle devait faire en sorte de garder ses distances avec lui. Bien sûr, elle allait être obligée de le voir régulièrement, mais il faudrait qu'elle se débrouille, d'une façon ou d'une autre, pour protéger son cœur déjà tant malmené.

Lorsque les garçons furent complètement endormis, elle les porta l'un après l'autre dans leur petite chambre et les déposa dans leurs berceaux.

Elle revint s'asseoir devant l'ordinateur, incapable de détacher ses pensées d'Henry. Il lui avait téléphoné chaque jour depuis son retour chez elle. Ils avaient surtout parlé des jumeaux, pourtant ce contact permanent signifiait qu'il était encore plus difficile à Melissa de maintenir une distance émotionnelle avec lui.

Lorsqu'il lui avait demandé de revenir à Dalhart ce week-end, elle lui avait répondu qu'elle n'était pas encore prête à refaire le voyage. Bien que déçu, il avait paru comprendre son point de vue et ils étaient convenus qu'il viendrait passer le week-end suivant chez elle.

Melissa avait déjà réfléchi aux questions pratiques qui ne manqueraient pas de se poser et avait conclu qu'Henry pourrait séjourner dans le motel situé tout près de son appartement. De la même manière, lorsqu'elle se rendrait à Dalhart, elle prendrait une chambre au motel.

Car il était important qu'elle fixe des limites précises concernant les visites. Henry était son point faible. Il lui serait beaucoup trop facile de tomber dans ses bras — et dans son lit — si c'était ce qu'il désirait chaque fois qu'ils se retrouvaient.

Même à présent, à la pensée d'être près de lui, de l'embrasser, de faire l'amour, elle sentait une nostalgie douloureuse l'envahir.

Elle était sur le point d'interrompre son travail et d'allumer la télévision quand on frappa à la porte. Elle se leva, perplexe. Elle n'attendait pas de visite…

Vaguement méfiante, elle entrebâilla le battant.

Et eut le souffle coupé.

Henry.

Il était là, devant elle, comme par miracle, comme apporté par ses pensées.

— Surprise ! lança-t-il, avec un sourire qui paraissait gêné.

— Henry ! Que fais-tu ici ?

Elle se hâta de le faire entrer. Comme il passait devant elle, elle sentit son odeur, masculine et familière, inoubliable. Le cœur battant, elle referma la porte et se tourna vers lui.

Il était plus séduisant que jamais, vêtu d'un jean et d'une chemise en flanelle sous sa veste d'hiver. Il ressemblait exactement au cow-boy sexy qui avait volé à son secours un an plus tôt.

— Je ne pouvais pas attendre le week-end, et encore moins celui d'après, dit-il.

Elle fronça les sourcils.

— Mais il est tard. Les jumeaux sont déjà couchés. Tu aurais dû m'appeler pour m'avertir que tu venais.

Il retira sa veste et la posa sur le dossier du canapé.

— J'aurais téléphoné, mais je ne savais pas que je venais avant de monter dans la voiture.

Il la dévisagea longuement, avec une expression indéchiffrable.

— Il faut qu'on parle.

Il semblait nerveux et mal à l'aise, et, soudain, Melissa eut peur. Etait-il venu lui dire qu'il avait changé d'avis, et qu'il avait décidé de se battre pour obtenir la garde des jumeaux ? La séparation lui avait-elle fait comprendre qu'il était prêt à tout pour les garder auprès de lui ?

— De quoi ?

Elle se laissa tomber sur le canapé, redoutant que ses jambes flageolantes ne puissent la porter plus longtemps. Levant les yeux, elle lui fit signe de prendre place en face d'elle, mais il resta debout, adossé à la porte, comme s'il songeait à s'enfuir d'un moment à l'autre.

— Je veux te parler du cottage, dit-il.

— Henry, je…

Il leva la main, l'empêchant de poursuivre.

— Je t'en prie, écoute-moi rien qu'une minute. Je n'ai jamais offert quoi que ce soit et voulu retirer mon offre ensuite, mais c'est ce que je fais à présent. Je ne veux pas que tu vives dans le cottage.

Bien qu'elle n'ait pas eu l'intention d'y emménager, Melissa éprouva un vif pincement au cœur. Il ne voulait pas qu'elle soit là. Il ne voulait pas qu'elle soit si près de lui.

Elle hocha la tête, s'efforçant de se persuader que c'était préférable ainsi.

— Bien, répondit-elle.

— Non, ce n'est pas bien. Rien n'est « bien » depuis que toi et les garçons êtes partis.

Il s'avança et traversa la pièce pour venir se placer devant elle. Ses yeux étaient rivés sur elle, mais elle était incapable de lire dans ses pensées.

Enfin, il prit une profonde inspiration.

— Je croyais savoir où allait ma vie. Et puis tu es arrivée avec les garçons et tu as tout chamboulé.

— Je suis désolée. Je n'ai jamais eu l'intention de te compliquer les choses, répondit-elle, bouleversée.

C'était une scène affreuse. Elle luttait de toutes ses forces pour refouler ses larmes, ne voulant pas lui montrer combien elle était affectée par son rejet.

D'un geste fluide, il s'assit à côté d'elle.

— Ma mère m'a dit que mon père m'avait peut-être rendu un mauvais service en me répétant sans arrêt que toutes les femmes en auraient après mon argent. En tout cas, ma relation avec Hilary lui a donné raison.

— Non, il se trompait, Henry, s'écria Melissa avec fougue. Tu es un homme merveilleux. Et tu le serais, que tu aies de l'argent ou non.

Il sourit alors, de ce sourire lent et sexy qui ne manquerait jamais de faire battre plus vite le cœur de Melissa.

— Hier soir, j'étais assis seul dans le salon et je songeais aux garçons et à l'avenir. Quand je les ai imaginés montant à cheval pour la première fois, tu étais là, dans ma vision. Quand j'ai pensé au jour où ils iraient à l'école, tu étais là, à côté de moi, la main dans la mienne. Dans chacun de mes rêves d'avenir, tu étais présente, Melissa.

Il fronça les sourcils.

— Et je ne pensais pas qu'à l'avenir des garçons, ajouta-t-il avec émotion. Je me remémorais ton rire et la lueur qui brille dans tes yeux quand tu es heureuse. Je pensais à dormir près de toi, à faire l'amour avec toi, et j'ai compris que je ne voulais pas que tu mènes une vie séparée dans le cottage. Que tu sortes avec d'autres hommes. Ni que tu sois toute seule.

Elle demeura muette, craignant trop d'avoir mal interprété ce qu'il lui disait. Elle était comme figée sur place, incapable de détacher son regard du sien.

— Je comprends maintenant pourquoi il m'a été facile de rester célibataire, reprit-il. C'est parce que je n'ai jamais rencontré personne avec qui je voulais partager ma vie. Je n'avais jamais aimé une femme à la folie, désespérément, avant de te rencontrer.

Un bonheur indicible envahit Melissa.

— Si je ne voulais pas emménager dans le cottage, c'est parce que je t'aime, Henry, admit-elle à son tour. Je n'aurais pas pu supporter de vivre là et de te voir chaque jour en sachant que je ne ferais jamais partie de ta vie.

Ses paroles semblèrent libérer quelque chose en lui. Une lueur soudaine jaillit dans son regard et il lui caressa tendrement la joue.

— J'espérais que tu dirais quelque chose de ce genre, avoua-t-il.

— Je t'aime, Henry, mais… es-tu sûr que tes sentiments pour moi ne sont pas dus uniquement à l'existence des garçons ?

— Melissa, je t'aime en tant que mère de mes enfants, mais mon amour ne commence ni ne s'arrête là. Je t'aime parce que tu es belle et forte, parce que tu me fais éprouver des choses que je n'ai jamais ressenties auparavant. Je veux passer ma vie avec toi.

Il marqua une brève pause, puis se jeta à l'eau.

— Epouse-moi, Melissa. Epouse-moi et viens habiter chez moi pour que nous soyons tous ensemble.

Ses lèvres prirent possession des siennes dans un baiser qui avait le goût du désir, mais surtout de l'avenir, le goût des promesses tenues et du bonheur en famille dont elle avait tant rêvé.

— Tu n'as pas répondu à ma proposition, murmura-t-il lorsqu'ils se détachèrent enfin l'un de l'autre. Veux-tu m'épouser ? partager le reste de ma vie avec moi ?

— Oui, répondit-elle dans un souffle. Oh, oui !

Il l'attira dans ses bras et elle posa la tête contre sa poitrine, écoutant le rythme précipité de son cœur.

— Je me demande si MystérieuseMaman a la moindre idée de ce qu'elle a accompli, dit-elle d'un ton songeur.

— J'ai l'impression qu'elle le sait, répondit-il. Je suis prêt à te donner tout ce que tu veux, Melissa. Tout ce dont tu as besoin pour être heureuse.

— Je n'ai besoin que de toi et des garçons.

— Il y a quelque chose que tu pourrais m'offrir un jour, si tu en as envie.

Elle se redressa et le regarda avec surprise.

— Que diable pourrais-je te donner que tu n'aies pas déjà ?

Il sourit, les yeux débordant d'amour.

— Des jumelles.

Le cœur gonflé d'émotion, Melissa se contenta de hocher la tête. Elle éprouvait tant d'amour, tant de joie, qu'elle était incapable d'articuler un mot. D'ailleurs, Henry avait déjà capturé ses lèvres pour un nouveau baiser.

Melissa ferma les yeux, songeant avec reconnaissance

à la tempête de neige et à la mystérieuse inconnue qui les avaient réunis. Ensemble, elles lui avaient apporté un bonheur qui, elle le savait, durerait jusqu'à la fin de ses jours.

Épilogue

Assise devant son ordinateur, elle relut le message qu'elle venait de rédiger, hésitant à presser la touche d'envoi.

MystérieuseMaman prit la tasse de café posée près d'elle et but une gorgée de liquide brûlant, réfléchissant au contenu de sa missive.

C'était stupéfiant de voir le genre d'informations que l'on pouvait glaner lorsqu'on disposait de revenus illimités et que l'on avait des contacts partout dans le monde. Depuis plus d'un an, elle avait utilisé ses relations et son argent au profit d'une mission qui lui tenait à cœur : réunir des couples pour le bien de leurs enfants.

Tout avait commencé lorsqu'elle avait découvert divers forums destinés à apporter un soutien aux mamans célibataires. Elle avait lu nombre de témoignages de femmes qui ignoraient où se trouvait le père de leurs enfants ou qui ne savaient comment entrer en relation avec lui afin de l'avertir de sa paternité.

Ces récits lui avaient déchiré le cœur. Au point qu'un beau jour elle avait décidé d'intervenir — et de se servir de ses ressources pour essayer de rapprocher des hommes et des femmes qui, pour une raison ou pour une autre, s'étaient séparés après avoir conçu un enfant.

Aujourd'hui, elle avait appris le mariage de Melissa Monroe et Henry Randolf. Reposant sa tasse de café sur le bureau, elle ne put s'empêcher de sourire. Voilà une histoire qui finissait bien. Mais elle en avait encore tant d'autres à résoudre !

Se concentrant de nouveau, elle relut une dernière fois son message…

[illegible] brillante, qui pour une [illegible] pour [illegible]
[illegible] après avoir [illegible]
[illegible]
Mon [illegible] sa tasse de café
sur le bureau, elle [illegible]
[illegible] mais elle [illegible]
[illegible]
[illegible] de nouveau, elle [illegible]
[illegible]

LISA CHILDS

Le sceau du passé

Traduction française de
PIERRE VANDEPLANQUE

BLACK ROSE

HARLEQUIN

Titre original :
AGENT UNDERCOVER

Ce roman a déjà été publié en 2016.

1

Le cœur d'Ashton battait la chamade. En tant qu'agent spécial, il allait rencontrer la menace la plus grave pesant sur la sécurité nationale depuis son intégration à la division antiterroriste du FBI.

Son rôle était de neutraliser cette menace.

Une cloche tinta, annonçant que son temps était écoulé avec la femme assise en face de lui. Elle l'avait peut-être salué, il n'en était pas certain. Il ne lui avait accordé aucune attention. Sa cible se trouvait plus loin à la longue table. Tout sourires, elle serrait la main de son vis-à-vis avant qu'il n'aille s'installer devant la femme placée à sa gauche.

Lui avait-elle remis quelque chose ? Ash n'était pas assez près pour le savoir, mais d'autres regards étaient fixés sur elle. D'autres agents l'observaient.

Ash se leva et prit place sur le siège suivant. Il se rapprochait. Le tintement de la cloche donna le signal d'un nouveau tête-à-tête de cinq minutes.

— Comment pouvez-vous être aussi beau et aussi replié sur vous-même ? demanda la femme devant lui.

Tout entier accaparé par sa cible, Ash ne jeta qu'un coup d'œil à cette inconnue. Avec ses cheveux argentés, elle aurait pu être sa mère, voire sa grand-mère.

Accrochées à une chaîne en or, des lunettes demi-lunes reposaient sur le haut de son sweat-shirt orné de chats brodés.

— Je vous demande pardon ?

— Vous n'avez pas dit un mot à la femme précédente, lui fit-elle remarquer. Bien sûr, avec un physique comme le vôtre, l'archétype du grand brun ténébreux, ce n'est sans doute pas nécessaire. Je suis sûre qu'un simple grognement suffirait pour que les femmes vous suivent chez vous.

Ash avait envie de grogner, oui, mais d'impatience et de frustration. Mieux valait qu'il s'en abstienne, la femme en face de lui risquait de prendre cela pour une invitation.

— Désolé, dit-il. C'est la première fois que je viens à l'une de ces séances de rencontres…

— Ça s'appelle *speed dating*. On ne dispose que de cinq minutes, il faut donc parler vite.

— Je préfère écouter.

Et il y excellait. En mettant des lignes sur écoute, il avait intercepté des conversations et découvert l'existence de la menace. Il avait trouvé lui-même l'annonce publiée sur le Web.

La femme s'éventa à l'aide de la carte des boissons.

— Oh ! Vous êtes absolument canon et vous préférez écouter… Pas étonnant que vous ne soyez jamais venu à l'une de ces séances. Vous n'en avez pas besoin. Pourquoi êtes-vous là ce soir ?

Ash ne pouvait en aucun cas le lui dire. En matière d'opérations secrètes, il possédait une expérience longue comme le bras. Il en avait effectué de très dangereuses, s'infiltrant aussi bien dans des camps terroristes et des groupes paramilitaires que dans des gangs de motards.

Mais il n'avait jamais participé à un *speed dating*. Avant cette femme-ci, une première lui avait taquiné la jambe de son talon aiguille et une autre avait insisté pour lui donner la clé de sa chambre. Dans cet hôtel aussi, le danger existait. Ash devait donc veiller à ne pas griller sa couverture.

— Pourquoi êtes-vous là ? répéta la femme avec une pointe d'impatience.

Elle rappelait à Ash sa grand-mère. Du moins, pour autant qu'il se souvenait de la dame austère. Par sa dureté, celle-ci avait poussé le père d'Ash à fuguer lorsqu'il était adolescent. Après son mariage et la naissance d'Ash, il était retourné lui rendre visite, mais grand-maman n'avait pas été plus tendre avec sa bru qu'elle ne l'avait été avec son fils.

Comme son interlocutrice était du genre intimidant, et que le meilleur moyen d'assurer une couverture était de mettre le plus de vérité possible dans ses paroles, Ash arbora son expression la plus honnête.

— Je veux rencontrer quelqu'un.

La femme le regarda avec mélancolie et soupira.

— Vous le ferez, assura-t-elle. Vous le ferez.

Ash jeta un nouveau coup d'œil à l'endroit de la table où se trouvait la menace. Celle-ci conversait tranquillement avec l'homme devant elle. Chauve, massif, ce dernier était engoncé dans un costume trop petit pour lui. Un acheteur ?

— Oooh, fit son interlocutrice en hochant la tête, comme si elle venait de découvrir un fait très important.

Ash s'était-il trahi ? Il reporta les yeux sur elle. A travers les verres épais de ses demi-lunes, elle l'étudiait.

— Vous en avez repéré une, n'est-ce pas ?

D'un geste discret du pouce, elle désigna la menace.

Ash ravala un grognement. Il s'était bel et bien trahi.

— Ça se voit tant que ça ? demanda-t-il avec un sourire penaud.

La femme haussa les épaules.

— Je suis très observatrice. Cela dit, je ne pense pas qu'elle vous ait remarqué. Et si vous voulez mon avis, vous pourriez trouver mieux que cette petite blonde pâlichonne.

Ash détailla la menace : le rouge cramoisi de sa robe, le vermillon de ses lèvres pleines, le scintillement de la lumière dans ses cheveux blonds, sa peau laiteuse.

La femme renifla, l'œil moqueur.

— On dirait qu'elle n'a pas vu le soleil depuis des années.

Ash hocha la tête. En effet, Claire Molenski n'avait pas vu le soleil pendant des années. Et si Ash le pouvait, il la renverrait très vite à l'ombre.

Il devait juste lui mettre la main dessus avant qu'elle ne déclenche un cataclysme économique et sécuritaire hors du commun.

Des élancements douloureux traversaient le crâne de Claire. Ses lèvres étaient devenues si sèches qu'elles se collaient à ses dents et qu'elle ne pouvait plus les descendre. Son sourire devait être ridiculement figé.

Elle était venue dans cette salle à manger du

Waterview Inn pour trouver une nouvelle vie. Une vie moins seule, moins vide…

Apparemment, elle s'était trompée d'endroit. La plupart des candidats étaient beaucoup plus vieux qu'elle, et, si elle se fiait à la marque en creux à leur annulaire gauche, certains n'étaient pas aussi libres qu'ils le prétendaient.

Malgré elle, elle se mit à éternuer.

Son interlocuteur sortit alors de sa poche un paquet de mouchoirs et, dans le mouvement, fit tomber son alliance sur la moquette aux motifs de feuilles de vigne et de grappes de raisins.

Claire ne put s'empêcher de glousser.

Une étrange impression la saisit au même instant. Comme si tout le monde avait l'œil fixé sur elle. Elle balaya la salle du regard, mais personne ne semblait lui prêter une attention particulière. Peut-être était-ce un accès de paranoïa, dû au fait qu'elle ne s'était pas trouvée au milieu de gens depuis longtemps. Très longtemps.

C'était le but de sa venue dans cet hôtel.

Elle aurait pu se contenter de s'inscrire à un site de rencontres sur Internet, mais elle avait voulu sortir, rencontrer de vraies personnes, avec un caractère, une personnalité.

La cloche tinta de nouveau.

Claire prit une profonde inspiration et se prépara pour celui qui allait prendre place face à elle.

D'abord elle observa ses mains, posées sur la table devant lui. L'annulaire gauche ne portait aucune marque.

Claire leva alors les yeux et, sous la surprise, l'air

qu'elle avait bloqué dans ses poumons s'en échappa d'un coup.

Cet homme n'était pas trop vieux pour elle. Il avait d'épais cheveux noirs et ses yeux étaient d'un bleu perçant. Si perçant qu'il semblait pouvoir lire en elle. Etait-ce son regard qu'elle avait senti un instant plus tôt sur elle ?

— Bonsoir. Je m'appelle Claire.

Un prénom démodé pour une femme aussi jeune, lui faisait-on remarquer en général.

Mais son interlocuteur hocha simplement la tête. Comme s'il connaissait déjà son prénom…

Pourtant, Claire n'avait jamais rencontré cet homme. Elle en était certaine. Elle n'aurait pu oublier quelqu'un d'aussi séduisant.

Donc, elle était vraiment paranoïaque.

Puisque l'homme ne parlait toujours pas, elle demanda.

— Et vous ?

— Ash, répondit-il, visiblement à contrecœur.

Claire chercha quelque chose d'intelligent à dire, mais ne trouva pas. Peut-être parce que son interlocuteur était d'une beauté renversante. Ou peut-être parce qu'elle ne savait plus comment nouer contact avec un homme. Cela faisait si longtemps…

Elle avait consulté des livres sur le sujet : comment flirter lors des rencontres. Mais rien de tout cela ne lui revenait à la mémoire. Son esprit était en panne.

D'habitude, il tournait plutôt à plein régime…

— Que faites-vous dans la vie, Claire ?

— Je suis informaticienne.

— Programmeuse ?

Elle était plutôt *déprogrammeuse*. Mais pas question d'expliciter ce point-là. D'un point de vue légal, elle n'en avait pas le droit.

— Oui. Pas très excitant, n'est-ce pas ? Et vous ? Quel métier faites-vous ?

— Je travaille pour le gouvernement. Ce n'est pas très excitant non plus.

— Dans la politique ?

Avec le visage qu'il avait, il pouvait très bien sourire à des électeurs, embrasser des bébés, serrer des mains…, songea Claire.

Mais il secoua la tête.

— Ce serait certainement moins ennuyeux.

— Sans doute, convint-elle. Donc, vous faites un travail de bureau, vous aussi.

— Parfois, répondit-il, évasif.

Il y avait en lui quelque chose de mystérieux, ce qui devait bien marcher avec les autres femmes. Mais Claire ne cherchait pas une personnalité complexe. Elle avait eu sa dose de complexité dans la vie. Non, elle souhaitait rencontrer quelqu'un de simple, ouvert, drôle…

Manifestement, elle s'était vraiment trompée d'endroit. Elle n'avait plus la force de feindre plus longtemps.

— Pardonnez-moi, fit-elle. Je ne devrais pas être ici.

Peut-être n'était-elle pas prête. Peut-être n'avait-elle pas effectué assez de recherches. Peut-être était-ce ce sentiment d'être observée — même s'il était infondé — qui lui mettait les nerfs à fleur de peau.

— Vous voulez dire que vous n'êtes pas libre ?

Là encore, il semblait déjà connaître la réponse.

— Ce n'est pas ça. En fait, je ne suis pas prête…

D'un mouvement brusque, elle repoussa son siège et se leva.

L'homme en fit autant, écrasant Claire de sa haute taille et de son imposante carrure. Son pull et son pantalon noirs lui donnaient une séduction incroyable. Face à lui, elle se sentait toute petite. Non, elle n'était pas prête. En tout cas, pas pour lui.

Comment imaginer qu'un tel spécimen ait jugé utile de s'inscrire à un *speed dating* ? Les femmes devaient partout se jeter à son cou.

Comme Claire, il n'avait rien à faire là. Mais c'était à lui de le comprendre, décida-t-elle.

— Il faut que je parte.

La panique s'ajoutait à sa paranoïa, lui comprimant si fort la poitrine qu'elle peinait à respirer.

— Ça ne va pas ? s'enquit-il.

— J'ai besoin d'air…

Elle virevolta si vite sur elle-même qu'elle renversa sa chaise, puis se précipita vers la sortie.

— J'espère que ce n'est pas à cause de moi ! lança-t-il dans son dos, de sa voix profonde.

— Il y a peu de chances ! s'esclaffa une femme dans l'assistance.

Claire retrouvait tout juste son souffle. Qu'est-ce qui la rendait si nerveuse chez cet homme ?

Elle n'avait pas même pas attendu le signal de la cloche pour le quitter. Elle n'avait pas osé rester jusqu'au bout. Pourquoi ?

A cause de cette impression qu'il savait sur elle des choses qu'elle ne lui avait pas dites ? Ou de sa façon de la regarder… Il semblait lire en elle comme à livre ouvert.

Peut-être était-ce juste à cause de son physique. Il était beaucoup trop beau. Sortir avec lui serait comme passer sans transition du tricycle à la moto de course. Si elle voulait fréquenter un homme, il lui fallait commencer par le vélo.

Elle avait pris une chambre dans l'hôtel pour le cas où elle aurait trop bu. Mais elle n'avait avalé qu'une gorgée de son verre de vin. Aussi pouvait-elle rentrer chez elle sans souci. Elle se sentirait plus en sécurité dans son appartement qu'en cet endroit. Même les portraits accrochés aux murs du hall semblaient la suivre des yeux. Elle passa la porte à tambour avec soulagement.

Durant le *speed dating* la nuit était tombée. Malgré les lampadaires de la rue, le parking était plongé dans une relative obscurité.

Alors que Claire plongeait la main dans son sac pour prendre ses clés, quelqu'un se jeta sur elle. Un bras d'acier lui emprisonna les bras puis la souleva du sol. Elle voulut hurler, mais une large main se plaqua sur sa bouche et étouffa son appel.

Claire se mit à suffoquer. D'autant plus que son agresseur lui couvrit le bas du visage d'un mouchoir imprégné d'une odeur forte, douceâtre, écœurante.

Du chloroforme.

Si elle ne mettait pas toutes ses forces dans la bataille, elle perdrait toute chance de s'en sortir.

Et peut-être sa vie…

2

— Je l'ai perdue de vue…

Ash jura intérieurement. La voix provenait de son oreillette, reliée à un mini-émetteur-récepteur qui lui transmettait ce que disaient les autres agents.

— Elle n'est plus là.

Claire Molenski avait franchi les portes de l'hôtel et disparu dans la nuit. Ash l'avait suivie depuis la salle à manger, mais à une distance prudente. Il n'avait attiré l'attention que de la femme plus âgée qui l'avait vu épier Claire. Pour le taquiner ou l'encourager, elle lui avait adressé un clin d'œil. Ash avait attendu quelques minutes, puis était sorti à son tour de l'hôtel en direction du parking.

— Bon sang, où est-elle passée ?

La question était plus pour lui-même que pour les autres, qui l'entendaient dans leurs propres oreillettes. Il n'avait pourtant pas été loin derrière elle.

— Nous avons perdu le contact visuel avec le sujet, annonça l'un de ses collègues.

Ash pesta. Comment Claire avait-elle pu lui glisser aussi facilement entre les doigts ? Cette femme était une menace encore plus grande qu'il ne l'avait estimé. Dès l'instant où il avait découvert son nom, elle avait eu droit à toute son attention. Cette femme était dangereuse.

Alors qu'Ash avançait dans le parking à peine éclairé, quelque chose attira son attention. Un bruit faible, comme un miaulement de chaton, mais assez fort pour lui faire tendre l'oreille. Les zones périurbaines de Chicago étaient pleines d'animaux errants.

Mais cela pouvait tout aussi bien être un leurre.

Avec une extrême prudence, Ash se déplaça entre les véhicules, le dos baissé pour que personne ne puisse le voir. A quelques mètres de lui, une silhouette sombre se penchait pour soulever quelque chose sur l'asphalte. Les feux d'une voiture qui démarrait éclairèrent soudainement un homme chauve et costaud. Et les cheveux blonds de la femme qu'il emportait avec lui.

Claire.

Sa tête pendait, et elle avait les yeux clos. Etait-elle inconsciente ou morte ? se demanda Ash. Assurément, c'était elle qui venait de crier. L'avait-il entendue trop tard ? Mais si elle était morte, pourquoi l'homme l'emmenait-il ? Pour se débarrasser du corps ?

Ash plongea la main sous sa veste et sortit son arme. Il aurait pu contacter les autres agents sur son émetteur-récepteur, mais il ne voulait pas signaler sa présence. Pour mieux surprendre l'homme.

A croupetons, Ash longea les rangées de voitures jusqu'à lui.

Le chauffeur du véhicule qui avait les feux allumés klaxonna au même moment et baissa sa vitre. Etait-ce un complice ?

— Que se passe-t-il ? lança Ash d'un ton innocent. La dame ne se sent pas bien ?

— Ce n'est rien, répondit le chauve. Elle a trop bu.

Son fort accent rendait ses propos à peine compréhensibles.

L'homme de la voiture roula au pas, hésitant manifestement à s'en aller. Comme Ash, il devait avoir senti que quelque chose n'allait pas. Ou tout au moins que le chauve ne disait pas la vérité. Claire avait à peine touché à son verre de vin, Ash en était témoin. Avait-elle été droguée ?

Peut-être était-ce la raison pour laquelle elle avait quitté aussi vite la salle à manger de l'hôtel. Mais à ce moment-là, elle était cohérente et son regard clair. Ce qui lui était arrivé n'avait pu se produire qu'après sa sortie de l'hôtel, et dans un laps de temps très court, celui durant lequel Ash avait cru qu'elle lui avait échappé.

— Il vaut peut-être mieux appeler la sécurité de l'hôtel, suggéra le conducteur.

Le chauve fit passer Claire sur son épaule droite, et de sa main gauche sortit un revolver, qu'il dirigea vers l'homme.

— Et si vous vous mêliez de vos affaires ?

Le chauffeur en perdit son esprit chevaleresque, écrasa sa pédale d'accélérateur et quitta le parking dans un grand crissement de pneus. Mais entre-temps il avait attiré l'attention des autres agents, et ceux-ci rappliquaient en courant en direction du chauve.

Ash sortit de l'ombre et braqua son pistolet vers le ravisseur. Claire était si petite sur l'épaule de celui-ci qu'Ash pouvait probablement tirer sans la blesser.

— Cette femme est *mon* affaire, dit-il d'une voix dure. Alors soit vous la reposez au sol, soit vous prenez une balle dans le cœur.

Le malfrat ricana.

— Vous allez me descendre ?

Ash haussa les épaules.

— Si ce n'est pas moi, ce sera un autre agent du FBI.

Tout autour d'eux, des armes cliquetèrent. Mais était-ce bien celles de ses collègues ? s'alarma Ash. Le chauve pouvait avoir des complices.

— Reposez cette femme au sol, le défia Ash.

— Je pourrais la tuer, rétorqua l'homme.

— Si vous le vouliez vraiment, vous l'auriez déjà fait.

Ash aurait ainsi été débarrassé de la menace que représentait Claire Molenski. Mais cette idée ne lui procura aucun soulagement. Que du regret. C'était à lui de tuer Claire Molenski. A personne d'autre !

Le chauve dirigea son arme sur lui.

— Alors c'est vous que je tuerai…

Avant qu'il ne puisse presser la détente, un coup de feu éclata, et le chauve s'effondra sur le parking.

Ash se précipita pour rattraper Claire. Elle était aussi légère qu'une enfant de douze ans, découvrit-il avec étonnement. Mais il n'y avait rien en elle d'innocent ni de vulnérable, il devait se le rappeler. Elle constituait un redoutable danger.

Toutefois, à cause de ce qu'elle savait, elle aussi était en danger. Certaines personnes, certains pays seraient prêts à la torturer pour lui soutirer les informations qu'elle détenait.

Claire se réveilla complètement paniquée. Son cœur battait à tout rompre. Combien de temps était-elle restée inconsciente ? Des minutes ou des heures ?

Et où l'avait-on emmenée ?

Elle battit des paupières, écarquilla les yeux et tenta de dissiper la brume qui lui brouillait la vue et l'esprit. Il faisait noir dans la pièce.

Elle bougea les mains et poussa un soupir de soulagement. On ne l'avait pas ligotée.

Ses doigts glissèrent sur une matière soyeuse : des draps, un lit…

Elle passa ensuite ses mains sur son corps. Dieu merci, elle portait toujours sa robe. Peut-être personne ne lui avait-il fait de mal…

Pour le moment.

Une lampe s'alluma soudain. Elle cligna des yeux sous la vive lumière.

— Qu'est-ce que… Où suis-je ?

— Dans votre chambre, répondit une voix d'homme.

Elle ne pouvait pas le voir, pas avec les points lumineux qui flottaient dans son champ visuel. Qui était-ce ?

Et pourquoi lui mentait-il ?

Ce n'était pas sa chambre. Son lit n'était pas aussi doux et moelleux. Son matelas était vieux et plein de bosses, mais comme elle était rarement chez elle, elle n'avait pas jugé bon de le remplacer. Ni de faire son lit, d'ailleurs. Ses draps étaient toujours froissés, repoussés du pied en une masse informe, vu qu'elle devait toujours partir en catastrophe pour être à l'heure au bureau. De fait, elle passait la majeure partie de son temps au travail, de l'aube à la nuit tombée.

— Pourquoi vous êtes-vous jeté sur moi ?

Son pouls refusait de se calmer. Même si elle n'était pas ligotée, elle avait été enlevée.

— Pour vous empêcher de vous faire mal en tombant, dit-il d'un ton détaché.

— Je n'allais pas tomber…

Elle battit de nouveau des paupières, et ses yeux s'adaptèrent assez à la lumière pour détailler l'homme qui se tenait devant le lit.

Il était grand. Plus grand qu'elle ne l'avait imaginé lorsqu'il était assis devant elle à la table du *speed dating*. Et si large d'épaules ! Pas étonnant qu'il l'ait maîtrisée aussi facilement dans l'obscurité du parking. Si seulement elle l'avait vu venir… Peut-être aurait-elle réussi à s'enfuir.

Puis elle se rappela ses escarpins à hauts talons. Elle se serait tordu la cheville en courant, et cet homme l'aurait rattrapée sans problème.

Elle remua les orteils, heureuse de ne plus les avoir aux pieds. Peut-être pourrait-elle fuir désormais.

— Pourquoi ? demanda-t-elle, en proie à une terreur croissante. Pourquoi vous m'avez amenée ici ?

— C'est votre chambre, répéta-t-il. Celle que vous avez prise à l'hôtel.

— Oh…

Elle avait pris une chambre. Mais elle avait ensuite décidé de ne pas l'utiliser. Quant à lui, manifestement, il avait eu d'autres projets.

— Pourquoi vous m'avez droguée ?

Elle redoutait de connaître la réponse.

Etait-ce le genre d'homme qui ne supportait pas d'être rejeté par une femme ? Vu son physique, cela ne devait pas arriver souvent. Avait-il l'intention de prendre de force ce qu'elle n'avait pas voulu lui donner ?

— Je ne vous ai pas droguée.

— Quelqu'un m'a agrippée dans le parking et m'a asphyxiée avec un chiffon ! rétorqua-t-elle.

— Du chloroforme, précisa-t-il, toujours avec le même détachement.

— Vous vous en êtes donc servi sur moi…

La colère se joignait à sa peur. Une fois encore, elle se réjouit de ne pas être ligotée. Car elle allait cogner cet individu. Lui faire aussi mal qu'il en avait l'intention avec elle.

— Non, répondit-il. J'ai reconnu l'odeur. C'est pour ça que je vous ai ramenée dans votre chambre. Pour vous laisser le temps de reprendre connaissance.

— Qu'allez-vous faire de moi ?

La frayeur continuait à faire battre son cœur de façon sauvage.

L'homme soupira et plongea une main dans ses épais cheveux noirs.

— Si seulement je savais…

— Dans ce cas, pourquoi vous m'avez attrapée comme ça ?

— Je vous ai attrapée une fois que votre ravisseur a été mis hors d'état de nuire.

Espérait-il la convaincre avec une explication aussi débile ? En fait, soupçonna Claire, il essayait de rejeter l'agression sur quelqu'un d'autre.

— Mon ravisseur ?

Il hocha la tête.

— J'ignore qui il était.

— Etait ? releva Claire.

L'homme acquiesça, mais d'un air sombre cette fois, la mâchoire crispée.

— Son sort a été réglé.

— Vous voulez dire qu'il est mort ? Vous l'avez tué ?

Peut-être y avait-il eu un autre homme, en effet..., songea Claire.

— Non, indiqua l'inconnu. C'est un autre agent qui l'a descendu. Avant qu'il ne fasse feu sur moi.

— Suite à quoi, vous m'avez amenée ici..., enchaîna Claire.

Comme si elle allait croire à cette histoire rocambolesque. Ce type était dérangé, cela ne faisait aucun doute. Voilà pourquoi il l'avait suivie hors de l'hôtel et s'était jeté sur elle. Et elle qui avait cru que rencontrer quelqu'un en chair et en os, la première fois, était plus sûr que faire connaissance sur Internet.

Elle pouvait encore hurler...

Les murs des chambres d'hôtel n'avaient-ils pas la réputation d'être aussi fins que du papier à cigarette ?

Elle ouvrit la bouche pour crier, mais l'homme la bâillonna de sa main. Puis il la rejoignit sur le lit. Sa cuisse était chaude et ferme contre sa hanche. Elle voulut se débattre, mais il n'eut aucun mal à l'immobiliser. Dans la manœuvre, son pull se releva : il portait un pistolet dans un holster. Il était armé !

Des larmes piquèrent les yeux de Claire tandis qu'une terreur brute la submergeait. Quel sort lui réservait cet homme ?

— Je ne vous veux aucun mal, assura-t-il d'un ton qui peina à la convaincre. Je vous observais.

Elle n'avait donc pas été paranoïaque, dans la salle à manger de l'hôtel.

— Je cherche à vous empêcher de faire une chose qui mettra le pays et vous-même en danger, expliqua-t-il.

Mais il faut croire que je suis arrivé trop tard. Vous y êtes déjà, en danger.

Elle s'en était aperçue, plus tôt dans le parking. Elle avait eu très peur. Là, elle était terrifiée.

— Le pays est-il déjà aussi en danger ? demanda-t-il.

Claire remua les lèvres sous sa paume, comme si elle voulait répondre. Mais que pouvait-elle répondre à une question aussi saugrenue ?

Tout ce qu'elle voulait, c'était qu'il ôte sa main pour qu'elle puisse crier. Puisqu'il ne voulait pas faire de bruit, il ne se risquerait pas à tirer sur elle, non ?

Si elle hurlait, avec un peu de chance quelqu'un l'entendrait et viendrait à son secours. C'était son unique chance de se sauver de cet homme et de sa folie.

Non seulement il n'enleva pas sa main, mais il la déploya sans douceur sur son visage, le pouce sur une oreille et l'auriculaire sur l'autre.

— Avez-vous mis en péril la sécurité nationale ?

— De… de quelle façon ? marmonna-t-elle sous sa paume.

Pour qui la prenait-il ? Il avait dû la confondre avec une autre. Peut-être s'en rendait-il compte, parce qu'il plissa les yeux sur elle, comme pour déterminer s'il devait lui faire confiance ou non. Il déplaça lentement sa main.

Elle aurait pu crier. Mais il pouvait la tuer avant l'arrivée des secours. Et ensuite tuer toute personne assez héroïque pour se risquer à la sortir de là.

— Vous croyez que je suis qui ? demanda-t-elle finalement, d'une voix aussi calme que possible.

La bouche de l'homme s'étira en un mince sourire.

— Vous êtes Claire Molenski.

Un instant, elle en fut estomaquée. Mais, durant le *speed dating*, elle lui avait donné son prénom. Et pendant qu'elle était inconsciente, il avait pu fouiller dans son sac et trouver son permis de conduire. Oh ! Seigneur. S'il avait vu son permis, il savait où elle habitait. Il avait pu également prendre les clés de sa voiture et de son domicile.

Mais pourquoi ?

— Qui êtes-vous ?

Lors de leur brève discussion au Waterview Inn, il ne lui avait donné que son prénom : Ash. Mais celui-ci pouvait être aussi imaginaire que ses histoires à dormir debout.

— Agent spécial Ashton Stryker.

Ce nom paraissait inventé de toutes pièces. Cependant, il tira sur la chaîne qui disparaissait sous le col de son pull noir et exhiba un médaillon en métal jaune.

C'était un vrai. Claire en avait vu assez ces dernières années pour le savoir.

Cet homme était bel et bien l'agent spécial Ash Stryker.

Une indicible angoisse saisit Claire.

— Non…, grogna-t-elle.

Une lueur de triomphe brilla dans les yeux bleus de l'homme.

— Vous ne vous attendiez pas à ça, hein ? A ce que nous remontions jusqu'à vous via cette offre de vente sur Internet.

— Une offre de vente ?

Il ne lui avait peut-être pas menti sur qui il était et ce qui s'était passé, mais tout cela n'avait aucun sens.

Claire ne comprenait qu'une chose : de nouveau, on était en train de chambouler son existence.

— Je vendrais quoi, selon vous ?

Il posa sur elle un regard qui disait « Tu le sais très bien, ma jolie. Je ne vais pas me fatiguer à te répondre. »

Un profond agacement saisit Claire. La première fois, elle était trop jeune pour savoir se défendre. Là, elle allait se battre.

— Vous pensez que je vends mon corps.

— Ça expliquerait le *speed dating* et la chambre d'hôtel, reconnut-il avec une esquisse de sourire.

Il baissa les yeux sur sa courte robe rouge, comme s'il était intéressé.

Malgré elle, une bouffée de chaleur la gagna et sa peau la chatouilla. Mais cet homme était un agent du Bureau, du FBI, se rappela-t-elle, et un frisson glacé chassa tout le reste.

Elle rétorqua.

— Un agent spécial ne perdrait pas son temps à enquêter sur une affaire qui, jusqu'à preuve du contraire, concerne la police des mœurs.

Il haussa un sourcil.

— Vous connaissez bien les Mœurs ?

— Non, soupira-t-elle. Mais je connais le Bureau.

Il ne lui demanda pas pourquoi. Il devait avoir lu son dossier. Le FBI possédait certainement un épais volume sur elle.

— Donc, monsieur l'agent spécial Stryker, comment allez-vous détruire ma vie, cette fois ?

3

Cette femme était une source de problèmes.

Ash l'avait su avant même de la rencontrer. Mais elle était encore plus dangereuse en vrai.

Parce que sa réaction de mâle, sa réaction physique devant sa beauté, l'avait totalement pris au dépourvu.

La peau de Claire était aussi lisse et blanche que de la porcelaine, et sa courte robe rouge à fines bretelles en montrait beaucoup trop... Dieu qu'elle était sexy !

Mais de toute évidence elle le savait et s'en servait avec adresse. L'allusion à la vente de son corps en témoignait.

Bon sang, si elle avait été sérieuse, il aurait presque été tenté de faire une offre. Elle était belle à ce point. Mais aussi retorse à ce point.

— Avant ce jour, je ne vous avais jamais rencontrée, reprit-il. Je n'ai donc aucune responsabilité dans la destruction de votre vie.

Etait-ce la raison pour laquelle elle trahissait son pays ? Pour se venger de son arrestation des années plus tôt ?

— Vous êtes vraiment un *costard*, rétorqua-t-elle avec mépris, utilisant le terme populaire pour désigner les agents du FBI. Même sans le costume sombre, j'aurais dû deviner que vous en étiez un. Je savais qu'il y avait quelque chose de pas net chez vous.

Cette remarque blessa Ash dans son orgueil. Il était expert en opérations sous couverture. Personne ne l'avait jamais soupçonné de ne pas être qui il affirmait être, même lors de ses infiltrations dans des gangs de motards ou des milices paramilitaires.

Sans doute avait-il été davantage hors de son élément dans cet hôtel, lors de cette séance de *speed dating*, que partout ailleurs.

— Tout est clair et limpide chez moi, prétendit-il. C'est vous qui n'êtes pas nette.

Elle secoua la tête, et ses cheveux blonds soyeux glissèrent sur ses épaules graciles.

— Je n'ai rien fait de mal.

— C'est également ce que vous avez dit la dernière fois, non ?

— La dernière fois, c'était également vrai, répliqua-t-elle d'un ton ferme.

— Vous avez piraté le système informatique d'une banque, lui rappela Ash, puisqu'elle semblait avoir oublié ce qu'elle avait fait. Et vidé le compte d'un client.

Elle croisa les bras sur sa poitrine.

— J'avais mes raisons.

— Et là aussi, vous avez vos raisons ? Parce que la seule à laquelle je puisse penser est la cupidité.

— C'était déjà ce que vous pensiez la dernière fois, murmura-t-elle, dédaigneuse, comme si elle s'adressait à un demeuré. Mais je n'ai pas gardé cet argent. J'ai tout donné à une association caritative.

— Il ne vous appartenait pas, souligna Ash. Et je n'ai rien à voir avec votre première arrestation, répéta-t-il.

Il ne travaillait même pas encore au FBI. A ce moment-là, il devait encore être chez les marines. Le Bureau l'y avait recruté pour en faire un agent. Qu'avec son passé ils aient voulu de lui — aussi bien les marines que le FBI — continuait de le surprendre.

Claire prit une inspiration sèche. La peur se lisait encore dans ses yeux. Lorsqu'elle avait repris conscience, un peu plus tôt, sa terreur n'avait pas semblé feinte. Ce qui ne pouvait signifier qu'une chose : elle ne s'était pas attendue à se mettre en danger par son annonce sur Internet.

— Première arrestation ? releva-t-elle. Ça veut dire qu'il va y en avoir une autre ?

Pas s'il ne trouvait pas d'autres éléments à charge. Qu'elle ait proposé aux enchères ce qu'elle était la seule à savoir n'était pas suffisant. Elle avait bien joué sa partie : cette annonce ne pouvait lui être directement imputée, sauf à incriminer ses compétences particulières. Ash n'aurait pu l'arrêter qu'en flagrant délit, c'est-à-dire en pleine opération de vente. Voilà pourquoi il s'était inscrit à ce *speed dating*. Pour se présenter comme acheteur.

Mais, quelque part, il avait dû effrayer Claire avant même de pouvoir faire son offre. Ensuite, son intervention dans le parking avait grillé pour de bon sa couverture. Désormais, trouver d'autres éléments à charge serait difficile. Sachant que le FBI l'avait dans le collimateur, Claire allait redoubler de prudence. Mais peut-être pouvait-il la convaincre d'avouer… S'il parvenait à lui faire croire que le Bureau possédait déjà assez de preuves pour l'arrêter.

— A vous de me dire si je dois vous mettre en prison ou non. Vous les avez déjà vendus ?

— Vendu *quoi* ?

Elle paraissait sincèrement perdue.

Décidément, Claire Molenski était aussi bonne actrice que hackeuse surdouée, parce qu'il commençait presque à la croire innocente. Presque.

De par son expérience, il savait comment endosser un rôle. Pour sa part, il n'avait aucun mal à feindre la culpabilité quand il jouait celui d'un criminel. De son côté, Claire feignait l'innocence parce qu'elle jouait celui d'une victime. Comme si on la persécutait à tort. De nouveau.

Mais ce n'était que comédie.

Un téléphone sonna. Ce n'était pas le sien. Il le mettait toujours en mode vibreur.

Claire plongea la main dans son sac et sortit l'appareil.

— C'est peut-être votre acheteur, dit-il.

Et la preuve qu'il attendait. Si l'interlocuteur de Claire proposait une somme d'argent pour l'information qu'elle détenait et des indications pour l'échange, Ash la tenait.

Peu importe qu'il ait une arme ! songea Claire en empoignant son portable. Elle se souciait comme d'une guigne qu'il puisse entendre les propos d'un « acheteur ». Un acheteur ! Elle n'avait toujours aucune idée de ce qu'Ash entendait par là.

Ce qui la tracassait, en revanche, c'était qu'il intercepte l'appel d'un des candidats de l'agence de rencontres. Elle ne voulait pas qu'une voix d'homme réponde à sa place et fasse fuir un éventuel prétendant. Elle avait passé seule une trop grande partie de sa vie. Elle voulait désormais rencontrer quelqu'un avec qui la partager.

Mais, en un éclair, Ash lui subtilisa le téléphone et pressa la touche de communication.

— Allô ?

Claire grogna. Elle n'avait donné son numéro qu'à deux hommes, deux profils sélectionnés par l'agence pour leur compatibilité avec sa personnalité, ses goûts et ses attentes. Ces candidats intéressés le seraient beaucoup moins après être tombés sur Ash.

— Agent spécial Ash Stryker, annonça-t-il.

Claire réprima un second grognement. L'émettre ne servirait pas plus ses intérêts que, neuf ans plus tôt, justifier son acte de piratage. Elle avait été arrêtée, déclarée coupable et condamnée. Si elle n'avait pas passé une seule minute derrière les barreaux d'un centre de détention pour mineurs, conformément à sa condamnation, elle s'était vue enfermée dans une salle de classe à suivre des cours d'informatique… pour devenir encore meilleure hackeuse. Et ensuite être employée par une société spécialisée dans la sécurité sur Internet.

— C'est votre patron, indiqua Ash.

Elle avait beau travailler pour Peter Nowak depuis des années, l'ancien agent de la CIA la terrorisait toujours autant. Elle tendit une main hésitante vers son téléphone, mais Ash l'ignora.

— Donnez-le-moi, chuchota-t-elle avec insistance.

Ash secoua la tête, refusant de le lui remettre. Craignait-il qu'elle demande de l'aide dès qu'elle l'aurait en main ? Mais quelle aide Peter pourrait-il lui apporter ? Surtout s'il partageait les soupçons du FBI à son endroit ?

Elle pouvait toujours contacter un avocat, comme elle aurait dû le faire la fois précédente. Mais elle n'avait pas voulu que son père se ruine en honoraires.

— Nous arrivons, répondit soudain Ash à Nowak.

Puis il coupa la communication et glissa l'appareil dans sa poche.

— Pourquoi vous parlez à ma place ? Est-ce que je suis votre prisonnière ?

L'avait-il déjà arrêtée, mais trop groggy pour s'en rendre compte, elle n'avait pas compris qu'il lui lisait ses droits ? Cette fois, il fallait vraiment qu'elle prenne un avocat.

— D'après votre patron, quelqu'un est entré par effraction dans les locaux de votre société et…

Claire secoua la tête. Elle ne croyait pas plus à cette histoire qu'aux précédentes.

— Nous avons une excellente installation de sécurité, protesta-t-elle. C'est Peter lui-même qui l'a conçue. Il y a aussi des gardiens armés. Personne ne peut s'introduire…

— Le système d'alarme a été neutralisé, l'interrompit Ash.

De nouveau, elle fit non de la tête. C'était impossible.

— Mais les gardiens…

— L'un d'eux a été blessé par balle.

Claire déglutit et son cœur se mit à battre à coups redoublés. Elle croisait ces gardiens tous les jours.

— Non ! Lequel ? Dans quel état est-il ?

— Harold. Nowak est à l'hôpital avec lui.

— Alors il faut y aller ! lança-t-elle.

— Non. Il veut que nous nous rendions à votre bureau.

— Mais pour quoi faire ?

Elle ne faisait pas partie de la direction. Elle ignorait tout de la gestion de l'entreprise.

— Parce que c'est le seul endroit à avoir été visité, répondit Ash. Nous partons sur-le-champ pour nous assurer que rien n'a été volé.

Claire n'en revenait pas.

— Mon bureau ? C'est absurde.

— On a tenté de vous kidnapper dans le parking, lui rappela Ash. Comme cette personne n'a pu obtenir de vous l'information qu'elle voulait, elle est allée la chercher dans votre bureau.

Tout cela donnait à Claire envie de hurler.

— Donc, Harold s'est fait tirer dessus à cause de quelque chose que je suis censée vendre !

Il avait pris une balle à cause d'elle ?

D'un bond, elle se leva du lit, mais les effets du chloroforme n'étaient pas encore dissipés. Prise de vertiges, les jambes en coton, elle manqua de tomber. Ash la retint.

Si ce qu'il lui avait affirmé plus tôt était vrai, c'était la seconde fois en quelques heures.

— Allons, venez, dit-il.

— A… à l'hôpital…

— Vous êtes sûre que ça va ? s'enquit-il en l'aidant à se tenir droite, ses mains puissantes sur ses épaules.

Elle n'était pas très assurée sur ses pieds, mais feignit de pouvoir se passer de son soutien.

— Je me sens très bien, mentit-elle.

Elle se sentirait encore mieux si la pièce cessait de tourner…

— Je veux savoir comment va Harold.

— D'après votre patron, son état est stable. Il s'en remettra. Il faut que nous allions voir si rien n'a été pris dans votre bureau.

Elle n'y avait rien laissé qui ait une valeur autre que sentimentale, mais ces objets-là lui étaient chers. Ash avait raison, elle serait plus utile à son bureau qu'à l'hôpital, à faire les cent pas dans une salle d'attente. Même si elle se sentait responsable de cette agression. Pourquoi était-on entré par effraction dans l'immeuble pour ne visiter que son bureau ?

— Très bien, fit-elle en s'écartant d'Ash. Allons-y !

Sa peau la chatouillait là où les mains d'Ash s'étaient serrées sur ses épaules. Elle avait besoin d'établir un peu de distance entre eux.

— Vous voilà bien pressée ! Vous ne voulez pas que l'on vole ce que vous essayez de vendre, hein ?

Ravalant son irritation, Claire serra les dents.

— Je ne vends rien du tout !

— Vous voulez me faire croire que vous étiez réellement à cet hôtel pour une séance de *speed dating* ?

Il semblait horrifié par cette idée.

Claire s'empourpra.

— Oui.

Ash promena son regard autour de lui.

— C'est pour ça que vous avez pris cette chambre ?

Elle rougit encore plus.

— Je l'ai prise pour le cas où j'aurais bu un verre de trop.

Elle avait manifestement bien fait, vu son esprit

embrumé par le chloroforme et ses jambes faiblardes. Mais peut-être était-ce l'agent Stryker qui lui amollissait les genoux. Ce n'était vraiment pas juste qu'il soit aussi scandaleusement beau.

— Je ne pensais pas y finir avec un homme, insista-t-elle.

Même si elle espérait plus ou moins y rencontrer quelqu'un, elle n'attendait pas grand-chose de ce *speed dating*. Et certainement pas tomber amoureuse en cinq minutes chrono.

Son sac fourre-tout et ses escarpins traînaient près du lit. Elle enfila les objets de torture à hauts talons, puis fouilla le sac à la recherche de ses clés.

— Je vais prendre ma voiture, annonça-t-elle.

Ash leva son trousseau à hauteur d'yeux. Elle le reconnut à la boucle de cuir ornée de faux diamants à laquelle il était attaché. Elle l'avait achetée parce qu'elle pouvait se la glisser au poignet et ainsi garder toujours ses clés à portée de main. Sauf que, par habitude, elle les jetait systématiquement au fond de son sac.

— Non, nous prendrons la mienne, dit Ash en se dirigeant vers la porte.

Sans vérifier si elle le suivait, il sortit dans le couloir.

Un énorme sentiment d'impuissance s'abattit sur Claire, comme neuf ans plus tôt quand personne ne voulait la croire pour son piratage. En fait, la justice ne s'était souciée que de l'acte qu'elle avait commis, et non de la raison pour laquelle elle l'avait commis.

Elle ne voulait pas faire la route avec Ash.

— Ma voiture a le badge qui permet d'accéder au parking, protesta-t-elle en se hâtant derrière lui.

— Et la mienne est un véhicule du FBI. Je peux me garer où je veux.

Tout en refermant la porte de la chambre, elle grimaça et articula les propos d'Ash dans son dos. D'accord, c'était infantile, mais il était si arrogant, si exaspérant, si…

Il se fendit d'un petit rire, comme s'il savait exactement ce qu'elle venait de faire. Avait-il des yeux derrière la tête ?

— Alors, vous venez ?

Elle avait envie de dire non, mais, comme il avait ses clés, elle n'avait pas le choix. A moins que… Oui, peut-être devait-elle héler un taxi. Et contacter un avocat.

Mais, en premier lieu, elle devait passer à son bureau. S'assurer que rien n'avait disparu. Et tenter de savoir ce que cherchait ce mystérieux cambrioleur.

Sauf que son escorte détenait son trousseau de clés. Parmi lesquelles celles de son bureau.

— Oui, lâcha-t-elle à contrecœur.

— Dans ce cas, dépêchons ! fit-il, comme s'il s'adressait à une enfant. Et ne me quittez pas d'une semelle.

Il venait juste de prononcer ces mots qu'une porte s'ouvrit et qu'une ombre obscurcit le couloir devant lui.

Se rappelant l'homme qui l'avait agressée dans le parking, Claire frissonna. Elle jeta un coup d'œil derrière elle, mais elle venait de refermer la porte de la chambre. Et, comme pour ses clés, Ash devait avoir la carte électronique d'ouverture. Sans elle, impossible de s'y réfugier.

Elle voulut alors se rapprocher de lui, mais il lui

fit signe de rester en retrait, tandis que sa main droite sortait son pistolet de son holster.

Claire secoua la tête. Si Ash braquait cette arme sur un client de l'hôtel, celui-ci risquait de mourir de peur. De la même manière qu'elle avait été terrorisée en recouvrant ses esprits, lorsqu'elle l'avait vu penché sur elle.

— Ash…

Peut-être aurait-elle dû l'appeler *agent spécial Stryker*, mais, pour quelque obscure raison, seul son prénom lui était venu à l'esprit.

Sans paraître s'en soucier, Ash l'enjoignit au silence d'un doigt sur les lèvres.

L'ombre émergea de la porte de l'escalier et s'avança dans le couloir. C'était celle d'un homme grand, de forte carrure. Et lui aussi tenait une arme. Qu'il braqua sur l'agent spécial Stryker.

— FBI ! lança ce dernier.

L'homme s'en moqua. Il arma son pistolet et pressa la détente. Mais Ash tira également.

Claire hurla et se baissa tandis que les balles frappaient les murs du couloir pour se loger dans le plâtre sous le papier peint rayé bleu et vert. Ou transpercer les minces parois des chambres…

— Couchez-vous ! ordonna Ash.

Puis une balle dut le toucher car il tituba en arrière. Il maintint néanmoins son corps entre elle et le tireur, de sorte à la protéger tout en ripostant.

Elle cria de nouveau, mais ce n'était pas d'elle ni des autres clients de l'étage qu'elle se souciait. C'était d'Ash.

Etait-il gravement blessé ?

4

Ash lâcha un juron tandis que l'impact d'une balle le propulsait en arrière. Il faillit renverser Claire, qui se tenait derrière lui conformément à son ordre. Peut-être aurait-il dû lui dire de s'enfuir. Mais l'autre homme bloquait l'accès à la cage d'escalier et aux ascenseurs.

Claire ne pouvait aller nulle part, en conclut Ash.

Même s'il lui donnait la carte clé, elle ne serait pas en sécurité dans la chambre, du moins pas longtemps. Un type aussi costaud n'aurait aucun mal à défoncer la porte. La seule façon d'assurer sa sécurité était d'éliminer la menace pesant sur elle.

Ash fit donc feu de nouveau, avec cette fois l'intention de tuer. Le malfrat s'effondra sur le tapis comme celui du parking s'était affalé sur l'asphalte.

— Tout va bien, dit-il en se tournant vers Claire. C'est fini.

Pour le moment, nuança-t-il in petto. Mais combien de temps s'écoulerait-il avant qu'un autre individu ne cherche à enlever Claire ? Et dans quel but ?

Pourquoi ne pas simplement lui acheter l'information qu'elle vendait ?

A moins… A moins que Claire ne lui ait dit la vérité depuis le début…

Elle se déplaça de côté. Il se plaça en écran entre elle et sa victime. Elle n'avait pas besoin de voir ce qu'il avait fait pour les protéger. Mais, au lieu de tenter de le contourner, elle s'avança vers lui, les mains tendues en direction de son torse, visiblement angoissée.

— Est-ce que ça va ?

Il acquiesça. Mais il n'en était pas totalement convaincu, parce qu'il commençait à croire Claire et à douter de lui-même. Elle s'était inquiétée pour le gardien de l'immeuble où elle travaillait, et là, elle se tourmentait pour lui. Peut-être n'était-elle pas si vénale que cela.

— Mais vous avez été touché ! s'exclama-t-elle.

Elle tâta sa poitrine à la recherche de la blessure.

Il lui saisit les mains et les pressa sur son gilet pare-balles.

— Rassurez-vous, je n'ai rien.

Elle secoua la tête.

— Vous devez être blessé…

— Le gilet a arrêté la balle, assura-t-il.

Il avait juste ressenti l'impact de ce tir presque à bout portant. Il aurait sans doute un bel hématome, vu la force à laquelle la balle avait touché le gilet.

Il écarta leurs mains de son torse.

— Dieu merci, soupira Claire.

Son souffle saccadé témoignait de la réalité de son soulagement.

— Vous portiez un gilet pare-balles. Bien sûr…

— Eh oui.

Mais il avait parfois dû s'en passer. Lors des missions d'infiltration, par exemple. Il ne pouvait alors prendre le risque que l'on découvre qu'il en portait un, aussi fins et indiscernables puissent être ceux du FBI. Pas plus qu'il n'aurait pu avoir un mouchard sur lui. Il était alors totalement vulnérable.

— Peut-être que je devrais en porter un moi aussi, murmura Claire.

— Mais ce n'est pas vous qu'il visait.

Elle arrondit les yeux, le regard sceptique.

— Vraiment ? J'étais juste derrière vous.

— Il n'aurait pas tiré sur vous.

Non, sa cible, c'était lui, Ash.

— Pourquoi cela ? demanda-t-elle.

— Vous avez une trop grande valeur.

Elle éclata de rire, de ce même rire qu'il avait entendu lors du *speed dating*, face aux blagues convenues qu'avaient dû lui servir les différents candidats.

— Ben voyons.

Cette autodérision était-elle sincère ou feinte ?

Sincère, décida Ash, parce qu'en vérité il commençait à changer d'avis sur Claire. Il avait construit sa vision d'elle à partir de son dossier, des actes qu'elle avait commis dans le passé. De par son expérience, il aurait pourtant dû le savoir : on ne peut se baser sur le passé d'une personne pour définir ce qu'elle est ou sera.

— Vos informations ont une grande valeur, précisa-t-il. C'est cela qu'ils veulent.

— Mais vous croyez que je les ai mises en vente, n'est-ce pas ? fit remarquer Claire. Alors pourquoi ils ne les achètent pas, tout simplement ?

— Certaines personnes préfèrent agresser plutôt que payer…

Claire baissa les yeux sur l'homme qui gisait au sol.

— Mais tout se paie, observa-t-elle.

Oui, songea Ash. Comme celui du parking, ce truand avait sans aucun doute été engagé pour kidnapper Claire. Mais aussi élevés qu'aient été leurs gages, ça n'avait pas suffi. Cette mission leur avait coûté la vie.

Ash se frotta la poitrine au niveau du cœur, là où la balle avait été stoppée par le gilet. Sans lui…

Depuis le début de sa carrière au FBI, il s'était souvent retrouvé en situation périlleuse. Allait-il encore une fois s'en sortir vivant ? Il commençait à en douter.

Claire se laissa conduire hors de l'hôtel sans protester. Elle était encore sous le choc et monta dans la voiture d'Ash tel un automate. Il la conduisait à son bureau. Pour sa part, les coups de feu résonnaient toujours dans sa tête. Elle tremblait d'avoir frôlé la mort.

Peut-être Ash avait-il raison. Peut-être n'était-ce pas elle que visait l'homme, mais lui. Elle avait cru qu'il avait été touché et en avait éprouvé une terrible angoisse.

Elle avait tâté sa poitrine, craignant que le projectile n'ait atteint le cœur. Mais il portait un gilet pare-balles. Elle l'avait senti, comme une carapace sous le pull-over. Peut-être aurait-elle dû vérifier dessous également.

A cette pensée, son pouls s'accéléra. Ses doigts y auraient-ils trouvé une douce toison brune ? Ses paumes, des muscles lisses et fermes ? Rien que d'y songer, son souffle se bloqua dans sa gorge.

— Je crois que nous sommes arrivés à votre travail.

La voix d'Ash la sortit de ses inavouables pensées et elle ne put s'empêcher de rougir.

En silence, ils se rendirent à son bureau.

Celui-ci était sens dessus dessous et Claire ne put

retenir un cri. Pourquoi tout cela ? Que cherchait-on à la fin ?

— A votre avis, qu'est-ce qui a disparu ? s'enquit Ash.

Claire s'assit à son bureau.

Son ordinateur était allumé, mais ses fichiers étaient intacts. Cela dit, personne n'aurait pu franchir la barrière de ses mots de passe. Et de toute façon, après avoir déclenché l'alarme et tiré sur le gardien, le visiteur n'aurait pas eu le temps de casser les codes.

Que tenait-on à ce point à lui voler ?

Elle se saisit du presse-papiers posé près du moniteur. C'était un petit globe de verre, à l'intérieur duquel un homme patinait sur un étang gelé, une fillette sur les épaules. Claire le secoua, et des particules blanches tombèrent sur les deux figurines. Elle soupira, soulagée.

— Non, tout va bien.

Les yeux bleus d'Ash se plissèrent.

— Vous étiez inquiète pour ce presse-papiers ?

— Vous l'avez bien regardé ? demanda-t-elle en le lui présentant.

Ash haussa les épaules.

— C'est une boule à neige, voilà tout…

— Celle-ci est très particulière, rectifia Claire alors que de tendres souvenirs lui remontaient à la mémoire. Elle m'a été offerte par mon père.

— Il est mort ?

Horrifiée, Claire manqua de s'étrangler.

— Non !

Ash se saisit du délicat ouvrage de verrier, l'enveloppant presque de ses deux mains, et l'étudia de près.

— Je ne vois pas ce qu'elle a de si original. A moins que vous n'ayez caché une clé USB à l'intérieur.

Affolée à l'idée qu'Ash fracasse la boule à neige sur le sol pour vérifier, Claire la récupéra illico. Dans l'opération, ses doigts glissèrent sur ceux d'Ash.

— Ne la cassez pas ! Mon père l'a fait réaliser spécialement pour moi.

En souvenir d'une journée parfaite. Bien sûr, il n'y avait eu qu'eux deux…

Certes, elle n'aurait pas dû en faire un tel drame lorsque sa mère les avait quittés, vu que de toute façon elle ne passait jamais beaucoup de temps avec eux. Mais elle ne se serait peut-être pas mise dans une telle colère si son père ne l'avait pas aussi mal vécu. Devant sa souffrance, elle avait décidé de commettre une folie.

Elle soupira à nouveau, de regret cette fois.

— Il n'est pas mort, lui rappela Ash.

— Pourquoi ? Ç'aurait été mieux ?

Ash haussa encore les épaules.

Aussitôt, Claire comprit et son cœur se serra.

— Votre père est mort.

Ash répondit par un léger hochement de tête, comme s'il éprouvait de la gêne à l'admettre.

— Oh ! Je suis navrée.

— C'est arrivé il y a longtemps, précisa-t-il, chassant sa compassion d'un petit geste de la main.

Sa peine n'était pas moindre pour autant, devina-t-elle. Si par malheur son père devait disparaître, elle ne s'en remettrait sans doute jamais.

— Ça a dû être dur pour vous et votre mère.

— Ma mère est morte avec lui.

Claire plongea ses yeux dans ceux d'Ash.

— Mon Dieu, quelle tragédie vous avez dû vivre… Les perdre tous les deux…

Durant un moment, elle aussi avait cru avoir perdu ses deux parents.

Comme s'il avait perçu quelque chose dans sa voix, Ash la considéra soudain d'un air grave.

— Vous avez perdu votre mère.

— Oui, répondit-elle. Mais pas comme vous, se hâta-t-elle d'ajouter. Elle vit toujours. Simplement elle est partie quand j'avais seize ans. Elle a quitté mon père et s'en est allée vivre en Angleterre avec un homme rencontré sur Internet.

Ash arrondit les yeux et hocha lentement la tête.

— C'est l'époque à laquelle vous avez piraté cette banque.

— Oui, c'était celle où il était client, et le seul argent que j'ai subtilisé était celui de son compte.

Sans trop savoir pourquoi, elle voulait qu'Ash soit au courant : elle n'avait pas été motivée par l'appât du gain. Mais le désir de vengeance valait-il mieux ?

Ash laissa échapper un petit rire.

— Si j'ai bien retenu ce qui figure dans votre dossier, vous avez offert cet argent à une association caritative. *La Famille d'abord*.

Pour sa part, elle était incapable d'en rire. Après toutes ces années, elle était toujours amère. Trop, sans doute.

— Je voulais lui faire mal.

— Au lieu de cela, c'est à vous-même que vous avez fait mal, observa-t-il. Parce qu'il a porté plainte contre vous.

Malgré cela, sa mère était restée avec lui. Si, en les quittant, Bonita Molenski avait fait un choix personnel, Claire avait été profondément blessée qu'elle se soucie si peu de sa fille : Bonita aurait laissé Claire être emprisonnée sans rien faire. Mais le FBI lui avait offert une alternative.

— On dirait que vous connaissez par cœur mon dossier.

Soit il l'avait lu plusieurs fois, soit il avait une mémoire phénoménale. Elle promena son regard dans le bureau vandalisé.

— Les choses ont bien tourné, finalement. J'aime mon travail.

— Vraiment ?

Il semblait peu convaincu.

Elle éclata de rire.

— Mais oui ! Non seulement j'ai la permission d'exercer mes talents de hackeuse, mais on m'y encourage. C'est super.

Du moins, ça l'était jusqu'à ce qu'elle réalise que son job était à peu près tout ce qu'elle avait. Bien sûr, durant son temps libre, elle passait du temps avec son père. Celui-ci avait fini par digérer le choc de la séparation et était allé de l'avant dans sa vie. Il était temps qu'elle fasse de même, s'était-elle dit. Raison pour laquelle elle s'était inscrite à cette agence de rencontres, où on lui avait assuré qu'aucun des participants n'était déjà marié, comme l'avait été sa mère. Ça n'avait pas été le cas à la séance de *speed dating*, toutefois. Mais peut-être, comme Ash, certains des candidats étaient-ils là pour une autre raison…

Ash désigna le presse-papiers.

— Vous n'avez pas mis en vente une clé USB avec les codes qui permettraient de contourner les pare-feu de l'administration américaine ?

Donc, c'était cela.

— Pour rien au monde ! assura-t-elle.

Après son arrestation, elle avait appris à brider son impulsivité et à toujours réfléchir aux conséquences de ses actes. Ironie du destin, cet apprentissage avait fait d'elle une pirate informatique encore meilleure.

De petits coups retentirent à la porte vitrée.

— Oh la la ! Que s'est-il passé, chef ?

Son jeune assistant pointait la tête par la porte. Ses cheveux blonds décolorés étaient en bataille comme s'il venait de sortir du lit, et ses paupières rougies comme s'il avait fait la fête avant de se coucher. Martin Crouch n'était peut-être pas aussi jeune que Claire le pensait, mais il s'habillait et se comportait comme un adolescent. Nowak devait l'avoir appelé pour qu'il l'aide à remettre de l'ordre dans ce capharnaüm.

— Quelqu'un s'est introduit par effraction dans l'immeuble, expliqua-t-elle. Harold a été blessé par balle.

— C'est grave ? bredouilla Martin.

Il devait être aussi choqué et horrifié qu'elle l'avait été. Même si l'entreprise Nowak gérait les systèmes de sécurité du gouvernement et de différentes banques, elle avait toujours été parfaitement sûre. Sans doute parce que très peu de gens étaient au courant du type de consultance qu'elle effectuait.

— Harold s'en sortira, répondit Ash.

Martin se tourna vers lui.

— Vous êtes flic ?

Claire ouvrit la bouche, mais là encore Ash ne lui laissa pas le temps de parler.

— Je suis son petit ami.

Stupéfaite, Claire ravala son souffle. Personne ne croirait qu'ils formaient un couple. Une ancienne délinquante informatique et un agent du FBI…

Les sourcils blonds de Martin s'arquèrent de surprise. Son assistant connaissait le volume énorme de leurs heures de travail, et le peu de temps que cela leur laissait pour une relation sentimentale.

— C'est vrai ?

— Nous avons fait connaissance via une agence de rencontres, expliqua Ash.

Il posa sur elle un regard appuyé qui l'enjoignait de confirmer son histoire.

Martin reporta son attention sur elle.

— C'est vrai ? répéta-t-il.

D'un point de vue technique, Ash n'avait pas menti. Mais pourquoi n'en avait-il pas dit plus ? s'interrogea Claire. Sa profession, par exemple. Soupçonnait-il Martin d'être impliqué dans cette offre de vente sur Internet ? C'était d'autant plus curieux qu'alors même qu'il la suspectait, il n'avait pas hésité à lui dire qu'il était un agent spécial du FBI. Mais peut-être était-ce parce qu'elle avait failli être kidnappée.

Consciente de la délicatesse de la situation, Claire décida de jouer le jeu.

— Oui, confirma-t-elle. Nous nous sommes rencontrés lors d'un *speed dating*.

— Pourquoi ne pas me l'avoir dit ? s'enquit Martin.

Il paraissait blessé, ce qui ne manqua pas de

surprendre Claire. Après tout, il était son assistant, pas son confident. Elle haussa une épaule.

— Je voulais d'abord savoir comment les choses évolueraient entre nous.

Une relation entre elle et l'agent du FBI était vouée à l'échec, cela ne faisait pas l'ombre d'un doute. Pour lui, elle était une délinquante, et pour elle, il était trop rigide, trop *juge d'instruction.*

— Alors, tout va bien ? reprit Martin.

Claire n'était pas sûre de comprendre. Martin parlait-il du cambriolage ou d'Ash et elle ?

— Rien n'a été emporté ? ajouta-t-il.

Claire serra les mains sur le globe de verre et secoua la tête.

— Non, rien.

— Très bien, soupira Martin. Vous voulez que je vous aide à tout ranger ?

— Non. Mais merci de le proposer, Martin.

Qu'il l'ait fait était étonnant, parce que d'une manière générale elle ne le laissait toucher à rien dans son bureau, quand bien même il était son assistant.

Qu'un inconnu ait violé son espace de travail, ait bougé ses affaires, les ait dispersées un peu partout, lui était insupportable. Elle n'avait pas besoin que tout soit net et bien rangé. Elle voulait juste que les choses soient telles qu'elle les avait laissées, afin de s'y retrouver dans son désordre personnel. Au moins l'intrus n'avait-il pas brisé son presse-papiers.

— Il est tard, Martin, fit-elle remarquer. Vous devriez rentrer chez vous.

Comme elle-même mourait d'envie de le faire.

Martin jeta un regard perplexe à Ash. Soit il

s'inquiétait de la laisser seule avec cet homme étrange, soit il attendait la permission d'Ash pour s'en aller.

Mais c'était d'elle qu'il était l'assistant, c'était donc la sienne qu'il devait solliciter. D'habitude, il le faisait. Quand il n'était pas plongé dans des jeux en ligne au lieu de travailler.

— Je vais m'occuper d'elle, déclara Ash.

Cet engagement venait-il de l'agent du FBI ? Ou du petit ami qu'il avait affirmé être ?

Comme soulagé par ces mots, Martin hocha la tête et se dirigea vers la porte. Il était sans doute impatient de retrouver son lit. Ou de retourner faire la fête…

Une fois Martin parti, Ash demanda.

— Il ne manque vraiment rien ? Même pas une clé USB ?

Claire examina le contenu du tiroir de son bureau, puis le referma. La soirée avait été longue. Elle aurait dû être épuisée, elle aussi.

— Une clé USB ? Peut-être…

Ash se raidit aussitôt, ce qui le fit paraître encore plus grand, plus impressionnant. Les manches de son pull-over se tendirent sous les muscles de ses bras, et sa mâchoire sembla s'être minéralisée. L'agent du FBI en alerte maximale !

Cette réaction exagérée fit rire Claire. Elle ne put s'empêcher de le taquiner.

— Holà, pas de panique ! Il n'y a que des photos dedans, et elles sont sur mon disque dur, chez moi. Je ne crois pas que notre cambrioleur leur trouvera un grand intérêt.

Mais Ash ne rit pas. Ne sourit pas. Son beau visage demeura de marbre.

— Des photos personnelles ?

Une soudaine panique comprima le cœur de Claire tandis qu'une pensée horrible lui venait à l'esprit.

— Vous croyez qu'il pourrait s'en servir pour s'attaquer à ma famille ?

Ces hommes avaient montré une telle détermination à la kidnapper ! Pour arriver à leurs fins, ils étaient certainement capables de s'en prendre à l'un de ses proches.

Son activité professionnelle pouvait-elle mettre en danger son père et la femme qu'il venait d'épouser ?

5

Ash ne chercha pas à donner à Claire de fausses assurances. Il était possible, en effet, que quelqu'un veuille se servir d'un membre de sa famille comme moyen de pression pour lui faire révéler ce qu'elle savait. Et s'il continuait à se montrer honnête vis-à-vis d'elle, peut-être en viendrait-elle à lui livrer ses secrets.

Parce que, même si elle n'avait pas mis en vente sur Internet une information ultrasensible, elle savait probablement qui l'avait fait.

Son assistant, Martin, était-il mêlé à l'opération ? Il ne semblait ni assez intelligent ni assez mature pour ourdir un tel projet. Cela étant, Claire n'avait que seize ans quand elle avait piraté le système informatique de cette banque.

— Parlez-moi de votre assistant, lui demanda Ash.

Même s'il avait déjà épluché les dossiers de tous les employés de Nowak Computer Consulting. C'était ainsi que Claire Molenski était devenue son principal suspect.

Occupée à remettre en ordre son bureau, Claire releva la tête et éclata de rire.

— Ne me dites pas que vous soupçonnez Martin !

— C'est votre assistant. Il travaille donc en étroite

collaboration avec vous, à vérifier la sécurité électronique des mêmes sites stratégiques.

D'une main, Claire désigna le petit espace autour d'elle. Il ne comportait qu'un seul bureau et un seul siège.

— Je travaille seule ici.

Nowak Computer Consulting était la seule société qui avait accès à tous les sites concernés par la mise en vente en ligne des informations secrètes. Raison pour laquelle Ash avait examiné de fond en comble l'entreprise. Outre un entretien poussé avec son fondateur, Peter Nowak, il avait examiné à la loupe les plans de chaque étage et inspecté chaque élément du dispositif de sécurité. Il connaissait l'immeuble par cœur. Mieux, sans doute, que Claire elle-même. A quelques pas de son bureau se trouvaient les box dévolus aux assistants.

— Mais Martin travaille pour vous, souligna Ash. Il ne vous aide pas dans les tâches qu'on vous confie ?

Le règlement intérieur de la société stipulait le contraire, mais Ash connaissait des gens dont, en réalité, les assistants effectuaient l'essentiel du travail.

— Non, assura Claire. Son rôle se borne à m'apporter du café, les repas de midi, et ceux du soir si je reste tard. Ce qui est souvent le cas, ajouta-t-elle avec un soupir.

Sans doute Ash avait-il péché par excès de présomption la concernant. D'un autre côté, il ne s'était pas trompé sur le temps qu'elle passait dans l'entreprise. S'il avait d'abord cru que c'était par obligation légale, c'était sans doute aussi parce qu'elle le voulait.

— Martin ne vous aide pas du tout dans votre travail ?

— Il est un peu mon homme à tout faire, reconnut Claire, mais il n'est pas autorisé à travailler sur la majeure partie des dossiers que j'ai à gérer.

Parce qu'elle avait le plus haut niveau d'accréditation au sein de la société. Nowak l'avait reconnu à contrecœur lorsque Ash l'avait interrogé. L'ancien agent de la CIA avait toute confiance en sa hackeuse vedette, mais Ash, lui, ne faisait confiance à personne. Claire Molenski était et demeurait son suspect numéro un.

Elle était son suspect numéro un.

Mais de quoi ? Lui seul le savait. La perplexité était de retour dans les yeux bleus perçants d'Ash tandis qu'il fouillait son visage.

En prenant la défense de Martin, Claire ne s'était pas rendu service. Mais en aucune façon son assistant ne pouvait s'être rendu coupable d'une chose qui avait conduit des gens à se faire tirer dessus et à perdre la vie.

— Est-ce qu'ici quelqu'un a un niveau d'accréditation égal ou supérieur au vôtre ? demanda Ash.

— En dehors du patron, non, répondit Claire.

Mais, avant de créer sa société de consultance informatique, Peter Nowak était agent de la CIA. Voilà pourquoi certaines des plus grosses banques et institutions financières du monde, ainsi que les gouvernements des USA et d'autres pays, lui avaient confié leur sécurité Internet. Peter avait deux grandes qualités : il était très bon dans ce qu'il faisait, et il était incorruptible.

Ash ne pouvait le soupçonner, conclut Claire.

— Aucun autre hackeur n'a ce statut dans l'entreprise ? insista Ash.

S'il voulait reporter son zèle sur un autre suspect, elle n'en avait aucun à lui proposer.

— Je suis sûre que vous connaissez déjà la réponse à cette question.

— Il n'y a que vous, déclara-t-il, confirmant son intuition. En dehors de Nowak, c'est vous qui avez le plus haut niveau d'accréditation.

Claire poussa un soupir, submergée par la fatigue. Sa journée avait déjà été chargée avant que cet inconnu ne tente de l'enlever sur le parking de l'hôtel où se déroulait le *speed dating*.

— C'est aussi ce que je crois, lança-t-elle.

Cela expliquait son énorme charge de travail. Personne ne pouvait traiter ses dossiers à sa place.

— Depuis que Leslie a pris sa retraite…

— Leslie ? releva Ash.

— Leslie Morrison. Il a arrêté l'année dernière. Lorsque j'ai commencé à travailler ici, j'étais son assistante. Leslie m'a enseigné tout ce que je sais. Bien plus que ce que j'ai appris à l'institut d'informatique.

Ses professeurs avaient pris en marche le train des nouvelles technologies, pendant que l'entreprise créée par Peter Nowak était en avance, très en avance dans ce domaine.

— Donc, Leslie est meilleur hackeur que vous ?

Le ton froid, suspicieux sur lequel Ash posa sa question fit frissonner Claire. Elle n'avait pas prononcé le nom de Leslie pour rejeter sur lui une quelconque culpabilité. Coupable, elle ne l'était pas. Leslie non plus.

D'un geste agacé, elle referma le tiroir du bureau.

— Leslie n'est plus hackeur.

— Je suis sûr qu'il sait toujours comment pirater un réseau informatique, persista Ash.

Claire secoua la tête.

— Le hacking, ce n'est pas comme le vélo. Les technologies évoluent si vite qu'il faut être constamment sur la brèche pour ne pas perdre la main. Si vous vous interrompez trop longtemps, vous vous retrouvez très vite largué et vous ne pouvez plus hacker quoi que ce soit.

Voilà qu'elle recommençait. Elle prenait la défense d'un autre, redirigeant ainsi les soupçons sur elle-même.

Ash la regardait comme s'il s'imaginait lui passant les menottes, alors que quelques minutes plus tôt elle s'imaginait le déshabillant.

C'était vraiment une injustice qu'il soit aussi beau. Les agents du FBI qui l'avaient arrêtée la première fois étaient vieux, du moins aux yeux de la jeune fille de seize ans qu'elle était alors. Ils avaient des cheveux gris, un début de calvitie et un embonpoint prononcé.

Pourquoi Ash Stryker ne pouvait-il leur ressembler ?

Pourquoi ses cheveux noirs devaient-ils être si épais, avoir un aspect si riche et soyeux qu'elle aurait aimé y plonger ses doigts ?

Depuis de trop longues années, il n'y avait pas d'homme dans sa vie. C'était sans doute pour cela qu'Ash l'attirait à ce point. Seulement pour cela…

— Vous avez terminé ? s'enquit-il.

Elle jeta un coup d'œil autour d'elle. Elle avait réorganisé son petit bureau — pour autant qu'il ait jamais été organisé. D'accord, il n'offrait pas un aspect net et bien rangé, mais au moins les choses étaient-elles à leur place habituelle.

Que le visiteur ait touché à ses affaires la fit frissonner. Avait-il aussi manipulé son presse-papiers ? S'il ne l'avait pas fait, les techniciens de la police scientifique sûrement. Ils avaient laissé de la poudre à empreintes un peu partout, et elle devrait nettoyer. Elle détestait nettoyer.

Elle reprit la boule de verre, tentée de l'emporter chez elle. Mais allait-elle rentrer chez elle ? Avec l'accroissement des mesures de sécurité, personne ne pourrait plus s'introduire par effraction dans cet immeuble. Le presse-papiers y serait en sécurité. Mais elle ?

— Si je vous dis que j'ai terminé, vous allez me reconduire à l'hôtel pour que je puisse récupérer ma voiture ?

— Non, répondit Ash de ce ton calme, détaché, qui avait le don d'exaspérer Claire.

De toute évidence, il allait l'emmener pour interrogatoire. Et peut-être même l'arrêter. Elle ne savait pas de quoi au juste il l'estimait coupable, mais elle n'avait pu lui offrir aucun autre suspect.

Elle prit une profonde inspiration et se leva, résignée à se laisser passer les menottes, prête à revivre le même cauchemar que neuf ans plus tôt.

Il est tard, songea Ash.

Trop pour continuer à questionner Claire. En outre, elle n'en savait apparemment pas plus que ce qu'elle lui avait déjà dit.

Aussi, il ne la conduisit pas au siège du Bureau. Mais chez elle.

Son corps mince s'affaissait sur le siège passager de son SUV noir de fonction. Elle tombait de sommeil. Ce qui ne l'empêcha pas d'étouffer un bâillement et de se tourner vers lui.

— Vous n'étiez pas obligé de me ramener chez moi.

Il y avait une note de surprise dans sa voix. Elle ne s'était pas attendue à ce qu'il le fasse. Elle avait cru qu'il l'arrêterait. Plus tôt dans la soirée, il y aurait pensé, en effet, parce qu'une certaine culpabilité pointait chez elle.

En fait, il ne savait plus trop que penser de Claire Molenski. Elle était intelligente, mais cela, il le savait avant. Et sexy. Cela, il l'ignorait. Tout comme il ignorait comment réagirait son corps en sa présence.

Malgré la tiédeur de l'habitacle, elle frissonna, remarqua Ash. Son corps à lui était brûlant. Ses muscles vibraient de tension.

L'adrénaline, sans doute… A deux reprises, il avait failli perdre Claire. Il devait d'ailleurs se montrer très vigilant, car elle ferait certainement l'objet d'une nouvelle tentative de rapt.

Et cela le faisait s'interroger sur sa culpabilité.

Peut-être son seul crime était-il d'être trop brillante. Mais dans ce cas, qui avait mis en vente ce qu'elle savait ? Il avait été si convaincu qu'elle était la menace qu'il ne s'était pas vraiment intéressé aux autres suspects. Seule la société Nowak Computer Consulting — No Hack comme elle était surnommée dans ce milieu fermé — avait les moyens de s'introduire dans ces sites.

— Vous auriez pu simplement me ramener à ma voiture au parking de l'hôtel, reprit Claire.

Oui, il aurait pu. Ou demander à l'un de ses collègues de la reconduire chez elle. La sécurité des personnes n'était pas son rayon, bien au contraire. Sa spécialité avait toujours été de mettre sa vie en danger, d'effectuer des missions d'infiltration plus risquées les unes que les autres.

— Non, lâcha-t-il.

Les agents avec lesquels il travaillait avaient beau être parmi les meilleurs, il n'avait voulu se fier à personne pour la sécurité de Claire.

— Vous avez déjà fait l'objet de deux tentatives d'enlèvement.

Et il y en aurait d'autres puisque beaucoup d'organisations radicales et de gouvernements ennemis convoitaient les informations qu'elle détenait.

— Moi…, murmura-t-elle.

— Oui, vous.

Ce n'était pas lui qu'ils visaient. Sinon pour le tuer, l'éliminer de leur chemin.

— C'est après moi qu'ils en avaient, ajouta-t-elle d'une voix étrangement calme.

Ce constat semblait presque la rassurer.

— Donc mon père et Pam ne risquent rien.

— Pam ?

— C'est sa nouvelle épouse, indiqua Claire. Une femme délicieuse. Comme lui, elle a été parent célibataire pendant des années. Elle n'a jamais eu le temps ni les moyens de voyager. Ils se sont offert un long voyage de noces pour visiter les endroits qu'ils ont toujours rêvé de connaître. Ils ne seront pas de retour avant plusieurs mois. Ils ne risquent donc rien, conclut-elle avec un hochement de tête.

L'attention d'Ash était tout entière rivée sur la route et la détection d'une éventuelle filature, mais Claire avait le regard rivé sur lui, il le sentait.

Il ne voulait pas lui donner de fausses assurances. Il préférait la laisser se faire sa propre opinion. Apparemment, elle était parvenue à se convaincre que les personnes qu'elle aimait n'étaient pas en danger à cause d'elle.

Elle soupira soudain.

— Mais quelqu'un peut les pister grâce à leurs cartes de crédit, retracer leur itinéraire, les retrouver…

Elle se faisait l'avocat du diable, mais elle n'avait pas tort.

— Je vais demander qu'ils soient placés sous protection, proposa Ash en s'engageant sur le parking devant chez Claire. Nous veillerons sur eux.

Elle lui serra le bras par-dessus la console centrale.

— Merci. Mais ils sont à l'étranger.

— Peu importe. Où qu'ils soient, nous pouvons assurer leur sécurité.

En cet instant, toutefois, il était beaucoup plus préoccupé par *sa* sécurité. Dès l'instant où il avait commencé à la soupçonner d'être la personne qui menaçait la sécurité nationale, il avait placé son domicile sous surveillance. Celui-ci était donc parfaitement sûr.

En théorie. Parce que plusieurs agents avaient épié ses faits et gestes plus tôt dans la soirée, et malgré cela elle avait été chloroformée, et il s'en était fallu d'un cheveu qu'elle ne soit kidnappée…

Elle n'était plus en sécurité nulle part, s'alarma Ash.

Son domaine d'expertise était la sécurité nationale, OK. Mais il ferait le maximum pour garantir celle de Claire Molenski et de sa famille.

— Merci de leur offrir une protection, lança-t-elle. Ils méritent d'être heureux.

Ash coupa le moteur du véhicule.

— Et vous ?

Il se posait sincèrement la question. Claire avait-elle une vie privée ? Martin, son assistant, avait semblé surpris à l'idée qu'elle puisse avoir un petit ami.

Etait-ce si exceptionnel dans sa vie ? se demanda Ash.

Et lui-même, à quand remontait sa dernière liaison ? En dehors des cas où il opérait sous couverture ou en mission d'infiltration, il ne s'en souvenait pas.

— Moi quoi ? fit-elle.

L'intérieur du SUV n'était éclairé que par la faible lumière des lampadaires. Les sourcils de Claire semblaient froncés d'incompréhension. Et elle avait toujours une main sur son bras.

Ash pivota sur son siège pour lui faire face.

Il scruta son visage, sonda ses yeux verts qui brillaient dans la semi-obscurité.

— Est-ce que vous méritez d'être heureuse ?

Dans un même mouvement, elle ôta sa main, se détourna de lui et ouvrit sa portière.

— J'ai purgé ma peine.

Sa question avait sans doute été trop brutale.

— Je ne parlais pas de cela, précisa-t-il en se hâtant de contourner la voiture pour rejoindre Claire.

Et la protéger…

Tout en l'escortant vers l'entrée de son immeuble,

il fouilla des yeux le parking sombre autour d'eux. Le lotissement se composait de plusieurs bâtiments, chacun de cinq ou six étages, et chaque étage était divisé en appartements. Déjouer la surveillance de l'agent dépêché sur place ne devait pas être bien difficile.

Soudain, Ash regrettait d'avoir ramené Claire chez elle.

— De quoi parliez-vous dans ce cas ? insista-t-elle tout en cherchant ses clés dans son sac.

Ash les sortit de sa propre poche.

Claire lui prit le trousseau des mains, sélectionna la clé de la porte de l'immeuble et l'ouvrit.

Le hall était des plus ordinaires, observa Ash. Un sol en mosaïque usée et des murs de plâtre écaillé. Mais l'endroit était proche du bureau de Claire. Etait-ce pour cela qu'elle avait choisi cet immeuble ? se demanda Ash.

Il attendit qu'ils soient dans l'ascenseur pour répondre à la question de Claire.

— Je voulais juste savoir si vous étiez…

Elle haussa un sourcil.

— Si j'étais quoi ?

— Heureuse.

Elle s'appuya avec lassitude à l'un des miroirs qui garnissaient les parois de la cabine. Son image dans cette petite robe rouge se reflétait autour d'Ash comme s'il était entouré par une douzaine de ses clones. Il dut faire appel à toute sa volonté pour réduire la violence et le rythme de ses battements de cœur.

— Je croyais l'être, confia-t-elle. Jusqu'à ce que je voie le couple que forment Pam et mon père.

Ash hocha la tête. Voilà pourquoi elle s'était inscrite

à ce *speed dating*, et non pour vendre des secrets explosifs comme il l'avait cru. Elle avait annoncé sur Internet qu'elle y serait, ce qu'il avait interprété comme l'ouverture officielle des enchères. Mais les raisons de sa présence à cet hôtel étaient beaucoup plus simples : trouver le bonheur. Son but avait réellement été de rencontrer quelqu'un, et Ash n'était certainement pas l'homme qu'elle cherchait. Depuis son arrestation à l'âge de seize ans, il était clair que les agents du FBI ne lui inspiraient ni confiance ni affection.

De toute façon, même s'il lui avait plu, il n'aurait pu sortir avec elle. Il n'avait guère de temps pour une vie privée, et à vrai dire aucune envie de s'en créer une.

L'ascenseur était vieillot mais rapide. Il s'immobilisa très vite au quatrième étage.

Ash poussa un discret soupir de soulagement. Cela lui épargnait de devoir répondre à Claire.

Une fois sortie de la cabine, elle s'éloigna dans le couloir à peine éclairé.

Mal à l'aise, Ash sortit son pistolet et lui emboîta le pas.

Lorsqu'elle eut déverrouillé la porte de son appartement, il couvrit sa main de la sienne pour actionner le bouton.

Claire tourna la tête vers lui. Une intense curiosité brillait dans ses yeux verts.

— Et vous, vous l'êtes ?

— Pardon ? bredouilla-t-il, distrait par leur proximité et le sentiment désagréable de ne pas avoir affecté assez d'agents à la surveillance de son domicile.

Claire esquissa un sourire.

— Heureux…

Plutôt que de se confier, Ash poussa le battant.

Un effrayant chaos régnait dans l'appartement. Pire qu'au bureau.

D'autorité, Ash fit passer Claire derrière lui. Tous ses sens étaient en alerte. L'individu qui avait mis à sac l'appartement était-il toujours à l'intérieur ? Attendant le retour de Claire ?

6

La peur faisait battre à coups redoublés le cœur de Claire tandis qu'Ash dirigeait le canon de son arme vers son appartement.

— Restez derrière moi ! ordonna-t-il comme il l'avait fait dans le couloir de l'hôtel.

A ce moment-là, il avait eu raison. Le danger les attendait en la personne d'un homme armé qui avait tiré sur lui.

Là, aucun coup de feu n'éclata.

Claire se pencha de côté et risqua un coup d'œil.

— Que se passe-t-il ? murmura-t-elle.

— Quelqu'un s'est introduit chez vous.

Même distraite par le contact de la main d'Ash sur la sienne, elle avait senti la clé tourner dans la serrure et le pêne se désengager. Elle inspecta le montant. Le bois était vieux, la peinture s'écaillait, mais il ne présentait aucune trace d'effraction.

— Personne n'est entré.

— Mais tout a été retourné à l'intérieur.

Une bouffée de chaleur gagna Claire et elle se mit à rougir, embarrassée.

— Euh, c'est toujours comme ça…

Elle y était tellement habituée qu'elle ne le remarquait

plus, mais là, avec Ash, cela sautait aux yeux. Ses vêtements, ses livres, son courrier, tout était jeté pêle-mêle sur les meubles et même sur le sol.

— Vraiment ?

Il avait l'air horrifié.

Non seulement il était un agent du FBI obtus comme la justice, mais il était sans doute aussi un maniaque de l'ordre et du rangement. S'il avait participé à ce *speed dating* pour trouver une compagne, Claire n'était pas celle-là. Ils n'avaient rien en commun. Mais comme il n'y était allé que pour sauver le pays, tout était pour le mieux.

— Avec mes horaires de travail, je n'ai pas de temps pour faire le ménage, justifia Claire.

Ash rangea son arme.

— Vous pourriez engager une bonne.

Claire fit la moue. Elle aurait alors quelqu'un qui toucherait à ses affaires, les rangerait, et elle perdrait du temps à les chercher.

Tout en se penchant pour ramasser des vêtements par terre, elle grimaça et répéta les paroles d'Ash en silence dans son dos, comme elle l'avait fait à l'hôtel.

Lorsqu'elle se redressa, elle croisa son reflet souriant sur la vitre sombre de sa fenêtre.

Prise en flagrant délit. Encore une fois.

— Je ne passe pas beaucoup de temps ici, vous savez.

La note d'excuse dans sa propre voix lui fit serrer les dents. Elle n'avait pas à se justifier. Que son appartement soit dans une pagaille indescriptible, ce n'était pas ses oignons.

— Ça pourrait être plus propre, vous ne pensez pas ?

Ses yeux bleus pétillaient. Il se moquait d'elle.

Elle lui jeta à la figure les vêtements qu'elle venait de ramasser. Mais il se pencha et les esquiva, à l'exception d'un soutien-gorge noir en dentelle qui s'accrocha à son épaule.

Glissant le doigt sous une bretelle, Ash le tint suspendu entre eux.

— Vous n'avez pas pu attendre d'être dans la chambre ? ironisa-t-il.

Claire en devint rouge pivoine.

— Vous tenez vraiment à me considérer comme une moins que rien ! Pour vous, je ne suis qu'une délinquante informatique et une p…

En une fraction de seconde, l'index d'Ash vint se poser sur ses lèvres, l'empêchant de prononcer le mot infâme.

— Je ne vous ai jamais appelée ainsi.

Il la détailla de la tête aux pieds.

Sous le simple effet de ce regard, la peau de Claire se mit à lui chauffer et à la chatouiller.

Seigneur, que se passerait-il si Ash la touchait ?

Bien sûr, cela n'avait rien à voir avec lui personnellement.

Sa nervosité devait être due au fait qu'elle n'avait pas porté cette robe depuis longtemps. Soit la dernière fois où elle avait tenté de sortir de sa bulle. Elle n'était même pas sûre de savoir encore comment se comporter en société. Elle n'était pas sortie avec quelqu'un depuis l'adolescence.

Jamais il n'y avait eu d'homme.

Et Ash Stryker en était un dans toute l'acception du mot. Il n'était pas du tout son type. Néanmoins…

Elle recula d'un pas. Il laissa retomber sa main.

— Je ne vends rien, déclara-t-elle d'une voix ferme.

— Je sais, répondit-il, comme à regret.

Aurait-il voulu qu'elle soit une hackeuse, ou… avait-il eu envie d'elle ? C'était peu probable, surtout après avoir découvert le fouillis qui régnait dans son appartement.

— Je n'ai pas bien compris cette histoire de vente aux enchères sur Internet pour laquelle vous vouliez m'arrêter.

Mais il n'avait pas eu vraiment l'intention de le faire, puisqu'il l'avait ramenée chez elle au lieu de la conduire en prison. D'un autre côté, il avait besoin d'éléments à charge pour l'arrêter, et il n'en trouverait pas puisqu'elle était innocente du délit qu'il lui imputait. Quel était-il, au fait ?

— J'ai peut-être été un peu hâtif dans mes conclusions, reconnut-il d'un air contrit.

S'il pouvait admettre qu'il s'était trompé, peut-être n'était-il pas aussi rigide qu'elle l'avait pensé… Et peut-être n'était-il pas le seul à tirer des conclusions hâtives, car de son côté elle l'avait un peu vite catalogué comme guindé.

— Dans vos conclusions ? Ou dans votre conviction ?

Qu'il ait été aussi prompt à la considérer comme une traîtresse continuait de la vexer.

Il soupira.

— Il ne peut y avoir de conviction sans preuves.

— Comment pourrait-il y en avoir ? rétorqua Claire. Je ne sais même pas ce que je suis censée avoir mis en vente.

— Des algorithmes permettant de contourner des pare-feu, répondit Ash. L'accès aux données ultrasecrètes du gouvernement pourrait paralyser tout le pays, ou tout au moins bloquer des secteurs clés. L'économie…

— Je comprends tout cela, bien évidemment. C'est même la raison pour laquelle je fais ce que je fais.

— Je pensais que c'était à cause de votre condamnation, des termes de votre probation.

— Au départ, oui, convint-elle. Mais j'ai accompli ma peine depuis un moment.

Et désormais, elle était rémunérée pour son travail. Très bien rémunérée. Elle pouvait tout à fait s'offrir une femme de ménage. Peut-être devrait-elle en prendre une, après tout. Pas parce qu'Ash le lui avait suggéré…

Elle se baissa pour ramasser d'autres affaires.

— Ce que je ne comprends pas, poursuivit-elle, c'est comment on peut s'imaginer pouvoir contourner un pare-feu. Lorsque je repère un défaut dans un système de sécurité, je l'élimine. Je le fais disparaître avant même que quiconque ait une chance de le trouver. C'est ça ma tâche. C'est ça la vocation de Nowak Computer Consulting.

— On n'aurait pas pu s'introduire dans votre ordinateur et en cambrioler les données ? suggéra Ash.

Claire éclata de rire.

— *Personne* ne peut me hacker.

— Et Leslie Morrison, votre ancien formateur ? S'il vous a appris tant de choses…

Claire grimaça, la gorge serrée. Malgré elle, elle avait jeté la suspicion sur Leslie.

— Il est à la retraite. Je vous ai déjà expliqué que pour être efficace il faut être en activité.

— Donc, ce n'est pas Leslie, conclut Ash.

Qu'il l'admette soulagea Claire. Leslie vivait une

retraite heureuse. Il n'apprécierait pas le remue-ménage lié à une enquête du FBI.

Mais l'approbation de l'agent spécial Stryker n'était-elle pas trop facile ? Ne voulait-il pas juste lui faire plaisir ? se demanda Claire.

— Le problème avec les hackeurs, reprit Ash, c'est qu'il en existe toujours de meilleurs. Peut-être dans un autre pays…

Claire crut s'étrangler. D'abord, Ash avait insulté son intégrité, là, ses compétences.

— Si quelqu'un d'autre peut contourner ces pare-feu, pourquoi cherche-t-on à m'enlever, moi ? souligna-t-elle.

Ash haussa un sourcil.

— Si j'ai pu penser que vous étiez le vendeur, d'autres le peuvent aussi.

— Mais je ne le suis pas ! protesta Claire. A quoi bon m'enlever si je ne veux vendre aucune information, quelle qu'elle soit ?

— Ils s'en moquent. Ils n'ont pas l'intention de vous payer.

Claire se massa les tempes pour apaiser un début de migraine.

— Dans ce cas, comment comptent-ils obtenir ce qu'ils cherchent ? Malgré ce que vous pouvez penser, jamais je ne trahirais mon pays de mon plein gré. Même si l'on me faisait un pont d'or.

— Par la torture, déclara Ash.

Son ton était si détaché que Claire fut prise d'un doute : la torture était-elle familière à Ash ? L'avait-il subie ? L'avait-il… fait subir ?

— Si vous ne voulez pas leur dire ce que vous savez, ils vous l'arracheront de force, insista-t-il.

— Mais il n'y a plus d'information ! J'ai veillé soigneusement à ce qu'il n'existe aucun moyen de contourner un pare-feu.

— Alors ils vous tueront.

Peut-être essayait-il juste de lui faire peur, songea Claire.

Si oui, il avait réussi. Elle tremblait de terreur. Et elle avait froid. Elle voulait prendre une douche brûlante, ensuite aller se coucher. Même s'il était probable que son sommeil soit peuplé de cauchemars, de kidnappings et de fusillades.

— Eh bien, je suis en sécurité chez moi. Vous pouvez partir maintenant.

Elle n'était pas seulement effrayée, elle était ivre de fatigue. Si ivre qu'un peu plus tôt elle avait eu des fantasmes tout à fait déplacés concernant Ash Stryker. Elle s'était imaginée le déshabillant…

Ah, si seulement il n'était pas agent du FBI.

— Non, vous n'êtes pas en sécurité, tonna-t-il.

Dans ce cas, pourquoi l'avait-il ramenée chez elle ? Pour fouiller l'appartement ? Mais il n'avait touché à rien, en dehors de son soutien-gorge.

— Tout cela est *mon* désordre, objecta-t-elle en désignant les lieux d'un geste circulaire de la main. Personne n'est entré chez moi. Tout va bien.

Enfin, peut-être… Une fois qu'elle aurait pris cette douche et dormi un peu. Si elle parvenait à dormir…

Non seulement sa peau la chatouillait, mais son cœur battait cent fois trop vite. A cause de ces menaces sur sa vie… Et aussi à cause du beau Ash Stryker ? Non, ce ne pouvait être sa proximité qui lui faisait cet effet-là. Ce ne pouvait être lui. Il s'agissait d'une réaction naturelle. Le contrecoup de tout ce qui s'était passé dans la soirée.

Ash se toucha alors l'oreille. Il portait un écouteur miniaturisé, remarqua Claire.

— Vous n'êtes pas en sécurité, reprit-il, parce qu'un véhicule suspect vient de se garer sur le parking. L'agent qui surveille votre appartement pense qu'il y a au moins un individu armé à l'intérieur.

Sur ce, Ash sortit son pistolet de son holster.

— Ils ont dû nous suivre depuis le bureau, avança Claire.

Ash secoua la tête.

— Personne ne m'a suivi.

Il ne semblait ni agacé ni vexé, juste en totale confiance.

— Ils ont dû trouver votre adresse en fouillant votre bureau.

— Non. Je n'y ai aucun objet avec des informations personnelles.

Elle travaillait avec des hackeurs, et le risque qu'un petit malin se serve de ce qu'elle pourrait laisser derrière elle pour fureter dans ses comptes n'était jamais à écarter. Oh ! Sans intention maligne, mais pour prouver qu'il était aussi fort qu'elle.

— Peu importe comment ils ont su où vous habitiez, maugréa Ash. Nous n'allons pas leur poser la question !

— Mais rien ne dit que c'est pour moi qu'ils sont là, protesta Claire, tandis qu'Ash se dirigeait vers la porte.

— Nous ne pouvons pas prendre ce risque, rétorqua-t-il. Il faut nous en aller.

Claire frissonna de nouveau. La nuit s'était rafraîchie, trop pour sa courte robe rouge, qui laissait nues ses épaules et ses jambes. Elle jeta un regard d'envie aux chauds vêtements qui traînaient par terre. Au lieu de les lancer sur l'agent Stryker, elle aurait dû se changer. Mais à ce moment-là, elle ignorait qu'il lui faudrait fuir de nouveau.

Il n'y avait pas une minute à perdre, décida Ash. L'appartement de Claire, au quatrième étage, ne leur offrait pas d'autre issue que la porte d'entrée.

Aussi, Ash saisit Claire par le poignet et la tira derrière lui dans le couloir. L'ascenseur n'était pas non plus une option sûre.

— Où est l'escalier ?

Glissant ses doigts dans les siens, elle le guida à son tour dans le couloir.

— Venez. C'est par là que je passe en général.

Ce qui expliquait pourquoi elle était aussi en forme malgré les longues heures de travail sédentaire sur son ordinateur.

— Mais pas avec des hauts talons, ajouta-t-elle en grognant.

Ash tiqua. Peut-être aurait-il dû la laisser se changer, mais le temps leur était compté. Et il aimait cette petite robe rouge. Un petit peu trop, sans doute…

Claire ouvrit la porte de la cage d'escalier. Dès le début de leur descente, le claquement de ses talons hauts se répercuta entre les murs de briques. Suivi presque aussitôt d'un autre bruit. Celui de la porte du rez-de-chaussée, comprit Ash. Quelqu'un montait alors qu'ils descendaient. Pour les intercepter ?

Mais s'il s'agissait d'un ennemi, il ne pouvait savoir

que Claire avait été avertie de sa présence. Il devait penser qu'elle était toujours dans son appartement où il comptait la cueillir comme une fleur.

Fort de ce raisonnement, Ash prit Claire par le bras et la fit s'arrêter sur le demi-palier entre le second et le premier étage. Sous sa main, sa peau était aussi douce que de la soie.

Elle tressaillit.

— Que…

Il pressa un doigt sur ses lèvres.

— Quelqu'un monte…

Les yeux de Claire s'écarquillèrent de panique, tandis que résonnaient les bruits de pas dans la cage d'escalier. Des pas lourds. Il devait s'agir d'hommes corpulents, supposa Ash.

— Que faisons-nous ? murmura Claire, les lèvres contre son doigt.

— Ça.

Il la tourna face à lui et lui colla le dos au mur. Elle lâcha un petit cri. Il baissa sa bouche vers la sienne.

Mais il ne se contenta pas de s'emparer de ses lèvres : il plaqua tout son corps contre le sien. Pour la cacher. La protéger.

C'était son intention première.

Toutefois, la bouche de Claire était si douce, son souffle si tiède et si suave qu'il se surprit à l'embrasser vraiment. Il dévora littéralement ses lèvres et profita de ce qu'elles étaient entrouvertes pour approfondir son baiser.

Claire glissa ses mains entre eux. Au lieu de le repousser comme il s'y attendait, elle les remonta vers son cou où elles s'accrochèrent.

C'était pour se rassurer, pensa Ash, car le bruit de pas se rapprochait, s'amplifiait.

Finalement, un homme passa près d'eux, riant sous cape.

— Bon sang, ils ne peuvent même pas attendre d'être chez eux, marmonna son acolyte, juste derrière lui.

Le bruit de leurs pas se poursuivit sur encore deux volées de marches, puis la porte du palier du quatrième s'ouvrit et se referma.

L'étage de Claire.

Ash se força à s'écarter d'elle, recula d'un pas, mais Claire tremblait de tous ses membres et Ash garda sa main sur son bras pour l'aider à retrouver son aplomb.

— Quand ils auront vu que votre appartement est vide, ils reviendront. Il faut filer au plus vite.

Les jambes un peu molles, il descendit le reste des marches. Il avait failli se laisser submerger par le désir. Il avait toujours su que Claire était dangereuse, mais pas à ce point.

Elle était si sexy qu'il en avait presque oublié la raison pour laquelle il l'avait embrassée. Le faire avait été si naturel. Et, bon Dieu, si excitant ! Son cœur continuait à battre de façon erratique, et pas seulement à cause de la menace que représentaient les deux malfrats.

Claire trébucha sur la dernière marche. Il la saisit in extremis par la taille pour l'empêcher de tomber. Elle leva vers lui ses yeux verts, dilatés par la confusion. Puis elle piqua un fard et s'écarta en marmonnant un juron.

— Ces maudits talons, grogna-t-elle.

— Il vaudrait mieux les enlever si nous devons courir, conseilla-t-il.

Elle acquiesça.

Mais elle serait alors pieds nus, se dit Ash, et elle tremblait déjà de froid. Dommage qu'il n'ait pas attrapé plus que le soutien-gorge lorsqu'elle lui avait jeté ce paquet de vêtements à la figure. Un pull et un pantalon auraient été les bienvenus. Le soutien-gorge aussi, puisqu'elle semblait ne pas en porter sous cette petite robe près du corps. Mais elle le lui avait arraché des mains…

— Je peux aussi vous porter, suggéra-t-il.

Peut-être serait-ce le mieux, ou du moins le plus rapide, s'ils devaient filer en catastrophe. Mais, au lieu d'avancer la main vers elle, il entrebâilla la porte du rez-de-chaussée et jeta un coup d'œil dans le hall.

Les deux types y avaient-ils laissé un complice pour le cas où Claire parviendrait à leur échapper ? Les agents en faction dans le parking n'avaient pu dire s'ils étaient deux ou trois. Et ils n'avaient pas voulu faire irruption dans l'immeuble pour risquer un échange de tirs susceptible de mettre en danger les autres résidents.

Malgré l'heure tardive, le hall n'était pas désert. Un homme marchait de long en large. Il était grand, costaud, et sous le pan de son blouson de cuir apparaissait un holster garni d'un revolver, remarqua Ash.

Claire se pressa contre son dos pour regarder par-dessus son épaule. A ce contact, une douce chaleur le gagna et son pouls s'accéléra.

— Nous sommes piégés, chuchota Claire. Pris en sandwich entre celui-ci et les deux autres, là-haut.

Ash tourna la tête, et leurs lèvres faillirent se toucher tant ils étaient proches. Le goût des siennes était toujours sur sa bouche, mais il voulait l'embrasser de nouveau. Sapristi, il voulait faire beaucoup plus que l'embrasser.

— Où pouvons-nous aller ? s'inquiéta-t-elle. Comment sortir d'ici ?

— Soyez tranquille. Je vous protégerai.

Mais lui… qui le protégerait d'elle ?

— Non, c'est trop tard…, bafouilla Claire.

C'était ce qu'il craignait. Qu'il soit déjà trop tard pour qu'il se protège de Claire Molenski. Elle s'insinuait en lui comme aucune autre ne l'avait fait jusque-là.

Elle trembla contre lui.

— Il nous a vus, geignit-elle. Il vient vers nous.

Ash n'empoigna pas son arme.

Comme elle l'avait dit, c'était trop tard.

7

S'il ne se décidait pas à sortir son arme, elle le ferait.

Claire lança la main vers le holster d'Ash, mais il fut plus rapide et la lui saisit. Elle eut beau tenter de se libérer, il affermit sa prise et ouvrit la porte sur l'homme armé qui arpentait le hall de l'immeuble.

— Bon sang, qu'est-ce que tu fichais ? demanda ce dernier. Tu as mis des heures à redescendre avec elle.

Ash travaillait *avec* lui. Le type avait des cheveux bruns en bataille qui avaient besoin d'un bon coup de ciseaux, tout comme ses joues et son menton d'un coup de rasoir, songea Claire. Il portait un jean délavé et déchiré, des bottes de moto et un blouson de cuir. A son cou était accrochée une plaque du FBI.

Claire poussa un soupir de soulagement, tandis qu'Ash l'entraînait dans le hall.

— Tu aurais pu me prévenir qu'ils avaient eux aussi pris l'escalier ! reprocha Ash à son collègue.

— Je viens d'arriver, expliqua celui-ci.

Ash s'arrêta devant la porte donnant sur le parking.

— Au fait, pourquoi tu es là, Reyes ? Tu bosses au crime organisé, pas à l'antiterrorisme.

— Tu crois que tes terroristes sont les seuls à être intéressés par ce qu'elle vend ?

— Elle ne vend rien du tout, répliqua Ash.

Il répondait de nouveau à sa place, remarqua Claire. Cette habitude commençait sérieusement à l'agacer.

Les sourcils noirs de l'autre agent se haussèrent de surprise.

— Tu l'as convaincue de ne pas trahir notre pays ?

— *Elle* n'a jamais eu l'intention de trahir notre pays, intervint Claire avant qu'Ash ne puisse encore une fois parler pour elle. Et l'agent Stryker s'est rendu compte qu'il avait été un parfait idiot de présumer cela de Mlle Molenski.

L'agent Reyes éclata de rire.

Mais Ash conserva un visage tendu.

— Quand ils s'apercevront que l'appartement est vide, ils redescendront. Il faut partir tout de suite.

Le sourire de Reyes s'envola. Il était très bel homme, nota soudain Claire. Pourquoi les agents du FBI étaient-ils aussi avantagés par la nature ? C'était vraiment trop injuste.

— Emmène Mlle Molenski à l'abri, lança Reyes. Je m'occupe de nos deux lascars.

— Seul ? s'enquit Ash en jetant un regard autour de lui.

Reyes haussa les épaules.

— C'est mieux que de te laisser les descendre. Des types morts ne pourront pas nous dire pour qui ils travaillent.

— Et un agent mort ne pourra pas le leur demander, rétorqua Stryker. J'espère que tu as plus d'appui que ça.

Sans attendre sa réponse, il ouvrit la porte et emmena Claire vers le parking.

— Vous ne devriez pas rester pour l'aider ? demanda-t-elle.

La main sur son arme, Ash scruta le parking plongé dans l'ombre tout en la guidant vers le SUV noir. Il y avait plusieurs véhicules stationnés. Alors qu'il passait devant l'un d'eux, son chauffeur fit un bref appel de phares. Il y avait d'autres agents, comprit Claire.

— Reyes est capable de se débrouiller seul, répondit finalement Ash.

— Moi aussi.

Elle s'occupait d'elle-même depuis des années. Et quand la défection de sa mère avait laissé son père dévasté, elle s'était occupée de lui également. Peut-être avait-elle trop voulu en faire en cherchant à le venger pour la souffrance que sa mère lui avait infligée.

Arrivé devant la portière côté passager du SUV, Ash la lui ouvrit et secoua la tête.

— Non, vous n'êtes pas capable de vous débrouiller seule. Pas contre ce genre d'individus.

Des terroristes et des criminels, d'après ce qu'avaient dit les deux agents quelques instants plus tôt, se rappela Claire.

Dès qu'elle fut installée, Ash claqua sa portière et gagna son siège derrière le volant. Une fois le moteur lancé, il poussa le chauffage à fond, mais Claire ne pouvait s'arrêter de trembler.

Ash avait raison. Sur le parking de l'hôtel, son agresseur n'avait eu aucun mal à la maîtriser, la chloroformer et l'enlever. Sans l'intervention d'Ash, elle serait probablement torturée à l'heure qu'il était. Pour des codes qui n'existaient pas, censés permettre de contourner les pare-feu du gouvernement.

L'agent Reyes et Ash traitaient chaque jour avec de telles personnes. Ils risquaient leur vie pour en protéger d'autres. Claire respectait ce choix, mais elle ne voulait rien de tout cela dans sa vie, ni dans celle de l'homme avec qui elle espérait la partager. Parce que se faire un sang d'encre chaque fois qu'il partirait au travail serait une autre forme de torture.

Ash soupira intérieurement. Claire se tenait tranquille depuis qu'ils avaient quitté son appartement. Elle ne s'était même pas livrée à ses habituelles mimiques infantiles dans son dos. D'une certaine façon, celles-ci lui manquaient. Son énergie et son cran lui manquaient.

Elle devait être épuisée. Cette journée avait été incroyablement longue et dangereuse pour elle.

Que dès le départ il l'ait traitée comme une suspecte n'avait pas dû beaucoup aider. Il n'avait montré que peu d'égards pour ce qu'elle traversait. Si elle se tenait aussi tranquille, peut-être était-ce tout simplement parce qu'elle ne pouvait plus le supporter.

— Reyes est un type bien, dit-il pour la rassurer.

Le look de ce dernier, en effet, avait de quoi en inquiéter plus d'un.

Ash alluma la radio de bord afin que Claire puisse suivre sa conversation avec lui.

— Je ne crois pas qu'ils en avaient après elle, dit Reyes. Je n'ai reconnu ni l'un ni l'autre.

— Tu connais tous les voyous de Chicago et des environs ? s'étonna Ash.

— Presque, répondit Reyes. Soit parce que j'ai

grandi avec eux, soit parce que je les ai arrêtés. Parfois, enfin presque tout le temps, c'était les deux.

— Ça doit être coton pour garder des relations amicales, persifla Ash.

Mais Reyes avait un talent consommé pour se faire ou conserver des amis. L'homme semblait connaître tout le monde… Jusqu'à leur rencontre avec les deux inconnus qui se trouvaient dans l'immeuble de Claire. Leurs voix n'avaient trahi aucun accent, mais cela ne voulait pas dire qu'ils n'étaient pas des étrangers, ou des mercenaires à la solde d'un autre pays.

— Au moins, aucun de mes potes n'a incendié ma maison…, le taquina Reyes.

— En étant derrière les barreaux ce serait difficile, répliqua Ash du tac-au-tac. Du reste, ce n'est pas Blaine qui a craqué l'allumette.

Son amitié avec Blaine Campbell remontait à leurs années chez les marines, où ils avaient noué des liens indéfectibles. Raison pour laquelle Ash lui avait prêté sa maison alors que lui-même était affecté à une nouvelle mission d'infiltration.

— Exact, il n'a pas craqué l'allumette, reconnut Reyes. Mais il avait l'esprit trop ailleurs pour sentir l'odeur de la fumée et éteindre le feu.

— Ce feu était même le cadet de ses soucis ! renchérit Ash.

La vérité, c'était que Blaine avait décidé d'assurer la sécurité d'une femme, témoin dans une affaire de casses de banques qu'il essayait alors de résoudre. Il avait failli la perdre — ainsi que sa propre vie — dans cet incendie.

— Tout juste. Et d'avoir l'esprit ailleurs a failli le

tuer, commenta Reyes. J'espère que tu ne laisses pas Mlle Molenski te distraire de cette façon.

Ash regretta d'avoir allumé la radio du SUV.

— Tu me connais, dit-il.

Ce n'était pas la première fois qu'ils travaillaient ensemble, même avant qu'ils ne prêtent main-forte à Blaine pour mettre hors d'état de nuire les braqueurs. Le courant passait si bien entre eux qu'ils étaient devenus amis.

— Tu sais que ça n'arrivera pas, ajouta Ash.

A la différence de Blaine, il n'avait pas grandi dans une maison de femmes avec trois ou quatre sœurs, et n'avait pas la même propension à jouer les héros pour les damoiselles en détresse.

Il ne voulait être le héros de personne. Les missions de protection, il ne les acceptait jamais de gaieté de cœur. Mais apparemment, personne ne pouvait protéger Claire mieux que lui.

— Je *croyais* te connaître, répliqua Reyes avec un petit rire. Tu sais le plus drôle ? La seule info que j'ai eue de ces types, c'est qu'un couple se donnait du bon temps dans la cage d'escalier…

Ash coupa la radio. Reyes aimait trop chambrer ses collègues.

— N'ayez crainte, le rassura Claire. Je sais que vous ne m'avez embrassée que pour empêcher ces deux hommes de me reconnaître.

C'était la raison pour laquelle il avait commencé. Ce n'était pas celle pour laquelle il avait été quasiment incapable de s'arrêter.

— Mais je crois maintenant qu'ils n'étaient pas là pour moi, reprit Claire. J'aurais pu rester chez moi…

Elle bâilla à s'en décrocher la mâchoire.

— Et dormir.

— Je vous emmène à un endroit où vous pourrez le faire, déclara Ash. Un endroit où je vous garantis que personne ne viendra vous importuner. Ce qui n'est pas le cas de votre appartement. Quelqu'un a dû vous suivre depuis chez vous jusqu'à l'hôtel. Ils devaient connaître votre adresse avant d'aller fouiller votre bureau.

— Je suis allée à l'hôtel directement après le travail, indiqua Claire. C'est sur ce trajet-là que j'ai dû être suivie. Inutile de dire que jamais je n'aurais pensé être filée.

Ash scrutait la route à l'affût d'un suiveur potentiel, son attention partagée entre les rétroviseurs, la circulation devant eux et… Claire. Ses yeux ne cessaient de revenir sur elle, comme attirés par un aimant. D'accord, il devait de temps en temps s'assurer qu'elle allait bien. Mais ce n'était pas l'unique raison.

— Maintenant, j'ignore comment on a pu savoir où j'habite, poursuivit Claire. A moins de nous avoir suivis depuis Nowak Consulting.

Ash espérait que non. Ou alors les remarques de Reyes sur sa capacité à demeurer concentré étaient fondées.

— Je suis désolé, dit-il.

— Pourquoi ? Pour avoir laissé quelqu'un nous suivre ?

— Non, répondit-il. Personne ne nous a suivis.

Malgré sa forte attirance pour Claire, il avait été très vigilant. Ces types devaient avoir eu son adresse autrement. En piratant le sommier des immatriculations, ou le fichier des permis de conduire.

— Dans ce cas, de quoi êtes-vous désolé ? s'étonna Claire. De m'avoir embrassée ? Comme je vous l'ai dit, je comprends pourquoi vous l'avez fait.

— Non, je ne vous demande pas pardon parce que je vous ai embrassée.

Ce n'était pas une chose qu'il regrettait, loin de là.

— Je vous demande pardon d'avoir présumé des choses erronées à votre sujet.

Claire éclata de rire.

Parce que c'était presque mot pour mot ce qu'elle avait dit ? Ou parce qu'il s'excusait ? Certes, cela ne lui arrivait pas souvent. Sans doute parce qu'il se trompait rarement.

Le rire de Claire se mua en un gros soupir.

— Malheureusement, vous n'êtes pas le seul à vous être trompé sur mon compte. Que pouvons-nous faire pour que ces autres personnes sachent qu'elles se trompent également ?

— Bonne question, murmura Ash.

— Je pourrais peut-être publier un démenti sur Internet, où je jurerais que je n'ai aucune information de haute sécurité à vendre. Qu'en pensez-vous ?

— Vous pourriez, répondit-il.

Elle dut percevoir sa réticence, car elle se tourna vers lui, les yeux plissés.

— Mais vous ne voulez pas que je le fasse, n'est-ce pas ?

— Non. Parce qu'alors ces gens pourraient dénicher le véritable vendeur et obtenir de lui ce qu'ils convoitent.

Et dans ce cas, la catastrophe qu'Ash s'évertuait à éviter risquait fort de survenir.

Claire secoua la tête.

— Ce n'est pas possible. Je vous ai déjà dit que cette information n'existait pas.

— Vous croyez qu'elle n'existe pas. Mais peut-être que c'est vous, à présent, qui faites des hypothèses erronées.

Claire ouvrit la bouche, la referma sans prononcer un mot et secoua de nouveau la tête.

Moins parce qu'elle n'était pas d'accord avec lui, supposa Ash, que parce qu'il venait de se garer devant un hôtel au bord du lac, dans le sud du Michigan.

Ils avaient beaucoup roulé. Claire devait s'être rendu compte qu'il l'emmenait hors de la ville. Ou peut-être n'y avait-elle pas du tout prêté attention…

— Où sommes-nous ? s'enquit-elle.

— A un hôtel.

— Ça, j'avais compris. Je me doutais bien que vous ne me conduiriez pas à votre maison, même si votre ami ne l'avait pas incendiée.

— Mon ami ne l'a pas incendiée.

Blaine se sentait mal par rapport à ce qui s'était passé. Plus qu'Ash lui-même, malgré la destruction de sa maison. Hormis durant ses années d'enfance et d'adolescence, Ash n'y avait pas beaucoup mis les pieds. Comme très peu de ses missions concernaient Chicago, il avait séjourné dans d'autres villes, ou dans la forêt, ou à l'étranger.

Les lèvres de Claire s'étirèrent en un mince sourire, nota Ash. Elle n'avait pas raté la façon dont il avait réagi à la pique de Reyes. Mais il la suspectait de ne pas rater grand-chose. Son intelligence, sous la forme d'un exceptionnel talent de hackeuse, n'était plus à prouver.

Raison pour laquelle il avait pensé que la personne qui mettait en vente cette menace sur la sécurité nationale, c'était elle. Et pourquoi tant de gens avaient supposé la même chose que lui. Il était nécessaire qu'ils continuent à le croire, mais Ash ne voulait pas mettre la pression à Claire. Elle l'avait déjà assez subie de sa part au cours de la nuit.

Celle-ci s'achevait, pour laisser place à un nouveau jour. Le ciel s'éclaircissait, et le lac commençait à briller sous les premiers rayons du soleil.

Claire pointa le doigt vers l'établissement.

— Pourquoi vous m'avez amenée ici ?

— Vous vouliez retourner à l'hôtel où s'est tenu le *speed dating* ?

Elle frissonna nettement, remarqua Ash. Revoyait-elle l'homme qu'il avait tué dans le couloir de l'hôtel ?

— Non, répondit-elle. Mais je ne veux pas non plus être aussi loin de la ville. Il faut que j'aille au travail tout à l'heure.

Elle ouvrit sa portière, descendit du SUV et leva son visage vers le ciel.

Sa peau brillait d'un éclat satiné et sa beauté troubla tant Ash qu'il n'en bougea pas du volant.

Claire se tourna vers lui.

— C'est déjà le matin…

— Presque, nuança-t-il en quittant enfin le véhicule.

Il claqua sa portière, puis contourna l'avant pour rejoindre Claire.

— Nous devrions rentrer à Chicago, dit-elle. Il faut que je passe chez moi me changer.

Dans sa petite robe rouge, elle avait la chair de poule. Ash glissa un bras autour de ses épaules pour lui apporter un peu de chaleur. Mais, au lieu de se laisser aller contre lui, elle se raidit et s'écarta.

— Cet hôtel a une boutique, l'informa-t-il. Nous pourrons vous y acheter quelques vêtements.

— Mais il faut retourner en ville, protesta-t-elle.

— Il faut que nous dormions un peu, objecta-t-il en la dirigeant vers l'entrée de l'hôtel.

— Je n'ai pas besoin de sommeil, rétorqua-t-elle. J'ai l'habitude. Mon travail me fait faire beaucoup de nuits blanches. Vous aussi, j'en suis sûre.

Il ne les comptait plus…

— Mais nous ne savons pas qui en a après vous. Nous ne savons même pas à combien de personnes nous avons affaire.

Il en avait une petite idée, hélas. Ça pouvait être tout le monde et n'importe qui.

— Il est indispensable que nous nous reposions si nous voulons avoir l'esprit clair face au danger.

— *Nous* ? releva-t-elle.

Ash opina du chef.

— Bien entendu.

Claire se tut de nouveau, sauf pour quelques protestations de principe au moment de payer les articles de la boutique et de s'enregistrer à la réception.

Leur suite était basique : une chambre, un espace salon équipé d'un canapé convertible et une salle de bains. Mais elle était propre, repeinte de frais, et la moquette paraissait neuve.

Claire reprit leur conversation.

— Pourquoi avez-vous dit « bien entendu » ?

Ash haussa les épaules.

— Vous êtes en danger. Alors, « bien entendu » je vais vous protéger.

D'ordinaire, ce n'était pas son job. Mais, comme il avait acquis une certaine expérience dans l'art de se protéger, mettre ce savoir-faire au service de Claire ne devait pas présenter de grandes difficultés.

— Il y a moins de vingt-quatre heures vous vouliez m'arrêter pour trahison, et maintenant vous voulez me protéger ?

Claire fronça les sourcils.

— Je n'y crois pas.

— Vous ne croyez pas à quoi ? demanda-t-il.

Pensait-elle vraiment qu'il voulait la voir souffrir ? Qu'il n'avait pas l'intention d'assurer sa sécurité ?

— En réalité, vous ne voulez pas que je poste l'annonce selon laquelle je n'ai aucune information à vendre. Tout ce qui vous intéresse, c'est de m'utiliser.

— Comment cela ?

Il savait comment il aurait aimé l'utiliser, vu qu'elle portait toujours cette affriolante petite robe rouge. La teneur de ses pensées dut transparaître dans son regard car elle le gifla.

A l'épaule. Pas au visage. Du reste, peut-être avait-elle juste voulu le faire reculer parce qu'il était très près d'elle… Assez pour l'embrasser de nouveau.

Il brûlait d'envie de le faire.

— Vous voulez vous servir de moi comme appât pour attirer tous ces gangsters.

Le vert de ses iris, si vif d'habitude, était assombri par un mélange d'indignation et de douleur.

Elle n'était pas seulement une hackeuse de génie, elle était l'intelligence faite femme. Elle lisait dans les gens comme à livre ouvert — ou, en l'occurrence, comme dans un ordinateur.

— Je ne dirais pas les choses ainsi, se défendit Ash.

Mais il ne pouvait le nier. Elle n'était pas une menace pour la sécurité nationale, mais elle pouvait servir d'aimant pour les acheteurs potentiels.

— C'est la vérité, n'est-ce pas ?

Elle jeta un coup d'œil à la porte de la suite, comme si elle envisageait de fuir. De le fuir.

— Vous attendez de moi que je risque ma vie.

— Non, assura-t-il.

Tout à coup, que sa vie soit mise en danger était la dernière chose qu'il souhaitait.

— Je vous protégerai. Je ne mettrai pas votre vie en danger.

— Comment pouvez-vous promettre qu'il ne m'arrivera rien ? rétorqua-t-elle. Il y a deux minutes vous me disiez ignorer qui sont ces gens et combien ils sont. Et même leur degré de dangerosité.

Ash acquiesça.

— C'est vrai. Mais je sais qui je suis. Et je sais que je vous protégerai. Ou je mourrai en essayant...

Elle tressaillit.

— Si vous me dites ça pour me rassurer, c'est raté. Je préfère que nous restions tous les deux en vie.

— C'est le plan.

— Non, c'est ce que vous espérez, corrigea-t-elle. Moi, j'ai un plan.

— Pourquoi est-ce que j'ai peur d'entendre ce que vous allez me dire ?

— Parce que le mien est meilleur que le vôtre.

Son incroyable culot était de retour. Et il l'intriguait beaucoup plus que son plan.

Il l'écouterait, cependant. Dès qu'il pourrait se concentrer sur autre chose que sa bouche et toute cette peau nue que révélait sa robe. Pour y parvenir, il fallait qu'il l'embrasse encore une fois.

Mais, avant qu'il n'ait le temps d'avancer le bras vers elle, elle se jeta sur lui, referma ses mains dans son cou et plaqua avec fougue ses lèvres sur les siennes.

8

Ash était rigide sous son étreinte. Son corps était dur, crispé, tandis que Claire s'enroulait sur lui telle une liane. Ses lèvres bougeaient sur les siennes, mais il demeurait passif. Il ne l'embrassait pas. Ne la touchait pas.

Déçue, morte de honte, Claire se mit à rougir et son cœur à chuter dans sa poitrine. Le baiser précédent n'avait été qu'un leurre à l'intention des deux hommes.

Elle venait de se rendre complètement ridicule.

Elle s'écarta. Alors, Ash la toucha. Sa main droite se glissa sous sa nuque, et il maintint sa bouche collée à la sienne, tandis que la gauche descendait sur sa hanche, l'empêchant de battre en retraite.

Il l'embrassa.

Il l'embrassa comme Claire avait toujours voulu être embrassée. Il l'embrassa avec une ardeur et une passion qui firent tortiller ses orteils dans ses escarpins. La main sous sa nuque plongea dans ses cheveux, et celle sur sa hanche empoigna sa chair à travers sa robe.

Une onde de chaleur la traversa. Ce n'était ni la gêne ni la honte, mais le désir. Elle ouvrit la bouche. Répondant à son invite, Ash approfondit son baiser. Mais elle voulait plus que cela. Elle voulait lui enlever son pull et sa veste, comme elle l'avait imaginé plus tôt. Elle voulait sa peau nue sur la sienne, que rien ne vienne se mettre entre elles.

Vibrant de désir, elle rassembla toute son énergie, toute sa volonté, et se sépara d'Ash, titubant en arrière, peut-être à cause de ses hauts talons, peut-être à cause de ses jambes qui menaçaient de se dérober sous elle.

— Et moi qui pensais que je n'allais pas aimer votre plan, murmura-t-il.

Il aimait donc l'embrasser ?

Il haletait, et ses pupilles étaient dilatées de sorte que ses iris se réduisaient à un mince anneau bleu. Peut-être aimait-il vraiment l'embrasser…

— C'était aussi le vôtre, dit-elle.

— Quoi, vous embrasser ?

Il secoua la tête.

— Non, ça n'a jamais fait partie de mon plan. Dans l'escalier, cette nuit, j'ai dû improviser.

— Et maintenant ?

— C'est vous qui m'avez embrassé.

Elle avait commencé, en effet.

— Il faut nous habituer à nous embrasser, expliqua-t-elle. Si vous tenez vraiment à vous faire passer pour mon petit ami.

Il plissa les yeux, l'air intrigué.

— De quoi parlez-vous ?

— Vous avez dit à Martin, mon assistant, que vous étiez mon petit ami. C'est bien votre couverture, non ?

— Quel rapport avec le fait de vous embrasser ?

Claire fit la moue.

— D'accord, ça fait un bail que je ne suis pas sortie avec un garçon. Mais dans mon souvenir les couples s'embrassent. Les choses auraient-elles changé à ce point ?

Un rire profond s'échappa des lèvres d'Ash. Dont elle avait toujours le goût sur les siennes.

— La dernière fois que vous êtes sortie avec un garçon, étiez-vous aussi dans la DPA ?

— Pardon ?

— Démonstration Publique d'Affection.

Non. A vingt-cinq ans, elle se sentait vieille et déconnectée. Travailler avec des gens plus jeunes n'arrangeait rien. Mais Ash Stryker avait quelques bonnes années de plus qu'elle, et il semblait être assez coincé. Elle ne devait pas se sentir vieille et déconnectée face à lui.

— Nous n'avons pas besoin de nous embrasser en public pour prouver que nous sortons ensemble, dit-il.

Peut-être pas. Mais elle avait souvent observé avec envie des couples si amoureux qu'ils semblaient se croire seuls sur Terre. Même sa mère avait donné cette impression, quand elle était tombée amoureuse de cet homme rencontré sur Internet, qui lui avait fait quitter sa famille du jour au lendemain.

— Vous avez raison, reconnut-elle. Nous n'avons pas besoin de nous embrasser en public.

Elle ne voulait rien avoir en commun avec sa mère.

Ash plissa de nouveau les yeux.

— Vous dites cela comme s'il fallait que nous le fassions en privé.

— Vous avez déjà travaillé sous couverture avant ?

— Oh oui, souvent, répondit-il avec un petit rire moqueur.

— Dans ce cas, vous ne croyez pas que nous

devrions être plus à l'aise l'un avec l'autre, afin de pas éveiller les soupçons.

Si Martin avait semblé suspicieux, c'était sans doute parce qu'il savait qu'elle n'avait pas de temps pour une relation avec un homme. Et elle ne lui avait pas parlé de son intention de prendre sur son horaire de travail pour en rencontrer un. Il aurait eu peur de voir son propre horaire réduit.

— Qu'entendez-vous au juste par « plus à l'aise » ? s'enquit Ash.

La suspicion brillait jusque dans ses yeux bleus.

— Eh bien, nous embrasser. Rien de plus, ajouta Claire au cas où Ash s'imaginerait davantage.

— Vous voulez qu'on s'embrasse, répéta-t-il d'un ton sceptique.

Ne s'était-il pas rendu compte qu'elle venait de prendre un grand plaisir à le faire ?

— Pourquoi ? Qu'avez-vous en tête ?

— Vous vous servez de moi, lui rappela-t-elle. Vous m'agitez comme un appât pour vos terroristes…

Il réprima une grimace. Probablement à cause de l'image peu flatteuse qu'elle lui renvoyait.

— Alors, en contrepartie, vous voulez vous aussi vous servir de moi, conclut-il. Pour échanger des baisers ?

Elle hocha la tête.

— J'ai besoin d'entraînement, précisa-t-elle en rougissant.

— Pardon ?

— Comme je vous l'ai dit, je suis seule depuis longtemps. Je manque de pratique. Je ne peux pas accorder de rendez-vous à mes éventuels prétendants et me comporter comme une godiche.

Ce qu'elle venait de faire avec lui.

— Vous vous êtes inscrite à une agence de rencontres ?

Elle opina du chef.

— Oui, c'est comme ça que je me suis retrouvée à ce *speed dating*. C'est cette agence qui l'organisait.

— Ce désir de rencontrer un homme, c'est vraiment sérieux ? demanda-t-il, la mine consternée.

Avec des tueurs à ses trousses, toutefois, le moment n'était peut-être pas idéal pour commencer une relation.

— Oui, répondit-elle quand même.

— Et vous voulez vous servir de moi pour vous entraîner…

Il semblait un tout petit peu moins consterné, nota-t-elle avec un soupir de soulagement. Il comprenait enfin.

— Oui. Vous pouvez m'aider à être au point.

— Et c'est à moi que vous demandez ça.

— Je ne demande pas, rétorqua-t-elle. Si vous voulez que je risque ma vie, je veux gagner quelque chose en retour. Je vous aiderai aussi à découvrir qui a posté cette annonce sur Internet. Vous m'êtes donc redevable.

Ash inclina la tête comme s'il réfléchissait à sa proposition.

— Vous pouvez savoir qui c'est ?

— Je peux hacker le hackeur, oui. J'identifierai la source pendant que vous m'utiliserez pour faire sortir les loups du bois.

Elle l'aurait fait, de toute façon, mais il n'avait pas besoin de le savoir.

— En contrepartie, je vous indiquerai les trucs pour bien sortir avec un garçon, enchaîna Ash.

Claire émit un reniflement de mépris.

— Pas du tout. Je doute que vous ayez beaucoup plus d'expérience que moi dans ce domaine. Tout ce que je veux, c'est me servir de vous pour m'entraîner.

— Pourquoi moi ?

Elle haussa les épaules.

— Parce qu'officiellement vous êtes mon petit ami. N'ayez crainte, il n'y aura rien de sentimental de ma part.

— Ah bon ?

— Vous êtes un agent du FBI. Vous n'êtes pas plus mon genre que je ne suis le vôtre, expliqua-t-elle.

Elle lui tendit la main.

— Marché conclu ?

Ash baissa les yeux sur sa main et l'étudia un long moment avant de la lui serrer. Contre toute attente, il l'attira alors dans ses bras et s'empara de sa bouche.

Il l'embrassa de nouveau, avec une ardeur et une volupté redoublées, se servant de ses lèvres, de sa langue, et de tout le talent qu'il possédait. S'était-elle trompée ? se demanda-t-elle. Ash devait trouver plus de temps pour les femmes qu'elle ne l'avait cru… Il embrassait comme un dieu.

Il lui coupait littéralement le souffle. Son cœur battait à tout rompre et une armée de fourmis lui parcourait la peau. Mais avant qu'elle ne perde tout à fait l'esprit, il s'écarta et se détourna d'elle.

— Vous pouvez prendre le lit, dit-il en se laissant

choir sur le canapé. Il faut que nous dormions au moins quelques heures. Ensuite, je vous conduirai à votre bureau afin que vous puissiez commencer à chercher le véritable auteur de cette vente sur Internet.

Etourdie de désir, Claire ne parvint qu'à hocher la tête pour signifier son accord. Puis elle força ses jambes à bouger, à la porter jusqu'à la chambre. Mais le désir vibrait dans ses veines, et son corps ne voulait pas se coucher seul.

— Claire…

La voix grave d'Ash la stoppa net. Mais elle n'osa pas se retourner, car elle risquait de lui demander bien plus que ses baisers. Elle risquait de le rejoindre dans ce fichu canapé et le supplier de lui faire l'amour.

— Oui ?

Seigneur, sa voix rauque allait la trahir.

— Vous n'avez vraiment pas besoin d'entraînement.

Si cette femme progressait dans sa façon d'embrasser, elle constituerait un grave danger. Pour sa tranquillité d'esprit, sa maîtrise de soi… et son sommeil. Ash avait beau être resté allongé plusieurs heures sur le canapé, il n'avait pas dormi du tout. Son corps était trop tendu, et son envie de Claire insoutenable. Il avait été soulagé lorsqu'elle était sortie de la chambre vêtue d'autre chose que cette maudite robe rouge, et prête à se rendre à son travail.

Il aurait préféré qu'elle soit prête à coucher avec lui. Mais l'embrasser était déjà assez dangereux. Il ne pouvait pas lui faire l'amour : ce serait mettre leurs deux vies en danger, parce qu'il serait alors trop distrait pour la protéger.

Bon sang, c'était sans doute déjà le cas !

Pendant qu'elle s'activait sur son ordinateur, il s'était assis sur un meuble de rangement derrière elle afin de pouvoir l'observer. L'observer, rien d'autre. Elle était si belle. Sa peau ivoire était sans défaut, et ses traits un modèle de délicatesse et d'élégance. Une mèche de ses cheveux blond clair ne cessait de retomber sur son visage et de s'accrocher à ses cils. De temps en temps, Claire la glissait derrière l'oreille, mais la mèche finissait toujours par s'échapper.

La fois suivante, Ash écarta lui-même la mèche rebelle de son visage, ses doigts effleurant la douceur de sa joue, et la ramena derrière son oreille.

Claire tressaillit et leva les yeux vers lui.

— Vous ne m'aidez pas à me concentrer.

L'éprouvait-elle, également ? Ce désir qui le consumait de l'intérieur, l'éprouvait-elle aussi ?

Il toussota pour s'éclaircir la gorge.

— Vraiment ? Donc, vous n'avez encore rien trouvé.

Elle secoua la tête.

— Non… Mais j'ai du mal à travailler avec quelqu'un sans cesse dans mon dos.

— J'aurais pu vous le dire, renchérit son assistant depuis la porte du bureau. Vous n'avez donc pas de travail ? ajouta-t-il avec un regard hostile en direction d'Ash.

— Martin ! le tança Claire.

Ash haussa les épaules.

— Bien sûr que si. Mais, après le cambriolage d'hier,

il m'a semblé plus important aujourd'hui d'assurer la sécurité de Claire.

Le jeune homme rougit jusqu'aux oreilles.

— Comment comptez-vous l'assurer ? Vous êtes de la police ?

Ash tiqua intérieurement. Claire ne s'était pas trompée en disant que certaines personnes pourraient trouver suspecte leur soudaine relation. En tout cas, Martin oui. Il était clair qu'il s'interrogeait sur Ash.

— Non, je ne suis pas de la police.

Alors qu'une partie des agents du FBI venait de la police, Blaine et lui avaient été recrutés directement dans l'armée. Donc, il ne mentait pas vraiment.

— Je suis juste un petit ami avec un penchant surprotecteur.

— Mais Claire n'est pas en danger, objecta Martin, avant de se tourner vers elle. Vous ne l'êtes pas, si ?

— Bien sûr que non, assura-t-elle. Ash est bien ce qu'il a dit : un petit ami surprotecteur.

Elle se retourna pour lui sourire, mais son regard lui adressait un avertissement très explicite.

Ash quitta le meuble où il était assis, se pencha sur elle et l'embrassa sur le front.

— Je me sentirai mieux lorsque la police aura trouvé qui a pénétré ici hier soir et pourquoi.

— Probablement pour les fichiers bancaires, suggéra Martin. Qui ne voudrait pas avoir accès aux comptes des grandes banques ?

Il rougit de nouveau, réalisant sans doute qu'il venait de violer le règlement intérieur de Nowak Computer Consulting, qui interdisait de parler de leurs clients.

Etait-ce ainsi que cette offre de vente sur Internet

l'avait conduit jusqu'à Claire ? se demanda Ash. Parce que ce gosse n'avait pas su tenir sa langue ?

Que Martin ait peut-être mis Claire en danger plongea Ash dans une colère froide.

— Qui ne le voudrait pas, en effet ? répondit-il, les dents serrées.

Le piratage d'un compte bancaire était ce qui avait valu de gros ennuis à Claire. Même si, compte tenu des faits, il comprenait qu'une jeune fille de seize ans meurtrie par la défection de sa mère ait agi de façon si radicale.

Claire le dévisagea.

Martin laissa échapper un rire gêné.

— Pardon, Claire, j'avais oublié que…

Elle l'absolut d'un geste de la main.

— Ce n'est rien, il n'y a pas de mal.

— A quoi travailliez-vous, au fait ? Ou *essayiez* de travailler, précisa-t-il, lançant un nouveau regard à Ash.

— Je vérifie juste mes dossiers, répondit-elle. Je tenais à m'assurer que personne n'y avait mis le nez.

Personne ne l'avait fait, elle avait déjà pu le constater la veille au soir, se rappela Ash.

— Et ? fit Martin.

Il paraissait étrangement nerveux.

— Personne ne s'y est introduit.

Elle toucha la boule à neige sur son bureau, comme pour vérifier qu'elle était intacte, que rien n'avait souillé ce précieux souvenir de son père et d'elle.

Son assistant acquiesça.

— Bien entendu. Qui serait capable de franchir vos défenses.

Il posa sur Ash un regard qui semblait signifier « Et vous, comment y êtes-vous parvenu ? »

Ash ne savait pas très bien ce qui avait décidé Claire à lui accorder sa confiance. Mais était-ce vraiment le cas ? Au moins avait-elle accepté de collaborer avec lui.

Cette collaboration avait un prix.

L'entraîner à embrasser.

Ce prix était peut-être au-delà de ce qu'il pouvait payer sans mettre en jeu sa santé mentale.

— Puisque tu as fini, ma chérie, je t'emmène dîner quelque part.

Ils étaient arrivés tard au bureau, et il était déjà presque 18 heures.

Claire soupira, éteignit son ordinateur, puis hocha la tête en souriant.

— Excellente idée.

— Vous partez déjà ? s'étonna Martin, l'air aussi choqué que lorsque Ash avait affirmé être le petit ami de Claire. Vous ne quittez jamais le bureau aussi tôt.

— Si, hier je l'ai fait.

— Et c'est heureux, ajouta Ash. Je n'ose imaginer ce qui se serait passé si tu avais été ici à l'arrivée du cambrioleur.

Il frissonna à cette perspective.

Claire devait partager son sentiment, parce qu'elle tressaillit. Un homme avait été tué. Elle aurait pu y laisser sa vie, elle aussi.

Sauf qu'elle avait plus de valeur vivante que morte. Jusqu'à ce qu'elle se refuse à livrer les informations qu'elle était censée détenir. Alors elle mourrait.

Ash ne pouvait permettre que cela arrive. Mais

n'était-ce pas une folie de l'utiliser comme appât ? Et s'il était déjà trop distrait pour la protéger ?

Claire ramassa son sac fourre-tout, posé par terre à côté de sa table. Il était trop grand pour entrer dans un tiroir.

— Allons-y ! lança-t-elle. Je meurs de faim.

Mais sa hâte était peut-être due à son désir de quitter un immeuble où un homme avait été tué, songea Ash. Tandis que Martin et lui sortaient du bureau, elle puisa ses clés dans son sac, puis, à l'aide d'une carte accrochée au trousseau, verrouilla la serrure électronique de la porte. Une petite lampe rouge s'alluma.

— Vous pouvez également rentrer chez vous, dit-elle à Martin. La soirée d'hier a été plutôt longue.

— Oh ! Moi aussi, je suis arrivé tard aujourd'hui, répondit-il. Je crois que je vais rester encore un peu.

Ash glissa son bras autour des épaules de Claire et la dirigea vers l'ascenseur.

— Bonne nuit, lança-t-il au jeune homme.

Ces mots lui valurent un nouveau regard sombre de Martin. D'antipathie ? De jalousie ?

Lorsque Ash fut seul avec Claire dans l'ascenseur, il lui demanda :

— Martin serait-il secrètement amoureux de toi ? Puisque après tout ils étaient officiellement en couple, autant continuer à se tutoyer…

Claire éclata de rire.

— Bien sûr que non. Il doit me voir comme une vieille.

Vieille, à vingt-cinq ans ? Ash se retint de rire à son tour. D'autant que Martin ne voyait certainement pas Claire comme telle.

— S'il n'est pas jaloux, quel est son problème ?

Claire haussa les épaules.

— Je crois qu'il se méfie de *toi*.

D'accord, ce n'était pas son opération secrète la plus simple, mais tout de même…

— Pourquoi donc ?

— Tu as fait ton apparition juste après que l'immeuble a connu son tout premier cambriolage, lui fit-elle remarquer. On se méfierait à moins.

Ash soupira.

— En effet.

Claire ouvrit la bouche pour dire autre chose, mais Ash ne se fiait pas à la sécurité de l'immeuble. Alors il l'embrassa.

Ou peut-être le fit-il parce qu'il en avait envie. Il en avait envie depuis l'instant où Claire était sortie de la salle de bains de l'hôtel. La robe rouge avait été troquée contre un pull-over extra-large et un legging noir. Mais même ainsi, avec toute cette peau de porcelaine dissimulée, Claire demeurait incroyablement sexy.

Ash n'arrêta de l'embrasser que lorsque la cloche de l'ascenseur tinta et que ses portes s'ouvrirent. Les cils épais de Claire papillonnèrent, et elle plongea son regard dans le sien, ses beaux yeux verts brouillés par la confusion, et peut-être le désir.

Elle ne dit plus un mot, jusqu'à ce qu'il l'aide à grimper sur le siège passager du SUV.

— Je croyais que tu n'étais pas dans la DPA, lui rappela-t-elle. Tu sais que les cabines d'ascenseur de la société sont équipées de caméras ?

— C'est pour cela que je t'ai embrassée, dit-il.

Ce n'était pas toute la vérité. Il avait *voulu* l'embrasser.

— Depuis ce cambriolage, je n'ai plus trop confiance dans le système de sécurité de ton employeur. Rien ne nous dit que des étrangers ne peuvent pas visionner les vidéos des caméras de surveillance.

Claire frissonna nettement malgré son pull. Certes, songea Ash, ils étaient à Chicago et un vent pinçant balayait les rues, se renforçant à mesure qu'il s'engouffrait entre les buildings. Mais ce n'était probablement pas le froid qui frigorifiait Claire. Plutôt le danger.

— Tu crois que quelqu'un a pu infiltrer notre personnel de sécurité ? reprit-elle.

Ash haussa les épaules.

— Ou alors un membre du personnel a été acheté. Quelqu'un comme Martin, par exemple.

Claire secoua la tête.

— Martin n'est qu'un gosse.

Il s'habillait comme un adolescent, mais Ash avait lu son CV. Il n'était pas beaucoup plus jeune que Claire. Simplement immature.

— Les gosses peuvent commettre de grosses erreurs, lui rappela-t-il en refermant sa portière.

Il contourna le véhicule d'un pas vif pour gagner son siège.

Sa propre peau était glacée, mais, lui non plus, ce n'était pas à cause du froid. Son sixième sens l'alertait : ils étaient observés. Et pas seulement par les autres agents.

Il s'installa derrière le volant.

— Tu ne me laisseras jamais en paix avec ça ? grogna Claire. Oui, j'ai commis une grosse erreur quand j'étais encore une gosse.

— Tu n'es pas la seule.

Elle arqua ses sourcils blonds.

— Comment ça ? Toi aussi ?

Il haussa les épaules.

— Je ne parlais pas nécessairement d'hier.

— De quoi parles-tu alors ?

Arquant lui aussi les sourcils, il plongea ses yeux dans les siens.

— Oh ! A mon sujet ! s'esclaffa-t-elle. Tu as cru que j'étais une dangereuse délinquante.

— Non, ce n'est pas la seule erreur que j'ai faite.

Tout en manœuvrant pour quitter le parking, il fouilla celui-ci des yeux. Il reconnut les véhicules de ses collègues du FBI, mais il y en avait tant d'autres…

— Quelle autre erreur as-tu faite ? lança Claire.

Totalement concentré sur la circulation autour d'eux, Ash ignora la question. C'était toujours l'heure de pointe. Or, les rues étaient moins congestionnées qu'elles auraient dû l'être. Le sentiment flou d'être observé persista.

— Alors ? insista Claire.

Ash mit provisoirement son inquiétude dans sa poche et répondit.

— Je ne pensais pas qu'endosser le rôle de ton petit ami soulèverait autant de suspicion.

Claire eut un petit rire d'autodérision.

— Ce ne serait sans doute pas arrivé si j'étais connue pour avoir une vie sociale trépidante. Mais, depuis des années, ma vie se résume à mon travail.

Lui aussi. Mais contrairement à elle, il n'en nourrissait aucune frustration. Ce qu'il avait le satisfaisait. Jamais il ne participerait pour de vrai à un *speed dating*.

— D'ailleurs, murmura Claire, je crois que je n'aurai jamais rien d'autre que le travail…

En ce qui le concernait, c'était plus un soulagement qu'un problème.

Cependant, il ajouta.

— J'aurais dû traiter cette mission comme toutes les autres.

— Que veux-tu dire ? demanda Claire.

— Lorsque j'opère sous couverture, je m'immerge totalement dans mon personnage. J'en arrive même à croire que *je suis* ce personnage.

— Mais encore ?

— Mais encore, je serai ton petit ami. Pour de vrai.

S'il en avait le temps…, ajouta-t-il *in petto.* Si sa mission ne se terminait pas plus tôt que prévu…

9

Claire ignorait ce qu'Ash entendait au juste par « être son petit ami pour de vrai », mais ça ne semblait pas le réjouir. Son beau visage était lugubre tandis qu'il scrutait la route et surveillait ses rétroviseurs.

— N'aie pas l'air aussi fou de joie, murmura-t-elle avec aigreur. Ce n'est pas comme si moi aussi je voulais que tu sois vraiment mon petit ami.

— Hein ? Quoi ?

Soit il pensait vraiment à autre chose, soit il faisait semblant de ne pas comprendre.

— Si tu ne veux pas de cette mission, précisa-t-elle, tu n'as qu'à affecter un autre agent à ma protection.

Ash lui jeta un regard.

— Un autre agent ? Mais de quoi parles-tu ?

— De quoi *toi* parles-tu ? répliqua-t-elle. Etre mon petit ami pour de vrai ? Je t'ai déjà dit que tu n'étais pas mon genre.

— Pourquoi ?

Voulait-il vraiment savoir ? Ou cherchait-il juste à lui faire plaisir par sa question ? En tous les cas, il ne lui prêtait pas beaucoup d'attention. La route qu'ils empruntaient absorbait toute sa concentration, ce qu'elle comprenait mal, dans la mesure où le trafic était moins dense que d'habitude à pareille heure.

Cela dit, il était rare qu'elle quitte le bureau aussi tôt. Mais rentrer chez elle plus tard lui permettait d'éviter le gros des bouchons.

— Pourquoi je ne suis pas ton genre ? insista-t-il.

Peut-être voulait-il vraiment savoir, finalement.

— Parce que tu es trop coincé, répondit-elle. Les types comme toi ne sont pas ma tasse de thé. Je veux quelqu'un de relax, décontracté, drôle…

C'étaient les critères qu'elle avait indiqués à l'agence de rencontres pour ses candidats potentiels.

— Et tu penses qu'un autre agent pourrait plus être ton genre ?

Sa mâchoire s'était crispée et un nerf battait sous la peau. Pas étonnant qu'il ne se soit pas offusqué qu'elle le qualifie de coincé. Car il l'était, clairement.

— L'agent Reyes, peut-être ? suggéra-t-elle. Il est drôle, cool, bel homme…

— Oui, peut-être qu'il ferait un compagnon plus convaincant, convint Ash sans hésiter.

Devant cette facilité avec laquelle il était prêt à la larguer, même comme faux petit ami, un nœud douloureux serra l'estomac de Claire. Déjà, lors du *speed dating*, elle s'était demandé si elle était prête pour une relation avec un homme. Elle ne l'était pas, de toute évidence.

Peut-être serait-elle plus heureuse en se concentrant exclusivement sur son travail. Elle n'avait toujours pas découvert qui avait fait cette incroyable annonce de vente aux enchères sur Internet. Elle était trop distraite. Par Ash.

Peut-être valait-il mieux qu'il la quitte. Au fond d'elle, elle le savait : l'agent spécial Reyes ne la distrairait pas autant que lui. OK. Reyes était vraiment un top model. Mais il n'était pas Ash Stryker.

— Donc, tu vas me confier à lui ? demanda-t-elle.

Comme ça ? Sans même chercher à discuter ?

Il devait déjà en avoir assez de s'occuper d'elle, de la protéger. Ou bien le marché qu'ils avaient conclu pour qu'il puisse l'utiliser comme appât lui déplaisait vraiment. Peut-être n'avait-il pas du tout envie de l'embrasser.

— Il est possible que je n'aie pas le choix, murmura-t-il.

Elle comprit soudain pourquoi il s'était autant polarisé sur la circulation. Deux fourgons blancs s'approchaient d'eux. L'un avait franchi la ligne jaune pour les serrer, tandis que l'autre roulait à leur droite, entre eux et les voitures garées le long du trottoir. Si près qu'il les éraflait, faisait sauter des pare-chocs et enfonçait la tôle.

Claire s'étrangla de stupeur et d'angoisse.

Puis le véhicule à leur gauche se colla à la carrosserie du SUV, provoquant un crissement aigu de métal. La vitre côté passager se baissa, et le canon d'une arme apparut. Son possesseur le braqua sur la tête d'Ash.

Le coup de feu éclata. Claire hurla.

Ash tressaillit tandis que la balle ricochait sur le verre blindé. Lâchant un soupir rauque, il se félicita d'avoir opté pour le SUV équipé des dispositifs dernier cri en matière de protection automobile.

Claire le regarda d'un air stupéfait.

— Pourquoi la vitre n'a pas éclaté ? Pourquoi tu n'es pas mort ?

— Véhicule spécial FBI, expliqua-t-il. Mais tous ne sont pas équipés comme celui-ci.

Le malfrat tira plusieurs fois, sans qu'aucune de ses balles ne traverse le verre. Le fourgon s'écarta, puis revint à la charge, serrant le SUV contre son jumeau. Leurs côtés étaient vierges là où figurait d'ordinaire un logo d'entreprise, nota Ash.

Mais il était clair que ces types n'étaient pas là pour faire la publicité de leurs employeurs.

Ash écrasa l'accélérateur. Un troisième fourgon vint alors se placer devant lui.

— Accroche-toi ! lança-t-il à Claire en heurtant avec force le pare-chocs arrière du véhicule.

Du métal s'enfonça, le fourgon fit un écart, mais pas suffisant pour leur permettre de passer. Surtout avec les deux autres qui les encadraient.

Ash alluma la radio de bord. Quelque chose n'allait pas : la circulation n'était jamais aussi clairsemée à Chicago. Ceux qui voulaient kidnapper Claire avaient-ils bloqué les rues ? Mais qui pouvait faire cela ? Des agents étrangers ? Des terroristes autochtones ? Ou, comme Reyes le suspectait, la pègre ?

Ash toucha de nouveau la radio. Elle était étrangement muette. Les agents en appui avaient-ils été mis hors course ? Un mauvais pressentiment lui glaça le sang. Avaient-ils été neutralisés ?

Ou tués ?

— Où êtes-vous, nom de Dieu ? aboya-t-il dans la radio.

Mais comment pouvaient-ils lui répondre, s'ils

étaient morts ? Il ne voyait personne avoir le dessus sur Reyes, mais, pour les informations que Claire était censée détenir, les pays ou organisations intéressés enverraient leur élite. Et celle-ci était peut-être meilleure que Reyes.

Meilleure que lui-même.

— Inutile de hurler, répondit Reyes de sa voix grave, par le haut-parleur. Je n'ai rien raté, mon pote.

Un profond soulagement envahit Ash. Soulagement tempéré par le fait que Reyes avait dû entendre la totalité de sa conversation avec Claire.

Ce que confirma tout de go son ami.

— Alors, mademoiselle Molenski, vous me trouvez beau ?

Sa réponse fut un hurlement, tandis que les fourgons les prenaient en tenaille, se pressant contre les flancs du SUV. Mais le véhicule était fait d'un métal renforcé, assez résistant pour ne pas se déformer.

— Ils vont nous tuer ! cria Claire.

— Pas vous, assura Reyes.

*En effe*t, songea Ash. C'était lui-même qui allait mourir, parce que c'était lui qui se posait en obstacle à ces hommes chargés d'une mission : celle de capturer Claire.

Elle se tourna vers lui, ses yeux verts dilatés par la peur. S'inquiétait-elle pour son sort ? Ressentait-elle quelque chose pour lui ?

— Ils me tueront, lâcha-t-elle.

Une pointe de déception le traversa. Elle s'inquiétait pour elle-même. Mais, encore une fois, comment le lui reprocher ? Que connaissait-elle de lui ? Pour elle, il était un type coincé, et elle voulait déjà le remplacer. Par Reyes.

— Non, répondit ce dernier dans la radio. Ils vous veulent vivante.

— Pour me torturer.

Ash grimaça. Pas à cause de l'attaque. Les balles continuaient de frapper sa vitre, les roues et les flancs du véhicule. Il grimaça parce qu'il n'aurait jamais dû parler de torture. Mais, à ce moment-là, il avait besoin que Claire accepte sa protection. Et quelle protection !

— Ensuite, ils me tueront…, marmonna Claire. Parce que je ne pourrai pas leur fournir l'information qu'ils veulent.

Malgré les assauts des fourgons, Ash ôta sa main droite du volant et couvrit celle de Claire, serrée sur la console entre eux.

— Je te protégerai, promit-il.

Puis il s'égosilla dans la radio :

— Sors-nous de là, Reyes !

Il accéléra, mais ne parvint pas à écarter de sa route le fourgon devant eux. Ses coups de boutoir commençaient néanmoins à porter leurs fruits, et les portes arrière du véhicule se déformaient peu à peu.

— Prends la première à droite, intima Reyes.

Ash écrasa la pédale de freins.

Surpris, les deux fourgons à ses côtés lui laissèrent assez d'espace pour s'échapper.

— Il n'y a pas de rue ! s'écria Claire.

Ignorant sa remarque, Ash tourna le volant. Les roues du SUV grimpèrent sur le trottoir.

— C'est une voie piétonnière, lança-t-il à Reyes.

C'était un constat, pas une objection. Personne ne

connaissait la ville comme Dalton Reyes. Il avait grandi dans ces rues. Ash, lui, y avait débarqué adolescent, quand il était venu vivre chez son grand-oncle après le décès de ses parents.

En dépit de son statut piétonnier, il n'y avait personne dans le passage. Apparemment, pendant qu'Ash s'inquiétait pour ses collègues, ceux-ci s'affairaient à dégager le secteur. Même déserte, la voie était à peine assez large pour le véhicule, qui frôlait bâtiments et clôtures de chaque côté. Un panneau indicateur sauta, une boîte à journaux s'écrasa à leur passage.

Sans s'en préoccuper, Ash accéléra pour augmenter la distance qui les séparait des fourgons. Mais l'un d'eux s'était engagé derrière eux dans la voie piétonnière. Dans le rétroviseur, sa calandre grossissait à mesure qu'il se rapprochait. Puis il les heurta si fort que la tête d'Ash et celle de Claire furent projetées vers l'avant.

— Ça va ? s'enquit-il d'une voix crispée.

Le visage de Claire était caché par ses cheveux blonds qui retombaient en bataille devant elle. Mais sa peur était perceptible dans la tension de son corps, et le fait qu'elle bloquait sa respiration. Etait-ce pour cela qu'elle ne lui répondait pas ou parce qu'elle était blessée ?

Le fourgon s'arracha brutalement au pare-chocs arrière du SUV, puis fit une embardée et s'écrasa sur un bâtiment, les roues à plat. Ash n'avait pas entendu les coups de feu, mais c'était assurément l'œuvre d'un tireur.

Ses renforts étaient là depuis le début, évacuant la zone et se postant aux endroits stratégiques. Mais avaient-ils eu assez de temps ? Le secteur était-il suffisamment dégagé ? Etaient-ils assez nombreux ?

A l'approche de la rue suivante, Ash demanda à Reyes dans la radio.

— De quel côté ?

— A droite encore, répondit son collègue.

Ash braqua le véhicule et s'engagea dans une voie unique… à contresens ! Les voitures fonçaient droit sur eux.

L'air que Claire retenait dans ses poumons s'en échappa dans un hurlement de terreur.

L'un des trois fourgons blancs, qui roulait également vers eux, heurta le SUV de front. Sous la violence du choc, ses ailes et son capot s'enfoncèrent, tandis que le pare-brise se fragmentait en milliers de morceaux.

Un deuxième d'éliminé, songea Ash. Il en restait un. Peut-être plus…

D'un geste brusque, il passa la marche arrière, mais le pare-chocs avant était accroché à celui, tout tordu, du fourgon accidenté. Le troisième arriva derrière eux, lui aussi à contresens. Les portes arrière du précédent s'ouvrirent, et plusieurs hommes armés sautèrent sur la chaussée. Les canons de pistolets automatiques se pointèrent sur le SUV.

Ash ignorait combien de balles pouvait supporter le verre blindé du pare-brise. Combien, avant qu'il ne s'affaiblisse et n'éclate.

Il baissa de force la tête de Claire sous le tableau de bord, juste au cas où, tandis que le mitraillage commençait.

10

L'accélérateur au plancher, Ash projeta le SUV sur le fourgon cabossé et les tueurs qui en étaient descendus. Puis il repassa la marche arrière, roula sur ceux qui arrivaient derrière eux et emboutit l'avant du véhicule commercial tout en tractant son jumeau comme une remorque. Des pneus hurlèrent, de la tôle grinça.

D'un coup de volant énergique, il fit opérer un demi-tour au SUV et parvint enfin à séparer son pare-chocs de celui du premier fourgon. Il descendit alors la rue pleins gaz, dans le bon sens cette fois.

Il n'avait plus besoin de l'aide de Reyes. Il s'était débarrassé des probables agresseurs de Claire.

Tout en remettant le cap sur l'hôtel, il s'assura qu'aucun nouveau véhicule suspect ne les prenait en filature.

— Est-ce que ça va ? lui redemanda-t-il, quittant brièvement la rue des yeux pour lui lancer un regard.

Elle acquiesça, mais une légère expression de douleur lui crispait le visage.

— Ta nuque ? Pas de coup du lapin ?

Elle fit lentement non de la tête.

— Tout va bien, Ash. Je te remercie.

— Et toi, Stryker ? s'enquit la voix de Reyes dans la radio. Tu n'as rien ?

— Je suis vivant, répondit-il. Tu ne prends donc pas encore ma relève.

Sur ce, il coupa la radio. Non seulement il n'avait plus besoin de Reyes, mais il n'avait pas non plus besoin de son oreille indiscrète pendant qu'il parlait à Claire.

Sauf qu'ils n'échangèrent plus un mot. Claire demeura silencieuse durant le trajet vers l'hôtel. Peut-être redoutait-elle que d'autres individus tentent de l'enlever. Peut-être son silence avait-il une autre raison…

— Tu es déçue ?

— Déçue de quoi ?

La mine anxieuse, les yeux sans cesse en mouvement, elle scrutait la route devant et derrière eux. Son angoisse était palpable.

— Que l'agent Reyes ne me remplace pas dans mon rôle de petit ami.

Claire se tourna vers lui, les sourcils froncés.

— Je pensais que c'était ce que tu voulais, ajouta Ash.

Il aurait pu en énumérer les raisons : Reyes était cool, décontracté, plein d'humour et beau garçon. De toute évidence, lui-même n'était rien de cela aux yeux de Claire.

— Je pensais que c'était ce que *tu* voulais, rétorqua-t-elle. Tu ne sembles vraiment pas emballé par cette mission.

— Quand on tente de me tuer, déclara-t-il, je ne suis jamais emballé.

Elle lâcha un petit rire.

— Dans ce cas explique-moi pourquoi tu es agent du FBI.

Il avait ses raisons, mais ne les avait jamais révélées à personne. Seuls ceux qui le connaissaient bien les avaient comprises. Ils étaient très peu.

L'hôtel se profilait à l'horizon. Ash et Claire regagnèrent leur suite en silence.

Sitôt la porte verrouillée, Claire se retourna et se tint à quelques centimètres devant Ash, comme si elle voulait l'intimider pour le faire parler. En réalité, elle lui donnait surtout une énorme envie de l'embrasser. Et plus encore…

— Tu sais pourquoi je suis devenue une hackeuse, dit-elle. Ce n'est que justice que tu m'expliques pourquoi tu es agent spécial.

— J'étais chez les marines. Le Bureau m'a recruté.

Elle s'approcha davantage et plissa les yeux.

— Tu recommences.

— Je recommence quoi ?

— A me dire une vérité qui n'est pas tout à fait la vérité.

Elle secoua la tête.

— Mais ce n'est pas non plus un mensonge. C'est juste une vérité partielle. Tu en laisses une partie dans l'ombre.

Un malaise soudain parcourut Ash. Il était presque aussi tendu que lorsqu'il s'était rendu compte qu'il y avait quelque chose d'anormal dans la circulation. Mais là, c'était parce que Claire était déjà parvenue à le percer à jour, à le connaître mieux que la plupart des gens. Elle avait découvert son truc.

— Le Bureau m'a recruté, répéta-t-il. C'est comme ça que je suis devenu ce que je suis.

— Je ne t'ai pas demandé comment, rétorqua Claire. Je t'ai demandé pourquoi. D'accord, le FBI t'a sélectionné. Mais pourquoi tu as dit oui ? Rien à voir avec mon histoire. Moi, je n'avais pas le choix. Soit j'acceptais le boulot, soit je purgeais ma peine.

Comme elle n'avait que seize ans lorsqu'elle avait commis son délit, elle aurait sans doute été internée dans un centre de correction pour mineures et aurait retrouvé son existence plus tôt. Au lieu de cela, hacker était devenu toute sa vie.

Ses yeux verts s'arrondirent soudain.

— C'est pour ça que tu as dit oui ? Parce que toi non plus tu n'avais pas le choix ?

— Si, je l'avais.

Et il avait choisi ce qu'il avait toujours voulu faire. Simplement, il ne savait pas alors combien il serait facile pour lui d'accomplir ce qui était le rêve de sa vie.

Claire poussa un soupir résigné.

— Tu ne me le diras pas, n'est-ce pas ?

Il haussa les épaules.

— Il n'y a rien à dire. Certains petits garçons rêvent de devenir pompiers, d'autres policiers, et d'autres astronautes.

— Et toi, tu rêvais d'être agent du FBI ? demanda-t-elle, visiblement sceptique.

— Oui.

Elle pencha la tête de côté et le dévisagea. Elle avait d'autres questions à lui poser, cela se voyait dans ses yeux. Mais, avant qu'elle ne puisse ouvrir la bouche pour le faire, son portable sonna dans les profondeurs de son sac fourre-tout. Lorsqu'elle parvint enfin à mettre la main dessus, la sonnerie s'était arrêtée.

— Qui était-ce ? demanda Ash.

Elle fronça les sourcils devant l'écran de l'appareil.

— Je ne connais pas ce numéro.

Le pouls d'Ash s'accéléra. Et si c'était un acheteur ?

— Il faut équiper ton portable d'un mouchard.

— Mais ce message sur Internet ne donne pas de numéro de téléphone, lui rappela-t-elle. Les conditions de l'échange doivent être fixées après la clôture de l'enchère.

— Mais comme je ne suis pas le seul à être parvenu à remonter jusqu'à toi…

— Par erreur, le coupa-t-elle.

— Par erreur, admit-il, beau joueur.

Et parce qu'il se sentait coupable d'avoir porté ses accusations contre elle.

— Quelqu'un pourrait tenter de prendre contact directement, termina-t-il.

— Sans me sauter dessus dans un parking ?

Un jingle retentit sur le téléphone.

— J'ai un message sur ma boîte vocale, indiqua Claire.

Elle tapa son code secret et activa le haut-parleur du répondeur.

« Claire, c'est Leslie. Je sais que tu es très occupée, et que tu déclines toutes mes invitations à dîner. Mais il faut que tu fasses un break de temps en temps, que tu respires un peu. Je nous mitonnerai un bon petit plat. S'il te plaît, rappelle-moi. Je suis sûr que nous avons plein de choses à nous raconter. »

— Ben voyons, murmura Ash.

D'une manière ou d'une autre, l'ancien mentor de Claire avait dû être informé du cambriolage de son bureau. Il devait avoir gardé des contacts dans l'entreprise. Pourquoi pas une taupe ?

S'il était vraiment à la retraite, pourquoi Leslie Morrison s'intéressait-il toujours autant à Nowak Computer Consulting ?

— Rappelle-le, conseilla Ash à Claire. Et accepte son invitation.

Elle écarquilla les yeux.

— Quoi ? Des gens tentent de me kidnapper, et toi tu veux que j'aille dîner chez un ami ?

— Pas seule, précisa-t-il. Tu seras accompagnée de ton petit ami, bien entendu.

Claire poussa un soupir

— Si Martin n'a pas été dupe, Leslie le sera encore moins… En fait, il pourrait t'inclure dans l'invitation rien que pour savoir qui tu es, s'il a entendu parler de toi. Il a toujours des amis chez Nowak.

Elle fronça les sourcils.

— Peut-être aussi qu'il veut s'informer sur ce cambriolage.

Ash en était certain. Et peut-être que Leslie voulait également en savoir plus à propos de cette offre de vente sur Internet.

Pour ne pas contrarier Claire, Ash ne lui avait pas dit qu'il rangeait Leslie parmi les suspects. En fait, tout le monde l'était. Sauf elle.

— Leslie croira que je suis ton petit ami, assura-t-il.

— Pourquoi ? Parce que tu vas te convaincre que tu l'es ?

— Oui.

Elle éclata de rire.

— Je ne crois pas que tu saches comment être un petit ami.

Il pouvait difficilement la contredire. Il ne se souvenait même pas de la dernière fois où il avait eu une liaison. Elles ne duraient d'ailleurs jamais longtemps. Une relation de couple ne pouvait survivre à une absence de plusieurs mois en mission secrète. Aussi n'avait-il jamais essayé.

— Tu es plus un garde du corps qu'un amoureux, commenta Claire.

Ash réprima une grimace. Il n'effectuait pas de travail de protection, mais des missions d'infiltration.

— Est-ce qu'un bon amoureux ne se montre pas protecteur ? objecta-t-il. Est-ce qu'il ne veille pas à la sécurité de sa copine ?

Claire s'esclaffa de nouveau et haussa les épaules.

— Etant donné que cela fait des siècles que je n'ai pas eu de petit ami, je ne saurais te répondre.

— Eh bien, tu vas le découvrir…

Ash s'approcha d'elle, tenté de lui montrer de quoi étaient capables sa bouche et ses mains mais, au lieu de cela, il lui serra les doigts sur son téléphone.

— Rappelle Leslie Morrison et accepte son invitation à dîner, en l'informant que tu viendras accompagnée.

— Il n'y croira pas, dit-elle en commençant à composer le numéro.

— Il y croira.

Les lèvres de Claire s'étirèrent en un demi-sourire.

— Parce que tu penses parvenir à te duper toi-même, à réellement croire que tu es mon petit ami.

C'était précisément ce qui inquiétait Ash. Qu'il y croie. Parce que cette mission était totalement différente de toutes celles qu'il avait eues auparavant. Et sans doute bien plus dangereuse.

Le lendemain, Claire appela Nowak Computer Consulting : elle était souffrante et devait rester au chaud.

C'était une chose qu'elle n'avait jamais faite auparavant. Surtout, bien sûr, parce qu'elle n'avait pas osé enfreindre les termes de sa probation.

Elle passa la journée dans sa chambre d'hôtel à travailler sur son ordinateur portable. Ou plutôt à tenter de travailler, car, confinée avec Ash dans la suite, elle avait du mal à se concentrer. Il était si sexy en pantalon noir et pull-over du même bleu que celui de ses yeux. Elle ne cessait de penser à leurs baisers.

En fin de journée, il l'interrompit dans ses recherches.

— Il est l'heure de se rendre chez Leslie.

Claire n'en avait pas du tout envie. Mais elle enfila une élégante robe en lamé vert, qu'elle avait dénichée à la boutique de l'hôtel, puis se laissa conduire chez son ancien collègue.

Sur le perron de celui-ci, Ash la prit par la main et appuya sur la sonnette.

Rapidement, la porte d'entrée s'ouvrit.

— Claire ! s'écria Leslie avec ravissement. Tu es encore plus belle que dans mon souvenir.

Elle en rougit, tandis que Leslie la gratifiait d'un baiser sur la joue.

Puis son ancien collègue jeta un coup d'œil à Ash. Discrètement, il murmura à l'oreille de Claire.

— Parlant de beauté…

Claire se retint de rire.

Grand, costaud, le crâne chauve, le retraité de Nowak Consulting surprenait souvent les gens par son orientation sexuelle.

— Leslie Morrison, se présenta-t-il.

— Ash Stryker, dit Ash en lui tendant la main.

Leslie l'enveloppa dans les siennes.

— Je suis si content de vous rencontrer.

— Merci pour cette invitation à dîner, répondit Ash.

— Depuis le jour de ma retraite, j'ai tout tenté pour la faire venir ici. Sans succès. Elle était trop occupée, me disait-elle… A présent, je sais pourquoi.

Il adressa à Claire un clin d'œil.

— Le repas est presque prêt. Vous avez de la chance, c'est moi qui l'ai préparé, et pas Ed.

— En tout cas, ça sent divinement bon, remarqua Claire en suivant Leslie dans son intérieur chaleureux et coloré.

Ash se pencha vers elle et posa ses lèvres sur sa nuque.

— *Tu* sens divinement bon, susurra-t-il.

Sa proximité et son souffle tiède sur sa peau nue firent frissonner Claire. Ainsi donc, il tenait parole. Il entrait dans son rôle de petit ami.

— Ah, je me souviens avoir été à ce point amoureux…, soupira Leslie d'un ton nostalgique.

Un autre homme se tenait dans la cuisine, berçant un bébé dans ses bras. Comme Leslie, il était de forte carrure, avec néanmoins quelque chose de délicat.

— Tu ne l'es plus ? s'étonna-t-il d'une voix douce.

Leslie glissa son bras autour de ses épaules.

— Je suis plus amoureux de toi, de notre petite famille et de notre maison que je ne l'aurais jamais cru possible.

Son ancien mentor avait tout ce qu'il voulait. Leslie Morrison ne représentait aucune menace pour la sécurité nationale, Claire n'en avait jamais douté. Et désormais, elle savait ce qu'elle voulait dans sa vie.

Elle voulait le compagnon aimant, les enfants, la maison… Même s'il était à craindre qu'elle ne soit pas aussi bien tenue et décorée que celle de Leslie. Et que les repas soient à emporter plutôt que faits maison comme les succulents coquelets farcis qu'il leur servit.

— Je te trouve bien silencieuse, commenta Ash, tandis que leurs hôtes leur adressaient des au revoir depuis le perron de la maison. Quelque chose ne va pas ?

Quelque chose n'allait pas, en effet. En particulier les petites attentions dont il l'avait entourée devant Leslie et Ed. Trop d'attentions ?

Il avait toujours eu une main sur elle. Soit sur la sienne, soit sur sa jambe, soit dans son dos, comme en cet instant alors qu'il l'accompagnait vers le SUV. Ash s'était-il pris à son propre rôle ? Ou était-ce elle-même qui s'y perdait et commençait à le prendre pour son petit ami ?

Peut-être souhaitait-elle qu'il le soit. Mais, s'il le devenait, jamais elle n'aurait la même vie que Leslie. Jamais elle n'aurait les enfants et la maison. Et Ash ne serait jamais vraiment à elle parce que le FBI passerait toujours en premier. On lui confierait une nouvelle mission, avec quelqu'un d'autre, et il s'immergerait peut-être si totalement dans son nouveau rôle qu'il en oublierait jusqu'à sa vie de couple.

Non. Elle ne s'était pas trompée : Ash n'était pas son genre. Plus vite ils trouveraient le vrai coupable, plus vite elle serait hors de danger et pourrait reprendre sa quête d'un homme qui voudrait les mêmes choses qu'elle dans la vie.

Un homme qui voudrait une vraie vie.

— Alors, quel est le problème ? insista Ash en l'aidant à grimper sur son siège.

Elle attendit qu'il se soit installé derrière le volant pour lui répondre.

— Nous avons perdu notre temps, ce soir.

Il arbora un grand sourire.

— N'est-ce pas ce que font tous les couples ? Fréquenter d'autres couples ?

— Tu ne m'as pas fait accepter cette invitation juste pour voir des gens. Tu voulais enquêter sur mon ancien formateur. A l'hôtel déjà, tu as épluché ses relevés financiers via Internet. Et durant le dîner, tu es allé un long moment aux toilettes… Je suis sûre que tu as fait un petit tour de la maison.

Ash ne nia pas. Il ne dit rien du tout. Toute son attention était concentrée sur la circulation.

Se souvenant de la veille, lorsque Ash avait été aussi focalisé sur les autres véhicules, Claire frissonna de peur. Elle inspecta la rue, elle aussi, mais rien ne paraissait suspect. Toutefois, la veille non plus, elle n'avait rien remarqué…

— J'ai enquêté sur lui, reconnut enfin Ash.

— Alors tu dois avoir eu la confirmation de ce que je t'ai dit. Leslie n'est plus un hackeur.

C'était un homme qui profitait de sa retraite et de sa famille.

Leslie avait Ed. Son père avait Pam. Claire n'avait qu'un agent du FBI qui se servait d'elle comme appât pour piéger des terroristes. Il fallait que tout cela se termine au plus vite.

— Nous aurions dû rester à l'hôtel, dit-elle. J'aurais pu continuer à traquer le véritable hackeur.

— Tu en es où dans tes recherches ?

Elle secoua la tête, frustrée par son manque de résultats, mais aussi par le fait qu'Ash n'ait cessé de la toucher durant tout le dîner. Là, il ne le faisait plus et elle avait froid. Peut-être aurait-elle dû prévoir une veste.

Heureusement, ils étaient arrivés. Elle observa les lumières de l'hôtel devant eux.

— Je n'arrive pas à trouver qui a posté cette maudite offre de vente, avoua-t-elle. Mais personne ne peut contourner les pare-feu que j'ai moi-même sécurisés, je suis catégorique sur ce point.

Ash engagea le SUV dans le parking de l'hôtel. Une fois garé, il se tourna vers elle.

— Peut-être qu'il y a quelque part un meilleur hackeur que toi.

Claire souffla comme un boxeur qui vient de se prendre un crochet à l'estomac.

— Meilleur que moi ?

Ash ne put s'empêcher de glousser à sa réaction.

Le temps qu'il descende du véhicule pour venir lui ouvrir sa portière, elle était déjà dehors.

— Peut-être qu'il y a quelque part un meilleur agent spécial que toi, persifla-t-elle.

Plongeant la main sous son pull, il sortit son arme.

— Peut-être, répondit-il sans se démonter. Mais, heureusement pour toi, je suis très bon.

— Que…

Elle n'eut pas le temps de formuler sa question qu'il la plaqua sur l'asphalte en se jetant sur elle. Puis son arme entra en action, si près que les coups de feu se répercutèrent dans ses oreilles.

Des éclairs brillèrent dans la nuit tandis que l'on ripostait aux tirs d'Ash. Quelqu'un leur tirait dessus. Elle n'avait pas vu qui, mais Ash si, apparemment.

Seigneur, combien étaient-ils ?

Si c'était comme la veille, avec ces fourgons et tous ces hommes armés, elle ne leur donnait pas beaucoup de chances de survie.

Ash était un bon agent, mais l'était-il assez cette fois-ci pour les sauver ?

11

Ses premiers coups de feu étaient des coups de semonce.

Ash ne voulait pas tuer. Du moins pas tout de suite. Il compta les balles tirées de l'autre côté et qui semblaient provenir de la même arme. Cela signifiait-il qu'il n'y avait qu'un tireur ? Il l'espérait de toutes ses forces.

— Ne bouge pas, intima-t-il à Claire, tout en la libérant du poids de son corps.

— Où vas-tu ? demanda-t-elle, la voix crispée par la panique.

— Ne t'inquiète pas. Il n'y en a qu'un.

Et il ne le laisserait pas s'échapper.

Elle le retint d'une main sur le bras.

— Un seul peut te tuer, objecta-t-elle.

— Pas moi, dit-il avec un petit rire.

Il était meilleur agent qu'elle se l'imaginait, à l'évidence. Il n'aurait pas vécu aussi longtemps si ça n'avait pas été le cas.

— Reste couchée, ordonna-t-il.

Puis, au moment où un dernier tir éclata, il se mit à courir dans l'obscurité. Avant que l'homme ne puisse charger une autre balle, il plongea sur lui.

Un coude s'enfonça dans ses côtes, un poing lui

effleura la mâchoire. Il esquiva les coups et ceintura son adversaire en lui plaquant les bras au corps.

— Qui êtes-vous ? demanda-t-il d'un ton dur.

L'homme répondit dans une langue étrangère, mais ne donna pas son nom. Au lieu de cela, il gratifia Ash de quelques épithètes colorées. Mais il ignorait une chose : Ash parlait couramment plusieurs langues.

Ignorant les insultes, il l'interrogea dans la sienne.

— Qui vous a envoyé ?

Un gouvernement étranger peut-être. Mais Ash soupçonnait plutôt quelqu'un du coin. Un citoyen américain.

— C'est Leslie Morrison qui vous a engagé ?

Bien qu'interpellé dans sa propre langue, l'homme fit mine de ne pas comprendre.

Le malfrat les avait suivis depuis la maison de l'ancien mentor de Claire. Il les avait attendus dehors, ce qui signifiait que quelqu'un l'avait informé qu'ils y seraient. Leslie était la seule personne qui savait qu'ils viendraient dîner chez lui. Mais il avait pu le dire à quelqu'un d'autre…

Le tueur jura de nouveau, mais n'avoua rien. Il redoubla d'efforts pour se libérer des bras d'Ash… et faillit y parvenir lorsqu'un hurlement aigu déchira la nuit.

Claire. Sa voix était déformée par la peur.

Peut-être que cet homme qui leur avait tiré dessus n'avait été qu'une diversion, prévue pour permettre à un complice d'enlever Claire.

Ash était tombé dans le piège.

Il avait perdu Claire.

La gorge de Claire lui brûlait d'avoir crié. Et l'embarras lui incendia les joues lorsqu'elle se tourna vers l'homme qui l'avait soulevée du sol. Ce n'était pas un kidnappeur, mais l'agent Reyes.

— Il n'y a plus rien à craindre, la rassura celui-ci. Désolé de vous avoir effrayée. Tout va bien.

Il releva la tête et lança à l'adresse d'Ash.

— Elle va bien !

Non, elle n'allait pas bien. Elle était terrorisée. Pour elle-même, mais aussi pour Ash, surtout après avoir entendu des hommes parler dans une langue étrangère.

Elle avait pensé qu'Ash n'avait qu'un seul malfrat à neutraliser. Mais s'il y en avait eu d'autres, tapis dans l'ombre ?

Elle attendit qu'Ash l'appelle, qu'il les rassure sur son sort, mais seul un grognement lui parvint. Comme si quelqu'un venait de prendre un coup.

Elle jeta un regard suppliant à Reyes.

— Aidez-le ! Allez voir s'il n'a rien !

L'agent éclata de rire.

— C'est Ash Stryker ! Bien sûr qu'il n'a rien. Cet homme est une légende.

Ash était plus âgé qu'elle, mais de dix ans, guère plus. Il n'était donc pas assez vieux pour être une légende. La plupart des légendes ne l'étaient devenues qu'après leur mort. Et elle le voulait vivant et entier.

— Pourquoi dites-vous ça ?

— Quand il était chez les marines, il a survécu à des interventions dans les endroits les plus dangereux de la planète. Et depuis qu'il est au FBI, non seulement il est sorti vivant de toutes ses missions d'infiltration, mais il a arrêté des criminels parmi les plus recherchés du pays.

Le sourire de Reyes disparut, et son visage exprima un mélange de gravité et de respect.

— C'est pour ça qu'Ash est une légende, ajouta-t-il en baissant la voix.

Songeant à tout ce qu'il avait traversé, Claire frissonna d'une peur rétrospective. Et s'il n'avait pas survécu à toutes ces missions ?

D'abord elle ne l'aurait jamais rencontré, ensuite elle aurait peut-être perdu la vie lors des récentes agressions à son encontre. Quand elle lui avait dit qu'il existait peut-être un meilleur agent que lui, c'était par dépit et fierté mal placée. Elle se trompait.

Aussi soudainement qu'il avait disparu dans l'obscurité, Ash réapparut. Mais cette fois il tirait un homme derrière lui.

— Tu en as encore tué un, grogna Reyes. On ne peut pas interroger un cadavre.

— Il n'est pas mort, indiqua Ash. Seulement inconscient.

Lui-même ne semblait absolument pas blessé, constata Claire avec soulagement. Il ne s'était pas fait descendre comme elle l'avait craint. Et il avait eu le dessus sur le tueur. Peut-être était-il bien la légende que croyait Reyes.

— Je te le laisse, dit Ash en lui tendant le corps inerte.

Reyes haussa les sourcils, surpris.

— Tu ne veux pas l'interroger ?

— C'est déjà fait.

— Et il a dit quoi ?

Avec autant d'aisance que s'il s'agissait de sa langue maternelle, Ash le lui répéta.

— Qu'est-ce que ça veut dire, nom de Dieu ?

— Il vaut mieux pour toi ne pas le savoir, répondit Ash. Disons simplement que ce n'était pas très gentil à mon égard. Et il n'a pas avoué qui l'a engagé.

— Mais tu penses le savoir, avança Reyes.

— Il nous attendait près de la maison de Leslie Morrison…

— Non, ça ne peut pas être Leslie ! s'insurgea Claire.

Pas cet homme doux et charmant dont ils avaient pu voir qu'il était comblé et heureux dans sa vie de famille.

— Cet individu a dû nous prendre en filature avant cela, assura Claire.

Reyes se fendit d'un petit rire amusé.

— Comment, Ash, tu n'as pas remarqué qu'on te suivait ? Avais-tu la tête ailleurs, comme ton ami Blaine ?

Etait-ce ainsi que la maison d'Ash avait été détruite dans un incendie ? se demanda Claire. Parce que Blaine s'était laissé distraire ?

— Non, répliqua Ash, le regard dur. Et tu le sais très bien.

Reyes secoua la tête.

— Oui, je le sais. Mais je ne comprends pas comment c'est possible, vu l'état dans lequel je la vois tout le temps, ajouta-t-il en désignant Claire.

Après avoir été brutalement plaquée au sol, elle ne devait pas avoir fière allure avec sa robe toute fripée et ses cheveux hirsutes. Mais même avant cela, Ash n'avait pas été distrait par elle. Il avait été concentré sur la route, puis avait remarqué l'homme sur le parking avant même qu'il ne tire sa première balle. Pas étonnant que l'agent spécial Ash Stryker soit devenu une légende. Ou peut-être n'était-il tout simplement pas attiré par elle… Du moins pas assez pour être distrait de sa tâche.

Ash ne la regarda pas, mais plissa les yeux sur son ami.

— Tu as vu quelqu'un me suivre ?

— Non, reconnut Reyes. Il n'y avait que moi.

Claire ne s'en était pas aperçue. C'était une bonne chose qu'elle soit hackeuse plutôt qu'agent du FBI.

— Etes-vous sûr que ce n'est pas *vous* qu'il a suivi, dans ce cas ? suggéra-t-elle.

Le sourire de Reyes retomba tandis qu'Ash riait à son tour.

— C'est un mec très relax, ironisa-t-il. Mais pas assez pour laisser quelqu'un le filer.

— Leslie n'a rien à voir avec cet homme, insista Claire.

Elle avait entière confiance en son ancien formateur. Que pouvait-il vouloir de plus ? Certainement pas s'enrichir au point de mettre en péril sa liberté et sa famille.

Reyes interrogea Ash du regard. Celui-ci haussa les épaules.

Sur un signe de Reyes, d'autres agents émergèrent de l'ombre et emportèrent le tueur, toujours inconscient.

— Nous le saurons bientôt, déclara Reyes.

Ash secoua la tête.

— Je doute que tu apprennes quoi que ce soit de lui. Il faut amener Morrison pour interrogatoire.

— Tu vas interroger Leslie ? s'étrangla Claire.

Elle en était sidérée. Ash pouvait déguster un repas que Leslie avait passé sa journée à préparer, puis le traiter comme un criminel.

— Pas moi, précisa Ash. Je ne peux pas griller ma couverture.

Claire émit un reniflement railleur.

— Parce que tu penses que tout le monde est dupe ?

— Je doute que notre malfrat se serait attaqué à Ash s'il avait su qui il était, intervint Reyes.

— Savoir que je suis un agent du FBI n'aurait pas empêché ces tentatives d'enlèvement, répliqua Ash.

— Dans ce cas, à quoi bon cette couverture ? demanda Claire. Rien ne t'oblige à jouer le rôle de mon petit ami. Tu pourrais juste être mon garde du corps.

Reyes siffla entre ses dents.

— Ash Stryker ne fait pas dans la protection des personnes.

— Et ce n'est pas le cas ici, commenta Ash. Si tout le monde croit que je suis ton petit ami, il y aura davantage de tentatives de kidnapping.

Une main glacée se referma sur le cœur de Claire.

— Charmant, murmura-t-elle.

— Il y aura aussi plus de chances pour que le véritable auteur de l'annonce sur Internet commette un faux pas et se dévoile, ajouta Ash.

Qu'il se serve d'elle, Claire le savait déjà. Mais entendre cela renforçait dans son esprit la nécessité de se protéger d'Ash. Il ne faisait qu'endosser le personnage du petit ami. Et elle n'était qu'un outil pour éliminer la menace pesant sur la sécurité nationale.

Un frisson la parcourut.

— Tu devrais l'emmener à l'intérieur, conseilla Reyes. Elle a froid.

— Et *elle* est fatiguée, ajouta-t-elle. Je vais me coucher.

— Non, trancha Ash. L'hôtel n'est plus sûr. Nous ignorons à qui cet homme a pu parler. Nous ne pouvons pas rester ici.

— Très bien, soupira-t-elle.

Elle n'était pas certaine de pouvoir affronter une autre nuit avec Ash Stryker dans un hôtel. Pas après l'avoir découvert si convaincant dans la peau du compagnon attentionné. Sa peau la chatouillait encore du contact de ses doigts.

Mais il n'était pas son petit ami. Il était une légende vivante du FBI, qui ne déviait jamais de son objectif et ne se laissait pas distraire. Elle aurait dû se réjouir qu'il soit aussi bon agent, mais elle était blessée dans sa fierté qu'il ne soit pas aussi troublé par elle qu'elle l'était par lui.

— Je veux rentrer chez moi.

Malgré le désordre qui y régnait et son matelas plein de bosses, elle voulait retrouver l'univers familier de son appartement.

— S'il te plaît, ramène-moi chez moi.

Ash n'en avait absolument pas l'intention. Il conduisit Claire dans la suite d'un autre hôtel.

— Ce n'est pas chez moi ! protesta-t-elle tandis qu'il posait son grand sac et sa sacoche d'ordinateur au pied du lit. Je voulais que tu me ramènes chez moi !

— C'est chez toi.

— Non ! Ce n’est pas mon appartement.

— Tant mieux, répliqua-t-il en riant. Ici au moins ce n’est pas le foutoir.

Elle le fusilla du regard.

— Très drôle. C’est pour ça que tu m’as conduite à un autre hôtel ? Pour la bonne tenue des lieux ?

— La bonne tenue des lieux n’est qu’un bonus, répondit-il. Nous sommes chez moi.

Claire promena son regard autour d’elle.

— Tu vis ici depuis l’incendie de ta maison ?

— Oui. Chaque fois que je suis à Chicago.

Claire alla jeter un coup d’œil à la kitchenette puis revint.

— C’est tout ce que tu as réussi à sauver de ta maison ?

Ash secoua la tête.

— Je n’ai rien pu sauver.

Claire déglutit, visiblement choquée.

— Tu as tout perdu ?

— Oh ! Il n’y avait pas grand-chose dedans. J’ai toujours voyagé léger.

— Mais tu devais bien avoir des photos, des souvenirs de tes parents…

L’hostilité avait disparu de ses jolis yeux verts, remplacée par de la compréhension et une profonde sympathie.

— Je suis navrée, Ash…

— Je ne possédais ni photos ni souvenirs, confia-t-il.

Elle écarquilla les yeux.

— Rien de rien ?

— Ils ont péri tous les deux dans un incendie, expliqua-t-il.

Les yeux de Claire se gonflèrent de larmes.

— Oh ! Mon Dieu, c'est horrible. Je suis tellement désolée.

Et tout à coup elle le serra contre son sein. Ses bras se refermèrent dans son dos, lui communiquant leur réconfort.

Il attendit les questions. Les gens posaient toujours des questions quand il leur apprenait que ses parents étaient morts. Ils voulaient savoir les détails, les circonstances, ce qu'il avait éprouvé…

Claire ne demanda rien. Elle lui offrait juste sa chaleur. Mais, se rappela-t-il, elle avait eu une relation fusionnelle avec l'un de ses parents. Aussi, en cet instant, devait-elle imaginer ce qu'elle aurait elle-même ressenti en perdant son père.

Toutefois, Ash ne voulait pas de sa compassion. Il ne la méritait pas. Posant les mains sur ses épaules, il écarta doucement Claire de lui.

— Ce n'était pas comme ça.

— Comme quoi ? Ton père et ta mère disparaissent, te laissent orphelin. Ça a dû être terrible pour toi.

— Ce n'étaient pas de bons parents, avoua-t-il. Ce n'étaient pas des gens biens. Ils sont morts en même temps que de nombreux innocents dans l'incendie provoqué par l'explosion de leur bombe.

La mâchoire de Claire se décrocha.

— Tes parents ont fait sauter une bombe ?

— Oui.

— Tu y étais ?

Sa voix tremblait comme si les faits venaient de se produire, comme s'il était de nouveau en danger de mort.

Il fit oui de la tête.

— Mais j'ai été sauvé avant l'explosion.

Claire poussa un soupir de soulagement.

— Oh… Quel âge avais-tu ?

— Onze ans. Assez grand pour savoir que ce qu'ils projetaient était mauvais. J'ai appelé le FBI.

En fait, il avait appelé son grand-oncle, George, qui était agent du FBI.

— Ils sont arrivés à temps pour me tirer de là, ainsi que d'autres personnes. Mais ils n'ont pas pu sauver tout le monde…

— C'est affreux… Quand même… Quoi qu'ils aient pu faire, ils demeuraient tes parents. C'était une perte pour toi.

Ash haussa les épaules.

— Les parents d'un agent de la division antiterroriste du FBI eux-mêmes des terroristes… Quelle ironie, n'est-ce pas ?

— Je n'y vois aucune ironie, commenta Claire. C'est très logique, au contraire. A présent, je comprends pourquoi tu fais ce que tu fais.

Elle l'étreignit de nouveau.

— Je suis tellement désolée, répéta-t-elle avec douceur.

Il voulut de nouveau la repousser, parce que sa sympathie le touchait, lui réchauffait le cœur. Soudain, il était gagné par un besoin presque douloureux… d'affection, de…

Il s'écarta brusquement de Claire.

— Donc, ce n'est pas ce que l'on pourrait appeler un foyer, mais je crois que tu t'y sentiras bien.

— Et toi, tu t'y sens bien ? demanda-t-elle en jetant un regard autour d'elle. Ça n'a rien d'un foyer, en effet.

Ash retint un soupir. Sa maison non plus n'avait rien eu d'un foyer. Son grand oncle George, qui ne s'était jamais marié, était si souvent en voyage qu'il n'y passait jamais plus d'une semaine ou deux. Jusqu'à ce qu'il ait la garde d'un gosse. Il avait pris sa retraite du Bureau — longtemps après qu'il aurait pu le faire — pour s'occuper de son petit-neveu orphelin.

— Ta maison, tu ne la fais pas reconstruire ? lança Claire.

Ash haussa les épaules.

— Je ne suis pas sûr d'avoir besoin d'une maison. Si je n'en avais pas hérité de mon oncle, je n'aurais pas abandonné mon appartement. Du reste, les prix de l'immobilier étaient alors en chute libre. Ça n'aurait pas été le bon moment pour vendre.

— Ton oncle est décédé, lui aussi ? demanda-t-elle, une nouvelle note de sympathie dans la voix.

— C'était mon grand-oncle, en fait. Il a vécu très vieux.

— Mais ça a dû…

— Il était célibataire, la coupa-t-il. C'est sans doute la raison de sa longévité.

Il voulait effacer une bonne fois cette expression de compassion de l'admirable visage de Claire.

Elle se rembrunit aussitôt.

— Je sais ce que tu essaies de faire. Me fâcher contre toi pour que je n'éprouve plus de pitié.

— Pourquoi en éprouverais-tu ? Tu n'as aucune raison.

— Ça ne te plaît pas que je sois désolée pour toi, n'est-ce pas ? Voilà pourquoi tu cherches à me rabrouer.

— Exact, concéda-t-il. Mais tu sais ce qui me plaît ?

Au lieu de la repousser, il la prit dans ses bras et la serra contre lui.

Elle fit non de la tête.

— T'embrasser…

Il baissa sa bouche vers la sienne.

Ainsi, il ne serait plus confronté à cette commisération exaspérante dans le regard de Claire.

Il releva un peu la tête. La commisération avait disparu… remplacée par un rougissement éloquent et, dans les yeux de Claire, une lueur de désir intense.

12

Au cours d'une opération de terrain, quand il était marine, Ash s'était un jour retrouvé le corps totalement coincé, incapable de faire un geste. C'était tout juste s'il pouvait encore respirer. Mais il avait survécu.

Pourrait-il survivre en se trouvant coincé dans une chambre d'hôtel avec Claire Molenski ? Pas quand il ne rêvait que de coucher avec elle.

Mais ce serait une erreur. Il ne pouvait se permettre la moindre distraction. Faire l'amour avec Claire en serait une énorme. Il aurait le plus grand mal à se l'ôter de l'esprit. Résultat, il passerait à côté du prochain suiveur, ne remarquerait pas le prochain revolver pointé sur lui dans l'obscurité.

Il devait être très vigilant avec la sécurité de Claire.

Et avec les élans de son cœur.

Elle s'insinuait en lui, avec son esprit vif, son intelligence aiguë et son empathie naturelle. Sans parler de sa douceur et de la texture satinée de ses lèvres…

En cet instant, ses cheveux étaient retenus sur le haut de sa tête par une pince, elle portait un pantalon de pyjama molletonné, et un sweat-shirt à capuche. Elle n'en était pas moins ultra-sexy. Elle ne le regardait pas. Elle étudiait l'écran de son ordinateur, le visage tendu par l'anxiété et l'amertume de la trahison.

Il savait pourquoi. Ce n'était pas à cause de sa recherche non aboutie, mais parce qu'elle avait compris ce qu'il avait lui-même appris avant la séance de *speed dating*.

A son tour, il lui témoigna sa compassion.

— Je suis navré…

— Tu le savais, n'est-ce pas ? soupira-t-elle.

— Mais j'ignore qui, dit-il. Je sais juste que l'auteur de cette offre de vente en ligne est quelqu'un de chez vous.

Les codes mis aux enchères ne concernaient que les clients de Nowak Computer Consulting, et seul un employé de l'entreprise pouvait savoir qui étaient ces clients.

— Tu pensais que c'était moi, déclara Claire.

Ash hocha la tête.

— Je ne t'en veux pas, dit-elle avec un nouveau soupir. A ta place, j'aurais pensé la même chose.

— Tu regrettes que ce ne soit pas toi, n'est-ce pas ?

Après tout ce temps passé avec elle, il commençait à bien la connaître.

— Tu ne veux pas croire qu'une personne avec qui tu travailles tous les jours puisse trahir ton employeur et ton pays, ajouta-t-il.

— Non, admit-elle d'une voix lasse.

— Ça aurait pu être un ancien collègue qui aurait toujours accès aux données.

— Leslie ?

Elle ne semblait plus aussi certaine de l'innocence de Morrison. Mais, à dire vrai, lui-même n'était plus aussi certain de sa culpabilité.

— Il a été interrogé.

— Et ? fit Claire.

Ash haussa les épaules.

— Rien ne permet de confirmer ni d'infirmer que Leslie Morrison doive être considéré comme suspect.

— Quelquefois, tu es un tel *costard* !

Il n'en portait pas en cet instant. Comme elle, il était vêtu décontracté, mais un jean et une chemise constituaient sa tenue de travail habituelle.

Sauf lors des missions d'infiltration…

— Si nous devons le confirmer ou l'infirmer, répliqua-t-il, je serai obligé d'en remettre un, de costard. J'ai besoin d'effectuer ma propre enquête.

Plutôt que de compter sur autrui, il préférait en général mener lui-même les interrogatoires. Mais s'il avait interrogé Morrison, il aurait grillé sa couverture.

Claire se raidit.

— Ça veut dire que tu confies ma protection à un autre agent ?

Il se raidit également à l'idée de devoir faire confiance à quelqu'un d'autre.

— Non.

Il n'aimait pas non plus ce qu'il s'apprêtait à suggérer.

— Nous sommes déjà convenus que nous n'irons nulle part en restant dans cet hôtel.

Sauf dans la chambre. Il la désirait si fort. Il fallait qu'ils partent d'ici.

Elle sourit.

— Donc, on s'en va. Pour aller à Nowak Consulting ?

— Je ne peux pas assurer ta sécurité là-bas.

— Pourquoi cela ? Il faut que je me remette au travail.

Il désigna son ordinateur du doigt.

— Tu n'as pas pris une seule minute de pause, lui fit-il remarquer. Ton travail ne t'oblige pas à aller au bureau chaque jour.

— Mais je ne peux pas m'en absenter indéfiniment. Je dois y retourner.

— Plus tard, dit-il.

— Quand ?

— Pas avant que cette affaire ne soit terminée. J'ai déjà éveillé des soupçons en restant toute une journée à ton bureau. Je ne peux pas justifier ma présence et maintenir ma couverture de petit ami…

— Sans passer pour un maniaque obsessionnel surprotecteur, termina-t-elle.

Sur ce, elle inclina la tête.

— Tu l'es ?

Il ricana.

— Uniquement quand on tente de t'enlever.

Elle fronça les sourcils.

— Je ne dois donc plus mettre le nez dehors.

— Malheureusement si, lâcha-t-il d'un ton dur.

Sans doute un petit peu trop, car Claire arrondit les yeux, l'air choqué.

Ash s'expliqua.

— Nous ne découvrirons jamais l'auteur de l'annonce si nous ne débusquons pas ses acheteurs, et avec un peu de chance lui aussi.

Claire se raidit de nouveau.

— En bref, je redeviens un appât.

— Oui.

Même s'il lui déplaisait d'utiliser de nouveau Claire, de la mettre encore en danger.

Il veillerait à ce qu'une équipe aguerrie ait l'œil sur eux, une équipe qui ne laisserait aucun ravisseur potentiel s'approcher de Claire.

— D'accord, accepta-t-elle, l'air fataliste. Si ça me permet de sortir de là, je m'en fiche.

Elle se dirigea vers la chambre.

Mais, une fois la porte ouverte, elle s'arrêta, la main sur le chambranle, et se retourna.

— Où allons-nous ?

— Au cinéma…

Mais, dans une salle obscure, la tâche de son équipe ne serait pas facilitée, réalisa Ash. Il secoua la tête.

— Non, dans un bar dansant.

— Je ne danse pas, objecta Claire.

Ash leva l'index.

— Tu voulais que je t'apprenne à sortir avec un homme, tu as oublié ? Eh bien, danser en fait partie.

— Pas pour tout le monde.

— Et si c'est important pour ton partenaire ?

Claire leva les yeux au ciel.

— C'est très improbable. L'agence à laquelle je me suis inscrite ne sélectionne que des paires compatibles. Pourquoi me feraient-ils rencontrer un homme qui aime danser alors que moi je n'aime pas ?

— Si tu n'essaies pas, comment peux-tu savoir que tu n'aimes pas ? souligna Ash.

Claire grogna.

— Si je me mets à aimer ça, il faudra que je modifie mon profil à l'agence.

— Parfait ! Ainsi tu auras plus de candidats potentiels.

— Un point pour toi, répondit-elle en souriant. Tu me montreras ?

— Je te montrerai.

Il lui apprendrait à danser avec un autre homme.

A cette idée, les regrets et la jalousie lui nouèrent l'estomac. Ce n'était pas ce qu'il voulait.

Ce qu'il voulait, c'était elle.

Si Claire avait accepté de servir d'appât, c'était juste pour sortir de l'espace confiné de cette suite d'hôtel, où son désir d'Ash la tenaillait à la rendre folle. Mais danser avec lui était pire. Il était trop près. Son corps contre le sien, ses mains posées sur elle…

— Pardon, murmura-t-elle en marchant de nouveau sur son pied. Je ne me souviens pas de la dernière fois où j'ai dansé.

— Il n'y a pas eu de bal au mariage de ton père ?

Au souvenir de ce moment heureux, une douce chaleur gagna Claire.

— Si, mais je n'ai dansé qu'une fois. Et c'était avec lui.

Une main sur sa hanche, Ash la fit contourner un couple âgé sur la piste de danse. Ils devaient avoir soixante-dix ans bien sonnés, mais ils évoluaient avec plus de grâce et d'élégance qu'elle.

Ash l'avait amenée à un piano-bar du centre-ville, où le tempo de la musique était mille fois trop lent pour qu'elle se sente à l'aise. Elle s'en voulait d'être si gauche entre ses bras, si maladroite. Mais la véritable raison était ailleurs : c'était l'incroyable attirance qu'elle éprouvait pour lui. Elle n'avait jamais rien connu de tel auparavant. Avec aucun homme.

Il baissa la tête vers elle, effleurant son oreille.

— Les invités mâles à ce bal étaient-ils tous aveugles ?

La caresse de son haleine la fit frissonner.

Il la serra davantage contre lui.

— Il n'y avait pas beaucoup de célibataires, répondit-elle. Les autres hommes étaient de la famille, ou mariés, ou les deux.

Mais elle avait à peine fait attention à eux. Elle ne voyait que le bonheur de son père et de Pam.

Plus tard, lorsqu'elle leur avait souhaité un long et merveilleux mariage, elle s'était rendu compte qu'elle voulait ce bonheur pour elle-même.

Elle ne le trouverait pas avec Ash Stryker, même si elle le souhaitait de toutes ses forces. Etre entre ses bras, entre ses mains la troublait dans sa chair, lui donnait une folle envie d'aller plus loin... Mais il n'avait rien à lui donner sur le plan sentimental.

En revanche, peut-être pouvait-elle obtenir de lui quelque chose de physique. Comme des leçons de danse. Savoir danser élargirait le champ des possibles candidats.

— Alors apprends-moi à danser, dit-elle.

Il la fit tourner autour d'un autre couple.

— Tu crois que je sais ?

— Tu m'as dit que tu me montrerais, lui rappela-t-elle. Et tu dois bien te débrouiller puisque jusqu'ici tu ne m'as pas écrasé les pieds.

Le pianiste joua l'introduction d'un nouveau morceau puis, d'une voix éraillée de fumeur, commença à chanter *I could have danced all night*.

Ash renversa Claire de façon si théâtrale sur son bras que ses cheveux faillirent toucher le sol.

— Je connais peut-être un pas ou deux, chuchota-t-il.

Claire ne put réprimer un rire joyeux. Elle avait tellement attaqué Ash sur le fait qu'il était coincé qu'elle avait du mal à admettre le contraire : en réalité, il était très cool. Il lui montrait des pas, la faisait tourner, virevolter jusqu'à ce qu'une douce ivresse la saisisse, un léger et délicieux vertige.

Elle était heureuse.

Ash Stryker la rendait heureuse. Lui aussi semblait heureux. Le sourire ne quittait pas son beau visage viril. Elle leva les yeux vers lui. Elle avait envie de se hausser sur la pointe des pieds pour l'embrasser. Après tout, elle devait jouer sa petite amie, non ?

Mais elle n'avait pas confiance en elle-même.

Surtout, embrasser Ash ne lui suffirait pas. Elle voudrait plus…

Sans prévenir, il la renversa de nouveau, puis la releva d'un geste souple de telle sorte que son visage vint toucher le sien et qu'ils se retrouvèrent joue contre joue. Peut-être était-ce à cause de l'effort, supposa-t-elle, mais leurs halètements semblaient à l'unisson. Ils s'emplirent les poumons, tandis que leurs cœurs battaient au même rythme puissant contre leurs côtes et que leurs pas étaient en parfaite harmonie.

Elle voulait l'embrasser. Avec volupté. Mais la musique s'arrêta. Les danseurs applaudirent le musicien, qui prenait sa première pause depuis leur arrivée dans le piano-bar. Claire et Ash s'écartèrent l'un de l'autre d'un mouvement emprunté.

— Tu veux un verre ? proposa-t-il.

Comme elle ne pouvait avoir ce qu'elle voulait vraiment, elle acquiesça.

— Oui, j'ai soif.

Ils jouèrent des coudes pour accéder au comptoir.

Avec son autorité naturelle, Ash obtint tout de suite l'attention du barman. Il commanda un verre de chardonnay pour elle, et de l'eau minérale pour lui-même. Cette eau rappela à Claire ce qu'elle voulait oublier : Ash était en mission et ne faisait que son travail.

— Comment sais-tu quel vin j'aime ? s'étonna-t-elle en goûtant son vin blanc.

— J'en ai vu une bouteille vide dans ton appartement, répondit-il. Près de l'entrée, je crois.

— J'allais la rendre à l'épicier pour que le verre soit recyclé, expliqua-t-elle.

Devant l'expression sceptique d'Ash, Claire éclata de rire.

— J'aime recycler les choses.

— Espérons que ton futur cavalier aimera cela aussi.

— Ainsi que danser.

A son grand étonnement, elle y avait pris un indicible plaisir. Sans doute parce que son partenaire était Ash...

— Tu peux ajouter ça à ton profil, désormais. Tu apprends vite.

— Où as-tu appris à danser aussi bien ? s'enquit-elle. Chez les marines ou au FBI ?

Une main sur sa taille, il l'éloigna du comptoir en riant.

— Lors des bals des marines, j'avais deux pieds gauches.

— Donc, le FBI.

Il fit oui de la tête.

— Pour une mission d'infiltration.

— Je pensais que les gens que tu infiltrais étaient

de dangereux criminels, s'étonna Claire en suivant Ash parmi la foule des clients du bar.

C'était du moins ce que Reyes, son fervent admirateur, lui avait dit.

— As-tu vu le film *Black Swan* ?

— C'était dans le milieu de la danse classique ?

Ash rit si fort que ses yeux bleus étincelèrent et que de séduisantes pattes d'oie rayonnèrent sur son visage. La beauté masculine dans toute son essence, songea Claire, le souffle coupé. Elle faillit en trébucher.

— Non, répondit Ash.

Le sourire fit place à une expression mélancolique.

— Mais j'ai dû approcher une danseuse pour obtenir certaines informations.

La cage thoracique de Claire lui faisait mal, peut-être d'avoir trop retenu sa respiration. Ou peut-être cette douleur était-elle celle de la jalousie. Claire soupçonnait la danseuse d'avoir été très belle, et Ash d'avoir là aussi endossé le rôle du petit ami.

La pauvre fille avait-elle su qui il était vraiment ?

Ou avait-elle cru que c'était réel ?

Au moins Claire connaissait-elle la vérité. Ash pouvait bien tenter de se convaincre que sa couverture était la réalité, pour sa part elle ne pouvait s'abuser. Elle avait déjà commis cette erreur, le jour où elle s'était persuadée que pirater le compte bancaire de l'amant de sa mère pour distribuer son argent était un acte légitime. Cela lui avait coûté plusieurs années de privation de liberté. Se faire des idées au sujet d'Ash lui coûterait son cœur.

Peut-être pour toujours…

Le musicien se remit à jouer.

— C'était une courte pause, murmura-t-elle à regret.

Pourrait-elle de nouveau danser avec Ash ? Etre si proche de lui, se mouvoir de façon aussi intime avec lui…

Il lui ôta son verre de la main, sans doute pour le poser sur une table et la prendre de nouveau dans ses bras, mais à peine eut-il le dos tourné qu'un autre homme la saisit par le coude.

— Puis-je vous inviter ? demanda-t-il d'un ton mielleux.

Il était grand, brun et beau. Mais pas autant qu'Ash.

— Elle est avec moi, déclara ce dernier, péremptoire.

— C'est juste une danse, rappela l'homme en haussant les sourcils, comme s'il trouvait Ash un peu trop possessif.

Claire lança à Ash un regard d'avertissement. Il ne devait pas griller sa couverture par une réaction excessive. En dépit de ce qu'il croyait, tout le monde ne cherchait pas à la kidnapper.

— Ce n'est qu'une danse, assura-t-elle.

Mais lorsqu'elle dansait avec Ash, ça n'était pas qu'une danse…

L'homme l'emmena sur la piste au milieu des autres danseurs.

Brusquement, il colla le canon d'une arme sur ses côtes.

— Pas un cri, mademoiselle Molenski. Et pas d'affolement, vous m'avez compris ?

Elle n'était pas agent spécial du FBI. Lorsqu'elle avait peur, elle ne pouvait rester de marbre. Elle n'était pas un robot comme semblait l'être cet homme.

— Je… Je ne…

Il se déplaça comme Ash l'avait fait, la faisant circuler parmi d'autres couples, l'éloignant de plus en plus de l'endroit où Ash se tenait, entre la piste et le bar. Et, à chaque virevolte qu'ils effectuaient, le canon de l'arme s'enfonçait un peu plus dans son flanc.

Elle avait besoin de hurler. Mais Ash l'entendrait-elle par-dessus la musique ? Comprendrait-il qu'elle était en danger avant que l'homme ne presse la détente ?

Sans lui laisser la possibilité d'accrocher le regard d'Ash, son cavalier lui fit quitter la piste de danse, puis l'emmena de force dans un petit couloir qui donnait sur une porte de service. Il la lâcha pour saisir la poignée.

Elle pivota aussitôt pour s'enfuir.

— Restez avec moi ou je tire, ordonna-t-il.

Elle en avait assez d'avoir peur. Assez de cet homme et de ses menaces creuses. Rassemblant tout son courage, elle le lui exprima d'une voix claire.

— Vous ne pouvez pas me tuer et avoir les informations que vous voulez.

— Je ne vais pas vous tuer, répliqua-t-il. Je vais revenir avec vous dans la salle et tuer votre petit ami.

Convaincue qu'il bluffait encore, Claire secoua la tête.

— Vous ne pouvez pas retourner au milieu de cette foule et lui tirer dessus, juste comme ça.

— Vous croyez ?

L'arme toujours braquée sur elle, il se retourna et repartit vers l'intérieur de l'établissement.

Même si elle n'en avait repéré aucun, d'autres agents étaient certainement postés dans le bar, censés assurer une protection d'appoint. Et de toute façon, elle avait pu voir de quoi Ash était capable. Il n'avait peut-être pas besoin d'appui pour se défendre.

Sauf que… Si un malheureux client recevait une balle perdue dans l'échange de tirs ?

Jamais elle ne pourrait se le pardonner.

— Attendez ! s'écria-t-elle. Je viens avec vous.

Elle devait le faire. Pour épargner les clients… Et surtout pour sauver Ash.

L'homme lâcha un petit rire, puis ouvrit la porte de service et fit sortir Claire dans une sombre ruelle.

Là, elle se mit à craindre pour elle-même. Elle avait choisi de ne pas hurler ni de tenter de fuir pour protéger Ash.

Mais elle, qui allait la protéger ?

13

Sa blessure d'amour-propre avait coûté à Ash un temps précieux. S'il n'avait été jaloux que Claire danse avec un autre homme, sans doute aurait-il réagi plus vite et agrafé le type avant qu'il ne s'éloigne avec Claire sur la piste de danse.

Juste avant de les perdre de vue, Ash avait remarqué la bosse sous la veste. L'homme était armé. Et il n'était pas un collègue. Il était une menace.

Un danger pour Claire.

Ash se précipita sur la piste, mais il y avait beaucoup de monde, et l'homme avait fait tourner Claire de plus en plus vite entre les couples jusqu'à ce qu'ils disparaissent l'un et l'autre.

Bon sang, où l'avait-il emmenée ?

Le piano-bar n'était pas si grand. C'était l'une des raisons pour lesquelles il l'avait choisi pour ce cours de danse. A dire vrai, une autre raison était que le pianiste jouait surtout des morceaux lents et romantiques.

Si Ash avait tenu à quitter le petit espace clos de leur suite d'hôtel, il avait voulu conserver cette intimité avec Claire, mais sans le risque de perdre le contrôle de ses pulsions.

Malgré cela, il avait commis un faux pas. Il n'avait

pas été capable de penser clairement. Son esprit avait été obscurci par son attirance pour elle. Et il l'avait perdue.

Il tapota son oreillette et alluma son émetteur-récepteur. Il ne l'avait pas activé plus tôt parce qu'il ne voulait pas avoir la voix de Reyes ou d'un autre agent dans la tête. Il avait déjà assez de mal à ignorer celle qui le poussait si fort dans les bras de Claire.

De même, il n'avait pas voulu que Reyes ou un autre entende sa conversation avec elle, parce qu'il craignait ce qu'il pouvait lui dire. Il lui avait déjà plus révélé sur son passé et sur sa vie qu'il ne l'avait fait avec quiconque. Très peu de gens étaient au courant pour ses parents.

Mais il lui en avait parlé.

Elle ne l'avait pas jugé, quand d'autres l'avaient fait en se basant sur ce qu'avait été le couple Stryker. Aussi, en grandissant, il avait appris à ne se livrer qu'à des personnes en qui il avait totale confiance. Il avait totale confiance en Claire.

Certes, au début, cela n'avait pas été le cas, mais il avait très vite été convaincu de son honnêteté, de son intégrité, de son désintéressement. Et, lorsqu'il lui avait parlé de ses parents, elle avait compris et l'avait accepté comme nul autre avant elle.

Puis, de nouveau, il l'avait utilisée comme appât pour piéger ceux qui menaçaient la sécurité nationale. La culpabilité et le remords lui déchiraient le cœur. Il avait promis de la protéger. Il avait même cru qu'avec lui elle était en sécurité. Mais il avait failli à sa promesse.

— Où est-elle ? demanda-t-il à haute voix, s'attirant des regards curieux autour de lui.

— Nous l'avons perdue, répondit une voix dans son oreille.

Une femme, sur la piste, s'écarta de son mari et lui toucha le bras. Il avait déjà remarqué ce couple. Bien que très âgés, ils dansaient avec une aisance et une complémentarité qui dénotaient des années de pratique.

Elle le regarda d'un air angoissé.

— Votre femme est sortie par-derrière avec cet homme, l'informa-t-elle d'une voix douce.

Son mari grogna et la tira par la main.

— Edith, ne va pas te mêler de…

Edith regimba, refusant de se laisser emmener.

— Elle était effrayée, ça se voyait. Elle ne voulait pas le suivre.

Si la femme comprenait l'urgence de la situation, son mari secoua la tête comme s'il trouvait qu'elle dramatisait trop.

— Vous n'auriez pas dû la laisser accepter son invitation, déclara-t-il, l'index pointé sur Ash. C'est comme cela qu'on perd sa femme.

Edith le frappa sur l'épaule.

— Et se comporter en macho de l'âge de pierre est un autre moyen de la perdre.

Ash commença à s'éloigner vers le fond de la salle.

— Ça fait cinquante ans que tu ne peux pas te passer de moi, répliqua le vieil homme derrière lui.

Le rire d'Edith avait la même fraîcheur que celui de Claire lorsque Ash l'avait « renversée » un peu plus tôt.

Il n'aurait pas dû la laisser danser avec ce type.

Elle n'était pas son épouse, mais elle était sous sa responsabilité. Peut-être n'aurait-il pas dû assumer celle-ci. La protection des personnes n'était pas sa spécialité. D'accord, il avait toujours survécu à ses missions secrètes. Mais il les avait toujours effectuées seul, sans même avoir à se soucier de la sécurité d'un autre agent. Encore moins d'un civil. Claire était vive, intelligente, mais elle n'était pas un agent expérimenté.

— Elle est derrière, quelque part, dit Ash dans son micro. Il faut la trouver avant que ce type ne l'embarque.

A cette idée, un frisson parcourut Ash. Il l'aurait alors perdue à jamais.

La ruelle était si sombre que Claire n'était même plus certaine de savoir où ils étaient. Aucun lampadaire n'éclairait l'étroit passage entre les hauts buildings. Il n'y avait même pas de lampes aux entrées des bâtiments.

Elle tituba, et l'homme faillit lâcher son bras. Elle le refit alors volontairement, dans une tentative désespérée pour se libérer. Le type l'agrippa de nouveau avec force, et une vive douleur la traversa.

— Pas de bêtises ! la prévint-il. De toute façon, vous ne vous échapperez pas.

— Ce sont mes hauts talons, expliqua-t-elle. Je n'ai pas l'habitude de les porter.

Cela au moins était vrai. Elle avait appris d'Ash comment se comporter lors de missions sous couverture. Mais elle n'essayait pas d'être quelqu'un d'autre, comme lui le faisait souvent. De toute évidence, cet inconnu savait exactement qui elle était, et c'était la raison pour laquelle il l'emmenait.

— Je vous ai vue danser avec votre compagnon, dit-il. Vous êtes drôlement gracieuse.

Parce qu'elle dansait avec Ash. Ses leçons l'avaient

rendue gracieuse alors qu'elle n'avait jamais eu aucune grâce auparavant. Elle était née empotée. C'était pourquoi, dans la boule de verre offerte par son père, elle était représentée sur ses épaules et non patinant elle-même. Si cette journée-là avait été parfaite, elle n'avait pas su apprendre à patiner aussi facilement qu'Ash venait de lui apprendre à danser.

— Je ne suis pas gracieuse. C'est lui qui me guide bien.

— Vous avez été très avisée de venir avec moi. Votre petit ami pourra continuer à danser, car il vivra.

Elle était à la fois soulagée et rongée par le remords. Ash allait être furieux qu'elle ne l'ait pas appelé à l'aide, qu'elle n'ait pas cherché à attirer son attention… Mais, dans les deux cas, il serait mort, cela ne faisait pas l'ombre d'un doute.

— Que voulez-vous de moi ? demanda-t-elle en titubant de nouveau.

L'homme la rétablit d'une secousse.

— Rien. Je fais mon boulot, c'est tout.

Non seulement il avait une certaine ressemblance avec Ash, mais il avait la même philosophie. Il ne faisait que son boulot. Claire faillit rire, mais elle était trop proche de l'hystérie pour prendre ce risque. Il était important qu'elle garde la tête froide. Elle n'était pas gracieuse, mais elle avait toujours été intelligente.

— Votre boulot est de me kidnapper ?

Il fallait qu'elle le fasse parler, qu'elle le distraie jusqu'à ce qu'une ouverture se présente, n'importe laquelle.

— Mon boulot est de vous conduire à mon employeur, répliqua-t-il.

Comme il n'était pas question de rançon, peut-être ne considérait-il pas cela comme un kidnapping. Mais elle, si. Et le prix de sa libération — s'ils la libéraient — était une information qu'elle ne pouvait leur donner.

— Qui est votre employeur ?

— Vous le saurez bien assez tôt.

Songeant à la torture à laquelle Ash avait fait allusion, Claire déglutit avec peine.

— Qu'est-ce qu'il veut de moi ?

— Vous le saurez bien assez tôt, répéta-t-il.

Il la secoua de nouveau et la tira sans ménagement tout en accélérant le pas.

Elle chancela, mais cette fois, ce n'était pas simulé. Sa cheville se tordit, et elle tomba. L'asphalte écorcha ses tibias, et elle poussa un cri.

Pivotant vers elle, l'homme pointa le canon de son arme sur sa tête.

— Cessez ce petit jeu !

— Je ne joue pas, protesta-t-elle.

— Et cette vente aux enchères sur Internet, ce n'était pas un jeu ? Vous sollicitez des offres, mais vous ne répondez à aucune d'elles ?

Elle avait bien sûr suivi le processus, et elle aussi avait remarqué que le vendeur déclinait toutes les offres. C'était comme s'il avait changé d'avis. A moins qu'il ne se soit rendu compte que le FBI était sur l'affaire. Tout portait à croire que si Ash était entré dans la peau du petit ami, personne n'avait été dupe. Sauf elle, peut-être.

— Qu'est-ce qui vous fait croire que c'est moi qui vends cette information ?

Cette question, elle l'avait posée à Ash une éternité

plus tôt, quand il la soupçonnait de vouloir trahir le pays.

— Vous avez changé d'avis ? grogna l'homme. C'est pour ça que vous ne répondez pas aux offres ?

Consciente de la présence de l'arme à trois centimètres de sa boîte crânienne, elle fit lentement non de la tête.

— Ce n'est pas moi qui ai mis en vente cette information. Jamais je ne trahirais mon pays.

— Même pour un prix élevé ?

— Pour aucun prix, rétorqua-t-elle. Les conséquences seraient trop graves. Pas seulement pour l'économie et le gouvernement d'un certain nombre de pays, mais pour moi aussi. Livrer cette information me coûterait ma liberté.

— Et ne pas la livrer vous coûtera votre vie, menaça-t-il.

Il arma son revolver.

— Maintenant, debout !

Si l'employeur de ce malfrat voulait obtenir d'elle cette information, il y avait peu de chances que l'homme la tue. Mais il pouvait toujours la blesser. Tout comme la torture, la perspective de se prendre une balle dans l'épaule n'était pas spécialement réjouissante. Claire se releva donc tant bien que mal mais, lorsqu'elle voulut poser son pied droit sur le sol, elle tomba de nouveau.

— Ça suffit comme ça ! cria son ravisseur.

— Je crois que je me suis foulé la cheville, dit-elle.

Peut-être. Ou peut-être était-ce juste le talon de sa chaussure qui s'était cassé. Mais elle préféra garder cela pour elle. Si l'homme croyait qu'elle ne pouvait pas marcher, peut-être l'abandonnerait-il dans la ruelle.

Au lieu de cela, il modifia l'axe de son revolver.

— Debout, nom de Dieu ! hurla-t-il, visiblement à bout de patience. Levez-vous, ou je vous loge une balle dans la jambe !

Une fois encore, Claire le défia.

— Dans ce cas, comment je ferai pour marcher jusqu'à l'endroit où vous voulez m'emmener ?

— Je l'ignore, mais vous vous levez ou je tire !

— Oh non, vous ne ferez pas ça…, intervint une voix grave, familière, dans l'obscurité.

Un flot puissant d'émotions contradictoires envahit Claire. Elle était si soulagée qu'il l'ait trouvée, mais en même temps morte d'angoisse pour lui… Le revolver de l'inconnu était déjà armé, donc prêt à tirer.

— Je serais vous, je me tiendrais en dehors de cela.

— Trop tard, répliqua Ash. J'y suis jusqu'au cou.

— Son petit ami…, soupira l'homme. Eh bien, mademoiselle Molenski, on dirait que je vais devoir rompre la promesse que je vous ai faite.

Il tira avant qu'elle ne puisse crier pour avertir Ash.

La ruelle était très sombre. Le tueur ne pouvait pas l'avoir bien discerné, il avait dû le rater.

En effet, Ash sauta au-dessus d'elle et envoya l'homme au sol d'un solide coup de poing.

Grognements et coups sourds emplirent l'air entre les hauts murs des immeubles, tandis que les deux hommes s'empoignaient dans la ruelle. Claire recula pour éviter un pied.

Puis le canon d'une arme brilla…

— Couche-toi ! lança Ash tandis qu'éclatait un nouveau coup de feu.

Elle obtempéra. Les balles ricochaient sur les murs

et faisaient sauter des morceaux de mortier et de briques. Les tirs résonnaient autour de Claire comme s'ils provenaient d'une sono poussée à fond. Quant à savoir qui tirait, elle était bien en mal de le dire.

Ash devait porter son gilet pare-balles. Il fallait qu'il puisse se battre en toute sécurité pour la protéger. Mais pourquoi était-il seul ?

Où étaient ses collègues ?

En fait, réalisa Claire, les coups de feu ne provenaient pas seulement de la ruelle, mais de la rue sur laquelle celle-ci débouchait.

De même qu'Ash n'était pas venu seul pour la protéger, l'inconnu n'était pas venu seul pour la kidnapper. Leurs renforts respectifs étaient pris dans un échange de tirs.

Si les autres agents ne prenaient pas le dessus, Ash se retrouverait confronté à plusieurs adversaires. Tout superagent qu'il était, il ne pourrait se battre contre tous. Pas s'ils étaient aussi nombreux qu'ils semblaient l'être.

Claire se mit à trembler.

Une véritable bataille rangée sévissait. Les hommes continuaient à s'affronter à deux pas d'elle. Puis les munitions durent être épuisées car les coups de feu s'arrêtèrent soudain dans la ruelle. Quelques secondes plus tard, le combat cessa.

La fusillade dans la rue aussi, et un silence irréel tomba sur la nuit.

Le cœur de Claire battait lourdement dans sa poitrine.

— Ash ? appela-t-elle à mi-voix.

Aucun des deux hommes ne lui répondit. Elle se redressa en position accroupie. Malgré la douleur due à ses jambes écorchées sur l'asphalte, elle rampa vers l'endroit où gisaient deux masses sombres inertes.

— Ash ? appela-t-elle de nouveau. Est-ce que ça va ?

Toujours pas de réponse.

Arrivée près des corps, elle prit appui sur le sol. Celui-ci était couvert d'une substance chaude et poisseuse.

Du sang.

14

Ash lutta pour reprendre conscience. Il devait protéger Claire. Les acolytes de son ravisseur n'étaient-ils pas entrés dans la ruelle pendant qu'il se battait avec lui ? L'un d'eux ne s'était-il pas emparé d'elle ?

Ash avait choisi d'y aller seul et avait demandé à ses collègues du FBI de se concentrer sur les deux issues du passage, afin de s'assurer que personne ne s'échapperait avec Claire. Peut-être avait-il fait le mauvais choix.

Il s'éclaircit la gorge et appela.

— Claire…

— Je suis ici, répondit-elle. Juste à côté de toi.

Elle lui toucha le visage. Sa main était mouillée.

— Tu saignes ? demanda-t-il, inquiet.

— Non. Je crois que c'est toi.

Ash secoua la tête.

— Non. Ça doit être lui.

Son adversaire avait cessé de bouger. Ash n'avait pas voulu le tuer. Un homme mort ne peut pas avouer qui l'a engagé. Et c'était à l'évidence un truand payé par quelqu'un d'autre. Mais il n'était pas venu seul.

— Il faut partir d'ici. Tu t'es vraiment fait mal à la cheville ?

— Je crois que c'est juste le talon de ma chaussure qui s'est cassé, expliqua Claire. Je peux bouger. Et toi ?

Il était toujours étendu sur le sol. L'autre s'était battu avec un tel acharnement et avait tiré tant de balles qu'Ash peinait encore à recouvrer sa respiration.

— Tu as ton gilet pare-balles, n'est-ce pas ? demanda-t-elle d'une voix altérée par l'inquiétude.

— Oui, bien sûr…

Claire poussa un soupir de soulagement.

Mais à mesure que son engourdissement se dissipait, Ash découvrait la douleur. Une douleur cuisante, aiguë.

— Ce type avait des amis, indiqua-t-il à Claire. Tu n'es pas à l'abri ici.

— Comment ? Tu doutes de moi ? demanda Reyes.

Un instant, Ash douta. Mais la voix de Reyes n'était pas dans sa tête. Son ami les rejoignait bel et bien dans la ruelle.

— Des gros malins comme eux, j'en mange tous les jours au petit déjeuner, plaisanta-t-il.

— Tu les as tous eus ?

— Deux d'entre eux sont en route pour l'hôpital.

Un miaulement de sirènes se fit entendre, et les gyrophares des véhicules de police éclairèrent l'entrée du passage.

— Je ne sais pas s'ils y arriveront vivants, ajouta Reyes. Et celui-là ?

L'individu grogna et remua avec difficulté, à mesure qu'il reprenait connaissance. Il n'était pas mort.

Ash aurait dû en être soulagé, car ils allaient pouvoir l'interroger. Mais une pointe de regret le saisit. Ou était-ce la douleur ? Il grimaça.

— Tu es blessé, remarqua Claire.

Le ton était à la fois accusateur — il lui avait menti — et inquiet.

— Je porte un gilet pare-balles, lui rappela-t-il.

Sauf que les balles avaient ricoché sur les murs de briques, raison pour laquelle il lui avait ordonné de s'aplatir sur le sol. L'une de ces balles l'avait-elle touché à un endroit non protégé par le gilet ?

Peu de temps auparavant, Ash avait failli perdre son meilleur ami, Blaine, lorsque l'agent spécial avait reçu une balle dans le cou. Il avait perdu beaucoup de sang et serait mort d'hémorragie si Reyes et Ash n'avaient pas été là.

Ash toucha le sol autour de lui. Le sang s'étalait sous son corps.

Reyes s'agenouilla à ses côtés.

— Je crois que tu as été touché.

Il tapota le micro de son émetteur-récepteur.

— Nous avons besoin d'un véhicule médical d'urgence dans la ruelle ! Stryker est blessé par balle.

Claire émit un cri étranglé.

— Tu as mal ?

Au début, il n'avait rien senti. Il devait être en état de choc. Mais la douleur irradiait désormais dans tout son corps, tant et si bien qu'il ne savait même pas où il était touché.

Il voulut redresser le dos, mais Claire l'en empêcha d'une main sur le torse.

— Ne bouge pas. Attends les secours.

Sa voix était rendue aiguë par la panique. Elle se tourna vers Reyes.

— Dites-leur de se dépêcher !

Ash déglutit. Il ne devait pas être beau à voir. Claire

paraissait plus effrayée pour lui qu'elle ne l'avait été pour elle-même lorsqu'elle avait cru être seule dans l'allée avec son ravisseur. De l'obscurité où il se trouvait, il l'avait écoutée parler à ce dernier.

Elle avait été intelligente. Elle avait cherché à gagner du temps pour lui permettre d'intervenir. Bien sûr qu'elle avait été intelligente. C'était une femme brillante. Et si belle…

Il voulait lui dire cela, combien il admirait son courage et son esprit de décision, mais des pas martelèrent l'asphalte. Des infirmiers et d'autres agents accouraient vers eux.

Deux des hommes en blanc s'accroupirent devant lui, tandis qu'un troisième ainsi qu'un agent portaient leur attention sur l'homme qu'il avait blessé.

L'un des infirmiers éclaira le visage d'Ash de sa torche et passa le faisceau de haut en bas sur son corps.

— Pouvez-vous nous dire où vous êtes blessé ?

— Ce n'est rien, répondit-il, parce qu'il ne le savait pas. Une balle a dû m'érafler.

— Vous saignez, monsieur, fit observer le second infirmier. Il faut que nous sachions d'où ça vient.

Avec précaution, ils le soulevèrent et le placèrent sur une civière.

— Je ne peux aller nulle part, protesta Ash.

Il devait interroger le truand, même si ce dernier n'avait pas recouvré toute sa conscience. Ash lui avait cogné la tête contre l'asphalte jusqu'à ce qu'il lâche son arme. Mais ce n'était pas pour lui qu'il s'inquiétait en premier.

— Il faut que tu ailles à l'hôpital, intervint Claire.

Empoignant les barres latérales de la civière, Ash tenta de se relever, mais il n'en avait pas la force.

— Non, je ne peux pas, répondit-il.

— Il le faut, insista Claire en se relevant, tandis que les deux infirmiers soulevaient la civière.

Claire vacillait sur ses jambes, remarqua Ash.

— Ils doivent t'examiner, ajouta-t-elle.

— Je dois te protéger, rétorqua-t-il.

Elle lui avait dit qu'elle avait juste cassé le talon de sa chaussure, mais elle s'était manifestement blessé la cheville.

— Je m'en occupe, déclara Reyes.

— Mais je veux l'accompagner, dit Claire. Je peux monter dans l'ambulance.

— Elle devrait venir, approuva Ash.

Surtout parce qu'il ne voulait pas la perdre une nouvelle fois de vue.

— Sa cheville a besoin d'être soignée.

Mais les infirmiers le conduisaient vers l'ambulance, et dans l'état où il se trouvait, quelle protection pouvait-il lui offrir ?

Reyes lui fit signe de la main.

— On te rejoint à l'hôpital !

Ash avait le plus grand respect pour l'agent spécial. Il lui confierait sa vie les yeux fermés. Mais, s'agissant de celle de Claire, il n'était pas sûr de pouvoir faire confiance à quiconque. Il ne voulait plus prendre le moindre risque.

Il n'aurait pas dû se servir de Claire pour appâter plus d'acheteurs, mais se concentrer sur la recherche du hackeur qui avait posté cette offre de vente sur Internet. Sauf que ce dernier devait être quelqu'un avec qui travaillait Claire. Une personne qu'elle connaissait… et qui constituait peut-être aussi pour elle un danger mortel.

Ash recouvra enfin assez de forces pour se mettre en position assise. Mais c'était trop tard. Les infirmiers avaient introduit la civière à l'arrière de l'ambulance et fermé les portes.

Il devait faire confiance à Reyes pour la protection de Claire. Il devait y croire. Il la reverrait.

D'un pas furtif, Claire passa à côté de Reyes qui discutait avec un grand homme blond à l'entrée des urgences. Sa cheville avait été pansée, et un médecin lui avait donné des pantoufles pour remplacer ses chaussures aux talons cassés, de sorte qu'elle pouvait désormais se déplacer sans problème. Mais pas sans douleur. Chaque pas lui arrachait une petite grimace.

Toutefois, il fallait qu'elle voie Ash. Elle avait besoin d'être rassurée sur son état. Il y avait eu tant de sang dans la ruelle. Elle en avait d'ailleurs encore sur les mains. Baissant les yeux dessus, elle frissonna.

Reyes lui avait affirmé qu'Ash était invincible, qu'aucune balle ne pouvait le terrasser. Il avait perdu pas mal de sang, certes, mais la balle était ressortie après avoir juste écorché une artère.

Ecorché ?

Elle avait jeté un regard sombre à l'agent spécial. De toute évidence, il essayait de minimiser la gravité de la blessure. Ash aurait pu se vider de son sang dans la ruelle. Il aurait pu mourir en voulant la sauver.

Il fallait qu'elle le voie. Il fallait qu'elle sache s'il

allait vraiment s'en sortir et lui montrer qu'elle-même n'avait rien de grave.

Elle persuada une infirmière compatissante de lui donner le numéro de sa chambre. Puis elle prit l'ascenseur jusqu'au neuvième étage. Les effets des antalgiques devaient s'être dissipés, car la douleur se réveillait dans sa cheville. Elle l'ignora et se hâta dans le couloir vers la chambre d'Ash.

La porte était entrebâillée. Avant même de la pousser, sa voix grave résonna de l'autre côté. Claire soupira de soulagement. Il avait l'air en forme. Heureux même…

Puis elle découvrit pourquoi. Il tenait dans ses bras un bébé avec quelques rares cheveux, tandis qu'une femme brune aux cheveux bouclés ajustait les oreillers dans son dos. La femme se pencha, l'embrassa sur la joue, puis posa un baiser sur le front du bébé.

— Tu es un amour, lui dit-il en souriant.

— Je t'aime beaucoup moi aussi, Ash, répondit la femme avant de l'embrasser une seconde fois.

Claire éprouva un regain de douleur, non plus à cause de sa cheville, mais de son cœur qui se contracta dans sa poitrine. Elle avait cru l'agent spécial Ashton Stryker totalement dévolu à sa carrière, mais cela devait faire aussi partie de sa couverture.

Peut-être était-il en réalité un bon père de famille, avec une épouse adorable et un bébé.

Submergée par la douleur, Claire déglutit et tourna les talons pour battre en retraite dans le couloir avant que quelqu'un ne la voie. Mais elle se heurta à un mur de muscles.

— Doucement, doucement, fit une voix de baryton.

Claire releva la tête et croisa des yeux très verts. Le

regard de l'homme était extraordinairement intense. Il était blond, large d'épaules, et son visage disait vaguement quelque chose à Claire. Oui… C'était à lui que parlait Reyes aux urgences.

— Est-ce que ça va ? s'enquit-il.

Claire acquiesça, mais la douleur qui lui oppressait le cœur ne diminua pas d'un iota. Elle réprima une grimace qui aurait à coup sûr trahi son état.

— Le médecin dit que vous vous êtes foulé la cheville, poursuivit l'homme. Vous ne devriez pas être là, Claire.

— Vous connaissez mon nom ?

Après l'épisode du piano-bar, mieux valait qu'elle y réfléchisse à deux fois avant d'accorder sa confiance à quelqu'un. Mais il y avait quelque chose chez cet homme, comme une aura protectrice…

— Oui, je sais qui vous êtes.

Otant sa main droite de son épaule, il sortit un badge de dessous le col de sa chemise.

— Je suis l'agent spécial Blaine Campbell.

— Oh.

Le meilleur ami d'Ash…

Claire avait envie de parler à cet homme, de lui poser des questions, mais les rires provenant de l'intérieur de la chambre détournèrent son attention. Qui donc était cette femme ?

Elle n'avait pas posé sa question à voix haute, mais ce fut comme si Blaine l'avait entendue.

— Ma femme et mon bébé sont là, avec Ash.

Les rires s'amplifièrent, et une sourde irritation remplaça la douleur de Claire.

— Pas étonnant que vous ayez laissé brûler sa maison, lâcha-t-elle.

— Oh ! Je vois que vous avez parlé à Reyes.

Une lueur amusée brillait dans ses yeux verts.

— Parlé, c'est beaucoup dire, nuança Claire. Je n'ai fait que l'écouter.

— Pas une bonne idée, persifla-t-il, tandis que Reyes le gratifiait d'une virile bourrade dans le dos.

— Hé, ne lui dis pas de mal de moi ! s'insurgea l'agent latino, aussi brun que son collègue était blond.

Blaine renifla.

— Jamais je ne me le permettrais. Mais tout le monde ne peut pas en dire autant, n'est-ce pas ?

— D'un point de vue technique, intervint Claire, c'est à Ash que Reyes disait du mal de vous.

Blaine émit un nouveau reniflement.

— Ash et moi, ça remonte à trop loin pour ta mémoire de jeunot, Reyes.

Celui-ci hocha la tête.

— Ouais, si l'incendie de sa maison n'a pas écorné votre amitié, rien ne le peut, je suppose.

— Pourquoi voudriez-vous écorner leur amitié ? intervint Claire.

Mais ce n'était certainement pas ce qu'il voulait. Reyes aimait juste taquiner les gens, à commencer par ses amis, comme Ash et l'agent Campbell. Il était évident qu'il vouait un aussi grand respect à l'un qu'à l'autre.

— Parce qu'il voudrait qu'Ash soit son meilleur ami, répondit Blaine à la place de Reyes. A mon mariage, Ash était mon garçon d'honneur.

Claire leva la tête et tendit l'oreille vers les rires

dans la chambre. Blaine avait-il vraiment choisi cet homme, qui en cet instant même flirtait avec son épouse, pour être à ses côtés lors de la cérémonie ?

— C'est parce qu'il t'a sauvé la vie, rappela Reyes. Mais il ne l'a pas fait seul. J'étais là, moi aussi.

Blaine grogna, comme si ce souvenir lui était douloureux.

— Oui, tu y étais ce jour-là. Mais Ash m'a sauvé la vie beaucoup plus souvent lors de nos opérations de terrain.

Lui aussi était donc un ancien marine, comprit Claire.

— Mon chéri, il faut que tu viennes parler à Ash.

Son épouse venait de quitter la chambre et les rejoignait. Elle devait les avoir entendus.

Elle toucha le bras de son mari et lui lança un regard enamouré. Claire en fut momentanément rassurée après les compliments que la jeune femme avait faits à Ash dans la chambre.

— Ash voulait déjà s'habiller pour partir, poursuivit-elle. Je lui ai fourré le bébé dans les bras.

— Il n'a pas protesté ? demanda Blaine, l'air stupéfait. Donne-lui une grenade dégoupillée, il sera plus à l'aise qu'avec un nourrisson.

Son épouse éclata de rire.

— C'est ce que j'ai pensé devant la tête qu'il faisait.

Il lui avait pourtant paru tout à fait à l'aise, songea Claire, mais elle ignorait depuis combien de temps il tenait l'enfant. Trop longtemps apparemment…

— Hé ! appela-t-il depuis l'intérieur de la chambre.

Sa voix était douce et contrôlée, comme s'il serrait

les dents et faisait des efforts surhumains pour ne pas effrayer le petit.

— Quelqu'un ici a besoin de sa mère.

— Si nous descendions tous à la cafétéria prendre un café ? suggéra Reyes.

— Tu as raison, opina Blaine. Il faut le laisser seul.

Mme Campbell secoua la tête.

— Pas avec Drew. Il risque de l'emmener là où il tient tellement à aller.

— Auprès de Mlle Molenski, précisa Reyes.

— Mlle Molenski ? s'étonna Mme Campbell.

— Ma chérie, intervint Blaine, je te présente Claire Molenski. Claire, voici ma femme, Maggie.

Maggie emprisonna dans ses deux mains celle que Claire lui tendait.

— C'est donc vous ! Ash ne cesse de poser des questions à votre sujet. Il bout d'impatience de vous voir.

Il n'y avait ni jalousie ni jugement dans sa voix. Son amour pour Ash, comprit Claire, était celui d'une sœur pour son frère.

— Hé ! appela-t-il de nouveau.

— Il bout, en effet, convint Claire. Parce que vous l'avez laissé seul avec votre bébé.

Maggie lui étreignit la main.

— Il est vraiment impatient de vous voir, vous savez. Il veut s'assurer que vous allez bien. Il vous aime.

Une vague de chaleur inonda le cœur de Claire. Mais elle refusa de laisser l'espoir germer en elle. Ash aimait sa mission : démasquer davantage de criminels et trouver le hackeur. Mais il ne nourrissait pas de sentiments particuliers pour elle. Il n'était pas un candidat potentiel.

— S'il vous plaît ! insista Ash. Je n'ai pas demandé à être baby-sitter.

— Allons-y, entrons, soupira Maggie, avant de la faire entrer la première dans la chambre.

Une fois devant le lit, Claire se força à sourire.

— Je pensais que tu aimais cela ? le taquina-t-elle. N'est-ce pas ce que tu fais avec moi ?

— Tu es en mission de protection ? s'étonna Blaine, les sourcils levés. Je croyais que tu détestais ça…

Maggie lui donna un coup de coude dans les côtes.

— Ouch ! Mais je peux me tromper, ajouta-t-il.

— Tu te trompes, dit Ash. Je ne suis pas en mission de protection. J'effectue une opération spéciale sous couverture.

Avec précaution, il tendit le nourrisson à sa mère.

— Je joue le rôle du petit ami de Claire jusqu'à l'identification des personnes qui menacent la sécurité nationale.

— Ah. C'est très différent, reconnut Blaine, le sourire aux lèvres. Elle est en danger, et tu lui sers de bouclier. Ce n'est pas du tout une mission de protection.

Ash le fusilla du regard.

— Que fais-tu là ? Tu as peur que ta femme te quitte pour moi ?

Blaine éclata d'un grand rire joyeux. De toute évidence, il avait une confiance absolue en l'amour et la fidélité de son épouse.

De nouveau, Claire fut jalouse de Maggie Campbell. Ce qu'elle vivait était le type de relation dont Claire rêvait pour elle-même.

Peut-être à cause de cela, peut-être aussi à cause de

l'épuisement et de la souffrance physique, un brutal étourdissement la saisit et elle se mit à vaciller.

— Elle tombe ! cria Ash.

Au même instant, elle perdit conscience.

15

Ash voulut bondir de son lit, mais sa jambe blessée se plia sous lui et il s'effondra. Au même moment, Reyes plongea pour amortir la chute de Claire.

Heureusement !

Il la rattrapa juste à temps.

— Je crois qu'il faut que je la conduise aux urgences.

— Je viens avec vous ! décida Ash.

Mais Blaine le força à rester couché.

— Maggie va aller avec eux. Elle viendra nous donner des nouvelles.

Certes, mais Ash s'en voulait énormément. Comme garde du corps, on faisait mieux ! D'abord, il avait laissé ce tueur emmener Claire hors de la piste de danse, au piano-bar. Là, il n'avait pu la rattraper.

— Pourquoi s'est-elle évanouie ? demanda-t-il à Blaine. Est-ce qu'elle a également été touchée par une balle dans la ruelle ?

— Non, elle s'est juste foulé la cheville. Mais elle n'aurait pas dû marcher sans béquilles. C'est la douleur qui a dû l'achever.

— Pourquoi ?

— Elle n'est ni marine, ni agent du FBI, rappela Blaine. Elle n'a pas appris à résister à la douleur.

— Non, je veux dire : pourquoi elle n'avait pas de béquilles ? Pourquoi elle n'était pas dans un lit à se reposer ?

Blaine éclata de rire.

— Quoi ? grommela Ash. Qu'y a-t-il de si drôle ?

— Pour un type aussi intelligent et observateur, répondit Blaine, tu ne vois pas ce qui est sous ton nez.

N'ayant toujours aucune idée de ce dont parlait son ami, Ash haussa les épaules.

Blaine s'esclaffa de nouveau.

— Tu ne comprends toujours pas ?

Son hilarité retomba et son regard se voila de tristesse.

— Pardon, j'avais oublié que tu n'en as pas l'habitude.

— L'habitude de quoi ? s'enquit Ash, perplexe.

Qu'est-ce qui pouvait attrister son ami de la sorte ? Depuis qu'il avait épousé Maggie, Blaine baignait dans un bonheur presque indécent. Ce n'était donc pas pour lui-même qu'il était triste, devina Ash.

— Tu n'as pas l'habitude que les gens t'aiment.

Blaine était l'une des rares personnes qui savaient que les parents d'Ash se fichaient royalement de leur progéniture. Ils l'auraient fait sauter avec leurs autres victimes si un agent du FBI, son oncle George, ne l'avait sauvé à la dernière minute.

— Tu veux dire… Tu crois que Claire Molenski m'aime ?

Cette fois, ce fut Ash qui éclata de rire.

Il connaissait la rancœur de la jeune femme à son endroit.

— Je l'ai accusée de trahison, je me suis servi d'elle comme appât pour piéger des terroristes. Elle me déteste.

Et il ne pouvait pas lui en vouloir. Si quelqu'un s'était comporté avec lui comme il s'était comporté avec elle, il n'aurait pas non plus beaucoup d'estime pour cette personne. Il la haïrait.

Mais que Claire puisse l'exécrer n'était pas non plus facile à admettre.

— Bien sûr… Bien sûr, le railla Blaine. Si elle souffre le martyre pour venir te voir dans ta chambre, c'est parce qu'elle te déteste. Ben voyons.

Etait-il possible que Claire l'aime réellement ? Ash secoua la tête, refusant d'y croire, refusant d'espérer.

— Sans doute qu'elle voulait juste m'annoncer qu'elle rentrait chez elle.

Elle allait retrouver son appartement. Retrouver sa vie.

— Rentrer chez elle ? releva Blaine. C'est trop dangereux.

— En effet, admit Ash. Mais c'est ma faute.

Blaine secoua la tête.

— Ce n'est pas toi qui la mets en danger.

— Si, dit-il, en proie à un profond sentiment de culpabilité. J'aurais pu la laisser publier un post expliquant qu'il n'existe aucun moyen de contourner les pare-feu gouvernementaux, qu'elle a fait le nécessaire pour cela. Mais je tenais trop à arrêter ceux qui sont prêts à payer cette information…

— C'est donc pour ça que tu l'utilisais ? Pour faire sortir le loup du bois ?

Blaine avait l'air consterné.

Mais il était la quintessence même du preux chevalier, le sauveur des damoiselles en détresse… Et lui,

Ash, était le maraud qui avait plongé cette pauvre Claire dans la détresse.

Toutefois, elle avait démontré qu'elle n'était pas sans ressources. Elle était forte et intelligente. C'était du moins ce qu'il avait pensé jusqu'à ce qu'elle s'effondre dans sa chambre d'hôpital. Tout le monde avait ses limites. Claire devait avoir atteint les siennes.

— C'était une erreur, reconnut Ash.

Blaine soupira.

— Je comprends ce que tu essayais de faire. Tu as toujours recherché le bien du plus grand nombre. Sacrifier une vie pour en sauver cent…

C'était un principe qu'il avait souvent dû appliquer en tant que marine, et en tant que membre de la division antiterroriste du FBI. Mais il ne pouvait l'appliquer dans ce cas-là. Pas quand cette vie était celle de Claire.

— C'était une erreur, répéta-t-il.

— Ton plan était solide, assura Blaine. Tu la protégeais.

Une onde de frayeur traversa Ash au souvenir de la facilité et de la vitesse auxquelles il avait failli la perdre.

— On ne peut pas dire que j'ai fait un travail exceptionnel.

— Ce n'est pas elle qui a un trou dans la jambe, observa son ami.

— Reyes dirait que j'avais l'esprit ailleurs.

Blaine renifla.

— Comme moi ?

Ash ne pouvait le nier : Claire occupait beaucoup ses pensées. Trop, sans doute.

— Reyes aime médire des gens, c'est son hobby.

— Es-tu sûr que le rôle du petit ami n'était qu'une couverture ? demanda Blaine.

— Oui, répondit Ash avec fermeté. J'ai établi le contact avec elle à une séance de *speed dating*. Dès lors, jouer ce rôle était une évidence. C'était la couverture la plus crédible.

Y compris pour lui.

Lorsqu'il avait dansé avec Claire au piano-bar, il avait vécu cela comme un moment intime en amoureux. Au point de sous-estimer le danger, bon sang !

— Je sais ce que signifie pour toi opérer sous couverture, reprit Blaine.

Ils avaient été affectés à différents services au cours de leurs carrières, mais avaient travaillé ensemble à maintes reprises. Ils se connaissaient par cœur.

Ash poussa un soupir résigné. Il ne pouvait nier ce que Blaine s'apprêtait à lui dire.

— Tu entres totalement dans la peau de ton personnage.

Les choses se passaient ainsi, il le reconnaissait.

— Alors ne va pas te mettre en tête que c'est réel, conseilla Blaine. Sauf si…

Ash n'était pas sûr de vouloir connaître la suite, mais il respectait son ami, et respectait son opinion.

— Sauf si…

— Sauf si tu veux que ce le soit, compléta Blaine.

Le cœur d'Ash se mit à battre à grands coups violents contre ses côtes. Il se fendit d'un rire nerveux qui sonnait faux. Quand on lui tirait dessus, il était plus calme que lorsqu'on le mettait sur le gril au sujet de ses sentiments.

Son rire s'amplifia.

— Ne sois pas ridicule !

— Je suis sérieux, dit Blaine. J'ai vu ta tête quand elle s'est évanouie. Tu te préoccupes beaucoup d'elle.

Bien sûr qu'il se préoccupait d'elle.

— Elle est sous ma responsabilité, répondit-il. C'est moi qui l'ai mise en danger. Alors il est normal que je veuille m'assurer que tout va bien pour elle.

Blaine plissa les yeux, comme s'il cherchait à déterminer si Ash disait la vérité ou s'il mentait.

Peut-être mentait-il. A lui-même…

— Je ne suis pas comme toi, insista Ash. Je ne suis pas fait pour le mariage. Ni, Dieu m'en garde, pour la paternité.

— Je pensais la même chose avant.

— Mais nous savions tous que tu te trompais. Nous savions tous qu'un jour tu fonderais une famille. Il y a trop d'instinct protecteur en toi, tu as besoin de quelqu'un sur qui veiller, une femme, des enfants… Moi je n'ai besoin de personne.

Blaine haussa un sourcil dubitatif.

— Je n'ai besoin de personne, répéta Ash. Ni aujourd'hui, ni demain, ni jamais.

Peut-être que, s'il continuait à le dire, il finirait par y croire.

Claire avait pourtant appris la leçon. C'était mal d'écouter aux portes. Pendant que Reyes aidait Maggie à s'extirper d'un groupe d'infirmières en admiration béate devant le bébé, elle s'était dirigée vers la chambre d'Ash dans son fauteuil roulant. La porte était restée entrouverte, et elle avait entendu la fin de sa conversation avec son ami.

Blaine Campbell s'était retourné, mais n'avait pas eu l'air surpris de la voir. Il avait su qu'elle serait là, et avait voulu qu'elle les entende, sans doute pour qu'elle ne tombe pas amoureuse d'Ash et souffre de la non-réciprocité de ses sentiments. L'agent spécial Campbell était bien le protecteur-né que tout le monde croyait. Le problème, c'était que sa protection était arrivée trop tard. Lorsque Ash avait été blessé dans la ruelle, elle avait dû se rendre à l'évidence : elle avait commencé à s'éprendre de lui.

Mais là, elle avait la preuve qu'il n'éprouvait rien pour elle, et qu'il en serait toujours ainsi.

— Il faut que vous arrêtiez de me filer entre les doigts, la tança Reyes en poussant son fauteuil dans la chambre.

— Si vous ne flirtiez pas sans vergogne avec toutes ces infirmières, peut-être que ce ne serait pas arrivé, rétorqua Maggie en les rejoignant.

— Je les empêchais de dévorer votre bébé, protesta-t-il.

— En vous offrant comme proie ?

Reyes sourit de toutes ses dents.

— Ça aurait marché si votre bambin n'était pas aussi mignon.

— Il est vraiment adorable, approuva Claire.

Jusque-là, elle avait cru n'avoir besoin que d'un compagnon dans sa vie, un homme qui partagerait ses centres d'intérêt et ses passions, mais en fait, elle voulait tout. Elle voulait ce qu'avait Maggie Campbell : le mari et le bébé. Elle voulait une famille.

Le problème était qu'Ash ne répondrait à aucune de ces aspirations.

— Comment te sens-tu ? lui demanda-t-il depuis son lit.

— Bien, répondit-elle avec un sourire contraint. Comme je ne m'appuie plus sur ma cheville, ça va.

Même si, avec ses espoirs envolés, il y avait un grand vide au fond d'elle.

— Et toi, ta jambe ?

— J'ai connu pire. Mais je crains que nous ne puissions plus danser avant un bon moment.

Probablement même jamais, songea Claire.

— Tout ira bien, ajouta Ash, comme pour la rassurer.

A en croire Reyes, il était une légende en acier trempé. Bien sûr que tout irait bien pour lui. Tout irait bien pour elle également, quand elle se serait remise de ce stupide coup de cœur qui l'avait fait s'amouracher d'un agent du FBI qui n'avait fait que son travail.

— Ta jambe ne guérira pas en une nuit, l'avertit Reyes. Il faudra que tu prennes ton mal en patience.

Ash secoua la tête.

— Je ne peux pas.

— Tu n'as pas le choix.

— Que veux-tu dire ? répliqua Ash, le regard noir.

— L'agent en charge a affecté quelqu'un d'autre à la protection de Mlle Molenski.

Une lueur mauvaise brilla dans les yeux bleus d'Ash.

— C'est moi l'agent en charge de cette mission.

— L'agent en charge *du Bureau*, précisa Reyes. L'agent spécial chef de division Lynch a confié sa protection à quelqu'un d'autre.

Ash le considéra d'un air sombre.

— Laisse-moi deviner. Toi ?

Reyes secoua la tête.

— Moi non plus, je ne fais pas dans la protection des personnes.

Il désigna le lit.

— Je ne voudrais pas avoir l'esprit ailleurs et me retrouver avec une balle dans la jambe.

Il reporta les yeux sur Blaine, son épouse et leur bébé, et prit une mine dégoûtée.

— Ou une famille…

Au lieu de mal le prendre, Blaine et Maggie éclatèrent de rire.

— Tu changeras d'avis un jour, prédit Maggie.

— Ça n'arrivera jamais, répondit Reyes en secouant la tête.

— Il ne faut jamais dire jamais, l'avertit Blaine.

Cet avertissement, il ne l'avait pas servi à Ash, se dit Claire. Sans doute parce qu'il le connaissait si bien qu'il savait qu'il y avait peu de chances qu'il change un jour d'avis.

— Alors, qui va protéger Claire ? demanda Ash.

— Le chef a assigné une femme, répondit Reyes. Il a dû se dire qu'avec sa beauté Mlle Molenski allait distraire n'importe quel agent mâle.

— Vous êtes fou ! s'exclama Claire en riant de bon cœur sous la flatterie.

— Tout à fait, approuva Blaine. C'est donc une bonne chose que Reyes n'ait pas été affecté à votre sécurité.

— Il n'aurait pas dû nommer un autre agent, maugréa Ash.

— Bien sûr que si, rétorqua Reyes. Pour le moment,

ni l'un ni l'autre, vous n'êtes en état de vous défendre contre des truands professionnels. Et cette femme, Sally Burnham, est un agent spécial de premier ordre. Du reste, elle ne sera pas seule, vous vous en doutez. Elle bénéficiera d'un appui.

Mais Ash, lui, ne serait pas là. Après cette annonce, Claire aurait dû être soulagée. Au lieu de cela, elle était désemparée : elle n'aurait plus d'excuses pour le voir. En contrepartie, ne plus le voir l'aiderait à tourner la page de ses sentiments pour lui…

— J'aimerais avoir un moment seul à seul avec Claire, dit Ash.

— Bien sûr, déclara Reyes. Faites vos adieux, ensuite je conduirai Mlle Molenski à un autre endroit sécurisé.

Un autre endroit. Un autre agent… Une profonde résignation envahit soudain Claire. Sa vie avait été bouleversée, mais cette fois elle n'en était nullement responsable. Elle n'avait commis aucune faute.

Ash attendit que tout le monde soit sorti.

— Je te demande pardon.

S'était-il rendu compte qu'elle l'avait entendu dire à Blaine qu'il n'avait, et n'aurait jamais, besoin de personne ?

— Pardon pour quoi ?

— Pour t'avoir mise en danger.

— Ce n'est pas toi qui as posté cette offre de vente sur Internet, rappela-t-elle.

Car c'était cette personne-là qui l'avait mise en danger, une personne qu'elle *devait* connaître.

— Mais j'ai profité de cette situation, ajouta Ash. J'ai profité de toi.

Ce n'était pas vrai, mais elle le regrettait presque.

Elle regrettait presque de ne pas avoir plus de souvenirs avec lui que leurs quelques baisers et cette danse au piano-bar. Mais s'ils avaient fait l'amour, elle serait tombée totalement — et sans doute irrévocablement — amoureuse de lui.

— Tu m'as sauvé la vie. Tout va bien.

— Ecoute..., reprit-il d'une voix tendue. Publie cette annonce dont tu m'as parlé afin que personne ne croie que c'est toi l'auteur de cette vente en ligne.

Claire haussa les épaules.

— Est-ce si important ? Les gens penseront ce qu'ils veulent. Après tout, c'est moi la hackeuse qui a trouvé les codes permettant de contourner ces pare-feu.

— Mais tu as réglé les problèmes de sécurité, souligna Ash.

Il la croyait. Cela lui faisait plaisir.

— Je l'espère. Mais peut-être qu'il existe un meilleur hackeur que moi qui a mis au point un nouvel algorithme pour y parvenir.

Elle avait été trop fière, et sans doute trop arrogante, pour l'imaginer quand Ash avait soulevé cette idée. C'était pourtant une possibilité. Il y avait toujours de nouveaux hackeurs, avec de nouvelles méthodes. Elle travaillait d'ailleurs avec certains d'entre eux.

— Ne t'inquiète pas pour ça, dit Ash. Concentre-toi juste sur ta sécurité.

— Je ne serai vraiment en sécurité que lorsque l'auteur de cette offre sera pris, nous le savons tous les deux.

Comme c'était probablement un de ses collègues, elle devait être capable de découvrir lequel.

— Ne fais pas ça ! lui intima-t-il comme s'il avait lu dans ses pensées. Ne mène pas ton enquête toute seule.

— Je ne serai pas seule, objecta-t-elle. J'aurai une protection.

Mais ce ne serait pas lui. Elle craignait que personne ne puisse assurer sa sécurité aussi bien qu'Ash. Mais, tout en la protégeant, il avait mis son cœur en grand péril. Sans lui, il était peut-être à l'abri.

Mais sa vie ?

16

Une semaine s'était écoulée sans que ne soit perpétré un nouvel attentat contre Claire.

Ash aurait dû en être soulagé, d'autant plus qu'il avait été cloué dans ce lit d'hôpital presque tout ce temps. Sa jambe guérissait. Assez pour qu'il puisse se remettre à marcher, bien qu'en claudiquant et avec des pointes de douleur ici et là.

— Je peux reprendre ma mission, annonça-t-il au chef de division.

Il avait demandé cette réunion dans le bureau de son supérieur à Chicago. Malheureusement, Lynch avait également convoqué Reyes et Blaine.

Qui étaient-ils censés soutenir ? Lui ou son chef ? Comme ils étaient ses amis, Ash comptait sur la seconde option.

— D'après ce que je sais, vous ne l'avez jamais quittée, cette mission, lui fit remarquer l'agent spécial Lynch.

Ash observa tour à tour ses deux amis… ou ceux qu'il pensait être ses amis. Que lui avaient-ils dit ?

— Si je me fie à vos rapports, poursuivit Lynch, vous avez examiné des pistes et essayé d'identifier d'autres d'acheteurs, ainsi que l'auteur de la mise en vente de ces informations vitales pour la sécurité nationale.

— Depuis un ordinateur, précisa Ash.

Ce qui avait représenté une grande frustration. Il aurait voulu un nouvel entretien avec Peter Nowak afin de voir si l'ancien agent de la CIA était vraiment au-dessus de tout soupçon, comme tout le monde semblait le penser. Il aurait aussi voulu parler avec Leslie Morrison. Mais, plus que tout, il aurait voulu voir Claire pour s'assurer qu'elle s'était rétablie, qu'elle était en bonne forme physique, et heureuse.

— Le médecin a émis un avis favorable pour le travail de terrain, ajouta-t-il.

Lynch examina le certificat que lui avait remis Ash.

— Dans une autre lettre, peut-être ? Parce que ce n'est pas ce que je lis dans celle-ci. Je lis que vous n'êtes pas totalement remis et que vous ne pouvez exercer qu'une activité restreinte.

— Je peux reprendre pleinement ma mission, insista Ash. Ces restrictions ne sont qu'une recommandation, inutile en l'occurrence. J'ai retrouvé toutes mes capacités.

— Vous voulez reprendre votre mission ? Ou vous voulez retrouver Claire Molenski ?

Ash jeta un regard sombre aux deux autres agents. S'ils avaient dit à leur chef qu'il en pinçait pour Claire, ils avaient trahi son amitié. Mais la simple référence à ce prénom accélérait les battements de son cœur.

— Elle est en danger, déclara-t-il.

— Ah bon ? répliqua Reyes. Depuis une semaine, elle n'a fait l'objet d'aucune tentative d'enlèvement.

Avait-elle publié l'annonce selon laquelle elle ne

disposait d'aucun moyen de contourner un pare-feu, bancaire ou gouvernemental ? A sa connaissance, non. Il n'avait rien vu de tel sur Internet. Parce qu'elle avait pensé qu'on ne la croirait pas ? Ou pour poursuivre leurs efforts et piéger les organisations terroristes ?

— Claire n'a quasiment pas quitté son bureau, indiqua Ash. Et compte tenu de l'augmentation des mesures de sécurité chez Nowak Consulting, il serait très difficile de l'y kidnapper.

Le chef de division haussa un sourcil.

— Et, comment savez-vous où elle était ? demanda-t-il d'un ton qui laissait suggérer qu'il connaissait la réponse.

— J'ai gardé un pied dans l'opération, avoua Ash.

Lynch se tourna vers Reyes et Blaine, l'œil soupçonneux. C'était pour cela qu'il les avait convoqués, comprit Ash. A cause de ce qu'ils avaient pu lui dire. De fait, les deux agents avaient continué à veiller sur Claire, afin de rassurer Ash.

— Pourquoi ? lança Lynch.

— Parce que c'est mon boulot, répondit Ash. Trouver qui est la véritable menace sur la sécurité nationale. Il faut que je retourne sur le terrain.

— Sur le terrain ou auprès de Claire Molenski ?

Il avait besoin de la voir. Cette semaine passée loin de son délicat visage et de sa vivacité d'esprit avait été comme la traversée d'un grand vide cosmique.

— Claire est en contact quotidien avec cette personne dans son travail, expliqua Ash. Et la couverture que j'ai adoptée est celle de son petit ami. Je peux reprendre ma mission.

— Vous n'êtes pas en assez bonne condition

physique pour un travail de protection, objecta son chef en tapotant la lettre du médecin.

— Il ne s'agit pas d'un travail de protection mais d'une opération sous couverture. Et je ne suis pas sans appui, ajouta-t-il en jetant un nouveau coup d'œil à ses compagnons.

— Ils n'appartiennent pas à votre division, rétorqua Lynch.

— Alors pourquoi les avoir convoqués ?

Le chef soupira.

— Une affaire comme celle-ci implique le crime organisé et la sécurité bancaire. C'est pourquoi Reyes participe à l'enquête, et pourquoi l'agent spécial Campbell devrait sans tarder y participer.

— Moi aussi je veux en être, insista Ash.

Lynch gloussa, l'air amusé.

— Vous me faites penser à ces athlètes blessés qui veulent se remettre trop tôt en piste.

Et lui était l'entraîneur qui refusait de l'y autoriser.

— Trop tôt, je ne crois pas, dit Ash.

C'était peut-être même trop tard.

Il n'y avait pas eu de nouvelle tentative d'enlèvement, mais cela ne signifiait pas qu'une future n'était pas en préparation. Ou que le véritable hackeur n'avait pas décidé d'empêcher Claire de l'identifier.

Parce qu'elle s'y échinait, Ash en était certain. C'était la raison pour laquelle elle avait passé tout son temps à son bureau. Elle n'était pas revenue le voir à l'hôpital, ne l'avait pas appelé. Elle ne lui avait même pas parlé quand il avait contacté l'agent Sally Burnham pour savoir comment elle allait.

Lynch soupira.

— Vous êtes un bon agent, Stryker. Je présume donc que vous connaissez vos limites.

Il les connaissait, en effet. Il n'était pas l'homme que Claire recherchait à ce *speed dating*. Celui qu'elle voulait était un homme avec qui vivre une véritable relation, un homme qui voulait devenir un mari et un père. A l'hôpital, il avait vu la façon dont elle regardait le bébé de Blaine. Avec envie. Elle voulait un bébé. Elle voulait fonder une famille.

En dehors de sa protection, Ash ne pouvait rien lui donner de ce à quoi elle aspirait. Et en toute franchise, vu son état, il n'était même pas sûr de pouvoir lui offrir une protection maximale.

— Alors n'en faites pas trop, conseilla son chef. Ne vous mettez pas en danger. Ni vous, ni l'atout essentiel que constitue Mlle Molenski.

— Tout ira bien, assura Ash.

En quittant le bureau, il fit en sorte de rendre son boitillement le plus discret possible.

Blaine et Reyes le suivirent. Remarquant sa démarche, Reyes lui adressa un sourire ironique.

— Tout ira bien, mon œil, murmura-t-il.

— J'ai eu de plus graves blessures dans le passé, répliqua Ash, avant de chercher du regard l'approbation de Blaine.

— Physiquement, certes, dit ce dernier.

— Pourquoi, il y a autre chose ? ironisa Reyes.

— Claire ne veut peut-être plus le revoir…, répondit Blaine, l'air de rien.

Une soudaine panique contracta le cœur d'Ash.

— Pourquoi donc ?

— Elle était derrière la porte, à l'hôpital, quand tu me disais que tu n'avais besoin de personne…

— Pourquoi se soucierait-elle des âneries qu'Ash a pu raconter ? intervint Reyes.

— Parce qu'elle l'aime, lâcha Blaine.

Ash secoua la tête, dubitatif. Si elle l'aimait, pourquoi ne l'avait-elle pas contacté pour savoir comment il allait, s'enquérir de sa blessure ?

Il protesta.

— Claire n'a fait qu'entrer dans le jeu de ma couverture, qui était d'être son petit ami.

Aussi parce qu'elle voulait apprendre des trucs sur la manière d'être en couple, afin d'améliorer ses chances de trouver le bon partenaire.

Et ce n'était pas lui. Tous deux le savaient.

Mais Ash ne pouvait oublier le moment merveilleux où ils avaient dansé ensemble, la perfection avec laquelle ils s'adaptaient l'un à l'autre. Il ne pouvait non plus oublier leurs baisers, le contact chaud et soyeux de ses lèvres sous les siennes.

Mais il n'était pas son petit ami. Il n'était même pas son garde du corps. Il n'était qu'un agent du FBI qui voulait s'assurer de sa sécurité.

Justement, il avait un mauvais pressentiment, un sentiment flou et inexplicable : Claire était menacée, elle avait besoin de lui…

Aussi mit-il le cap sur Nowak Consulting.

Il n'y avait personne dans le bureau de Claire. Lumières et ordinateurs étaient éteints. Pourtant, Claire y avait manifestement passé du temps : sa poubelle débordait d'emballages de nourriture à emporter. Il y en avait jusque sur le sol.

La table de travail était tout autant en désordre. Au milieu trônait le presse-papiers, la boule à neige que son père lui avait offerte. Elle brillait légèrement dans la lumière provenant du couloir.

— Claire n'est plus là, dit une voix grave derrière Ash.

Il se retourna. C'était Peter Nowak.

— Elle a quitté l'entreprise ? s'enquit Ash.

Il avait rencontré l'homme à deux ou trois reprises, la plus récente lorsqu'il avait commencé à enquêter sur cette annonce via Internet. Mais Ash n'avait pu lui poser les questions qu'il aurait voulu car son chef de division au FBI était présent.

L'homme aux cheveux argentés éclata de rire.

— Non, Claire est juste partie plus tôt aujourd'hui. Avec son ange gardien, ajouta-t-il en baissant la voix. Elle va bien.

— Vraiment ? s'étonna Ash. On a tenté plusieurs fois de la kidnapper, et elle a été blessée.

Nowak baissa les yeux sur la jambe d'Ash.

— Vous aussi, observa-t-il. Mais ça fait partie du travail.

Ash acquiesça. L'ancien agent de la CIA connaissait les risques aussi bien que lui : c'était une blessure qui l'avait éloigné des zones de conflit.

— Cela fait partie de mon travail, en effet, reconnut Ash. Mais ça ne devrait pas être une partie du sien.

Nowak soupira.

— Il n'a jamais été dans mes intentions de la mettre en danger.

Ash se tendit. Etait-ce un aveu de culpabilité ? Etait-ce Nowak qui avait mis en vente ces informations sur Internet ?

Le vieil homme posa une main sur son cœur par-dessus sa veste, comme s'il était blessé par les soupçons qu'il percevait chez Ash.

— En lui donnant le niveau d'accréditation maximum, précisa-t-il. C'est tout ce que j'entendais par « la mettre en danger ».

— Mais le plus haut niveau d'accréditation, rétorqua Ash, ce n'est pas elle qui l'a. C'est vous.

Le regard de Nowak s'assombrit de colère.

— Ne devenez pas mon ennemi, agent Stryker ! Ce serait une très mauvaise idée. J'ai beaucoup plus d'amis que vous au Bureau.

Etait-ce pour cela qu'il avait été si vite rayé de la liste des suspects ? se demanda Ash. Grâce à ses amis ?

— De nous deux, je ne suis pas celui qui devrait le plus s'inquiéter pour sa carrière, riposta Ash. En ce qui me concerne, je n'ai pas une entreprise et une réputation à sauvegarder.

— Exact, lâcha Nowak. Et je ne les aurai pas mises en péril. Quelqu'un d'autre est derrière tout cela. Mais vous vous acharnez tellement à soupçonner les mauvaises personnes que vous n'avez toujours pas trouvé le bon suspect.

Lors de leur première rencontre, l'homme avait défendu Claire, déclarant qu'Ash se trompait sur elle.

Il avait eu raison. Comme il avait raison, là, de penser qu'Ash était très inquiet. Mais pas pour sa carrière : pour Claire. Peut-être était-elle partie plus tôt parce qu'elle avait trouvé le bon suspect, songea Ash.

Il fallait qu'il la retrouve avant qu'elle ne se mette plus en danger qu'elle ne l'était déjà.

Claire avait passé toute la semaine au bureau. Mais elle avait beau s'être plongée corps et âme dans le travail, elle n'avait déniché aucun indice sur l'auteur de l'offre en ligne.

Et Ash n'avait pas quitté un seul instant son esprit…

Elle avait voulu l'appeler, ou tout au moins lui parler quand il s'informait sur elle auprès de Sally Burnham, celle qui était affectée à sa protection. Mais elle avait eu peur de ne pouvoir dissimuler ses sentiments pour lui.

L'agent Burnham avait déjà deviné qu'elle était amoureuse de Stryker. Surtout parce qu'elle-même nourrissait aussi pour lui de tendres sentiments. Lors des présentations, elle n'avait pas caché à Claire son dépit qu'il ait joué le rôle de son petit ami.

— Ah, j'aurais tant aimé qu'il soit le mien, avait-elle confié d'un ton rêveur.

Claire partageait ce rêve, bien entendu. Mais elle avait gardé cela pour elle. Puis elle avait tâché de se concentrer sur son travail.

Cependant, depuis le début de la journée, elle n'y était pas arrivée. Parce que Martin n'était pas venu travailler.

C'était une première. Martin n'était jamais absent, ne prenait jamais de congé maladie. Même s'il avait la gueule de bois ou souffrait de manque de sommeil, son assistant ne ratait jamais une journée. Et il répondait toujours lorsque Claire l'appelait ou lui envoyait un texto sur son portable.

Là, il n'était pas venu, pas même en retard, et toutes les tentatives de contact de Claire étaient demeurées vaines. Elle avait donc insisté auprès de l'agent Burnham pour qu'elle la conduise à l'appartement de Martin.

— Je ne suis pas sûre que ce soit une bonne idée, marmonna Burnham en découvrant l'immeuble délabré.

Elle glissa la main sous sa veste, sans doute pour prendre son arme, pensa Claire. Mais elle ne la sortit pas.

Apparemment, Nowak Computer Consulting payait mal son personnel si un logement dans ce bâtiment décrépi était tout ce qu'avait pu s'offrir Martin. Autour, des sirènes ululaient. A l'intérieur, dans les couloirs, la musique et les cris donnaient mal à la tête. Au sol traînaient des canettes de bières, des bouteilles vides, des emballages de fast-food... Claire faisait d'autant plus attention en marchant que sa cheville n'était pas encore rétablie. A ses côtés, l'agent Burnham avançait doucement pour rester à sa hauteur.

— Il faut voir ce qui lui est arrivé, insista Claire. Martin boit trop parfois.

Peut-être avait-il fait un coma éthylique. Peut-être avait-il été cambriolé, étant donné le côté peu rassurant du voisinage.

Rongée d'inquiétude, Claire se précipita vers la porte de Martin et leva la main pour frapper, mais l'agent Burnham lui saisit aussitôt le poignet.

De son autre main, elle avait empoigné son arme.

— Les renforts arrivent, annonça-t-elle. Il faut attendre.

Mais le même pressentiment qui avait poussé Claire à se rendre séance tenante au domicile du jeune homme lui interdisait d'attendre plus longtemps. Et si Martin ne pouvait plus bouger ? S'il avait besoin d'une aide d'urgence ?

Claire ne pouvait se préoccuper de sa propre sécurité quand une autre personne, qu'elle connaissait et aimait bien, avait peut-être besoin d'elle. Libérant sa main, elle frappa au battant.

Celui-ci s'entrebâilla. La porte n'était pas verrouillée. Elle n'était même pas vraiment fermée. Claire en fut plus alarmée encore. Si, parfois, Martin pouvait être distrait ou ne pas avoir l'esprit clair, lors de ses gueules de bois par exemple, jamais il n'aurait oublié de fermer ni de verrouiller sa porte. Encore moins dans ce quartier mal famé.

Puis l'attention de Claire fut attirée par des éclats dans l'encadrement en bois de la porte. Le chambranle était cassé. La porte avait été forcée. Soit à l'aide d'un levier, soit d'un brutal coup de pied.

— Martin ! cria Claire, pour couvrir les bruits dans le couloir.

S'il y eut une réponse elle ne l'entendit pas, aussi se rua-t-elle dans l'appartement. Le désordre y était indescriptible. Pire que chez elle. Le mobilier était renversé, les coussins des sièges éventrés, leur bourre répandue dans la pièce comme la neige dans son globe de verre.

— Martin ! Est-ce que ça va ?

Elle trébucha sur un meuble brisé.

Non, ça n'allait pas du tout. Martin gisait inerte dans une mare de sang, ses yeux sans vie fixés sur le plafond.

Claire se mit à hurler.

17

En dépit de la puissance de la musique, des voix et des sirènes, le cri de Claire parvint jusqu'à Ash. Il perçait le brouhaha, et la terreur qu'il exprimait déchira le cœur d'Ash. Sans égard pour la douleur lancinante dans sa jambe, il franchit en trombe l'entrée de l'appartement.

Sa collègue du FBI tourna son arme vers lui. Esquivant l'une et l'autre, il rengaina son pistolet et empoigna les épaules tremblantes de Claire.

— Ça va ? s'enquit-il d'une voix tendue par l'anxiété.

Claire secoua la tête.

— Où es-tu blessée ?

Et, bon sang, pourquoi l'agent Burnham ne l'avait-elle pas protégée ?

— Ce n'est pas moi qui suis blessée, bégaya Claire en désignant de la main quelque chose sur le sol.

Ash suivit des yeux la direction qu'elle montrait et découvrit le cadavre.

— Ton assistant…

Il était mort, sans doute possible. Ses yeux étaient écarquillés en un regard aveugle, le sang maculait ses cheveux blonds peroxydés, et son visage n'était qu'un monstrueux hématome violacé. Ses doigts avaient été brisés, ses bras et ses jambes formaient des angles bizarres avec son torse. Il avait été torturé.

Claire avait manifestement compris. Elle tremblait de partout, le visage dégoulinant de larmes.

Ash se tourna vers l'agent Burnham.

— Pourquoi l'avez-vous amenée ici ?

— Comme Martin ne s'était pas rendu à son travail et qu'il ne répondait pas à ses appels, elle a absolument tenu à venir.

— Vous êtes censée la protéger, la tança Ash. Au lieu de cela, vous la conduisez à une scène de crime…

L'une des plus horribles qu'il lui avait été donné de voir. Il frissonna à la pensée de ce que le jeune homme avait dû endurer.

— J'ai insisté, expliqua Claire, prenant la défense de Burnham. Si elle ne m'avait pas conduite jusqu'ici, je serais venue seule.

Ses tremblements n'avaient pas cessé, mais elle crépitait littéralement de colère, de l'esprit combatif qu'Ash lui connaissait, et de…

Il n'osa même pas formuler le mot dans sa tête.

— Je ne suis pas la prisonnière du FBI, poursuivit Claire. Vous ne pouvez pas m'empêcher d'aller où je veux.

Donc, si elle l'avait voulu, elle aurait pu le voir, mais elle n'en avait pas éprouvé le désir, comprit Ash. En revanche, elle avait voulu venir chez Martin.

— C'est trop dangereux, déclara Ash.

Surtout dans ce secteur de la ville.

Il avait presque « grillé un fusible » en apprenant où l'agent Burnham avait emmené Claire. Ce n'était pas une zone qu'on pouvait recommander de visiter. Encore moins d'habiter.

Mais Martin n'habiterait plus nulle part…

— Que s'est-il passé ? demanda Ash à sa collègue.

— Les choses étaient ainsi à notre arrivée, répondit-elle.

Mais tout laissait penser que Claire était entrée la première et que c'était elle qui avait découvert le corps. Le professionnalisme de l'agent Sally Burnham laissait quelque peu à désirer.

— Avez-vous examiné l'appartement ? s'enquit Ash. Vérifié que l'assassin n'était plus là ?

Burnham se mit à rougir. Elle avait oublié les règles les plus élémentaires du métier, pesta Ash intérieurement.

Aussi fit-il le tour de l'appartement. Ce n'était en fait qu'un petit studio. Le seul endroit où le tueur aurait pu se cacher était la salle de bains. Quelques secondes lui suffirent pour l'explorer.

— Rien, annonça-t-il avec soulagement.

Puis il s'adressa de nouveau à Burnham.

— Avez-vous passé les appels de rigueur ?

Le rougissement de l'agent s'accentua. Elle gagna rapidement l'entrée et décrocha sa radio.

— Il est trop tard pour aider Martin, murmura Claire.

Elle devait penser que Burnham appelait une ambulance, songea Ash.

— J'aurais dû venir plus tôt, poursuivit Claire. J'aurais dû réagir dès que je me suis rendu compte qu'il ne répondait pas à mes textos.

Et entrer chez lui pendant qu'il se faisait martyriser ?

Ash en eut soudain du mal à respirer. Claire aurait pu être torturée à mort…

Il s'accroupit et toucha la peau de Martin. Elle était glacée.

Ash secoua la tête.

— La mort remonte à un bon moment. La nuit dernière, peut-être. Tu n'aurais pas pu le sauver, Claire.

Plutôt que de la réconforter, ces mots provoquèrent un regain de larmes. Celles-ci inondèrent son visage tandis que des sanglots s'échappaient de ses lèvres. Ce spectacle douloureux étreignit le cœur d'Ash. Il referma les bras sur Claire et attira son corps tremblant contre le sien.

Elle lança les mains autour de son cou et s'accrocha à lui. Elle était choquée, terrifiée, et ne cherchait qu'un peu de chaleur humaine. Il n'y avait là rien de personnel, il le savait. Ce n'était pas comme s'il lui avait manqué.

Comme si elle lui avait manqué…

Il resserra son étreinte et, au fond de lui, remercia le ciel : le corps supplicié dans l'appartement n'était pas celui de Claire.

Ash se fichait des recommandations du médecin quant à sa jambe. Il serait celui qui veillerait à la sécurité de Claire, même au prix de sa vie.

Le cœur de Claire battait de façon erratique dans sa poitrine. Peut-être était-ce à cause de la découverte du cadavre de Martin. Peut-être aussi parce qu'elle était de nouveau avec Ash. Après avoir renvoyé l'agent

Burnham, il avait ramené Claire chez lui — ou plutôt à l'hôtel qu'il considérait comme son domicile.

Assis à ses côtés sur le canapé, il l'emprisonnait contre lui comme s'il voulait l'empêcher de s'effondrer. Heureusement, car son univers tournoyait tel un manège fou.

— Est-ce que mon père et Pam sont en sécurité ? demanda-t-elle.

— Oui, assura Ash. J'ai appelé l'agent assigné à leur protection, et il n'a relevé aucune menace particulière. Ils vivent leur lune de miel sans même savoir que quelqu'un veille sur eux.

Claire aurait dû en être soulagée, mais elle n'arrivait pas à se rassurer complètement. Manifestement, plus personne n'était à l'abri.

— Jamais je n'aurais pensé que Martin était menacé, murmura-t-elle avec tristesse.

Si seulement elle avait su…

— Tu peux parler à ton père et à Pam, si tu veux, proposa Ash. Tu te sentiras peut-être mieux après…

— Non, répondit-elle en secouant la tête. Non. Quelqu'un pourrait intercepter l'appel. Je ne veux pas prendre ce risque.

Elle ne voulait pas mettre en péril la vie de son père et de sa nouvelle épouse plus qu'elle ne l'avait peut-être déjà fait.

— Je peux demander que l'appel soit protégé, indiqua Ash.

Claire réfléchit un instant, mais refusa de nouveau.

— Non. Mon père devinerait qu'il se passe quelque chose.

Ils avaient toujours été si complices que, même à distance, il pouvait sentir sa peur et sa tristesse.

— Il se ferait du mauvais sang et pourrait abréger leur lune de miel pour revenir. Je ne peux pas leur faire ça.

— Ils méritent d'être heureux, convint Ash.

Il lui répétait ainsi les mots qu'elle avait elle-même prononcés, une éternité auparavant.

— Toi aussi, Claire, tu le mérites.

Des larmes lui piquèrent le nez et les yeux. Elle battit des paupières pour les refouler. Elle avait déjà tant pleuré contre Ash que sa chemise devait être toute trempée.

— Non. Je ne le mérite pas. Pas dans ces conditions.

Ash resserra ses bras sur elle.

— Ce n'est pas ta faute, Claire.

— Martin est… était mon assistant. Ils se sont servis de lui pour m'atteindre.

Elle se retint de fermer les yeux pour contenir ses larmes, parce qu'alors elle reverrait le corps de Martin, son pauvre corps brutalisé. Il avait été torturé. Comme elle l'aurait été elle aussi, selon Ash, s'il ne l'avait pas sauvée à chacune des tentatives d'enlèvement.

Une terrible pensée vint à l'esprit de Claire.

— Et si ces gens croient vraiment que tu es mon petit ami ?

— J'espère qu'ils le croient. Sinon, cela veut dire que je suis un très mauvais agent sous couverture.

Elle n'aurait pas dû accepter qu'Ash endosse de nouveau le rôle de son petit ami. Elle n'aurait pas dû quitter avec lui le studio de Martin. Quelqu'un avait pu les voir. Et l'on ne pouvait que présumer qu'ils étaient ensemble. Elle s'appuyait si lourdement sur lui… Et pas seulement parce que sa cheville lui faisait encore mal.

— Ils pourraient se servir de toi… De la même façon…

Elle tressaillit en imaginant le beau visage d'Ash déformé par les coups et contusionné comme celui de Martin.

— Pour m'atteindre.

— Ne t'inquiète pas pour moi, la rassura Ash.

Comme s'il était facile de tirer le rideau sur de telles angoisses.

— Tu t'es déjà pris une balle pour m'empêcher d'être kidnappée, rappela Claire.

Une horreur sans nom l'avait saisie quand elle avait rampé vers Ash dans la ruelle et l'avait trouvé baignant dans son sang.

— Je ne *peux pas* ne pas m'inquiéter pour toi.

— Alors pourquoi tu n'es pas revenue me voir ? demanda Ash. Je suis resté encore plusieurs jours à l'hôpital, mais tu n'as pas donné signe de vie.

Combien cela lui avait coûté ! Pour agir ainsi, elle avait dû se forcer à se rappeler les paroles d'Ash, à l'entendre dire qu'il n'avait et n'aurait jamais besoin de personne.

— Tu n'avais pas besoin de moi là-bas…

Il poussa un grognement.

— Tu m'as entendu parler à Blaine. Ce n'est qu'aujourd'hui qu'il m'a dit qu'il t'avait vue là-bas.

Elle rougit.

— J'écoutais à la porte. Je n'aurais pas dû, mais ce n'est pas comme si tu avais dit une chose que je ne savais déjà. Tu ne fais que ton travail, je l'ai bien compris. Tout comme je comprends combien c'est important pour toi.

— Cette fois, je ne fais pas que mon travail, répondit-il d'une voix émue. Je tiens beaucoup à toi…

Le cœur de Claire bondit d'espoir, ainsi que d'une autre émotion qu'elle ne pouvait s'avouer…

— Je tiens beaucoup à toi, moi aussi. C'est pour ça que je ne veux pas que tu sois de nouveau attaqué à cause de moi.

— Ce n'est pas à cause de toi que j'ai été attaqué, rectifia Ash. Martin non plus. J'ai été attaqué à cause de la mise en vente d'une information constituant une menace pour la sécurité nationale.

— Tu aurais pu être torturé également ! s'emporta Claire.

— Ce ne serait pas la première fois, répondit-il avec un haussement d'épaules. Je suis coriace.

L'homme était une légende. Reyes l'avait déjà dit à Claire, mais elle s'en était fait une opinion personnelle.

— Je ne veux pas te voir dans le même état que Martin !

Elle leva la main pour la glisser sur la joue d'Ash. Son poil rêche lui chatouilla la paume. Elle frissonna, en proie à une soudaine bouffée de désir.

Ash pencha la tête, posa sa bouche sur la sienne mais, avant qu'elle ne puisse lui rendre son baiser, il écarta son visage.

— Pardon. Tu es très vulnérable, là.

Elle s'était toujours sentie vulnérable avec Ash. Bien avant qu'elle ne sache qui et ce qu'il était, il la déstabilisait déjà.

— C'est cela que je veux, susurra-t-elle.

— Cela ?

— Toi…

Mais, s'il ne partageait pas son désir, comment lui en vouloir ? Avec toutes les larmes qu'elle avait versées, son visage devait être enflé et barbouillé. Comment pourrait-il vouloir d'elle ?

Cette fois, il ne pencha pas sa tête vers la sienne. Au lieu de cela, il resserra sa prise, la hissa dans ses bras, se leva du canapé et la transporta jusqu'à la chambre comme si elle n'était pas plus lourde qu'un chiot.

Craignant qu'il ne s'en aille après l'avoir déposée dans le lit, elle s'accrocha à lui et l'y fit tomber avec elle. Mais il ne protesta pas. Il l'embrassa au contraire avec une ardeur fiévreuse. Sa bouche incendia la sienne, leurs lèvres fusionnèrent et sa langue plongea vers la sienne.

Il la goûta, la dévora.

Lorsqu'il releva la tête, elle haleta, peinant à recouvrer son souffle, les poumons et le cœur douloureux. Il se redressa. Ce baiser serait-il tout ce qu'il lui donnerait, cette fois encore ?

Mais, en quelques gestes précis, il se débarrassa de sa veste et de son holster, et retira sa chemise. Claire glissa les mains sur son torse nu, se délecta des muscles de ses épaules et de sa poitrine, joua avec la fine toison brune qui couvrait celle-ci. Puis elle descendit jusqu'à la ceinture, défit la boucle et descendit la fermeture Eclair.

Il lâcha un gémissement de gorge.

Puis, à son tour, il la déshabilla, lui enleva son pull-over et son jean, enfin ses sous-vêtements.

Elle se retrouva totalement nue sous lui et il l'embrassa de nouveau. Partout. Sur le cou, les épaules, le galbe de ses seins… Ses lèvres se refermèrent sur un téton et le happèrent avec douceur.

Elle geignit, tandis qu'une myriade de sensations lui sillonnait le corps jusqu'à l'endroit le plus sensible de son anatomie, qui clamait sa faim de lui.

— Ash…

Comme s'il le savait, il la toucha là, avec délicatesse. Il la taquina du bout des doigts, tout en continuant à baiser ses seins, avant de remonter petit à petit vers ses lèvres.

— S'il te plaît, murmura-t-elle contre sa bouche.

Elle avança la main vers son sexe érigé et la referma dessus. Il lâcha un grognement.

— Fais-moi l'amour, le pressa-t-elle.

Il poursuivit sa cruelle taquinerie jusqu'à ce qu'elle se tortille sous lui. Son intimité se détendait à mesure qu'il lui prodiguait du plaisir. Mais ce n'était pas assez. Elle voulait plus. Elle le voulait… totalement.

Oh ! Sur le plan sentimental elle ne l'aurait jamais, elle le savait. Mais sur le plan physique elle le pouvait.

Il plongea en elle, et la tension érotique qui la parcourait s'accrut à chacune de ses poussées. Sans interrompre ses va-et-vient, il l'embrassa avec gourmandise. Leurs langues se caressèrent l'une l'autre tandis qu'une volupté unique s'emparait de leurs corps.

Il était si loin en elle qu'il semblait être une partie indissociable de son être, au cœur de *qui* elle était et de *ce* qu'elle était. Elle lança les jambes autour de lui et les referma sur ses reins, arquant le dos pour mieux accueillir chacune de ses poussées. De même qu'ils avaient dansé en parfaite harmonie au piano-bar, ils faisaient l'amour en parfait accord dans cette chambre.

Après quelques nouvelles plongées, ils atteignirent l'orgasme en même temps. Claire cria, submergée par le plaisir. Ash tressaillit de tout son corps, puis s'affaissa. Et tandis qu'il basculait sur le flanc, à côté d'elle, elle avisa son bandage à la cuisse. Il n'était pas encore tout à fait remis de sa blessure par balle.

Finalement, qui avait profité de qui ?

— Je suis navrée, murmura-t-elle.

Navrée qu'il ait été blessé. Et navrée qu'il ne soit pas vraiment son petit ami.

Et, plus que tout, navrée d'être tombée follement amoureuse de lui.

18

— C'est moi qui devrais l'être, confessa Ash. J'ai franchi la ligne rouge.

Et, malgré toutes les opérations qu'il avait effectuées sous couverture auparavant, jamais il n'avait franchi cette ligne. Il avait toujours agi en professionnel, même lorsqu'il était infiltré dans un réseau terroriste, un gang ou une milice.

Mais, pour la première fois de sa carrière, il avait été distrait de sa mission. Rien ni personne ne l'en avait jamais détourné comme le faisait Claire Molenski.

Son pistolet était par terre. Et si quelqu'un les avait suivis depuis l'appartement de Martin ? Ash doutait. Aurait-il eu assez de lucidité pour entendre l'individu s'introduire dans leur suite ? Aurait-il pu se saisir à temps de son arme pour défendre Claire ?

— J'ai peut-être un peu insisté pour que tu franchisses cette ligne, déclara Claire en rougissant d'embarras.

Ou de libido exacerbée…

Il y avait tant de sensualité chez cette femme. Elle avait répondu avec une telle spontanéité à chacun de ses gestes qu'il avait de nouveau envie de la toucher. Mais elle avança la main la première.

Ses doigts glissèrent sur sa cuisse, longèrent le pansement.

— J'ai récupéré, assura-t-il.

Et il ne parlait pas seulement de sa jambe : une autre partie de son corps réagissait au contact de la main de Claire.

Elle ravala un hoquet de surprise.

— C'est possible ?

— Apparemment oui.

Il n'avait jamais eu envie de récidiver aussi vite avec personne, mais peut-être était-ce parce qu'il n'avait jamais désiré une femme autant qu'il désirait Claire.

De la pointe de ses ongles, elle remonta sa cuisse jusqu'à sa virilité. Il serra les dents, ce qui n'empêcha pas un gémissement de s'échapper de sa gorge. Claire caressa son sexe du bout des doigts, le taquina.

— Claire…

— Tu ne veux pas me refaire l'amour ? demanda-t-elle en battant des paupières de façon lascive.

Il l'avait vue effrontée, effrayée, mais jamais séductrice. Cette femme était dangereuse, infiniment dangereuse pour lui…

Son cœur enfla dans sa poitrine et tressauta sous l'émotion. Mais il refusa de donner un nom à ce qui se passait en son for intérieur.

Il saisit Claire, lui fit l'amour à fond, l'embrassa avec fougue, sur chaque centimètre carré de sa peau de satin. Elle se contorsionna sous lui, arqua le dos.

— Prends-moi encore. Encore…

Peut-être se servait-elle de lui pour oublier qu'elle avait perdu un ami. Ash s'en fichait.

Il ferait tout pour apaiser sa souffrance. Il lui donna

le plus de plaisir possible, l'aima autant qu'il en était capable et au-delà… Les larmes de Claire se remirent à couler. Ash se raidit, mais c'était trop tard. Son orgasme survint, si puissant qu'il en fut lui-même au bord des larmes.

Il se sentait submergé, minuscule. Tout ce qu'il put faire fut de tenir Claire contre lui tandis qu'elle sanglotait sur son torse.

Les jours suivants s'écoulèrent dans un grand flou d'émotions, de regrets et de chagrin. Claire avait passé suffisamment de temps dans cette suite d'hôtel, dans les bras d'Ash, à pleurer, à faire l'amour, à tomber irrémédiablement amoureuse…

Mais elle l'était sans doute déjà avant qu'ils ne fassent l'amour. Peut-être était-ce arrivé quand ils avaient dansé au piano-bar. Ou dans la ruelle juste après.

Au fond, peu importait le moment. Peu importait le fait même qu'elle soit tombée amoureuse. Car il n'en résulterait jamais rien. Ash lui avait fait l'amour, certes. Mais il n'était pas amoureux d'elle.

En était-il seulement capable ? Il était tellement convaincu de n'avoir besoin de personne dans sa vie. La seule chose qu'il voulait, c'était s'accomplir dans sa carrière.

Il ne voulait pas d'une femme, ni d'une famille, ni même d'une véritable petite amie.

Claire aimait Ash Stryker, mais il n'était pas l'homme qu'il lui fallait, celui avec qui elle pourrait partager sa vie. Jamais elle n'aurait avec lui ce que son père avait avec Pam. Ou Leslie avec Ed.

Car elle voulait tout cela.

Mais pour le moment, au diable ses états d'âme ! Sa seule préoccupation était de rendre ses derniers hommages à Martin. Aussi, vêtue d'une sobre robe noire, elle sortit de la salle de bains.

Ash leva les yeux de son ordinateur. Il se tendit aussitôt et étudia sa tenue.

— Où crois-tu aller comme ça ?

Elle se crispa.

— Ce n'est pas une robe de danse. Et puis, je crois que tu le sais…

Ash secoua la tête.

— Tu ne peux pas y aller.

— Je ne peux pas *ne pas* y aller.

— C'est trop dangereux.

C'était ce qu'il avait dit chaque fois qu'elle avait voulu quitter l'hôtel ces derniers jours. « Trop dangereux ».

Ayant encore en tête le corps supplicié de Martin, elle n'avait pas cherché à discuter. Elle avait même commandé sa robe noire sur Internet puisque Ash lui avait interdit de sortir pour l'acheter. Mais, cette fois, elle avait la ferme intention de se rendre en ville, que cela lui plaise ou non.

— Il faut que je présente mes condoléances.

Sauf qu'elle ignorait à qui. Son assistant avait-il de la famille ? Il ne faisait jamais allusion à ses parents ni à d'éventuels frères et sœurs. Il parlait parfois de ses amis, ceux avec qui il faisait la fête… Mais Claire tenait vraiment à lui rendre ses derniers hommages.

— Tes condoléances ou tes remords ? lança Ash. Tu culpabilises pour ce qui est arrivé à Martin, n'est-ce pas ?

Elle ne pouvait le nier.

— Quand bien même…, répliqua-t-elle. Cela ne fait aucune différence. J'ai besoin d'assister à ses funérailles.

Ce besoin était impérieux. Elle se sentait si responsable de ce qu'avait enduré ce pauvre garçon. Sa mort elle-même était déjà triste en soi, mais ce qu'on lui avait fait subir avant…

Claire frissonna en essayant de l'imaginer.

D'un mouvement de tête, Ash lui renouvela son refus. Apparemment, il avait oublié qu'elle n'avait pas besoin de sa permission. Elle n'était pas sa prisonnière. Juste sous sa protection.

— Martin était mon ami.

Certes, elle exagérait quelque peu. Ash ne manqua pas de le relever.

— Ton ami ? Tu lui rendais souvent visite ? Tu prenais des verres avec lui ?

Claire ne répondit pas, se contentant d'observer Ash d'un regard froid.

— Il venait te voir chez toi ? Vous dîniez ensemble ? Vous regardiez des films ?

— Nous n'avions pas ce genre de relations, reconnut-elle. Ce n'était pas nécessaire. Nous étions des amis au bureau. Depuis trois ans, je le voyais tous les jours.

Ce qui était plus que n'importe qui, même son père.

Ash soupira.

— C'était ton collègue de travail. Cela n'en fait pas pour autant un ami.

Claire éclata de rire. Ash était d'une telle mauvaise foi.

— Ah bon ? Donc, les agents Campbell et Reyes ne sont pas tes amis ?

— Si. Mais Blaine et moi, nous nous connaissions bien avant d'intégrer le FBI. Quant à Reyes, nous avons beaucoup de choses en commun.

Claire tiqua. Avait-elle des choses en commun avec Martin ? Elle ne le connaissait pas assez pour le savoir.

— Que nous ayons été amis ou pas n'est pas le problème…

Après son arrestation à l'âge de seize ans, elle n'avait eu le loisir ni de garder le contact avec ses anciens amis, ni de s'en faire de nouveaux.

— Martin était mon assistant et je vais à ses funérailles.

Ash poussa un nouveau soupir, écarta son ordinateur et se leva. Il eut juste une petite grimace en reportant son poids sur sa jambe blessée.

Tout comme la cheville foulée de Claire, celle-ci guérissait vite.

— C'est une mauvaise idée, marmonna-t-il.

Possible, songea Claire.

— Tu as mis un costume, remarqua-t-elle soudain. Tu vas au bureau ?

Il secoua la tête.

— Non. Mais je commence à bien te connaître. Je savais que tu voudrais te rendre aux funérailles de Martin, quelles que soient mes mises en garde.

— Tu le savais ?

Il la connaissait bien, en effet. Mais elle le connaissait bien lui aussi, hélas. Si bien qu'elle devait accepter l'idée qu'ils n'avaient pas d'avenir ensemble.

Ash avait l'air accablé, comme si la protéger était

une pénible corvée. Compte tenu de ce qu'il avait déjà subi, ce l'était sans doute.

— Et tu as l'intention de m'accompagner…

Les lèvres d'Ash s'étirèrent en un léger sourire.

— Quel petit ami serais-je si je te laissais aller seule à des funérailles ?

— Un vrai ? suggéra-t-elle.

— Tu as dû en avoir de minables jusqu'ici, répliqua Ash.

— J'ai eu une vie sentimentale très réduite, expliqua-t-elle.

Elle ne se rappelait pas comment étaient ses anciens petits amis, mais apparemment ils avaient disparu dès qu'elle avait eu maille à partir avec la justice.

Ash hocha la tête d'un air entendu.

— C'est pour ça que tu voulais tant que je t'embrasse.

Ses yeux bleus se mirent à pétiller de désir. Sans doute se souvenait-il qu'il lui avait donné davantage que des baisers. En l'occurrence, elle était aussi coupable que lui.

Mais elle ne voulait pas qu'il se comporte à nouveau comme un petit ami, parce qu'il risquait d'être blessé ou pire.

— J'ai appelé l'agent Burnham. Elle est OK pour m'escorter.

Le pétillement disparut aussitôt des yeux d'Ash.

— Jamais de la vie.

— Ce n'est pas sa faute si je suis allée chez Martin. Pour découvrir son cadavre…

— Exact, admit Ash. C'est de la tienne. Tout comme vouloir te rendre coûte que coûte à ces funérailles est *ton* erreur.

Une sourde colère monta en Claire, comme lorsque Ash avait suggéré qu'il pouvait exister meilleur hackeur qu'elle. Il la piquait dans sa fierté comme personne ne l'avait fait avant lui. Sans doute parce que ce qu'il pensait d'elle comptait beaucoup à ses yeux. Il fallait qu'elle cesse de lui donner autant d'importance.

— Très bien. C'est *mon* erreur. J'irai *seule*.

Elle se dirigea vers la porte, mais Ash s'interposa, lui bloquant le passage. Il était à quelques centimètres d'elle, si près que son souffle la caressa lorsqu'il murmura :

— Tu n'iras nulle part.

Le cœur de Claire se mit à battre à grands coups contre ses côtes. Ash allait-il la porter jusqu'à la chambre comme quelques jours plus tôt ? Il lui avait alors fait l'amour pour la consoler, lui faire oublier un moment ce qu'elle avait vu chez Martin.

Elle ne le laisserait pas la distraire de nouveau. Non qu'il eût essayé de le faire depuis ce soir-là. Elle s'était réveillée seule le lendemain matin, et, hormis un coup d'œil ici et là, il s'était comporté comme s'il ne s'était absolument rien passé. Comme s'ils n'avaient jamais fait l'amour.

Elle en avait été blessée et lui en avait beaucoup voulu.

— Tu crois ça ?

Elle s'opposait à son ordre, ou plus précisément lui contestait le droit de lui donner des ordres.

— Tu n'iras nulle part seule, reprit-il. Je viens avec toi.

Elle n'était pas apaisée pour autant.

Elle préférait y aller seule plutôt que de mettre Ash en danger. Mais elle irait. Elle le devait à Martin.

C'était à cause d'elle qu'il avait perdu la vie. Si on l'avait torturé, c'était pour le forcer à divulguer une info qui entrait dans la seule expertise de Claire. Aussi, quoi que puisse dire ou penser Ash, elle avait sa mort sur la conscience.

Elle haussa les épaules.

— Comme tu voudras…

De toute façon, il viendrait. Elle le connaissait assez pour le savoir.

— Ce sont peut-être tes funérailles aussi, l'avertit-elle.

Regrettant aussitôt ses paroles, elle grimaça. Non ce n'étaient pas ses funérailles. Du moins pas encore.

Ash tourna le bouton de la porte et la lui tint ouverte.

— J'espère en tout cas que ce ne seront pas les tiennes.

— Moi aussi, murmura-t-elle une fois dans le couloir. Moi aussi…

Mais elle ne voulait pas qu'Ash meure. Avec un peu de chance, il avait appelé ses amis — ses vrais amis — en renfort. Parce qu'Ash et elle en auraient certainement besoin. Elle en avait la désagréable intuition.

19

Le bras glissé autour des épaules de Claire, Ash entra dans la chapelle funéraire. Pour toute personne les observant, et elles étaient nombreuses, il était le petit ami qui offrait son réconfort en cette triste circonstance. Mais en réalité il était là pour sa protection, et sa main libre pouvait à tout instant plonger vers son holster sous sa veste.

Claire pensait que son assistant avait été tué dans le seul but de l'atteindre, elle. Si c'était vrai, alors les funérailles de Martin étaient le lieu idéal pour le faire. Parce que ceux qui la connaissaient savaient qu'elle ferait acte de présence.

Elle s'avança dans l'allée centrale vers le cercueil ouvert.

Aux yeux d'Ash, Martin ne méritait pas ses hommages. Claire se sentait coupable, comme si c'était elle qui avait mis Martin en danger. Ash commençait à croire le contraire.

Le jeune homme ne possédait pas son talent en matière de hacking. Selon le dossier d'entreprise établi par Nowak, il n'avait piraté d'une poignée de jeux vidéo en ligne et quelques adresses de réseaux sociaux. Il n'était donc pas à même de contourner des pare-feu bancaires ou gouvernementaux. Ce qu'il connaissait ne valait pas la peine d'être mis aux enchères sur Internet.

Mais ce qu'*elle* connaissait ?

Vu l'endroit où il vivait, il était manifeste que Martin avait des soucis d'argent. Après avoir mené une enquête approfondie sur sa situation financière, Ash avait découvert qu'il avait des dettes. Des dettes de jeu. Et les gens de ce milieu, bookmakers et prêteurs sur gages marrons, n'étaient pas réputés pour leur patience ni leur sens de l'humour.

— C'était une mauvaise idée, souffla une voix dans l'oreillette d'Ash.

Dalton Reyes lui disait ce que ne cessait de lui répéter sa propre voix intérieure.

— Je connais une bonne partie de ces gusses, ajouta Reyes…

Des membres du crime organisé.

Auprès de qui Martin avait-il contracté ces maudites dettes de jeu ? Qui étaient ses créanciers ? Ces types étaient-ils venus dans l'idée de récupérer leur fric ?

Ash reconnaissait lui-même quelques visages. Des gens figurant sur des listes de terroristes potentiels. L'annonce sur Internet leur avait fait pointer le nez à tous. L'un d'eux, suspecta-t-il, était sans doute le tortionnaire de Martin. Le gosse avait-il avoué qu'il ne savait rien ? Avant de mourir, avait-il « donné » Claire, la présentant comme la seule en mesure de contourner ces pare-feu ?

— Il faut partir, chuchota Ash à Claire, tandis qu'ils s'arrêtaient devant la dépouille du jeune homme.

Ses paupières closes, ses ecchymoses dissimulées

sous un savant maquillage, Martin avait meilleur aspect que lorsque Claire l'avait découvert. Qui sait, se dit Ash, peut-être avait-elle besoin de cela, de cette dernière image se surimposant à celle, insoutenable, qu'elle avait gardée en mémoire. Mais elle n'avait pas besoin d'assister à la suite.

— Tu n'es pas en sécurité ici, répéta Ash.

Claire tremblait contre lui. Il pouvait suivre le rythme haché de sa respiration. Elle s'était remise à sangloter doucement. Il détestait ce chagrin que lui causait la mort de son assistant, détestait cette souffrance supplémentaire liée au fait d'être venue dans cette chapelle funéraire.

Une souffrance qu'exprimait tout son corps…

— Nous n'avons pas assez d'hommes, avertit Reyes dans l'écouteur d'Ash. Il faut ficher le camp d'ici !

Ils s'étaient préparés à la possibilité que certains suspects assistent aux funérailles de Martin, comme Leslie Morrison ou Peter Nowak. Leslie était assis à côté de son ancien patron, au troisième rang face au cercueil. Leslie n'était donc pas un ancien employé. Il travaillait toujours pour Nowak. Ash n'en était pas surpris.

Pour avoir épluché les dossiers de tout le personnel, il savait que son emploi était officieux. Quel travail secret effectuait-il pour que les deux hommes aient l'air aussi gêné d'être surpris ensemble ?

Ils rougirent sous son regard, mais leur rougissement s'accentua lorsqu'ils reportèrent leur attention sur Claire. Leur rapacité l'avait-elle mise en danger ? se demanda Ash. S'inquiétaient-ils pour elle, qu'elle finisse comme son assistant ? Allongée dans un cercueil, torturée à mort ?

Ash devait veiller à ce que ce ne soit pas le cas. Le Bureau n'avait pas prévu une présence aussi importante d'individus suspects. En termes d'armement, ils étaient en position d'infériorité.

— Il faut partir, insista-t-il.

Sans laisser à Leslie ou à son patron le temps d'approcher Claire, il la fit se retourner.

Il s'attendit à ce qu'elle résiste, à ce qu'elle lui réplique qu'elle ne pouvait s'en aller avant la fin de l'office, mais elle ne discuta pas.

Elle descendit rapidement l'allée entre les personnes prétendument endeuillées. Elle était intelligente et intuitive. Elle avait saisi le danger qui les entourait. Ash le comprenait soudain. Mais avait-il encore le temps de la sauver ?

Quelqu'un pensait-il à Martin dans cette chapelle ? se demanda Claire. Personne ne pleurait. A part elle, personne n'avait versé une larme. Toutefois, les siennes avaient cessé de couler lorsqu'elle avait senti ce qu'Ash avait sans doute déjà compris, mais qu'elle n'avait pas voulu regarder en face jusque-là : personne, dans cette assistance, n'était là pour le défunt…

A l'exception de Leslie, de Nowak et de quelques probables compagnons de bars de Martin, il n'y avait que des costauds à la mine patibulaire, engoncés dans des costumes sombres qui ne parvenaient pas à dissimuler l'arme qu'ils portaient dessous. Ils ressemblaient aux types qui avaient essayé d'enlever Claire. C'étaient des nervis rémunérés. Ou des acheteurs.

Martin était à l'origine de tout. C'était lui qui avait posté l'annonce sur Internet. Sauf qu'il ne possédait pas l'information mise en vente. Contrairement à Leslie, son ex-mentor, Claire n'avait pas transmis au jeune homme toutes ses connaissances. Sans doute parce qu'elle n'avait pas une absolue confiance en lui. A juste titre, apparemment. Mais la question qui se posait était : avait-il tenté de vendre ce qu'*elle* savait ?

Etait-ce lui qui l'avait mise en danger ?

La réponse semblait claire, vu la façon dont ces hommes formaient un cercle autour d'elle. Ils tentèrent même de l'agripper, mais Ash et elle forcèrent leur chemin à travers le groupe de plus en plus oppressant. Ils ressemblaient à des paparazzis harcelant des célébrités. Mais ce n'était pas des photos qu'ils voulaient. C'était elle.

Pendant trois ans, Martin avait été son assistant. Et il l'avait trahie.

Existait-il quelqu'un à qui elle pouvait encore se fier ?

Ash.

Elle s'accrocha à lui. Mais brusquement, il s'écarta d'elle et sortit son pistolet.

— FBI ! Agent spécial Stryker. Reculez !

Les malfrats répondirent en tirant leurs armes de leurs holsters. Des cris et des hurlements s'élevèrent dans la petite chapelle de la part des rares personnes venues pour l'office funèbre.

Tétanisée, Claire fut incapable d'émettre un son. Ce n'était pas tant pour elle-même qu'elle avait peur que pour Ash. Il se remettait tout juste de sa blessure et ne pouvait se prendre une nouvelle balle dans le corps.

Elle avait eu tort, se morigéna-t-elle. Tort d'insister pour assister à ces funérailles. Ash l'avait pourtant avertie : elles pouvaient fort bien devenir les siennes. Ou les leurs.

Elle toussota pour s'éclaircir la gorge et murmura à Ash.

— Je te demande pardon.

Elle voulait lui dire plus que cela. Elle voulait lui dire la vérité : elle l'aimait.

Trop embarrassée, elle avait jusque-là gardé le silence sur cette réalité. Leur incompatibilité était telle qu'ils n'avaient aucun avenir ensemble, avait-elle pensé.

Apparemment, ils n'avaient pas d'avenir du tout.

Mais avant qu'elle ne puisse ajouter un mot, les coups de feu éclatèrent dans la chapelle funéraire. Les tirs étaient proches, assourdissants. Claire se couvrit les oreilles tandis qu'Ash lui faisait un bouclier de son corps.

Lors de la précédente fusillade, il portait un gilet pare-balles mais cela ne l'avait pas empêché d'être blessé. Cette fois, présuma-t-elle, ce n'était pas la jambe d'Ash qu'ils viseraient, mais sa tête. Ils voudraient le tuer très vite afin de lever l'obstacle qui les empêchait d'accéder à elle.

Elle voulait lui demander de nouveau pardon.

Et, par-dessus tout, lui déclarer son amour.

Mais c'était trop tard.

Ash était incapable de dire qui tirait. Les méchants ou les bons. Mais peu importait, les balles volaient en tous sens, mettant en péril la vie de toutes les personnes présentes. Il devait à tout prix faire sortir Claire de la chapelle.

Alors qu'il la dirigeait vers la porte, la protégeant toujours de son corps, des mains l'accrochèrent. Ash braqua son arme tous azimuts, mais ne s'en servit que pour empêcher des malfrats de faire feu sur lui.

Ce n'était pas pour sa propre vie qu'il s'inquiétait, mais pour celle de Claire, et pour ce qui lui arriverait s'il n'était plus capable de la protéger. La douleur irradiait dans sa cuisse, mais il l'ignora et continua à avancer.

Claire marchait d'un pas mal assuré. A cause de la peur, peut-être. Ou de sa cheville pas tout à fait guérie… Il n'aurait pas dû l'amener là. Mais il avait cru les renforts suffisants.

Dans le chaos ambiant, il ne savait même pas distinguer les amis des ennemis. Ne restait qu'à sortir au plus vite de la chapelle.

Mais par où ?

Reyes hurla presque dans l'oreillette.

— La porte latérale ! Tu ne pourras pas repasser par la grand-porte, sauf dans un sac de la morgue.

Ash changea de direction juste à temps. Les balles qui lui étaient destinées frappèrent des chaises près de lui tandis qu'il traversait la nef entre deux rangées, poussant Claire devant lui. Mais où donc était la porte latérale ?

Reyes lui aurait-il menti ? se demanda Ash avec effroi.

De son propre aveu, Dalton Reyes avait grandi parmi des délinquants de tout poil. Même s'il en avait arrêté plusieurs, ils n'en avaient pas moins été ses amis. Peut-être avait-il conservé quelques liens dans ce milieu. Avec une forte somme d'argent, peut-être était-il passé du mauvais côté…

Enfin apparut l'issue de secours, presque entièrement dissimulée par un palmier en pot. Il y avait urgence. Des mains se refermaient dans son dos et l'attiraient en arrière, tandis que d'autres s'attaquaient à Claire et l'éloignaient de lui.

Ash projeta son coude dans le nez de quelqu'un. Du sang gicla. Puis il frappa un autre nez du canon de son pistolet. Son propriétaire jura et s'affaissa sur le tapis noir.

Mais Claire continuait d'être tirée vers l'issue de secours. Reyes leur avait-il tendu un piège ?

Décidé à ne se fier à personne d'autre qu'à lui-même, Ash pointa son arme devant lui.

L'homme qui tenait Claire dirigea le canon de la sienne vers sa tempe.

— Je vais la tuer !

Les beaux yeux verts de Claire s'écarquillèrent d'effroi, mais d'un hochement discret de la tête elle autorisa Ash à tirer.

Comme elle détenait les infos que tout le monde convoitait, le type n'allait sans doute pas mettre sa menace à exécution, supposa Ash. D'autres nervis reculèrent, refusant de prendre le risque de vérifier lequel bluffait.

D'un autre côté, l'homme pouvait la tuer par accident.

Son index était posé sur la détente. S'il agitait son arme en tombant, le coup pouvait partir et toucher Claire.

S'adossant à la porte, il poussa celle-ci avec la visible intention d'emmener son otage.

Une sirène se déclencha, informant tout le monde que la porte latérale avait été ouverte et que Claire allait être extraite de la chapelle. Des sirènes extérieures firent écho à la première. Des renforts supplémentaires arrivaient. Trop tard, hélas, pour être d'une quelconque utilité, s'alarma Ash.

Même s'ils agissaient vite, Claire serait kidnappée. Et avec tous ces hommes armés autour de lui, Ash serait sans doute déjà mort.

Les yeux de Claire se dilatèrent d'angoisse et de déception. Elle avait placé toute sa confiance en lui, avait cru qu'il la protégerait, veillerait à sa sécurité.

Alors Ash se fit confiance et tira.

D'autres coups de feu répondirent au sien.

20

Le sang dégoulinait sur le visage et le cou de Claire. Elle ne pouvait s'arrêter de trembler, ses muscles étaient traversés par des spasmes nerveux. Jamais elle ne s'était sentie aussi impuissante que dans cette pièce. Elle était incapable de contrôler son propre corps.

Sa peau était glacée, ses dents claquaient et elle avait la chair de poule. Seigneur, comme elle avait froid.

Ash glissa son bras autour d'elle, mais elle ne ressentit aucune chaleur. Elle était insensible, en état de choc.

— Tout va bien, dit-il d'une voix douce. Tu n'as pas été touchée.

Mais il lui essuya le visage les doigts tremblants.

— Ce sang n'est pas le tien.

Il n'était pas le sien. Il provenait de l'homme qui l'avait tenue prisonnière. L'homme qu'avait tué Ash. Mais lorsqu'il était tombé, un autre avait tenté de se saisir d'elle. Elle avait vécu le pire cauchemar de sa vie. Un cauchemar bien réel.

Sans Ash, elle n'aurait pas survécu. Elle était étonnée d'être saine et sauve. Mais… l'était-elle vraiment ?

— Tu en es sûr ? demanda-t-elle à Ash.

Il prit son visage entre ses deux mains maculées de sang et sonda son regard.

— Pourquoi, tu es blessée ? s'enquit-il, la voix sourde d'anxiété. Tu penses qu'une partie de ce sang est le tien ?

— C'est forcé, répondit-elle. Nous devons saigner tous les deux.

Ash avait du sang sur lui. Un filet coulait depuis la commissure de ses lèvres, un autre d'une écorchure sur son front. C'était le sien. Il avait été blessé, tout cela parce qu'elle avait tenu coûte que coûte à assister aux funérailles de celui qui l'avait trahie.

Elle leva sa main et effleura la bouche d'Ash.

— Tu saignes…

D'un geste rapide, il essuya le sang sur son menton.

— Je n'ai rien, assura-t-il.

— Comment ? fit-elle. Comment est-il possible que nous ne soyons pas morts tous les deux ?

Quelqu'un rit. Ce n'était pas Ash. Son visage était grave et tendu. Il paraissait aussi stupéfait qu'elle d'être toujours en vie.

L'étaient-ils seulement ?

L'agent spécial Blaine Campbell émergea de l'angle de la pièce où Ash avait conduit Claire. Elle ne savait pas où ils étaient ni comment ils étaient arrivés là. Encore moins comment ils s'étaient échappés de la chapelle funéraire.

Vivants.

Elle peinait vraiment à y croire.

— Je me suis posé la même question, confia Blaine. Il y a eu certaines situations, en Afghanistan, où je ne sais toujours pas comment nous avons réussi à nous en tirer.

Ash frissonna nettement.

— Oui, c'était très similaire… L'impression que notre dernière heure a sonné.

— Tu es sûr que ça va ? s'enquit Blaine en dévisageant son ami.

Ash secoua la tête.

— Non, ça ne va pas. Je suis furieux.

Claire ravala son souffle. La colère vibrait dans sa voix et crispait son beau visage. Mais elle comprenait qu'il soit fâché contre elle. Elle avait insisté pour se rendre à ces funérailles sans tenir compte de ses avertissements.

— Je suis navrée, dit-elle d'une voix contrite.

Elle s'en voulait tellement de l'avoir mis en danger. S'il lui était arrivé malheur…

— C'est contre moi-même que je suis furieux, précisa Ash. Furieux de t'avoir amenée à un endroit où je savais que le danger t'attendait.

— C'est ma faute, murmura-t-elle.

Ash secoua la tête.

— Non. C'est celle de ton assistant.

Celui qui avait été recruté pour l'aider était celui qui l'avait plongée dans cette situation infernale. Claire avait de nouveau envie de pleurer, mais elle avait déjà versé assez de larmes sur Martin Crouch.

— Il a mis en vente ce que tu étais censée savoir. Autrement dit, il *t'a* mise en vente, lança Ash d'une voix tremblante de rage.

— Mais il l'a payé de sa vie, fit remarquer Blaine.

Non seulement il était mort, mais il était mort dans d'atroces souffrances. Claire n'en tirait aucun sentiment de vengeance, juste du regret.

— C'est fini, soupira-t-elle.

— Non, répliqua Ash. Pas encore. Ce ne sera fini que lorsque tous ceux qui veulent acheter cette information, tous ceux qui te veulent, seront arrêtés.

— Tu ne pourras pas tous les avoir, avertit Blaine.

— Il le faut, grogna Ash. Sinon, Claire ne sera jamais en sécurité.

Au souvenir de toutes ces mains qui l'accrochaient, elle frissonna de révulsion. Elle ne pouvait vivre ainsi. Elle ne pouvait vivre dans une peur perpétuelle.

Ash plaça une main sous son menton et lui releva la tête jusqu'à ce qu'elle croise son regard. Dans ses yeux bleus brillait un mélange de colère, de détermination et de droiture.

— Je les attraperai, promit-il. Je veillerai à ce que tu sois totalement en sûreté.

— Et toi ? demanda-t-elle.

Si Ash traquait de nouveau ces hommes, il serait en danger.

— Il ne m'arrivera rien, dit-il, dissipant en partie ses peurs. A toi non plus. Blaine veillera sur toi. C'est pour ça que je t'ai amenée ici.

Blaine secoua la tête.

— Ce n'est pas une bonne idée, Ash. Tu ne peux pas te lancer seul à leur recherche.

— Je ne serai pas seul. Reyes et les agents qui ont rappliqué à la chapelle seront avec moi.

— Ceux qui sont en état, nuança Blaine. Parce qu'il y a eu des dégâts. Nous avons pas mal de blessés. C'était comme en Afghanistan. Je devrais être avec toi dans ce combat comme je l'étais là-bas.

Ash refusa d'un mouvement de tête.

— Reyes est un agent de grande valeur, insista Blaine. Il saura la protéger.

— Reyes est bon, convint Ash. Mais il n'a pas une femme et un enfant. Toi si. C'est pour ça que tu dois rester auprès de Claire.

Son ami blond sembla convaincu. Il ne voulait certainement pas laisser derrière lui une veuve et un orphelin.

— C'est plus sûr ici, insista Ash. J'ai veillé à ne pas être suivi.

Blaine hocha la tête.

— Moi aussi.

Donc, comprit Claire, elle était en sécurité. Mais Ash ?

Elle lui agrippa le bras.

— N'y va pas ! Ne fais pas ça…

— Il le faut !

S'agenouillant de nouveau devant sa chaise, il prit son visage entre ses mains et plongea son regard dans le sien.

— Souviens-toi d'une chose. Tout ce que je fais, c'est pour toi que je le fais.

Elle frissonna, moins rassurée que jamais.

— Te faire tuer, ce sera aussi pour moi ?

Il se releva sans lui répondre, alluma une télé qu'elle n'avait pas remarquée jusque-là puis sortit de la pièce avec Blaine. Sans doute ne voulait-il pas qu'elle entende leur conversation. Avec le fracas des tirs encore dans les oreilles, elle n'aurait de toute façon pas pu entendre grand-chose.

En revanche, le son de la télé lui parvint parfaitement.

Sur l'écran plat, son patron répondait à des journalistes rassemblés pour une conférence de presse.

— Il n'y a pas de menace sur la sécurité nationale, assura Peter Nowak d'une voix claire. Il n'existe absolument aucun moyen de contourner les pare-feu du gouvernement ou autres. Mlle Molenski a effectué une inspection complète de la sécurité des sites, et cette inspection a elle-même fait l'objet de plusieurs vérifications successives.

Claire reconnut un homme parmi les journalistes, un homme qui ne tendait ni micro ni caméra vers Nowak. Leslie Morrison se contentait d'écouter. Comme l'avait soupçonné Ash, Leslie n'avait pas réellement pris sa retraite. C'était lui qui avait vérifié son travail. Il faisait sans doute cela depuis des années.

— Mlle Molenski, poursuivit Peter Nowak, ne dispose d'aucun accès à ces sites ni aux codes confidentiels de Nowak Computer Consulting. Compte tenu des menaces pesant sur sa sécurité personnelle, elle a préféré démissionner.

Claire ne se rappelait pas grand-chose de ce qui s'était passé à la chapelle funéraire et après. Peut-être avait-elle démissionné. Mais plus certainement, elle avait été virée.

Peter la croyait-il impliquée dans le projet de Martin ? Pensait-il qu'ils avaient travaillé ensemble ? Ou la voyait-il comme la principale actrice de cette forfaiture ?

Le bruit d'une porte qui se fermait la fit sursauter, et elle en oublia la télévision. Son job n'avait plus vraiment d'importance. Elle pouvait bien le perdre, elle s'en moquait.

Blaine était revenu dans la pièce. Seul.

— Où est Ash ? s'enquit Claire.

— Parti, répondit l'agent.

— Pourquoi vous l'avez laissé s'en aller ?

Ash était blessé. Qu'il tienne encore debout relevait du miracle. Le sang sur son visage était bien le sien.

— Pour la même raison qu'il vous a laissée vous rendre à ces funérailles, répondit Blaine. Je n'aurais pas pu le convaincre de rester.

Non, songea Claire, son job n'avait plus guère d'importance. Mais Ash, si. Elle ne voulait pas le perdre… Mais avait-il jamais été à elle ?

Le champ de bataille s'était déplacé de la chapelle au terminal international de l'aéroport. Des échanges de tirs avaient éclaté et les balles avaient touché leurs victimes désignées. Les blessés furent emmenés à l'hôpital et les survivants remis aux autorités. Comme le dernier véhicule s'éloignait, Reyes se pencha vers Ash et déclara.

— Ceux-là étaient les tiens.

Il tourna la clé de contact de son SUV.

— Maintenant, on rassemble les miens.

Ash se fichait de qui étaient les hommes de qui. Il voulait juste appréhender tout le monde. Il voulait Claire une fois pour toutes à l'abri du danger. La déclaration de Nowak aux médias avait pu être utile. Si toutefois ses destinataires l'avaient cru…

Reyes lui jeta un coup d'œil et, du pouce, désigna son costume.

— Si tu veux passer inaperçu, pas sûr que ce soit la meilleure tenue.

Ash passa le doigt sur le revers de sa veste et se souvint du terme utilisé par Claire. Un « costard ».

— Je ne veux pas passer inaperçu.

— Vraiment ? s'étonna Reyes. Je croyais que c'était ton truc. Passer incognito, agir sous couverture, entrer tellement dans ton rôle que personne ne puisse s'imaginer que tu es quelqu'un d'autre.

Ce n'était pas le problème. Même lui avait commencé à se prendre pour le petit ami de Claire.

Mais elle, non. Si elle l'avait embrassé, c'était uniquement pour ne pas être prise au dépourvu devant un autre, plus *compatible*. Et si elle avait voulu faire l'amour avec lui, c'était parce qu'elle était bouleversée, désemparée après le meurtre horrible d'un jeune homme qu'elle croyait son ami. Bien entendu, se dit Ash, son sens du mot *ami* était beaucoup plus large que le sien.

Martin Crouch n'avait jamais été son ami.

Un instant, à la chapelle funéraire, Ash avait douté de l'amitié de Reyes. Mais ce dernier avait été là quand il avait eu besoin de lui. Dès qu'il avait pu exfiltrer Claire par cette porte latérale, Reyes les avait chargés dans son véhicule et avait mis pleins gaz avant que d'autres coups de feu ne soicnt tirés. Reyes les avait sauvés. Et il les avait couverts à l'aéroport.

Mais l'endroit où ils se rendaient avec ce SUV était aussi dangereux que tous ceux qu'il avait connus.

— Je ne me soucie plus de couverture, confia Ash.

De toute façon, il en était à peu près certain : aucun des hommes de Reyes n'y croirait.

— Mon seul but est d'en finir avec cette affaire. Je veux que ça se termine une bonne fois pour toutes.

— Est-ce jamais vraiment terminé ? demanda Reyes. Quand cette mission sera finie, une autre commencera. Et c'est tant mieux pour nous, car sans cela nous serions au chômage. Il y aura toujours des méchants sur cette planète.

— Il y a aussi des gentils, observa Ash.

— J'ai rencontré beaucoup plus de méchants, soupira Reyes, révélant un cynisme qu'il camouflait en général sous son humour à froid.

— J'ai rencontré Claire, rappela Ash.

Son ami éclata de rire.

— Et cette petite chose délicate surclasse tous les méchants ?

Ash se crispa. Claire valait tellement plus que les pires combats qu'il avait eus à mener dans sa vie. Cela l'effrayait.

— Oui. Claire les surclasse.

Reyes proféra une suite de jurons colorés.

— Tu ne dois pas penser à elle maintenant. Tu ne dois pas te laisser distraire. Tu dois être à cent pour cent concentré, ou nous n'en sortirons pas vivants.

Ash acquiesça. Il devait rester vivant. Il devait revenir vers Claire et lui exprimer ses sentiments pour elle. S'il n'avait jamais eu besoin de personne auparavant, il avait désormais besoin de quelqu'un. Il avait besoin *d'elle*.

Malgré l'état de sa cheville, Claire ne faisait que marcher de long en large depuis le départ d'Ash. Cela faisait des jours, semblait-il. A ce moment-là, elle aurait dû lui parler, lui dire son amour pour lui, lui faire promettre de revenir à elle.

Le bouton de la porte tourna. Blaine sortit son arme et se plaça entre Claire et la porte. De sa main libre, il lui fit signe de s'éloigner, de s'enfermer dans la seconde chambre de leur suite d'hôtel.

Claire secoua la tête, refusant de bouger. D'accord, ce pouvait être quelqu'un d'autre, une personne qui les aurait suivis depuis la chapelle funéraire — ou aurait suivi Blaine. Mais ça pouvait aussi être Ash.

Et elle voulait le voir. Elle avait besoin de le voir. Désespérément.

— Ne tire pas, dit une voix grave de l'autre côté.

Le battant s'ouvrit sur un bel homme brun. Mais ce n'était pas Ash.

— Reyes..., fit Blaine avec soulagement.

Mais l'agent du FBI était seul. Un frisson parcourut Claire.

— Où est-il ? demanda-t-elle avec anxiété. Où est Ash ?

Les traits de Blaine se crispèrent.

— Bon Dieu, que s'est-il passé, Reyes ?

Il avait perdu sa décontraction coutumière, nota Claire. Il avait les cheveux en bataille et son visage présentait plusieurs contusions. De toute évidence, il s'était battu.

Avec des malfrats ? Ou avec Ash ?

Après la trahison de Martin, Claire s'était demandé à qui elle pouvait faire confiance. Il n'y avait qu'Ash...

Mais il était loin. Et elle était seule avec ces hommes. Deux agents spéciaux en qui Ash avait confiance et qu'il considérait comme ses amis… Mais l'étaient-ils réellement ?

— La plus grande récolte de voyous depuis la Prohibition, répondit Reyes.

Il annonçait cela avec la vantardise d'un petit garçon qui aurait fait la plus grosse prise lors d'une pêche en famille. Ou l'enthousiasme d'un homme qui aimait son métier.

Blaine devait avoir penché pour la première option, car il lâcha un petit rire amusé.

Reyes se tourna vers Claire.

— Vous ne risquez plus rien maintenant. C'est terminé.

— *Vraiment* terminé ? lança-t-elle, dubitative.

— Oui, vraiment terminé.

— Dans ce cas, où est Ash ? Pourquoi il n'est pas avec vous ? Il est blessé ?

L'agent toucha sa lèvre enflée. Peut-être était-ce Ash qui l'avait frappé.

— Il ne l'était pas la dernière fois où je l'ai vu.

— Alors, que s'est-il passé ? insista Blaine.

— Il m'a demandé à qui un joueur pouvait devoir de l'argent dans mon secteur de la ville.

— Martin était joueur…, murmura Claire.

Elle n'avait jamais pensé que les sommes qu'il misait étaient importantes. Mais il devait avoir accumulé des dettes auprès des mauvaises personnes. Se rappelant le spectacle horrible de son corps torturé, elle en conclut à des sommes énormes. Assez pour le pousser à mettre en vente ce qu'*elle* connaissait.

— Tu lui as dit ? demanda Blaine. C'est peut-être la même personne qui a tué l'assistant de Claire.

— Ash en est convaincu, renchérit Reyes en touchant de nouveau sa lèvre. J'ai proposé de l'y conduire, mais il a refusé. Il voulait y aller seul.

Pour elle ? se demanda Claire. Ou pour veiller à ce que justice soit rendue à Martin ? Mais c'était celui-ci qui avait tout déclenché, lui qui était responsable de tant de morts et de blessés. Peut-être justice lui avait-elle été rendue.

Des larmes brûlantes montèrent aux yeux de Claire. Mais ce n'était pas pour son jeune assistant qu'elle pleurait. C'était pour Ash.

— Il veut s'attaquer seul à un assassin ?

— Ash est mon ami depuis le camp d'entraînement des marines, confia Blaine. Nous étions deux gosses effrontés à l'époque.

— Certaines choses n'ont pas changé, murmura Reyes.

— Il a toujours été un solitaire, termina Blaine.

Parce qu'il avait appris très jeune à ne faire confiance à personne, comprit Claire. Le jour où il avait réalisé que ses parents étaient prêts à le sacrifier en même temps que tant d'autres…

Quelqu'un l'avait-il jamais aimé comme elle l'aimait ? Elle aurait dû lui parler. Mais le faire aurait-il changé quelque chose ? Ash se préoccupait plus de son job et de justice que d'amour et de relations humaines.

Il avait des amis mais, au moment où ceux-ci auraient pu l'aider, il les repoussait. Comme il l'avait repoussée, elle.

Survivrait-il à cette confrontation avec un assassin ?

— Vous savez où il est allé… Allez-y. Sauvez-le !

Mais, tout en disant cela, Claire connaissait déjà la suite : au moment où ils arriveraient, il serait trop tard. Quelqu'un serait déjà mort.

Pourvu que ce ne soit pas Ash.

21

Ash aurait dû avoir peur, ou tout au moins les nerfs à fleur de peau en pénétrant dans le QG du plus important prêteur véreux de la partie la plus glauque de Chicago. S'il se sentait détendu, cependant, c'était peut-être parce que celui-ci ne se trouvait pas dans l'habituel bar à strip-tease ou club de billard où officiaient d'ordinaire les prêteurs véreux. Celui-ci officiait dans un salon de thé.

L'établissement prenait les paris et accordait des prêts à taux d'intérêt élevés avec la même fréquence qu'ailleurs.

Ash dut présenter son badge du FBI aux deux malabars postés dehors avant d'être autorisé à franchir le seuil. Il s'attendit à ce qu'ils plongent la main vers une arme que peinait à dissimuler leur veste, ou se contentent de lui écraser le nez de leur poing massif. Au lieu de cela, ils lui ouvrirent avec complaisance la double porte aux vitres teintées.

Peut-être avaient-ils déjà repéré ses renforts, garés de l'autre côté de la rue. S'il avait refusé à Reyes de l'accompagner, il n'était ni insouciant ni stupide. Il ne se serait pas lancé en solo dans une telle entreprise. Vu la taille des appariteurs et de leurs armes, il était bon d'avoir un appui à proximité. Mais les deux hommes hochèrent simplement la tête à son passage. Peut-être leur passivité s'expliquait-elle par le fait qu'ils savaient que tout était fini.

C'était la raison pour laquelle Ash n'avait pas voulu du concours de Reyes. Il préférait que son ami se rendre auprès de Claire, afin de s'assurer que son cauchemar était terminé et qu'elle était une fois pour toutes hors de danger. Ash ne voulait plus la voir aussi effrayée qu'à la chapelle funéraire, ni choquée comme elle l'avait été après coup.

Il avait eu si peur que le sang sur son beau visage soit le sien, qu'elle ait été touchée quand il avait descendu l'homme qui la tenait ! Il n'oublierait jamais son regard hanté à ce moment-là. Mais la suite d'événements avait été trop pour elle…

Alors qu'il s'avançait sur le parquet du charmant salon de thé, une femme leva les yeux de sa table au fond de la salle. Posant devant elle ses cartes biseautées, elle ôta les lunettes perchées sur le bout de son nez pour les laisser pendre sur son sweat-shirt, attachées à leur chaîne en or. Le sweat-shirt aurait plu à sa grand-mère : il était orné de petits chats en velours. Ces vêtements étaient à peu près tout ce dont il se souvenait de la vieille dame au caractère sec. Comme elle n'aimait pas l'épouse que s'était choisie son père, Ash ne l'avait que très peu vue.

La femme devant lui, songea-t-il, se serait bien entendue avec sa grand-mère. Elles étaient pareilles. Des êtres sans cœur.

— Avez-vous finalement renoncé à cette petite blonde ? demanda-t-elle d'un ton plein d'espoir.

Elle n'avait pas participé à ce *speed dating* pour trouver un compagnon. Son intention avait été de faire son offre pour les informations vendues sur Internet par Martin.

Ash n'avait aucune intention de renoncer à Claire. Il hocha néanmoins la tête.

— J'ai fini par comprendre qu'elle n'avait rien à vendre, répondit-il. Pas vous ?

La femme poussa un profond soupir de résignation. Oui, elle avait compris et c'était sans doute pourquoi ses gorilles n'avaient rien tenté contre Ash. *Elle* savait que tout était fini. Selon Reyes, Beverly Holdren menait sa lucrative affaire de prêts à taux usuraires depuis de nombreuses années. Elle avait fait tabasser des gens, jamais fait tuer.

Mais les affirmations incroyables de Martin l'avaient rendue si avide qu'elle avait franchi une ligne qu'elle n'avait jamais franchie auparavant.

— Si.

— Dommage pour Martin Crouch que vous ne l'ayez pas compris plus tôt.

La femme plissa les yeux et considéra Ash comme si elle avait besoin de ses lunettes pour bien le voir. Ou peut-être cherchait-elle à déterminer ce qu'il savait au juste.

Vu qu'elle avait marché dans le bluff de Martin, il décida de lui en servir un de son cru.

— Des traces d'ADN ont été relevées sur les lieux du crime.

Le labo n'avait pas achevé l'analyse des indices recueillis sur place, mais elle n'avait pas besoin de le savoir.

— La scène n'était pas jolie à voir, ajouta Ash avec un petit claquement de langue.

Dommage qu'il ait fallu que Claire soit la première à la découvrir. Elle avait été profondément choquée, ce jour-là aussi. D'une manière générale, elle en avait vraiment trop vu, et c'était en partie à cause de cette femme.

— Martin… m'a déçue, dit-elle sur le ton d'une mamie dont le petit-fils se serait mal comporté.

Mais une mamie n'aurait fait que le gronder, ou au pire lui donner la fessée. Beverly Holdren l'avait fait torturer. Peut-être même y avait-elle participé…

— Les indices laissés sur place ne manquent pas, insista Ash.

En réalité, il ne savait pas du tout ce qui avait été récolté.

— Une fois que nous aurons comparé cet ADN au vôtre et à celui de vos hommes de main, nous en aurons assez pour une arrestation et une inculpation.

Un coup d'œil à l'extérieur lui apprit que ces hommes de main étaient à l'instant même en cours d'arrestation. Avec un peu de chance, il serait possible de comparer leur ADN avec ce qu'avait à offrir le corps martyrisé de Martin.

— Comme, de toute façon, j'irai en prison…, marmonna Beverly Holdren.

Elle leva le revolver qu'elle avait dû garder jusque-là sous le plateau de la table et le pointa sur Ash.

Il fut si surpris qu'il éclata de rire.

Il avait survécu à des terroristes, des miliciens et des gangsters de tout acabit, et il allait se faire avoir par une dame aux cheveux gris armée d'un revolver ?

Claire ne revit plus l'agent spécial Ashton Stryker.

Ash allait bien, cependant. Quelques semaines plus tôt, il avait amené l'assassin de Martin devant la justice. Mais Claire ne tenait pas cette information de sa bouche. C'était ses amis Blaine et Maggie Campbell qui lui avaient appris la bonne nouvelle.

Elle rêvait d'avoir ce qu'ils avaient. L'image d'amour et de bonheur qu'offrait le jeune couple était le reflet du lien qui unissait son père et Pam. Les voir ensemble lui rappelait, si besoin était, combien elle voulait cette qualité de relation pour elle-même. Elle ne la trouverait pas avec Ash. Ash était un homme qui ne s'ouvrait pas à ses amis, un homme qui ne s'ouvrait à personne.

Elle l'aimait, d'accord. Mais elle pouvait aimer de nouveau… Peut-être existait-il quelque part quelqu'un pour elle. Quelqu'un qui l'aimerait en retour. C'était cette idée, cet espoir, qui l'avait décidée à tenter une nouvelle expérience de *speed dating*.

Malheureusement, la séance se tenait au Waterview Inn, l'hôtel même, avec sa moquette aux motifs de feuilles de vigne et de grappes de raisin, où elle avait fait la connaissance de l'agent spécial Ash Stryker. Là, il n'avait aucune raison d'y être. Il ne la croyait plus traîtresse à son pays. Il n'avait plus besoin de l'empêcher de mettre en vente des informations constituant une menace sur la sécurité nationale.

A priori, il n'avait plus besoin de la revoir. Jamais.

La cloche tinta. L'attention de Claire se porta sur l'homme assis en face d'elle. Ses cheveux blonds se raréfiaient et son ventre bedonnait. Mais il n'était pas beaucoup plus âgé qu'elle, et son annulaire gauche ne portait aucune trace de bague. Pour autant, il ne l'attirait pas comme l'avait attiré Ash dès le premier instant.

Il lui parla, mais elle n'écouta pas un mot de ce qu'il lui raconta durant leurs cinq minutes. Qu'elle ne participe pas à la conversation ne semblait pas le gêner le moins du monde.

A la fin du temps imparti, le sourire aux lèvres, il lui serra la main avec l'enthousiasme d'un politicien convaincu d'avoir son vote. Elle n'était même pas sûre de lui avoir donné son nom. Apparemment, il se fichait de ne rien savoir d'elle.

Ash, lui, en savait beaucoup sur elle. Plus que quiconque dans sa vie.

Il savait tout de son passé et ses vœux d'avenir.

Peut-être était-ce la raison pour laquelle il n'était pas revenu la voir après l'arrestation de l'assassin de Martin. Peut-être s'était-il dit que ça ne présentait aucun intérêt, dans la mesure où il ne pouvait lui donner ce qu'elle voulait. Une relation de couple. Une famille.

La cloche tinta de nouveau, marquant le début d'un autre tête-à-tête. Claire leva à peine les yeux sur le candidat suivant. Elle n'eut donc qu'un vague aperçu de ses cheveux noirs, de ses yeux bleus et de ses traits virils lorsqu'il prit place sur la chaise face à elle.

Il avança sa main par-dessus la table.

— Bonsoir, je m'appelle Ash Stryker.

Claire considéra la main et se souvint de la façon dont elle avait caressé son corps, dont elle avait électrisé sa peau. Elle ne la serra pas. Elle ne pouvait ni ne voulait le toucher. Elle éprouvait déjà un désir douloureux de lui. Mais peut-être ce désir ne l'avait-il jamais quittée.

— Et vous ? demanda-t-il comme s'il n'en avait pas la moindre idée.

Elle le fixa mais ne dit rien, refusant d'entrer dans son jeu.

— Nous n'avons que cinq minutes, lui rappela-t-il. Allez-vous vous décider à me parler ?

— Pourquoi ? Sous quelle couverture es-tu aujourd'hui ?

L'amusement fit pétiller le bleu de ses yeux.

— N'est-ce pas un peu inconvenant de parler de couverture ? Nous venons juste de nous rencontrer.

Elle soupira.

— C'est faux.

Mais elle le regrettait. S'il s'était agi de leur première rencontre, elle aurait pu admirer sa beauté ténébreuse, ses épais cheveux noirs, ces iris outremer. Elle aurait pu savourer son humour. S'ils venaient juste de se rencontrer, elle ne saurait pas encore qu'ils n'avaient rien en commun, qu'ils n'avaient pas d'avenir ensemble.

— Oui, c'est faux, reconnut-il. En fait, j'ai le sentiment que nous nous connaissons depuis toujours. Comme s'il n'y avait pas eu une seule seconde de ma vie où tu n'en faisais pas partie, où tu ne faisais pas partie de moi…

Elle manqua de s'étrangler de surprise. Elle ne s'était pas rendu compte qu'il ressentait la même chose qu'elle, comme s'ils étaient deux moitiés d'un tout. Voilà pourquoi elle se sentait si vide, si incomplète sans lui.

Il glissa sa main sous la table.

Claire se crispa et jeta un regard nerveux autour d'elle. En général, lorsque Ash faisait cela, c'était pour saisir une arme sur ses cuisses. Cette fois, il ne sortit pas son pistolet, mais un petit sac en papier rouge brillant qu'il plaça sur la table entre eux.

— Qu'est-ce que c'est ? demanda-t-elle.

Là encore, elle n'avança pas sa main, se contentant de fixer l'objet avec perplexité.

— Regarde, la pressa Ash.

Ses yeux brillaient d'excitation. Il lui rappelait son père, qui avait le plus grand mal à attendre le jour de son anniversaire ou celui de Noël pour lui offrir son cadeau, à attendre de voir sa réaction tant il était certain que ce qu'il avait choisi lui plairait.

Pourquoi Ash pensait-il que son cadeau lui plairait ?

Les doigts un peu tremblants, elle plongea la main dans le sac. Ils rencontrèrent une surface de verre.

Elle sortit… une boule à neige et une mélodie se déclencha. C'était celle de la chanson sur laquelle ils avaient dansé au piano-bar. *I could have danced all night…*

Oui, elle aurait pu danser toute la nuit et regrettait qu'ils ne l'aient pas fait.

A l'intérieur de la boule, un homme brun faisait tournoyer une femme blonde sur une piste de danse.

Claire la secoua, et une pluie de paillette tomba sur eux.

Elle ne put en arracher son regard, stupéfaite.

— Où as-tu trouvé cela ?

— J'ai demandé à ton père qui avait réalisé ce presse-papiers que tu aimes tant. Dieu merci, l'artisan est toujours en activité, et il a accepté de faire celui-ci pour moi.

Claire releva aussitôt les yeux, sidérée.

— Tu as parlé à papa ?

— Bien sûr, répondit Ash avec ce détachement qui la mettait hors d'elle au début. Il fallait que je lui demande la permission.

— La permission de quoi ? De m'offrir une boule à neige ?

Elle était totalement perdue.

— La permission de te demander ta main.

Il tomba à genoux à côté de la table.

— Claire Molenski, veux-tu m'épouser ?

Etait-elle en train de rêver ? Elle devait s'être endormie pendant que l'autre homme lui parlait, et son imagination avait fait le reste. En tout cas, son rêve était incroyable.

La cloche tinta.

— Claire, il faut me donner ta réponse. Nos cinq minutes sont écoulées.

La même panique la saisit que la dernière fois où elle avait vu l'agent spécial Ash Stryker à une séance de *speed dating*. Elle ne pouvait croire à ce qu'il disait ni à ce qu'il faisait. Rien de tout cela ne pouvait être réel et se produire pour de vrai. Cette panique la submergea à tel point qu'elle fut soudain incapable de penser et de respirer. Elle avait besoin d'air. Immédiatement. Au lieu de répondre à Ash, elle se leva si vite qu'elle renversa sa chaise, attrapa son sac et s'enfuit.

— Vous recommencez ! soupira un homme chauve à côté d'Ash. Vous l'avez effrayée, une fois encore.

Il devait avoir assisté à la séance précédente.

Ash tiqua. Ce ne pouvait être lui qui avait effrayé

Claire la première fois. Mais là, c'était lui le coupable, il en convenait. Il avait pensé qu'elle aimerait le presse-papiers, parce qu'il avait pensé qu'elle l'aimait peut-être…

Il n'aurait pu être plus éloigné de la vérité. Jamais il n'aurait dû écouter Blaine, écouter son ami expliquer que si elle était venue jusqu'à sa chambre en claudiquant à cause de sa cheville foulée, c'était par amour. Ça n'avait pas été par amour, mais par simple sollicitude pour un autre être humain.

Il n'était pas l'homme qu'elle voulait, c'était évident. Malgré cela, il avait cru être capable de la convaincre qu'il pouvait l'être. Qu'il pouvait lui donner ce à quoi elle aspirait.

Comme il s'était trompé…

Il ramassa la boule de verre et contempla les figurines à l'intérieur. Le couple semblait si heureux, si amoureux, tandis qu'il tournoyait sur la minuscule piste de danse. Lui était brun et en costume. Elle était blonde et en robe rouge.

Ash avait voulu lui offrir un souvenir aussi parfait que celui où elle était juchée sur les épaules de son père patinant sur un étang gelé. Mais peut-être n'avait-il fait que lui rappeler un moment cauchemardesque, lorsqu'ils avaient failli être tués dans la ruelle derrière le piano-bar, lui rappeler qu'il menait une vie pleine de risques, et que depuis leur rencontre il n'avait fait qu'apporter du danger dans la sienne. Il ne pouvait lui en vouloir de le fuir.

Avec un soupir, il remit la boule à neige dans son sac puis quitta la salle. N'aurait-il pas dû lui courir après ? Tenter de la rejoindre ? Mais, même si sa jambe était assez guérie pour qu'il puisse piquer un sprint, il était trop blessé dans son amour-propre. Son cœur était meurtri. Plus que de la déception, c'était de la détresse qu'il ressentait.

Il avait tant espéré que Claire réfléchisse au moins à sa proposition. Il ne s'était pas attendu à un oui immédiat. Il avait su qu'elle aurait besoin de temps, qu'il lui faudrait la convaincre, ou du moins essayer.

Une onde glacée lui parcourut soudain la nuque. Quelqu'un l'observait. Il s'immobilisa et scruta autour de lui dans la maigre lumière du hall de l'hôtel.

— Tu as parlé à mon père ?

Sa voix douce lui parvenait depuis un recoin sombre, près des portes de la salle à manger.

— Oui, répondit-il.

L'homme qu'il avait rencontré correspondait exactement à l'image qu'il s'en était faite, connaissant l'amour que sa fille lui portait. M. Molenski s'était montré chaleureux et accueillant, et même compréhensif lorsque Ash lui avait expliqué quel idiot il était d'avoir voulu résister à ses sentiments pour Claire.

— Je crois que c'est inconvenant, pesta celle-ci.

— Qu'est-ce qui est inconvenant ?

— D'aller le voir. Un homme ne devrait pas parler à un pèrc tant qu'il n'est pas sûr de la réciprocité de ses sentiments envers sa fille.

Ash ne releva pas.

— J'ai rencontré Pam, également. C'est une femme tout à fait charmante.

Et elle s'était montrée aussi chaleureuse et accueillante que son « jeune » époux.

— Est-ce qu'ils vont bien ? s'enquit Claire d'un ton vaguement inquiet.

Elle avait une telle capacité d'amour — pour sa famille, ses amis, et même son travail…

Alors pourquoi pas pour lui ?

— Ils ont l'air très heureux, assura Ash. Ton père se faisait du mauvais sang pour toi.

Jusqu'à ce que M. Molenski fasse sa connaissance et obtienne de lui la promesse de rendre sa fille heureuse.

Hélas, il avait déjà rompu cette promesse.

Claire soupira et sortit de l'ombre pour le rejoindre au milieu du hall.

— Je l'ai appelé il y a quelques jours. Je regrette de l'avoir fait. Je savais qu'il l'entendrait dans ma voix et se ferait du souci…

— Entendrait quoi ? Tous les méchants étaient sous les verrous et tu étais de nouveau en sûreté. Qu'a-t-il entendu dans ta voix ?

Elle poussa un profond soupir.

— Que tu me manquais.

Peut-être avait-il eu raison d'espérer, finalement. Un fol espoir germait de nouveau au fond de lui. Peut-être ne s'était-il pas totalement trompé dans ce qu'il avait lu en elle.

— Je t'ai manqué ?

Elle répondit par un imperceptible hochement de la tête.

— Je l'espérais de toutes mes forces, avoua-t-il.

Le visage de Claire se rembrunit.

— C'est pour cela que tu es resté loin de moi ?

— Je voulais parler à ton père avant de te revoir.

Parce qu'il le savait : à la seconde même où il

reverrait Claire, il lui demanderait de l'épouser. C'était la raison pour laquelle il avait voulu demander d'abord la permission de son père.

— Mais l'agent assigné à leur protection a été relevé, observa Claire. Tu dois donc avoir fourré ton nez dans mes données personnelles pour savoir où ils seraient, Pam et lui.

Ash se fendit d'un sourire d'enfant pris la main dans le pot de confiture.

— J'ai quelques talents, moi aussi.

— Un hackeur, le taquina-t-elle. Je pourrais te faire arrêter pour avoir piraté mes dossiers.

— C'est probable, convint-il. Si je suis resté loin de toi, c'est aussi parce que la réalisation de ce presse-papiers a pris du temps.

Il avait voulu qu'il soit parfait, dans ses moindres détails.

Saisissant le sac, il en sortit le globe de verre. Claire étudia l'objet, et ses yeux se gonflèrent de larmes.

— Ça en valait chaque minute d'attente, dit-elle. Il est si beau.

— Tu es si belle…

Elle portait de nouveau cette robe rouge qu'il adorait. Mais ce qu'il adorait encore plus était ce qu'il y avait dessous.

— Si intelligente, si drôle, si sexy…

Il ne pouvait plus imaginer sa vie sans elle. Ces dernières semaines loin d'elle avaient été un enfer. Pire que toutes ses missions à l'étranger, pire que toutes ses opérations d'infiltration.

Elle releva la tête, le regarda, puis fit mine de se replonger dans l'examen de la boule.

— Tu m'as vraiment demandé de t'épouser, tout à l'heure ?

Il ne put retenir un sourire devant tant de scepticisme. A sa décharge, elle avait entendu les paroles stupides qu'il avait prononcées devant Blaine, à l'hôpital.

Il hocha la tête.

— Oui, je t'ai vraiment proposé de devenir ma femme.

— Il ne s'agit pas d'une autre couverture ? Tu ne veux pas jouer le rôle de mon fiancé parce qu'un nouveau danger se présente ?

— Je ne veux pas être un fiancé de couverture. Je veux être ton fiancé pour de vrai. Je veux être ton mari pour la vie.

L'espoir remplaça le scepticisme sur le visage de Claire. Elle esquissa un sourire et hocha la tête.

Un bonheur indicible envahit Ash. Cela voulait dire oui ?

— Il y a autre chose dans le sac, dit-il avec un franc sourire. Tu n'as pas dû le voir.

Elle y plongea de nouveau la main et en sortit une petite boîte de velours rouge. Elle se mit à trembler nettement.

— Alors ta demande est vraiment sérieuse…, murmura-t-elle d'une voix grave, altérée par l'émotion.

— Oui.

Elle ouvrit le couvercle et contempla le diamant rond, scintillant, monté sur bague.

— La réponse est oui ? s'enquit-il, plein d'espoir.

— Je ne croyais pas que c'était réel.

— Il ne s'agit pas d'une nouvelle mission sous

couverture, promit-il. C'est bien réel. Comme le sont mes sentiments pour toi.

Le temps n'y ferait rien, ils ne disparaîtraient jamais.

Claire bafouilla presque.

— Je… je croyais que le fait de te voir ici, cette boule de verre, cette demande en mariage, tout cela n'était qu'un rêve. Je croyais que tu n'avais et n'aurais jamais besoin de personne.

Quel idiot avait-il été simplement de le penser.

— C'était une erreur.

— Et ceci, n'est-ce pas une erreur ? demanda-t-elle en levant la bague. Qu'avons-nous en commun ?

Il tapota le globe du doigt, et la mélodie se déclencha.

— Nous aimons danser.

Elle acquiesça en silence.

— Nous aimons nous embrasser.

Elle sourit.

— Je t'aime, dit-il. J'ignorais combien l'on pouvait aimer quelqu'un jusqu'à ce que je tombe amoureux de toi. Pourtant, je t'aime un peu plus chaque jour. Chacun de tes sourires, chaque mot que tu prononces, me fait t'aimer davantage.

Le souffle coupé, elle déglutit et les larmes lui brouillèrent les yeux. Ces larmes étaient-elles de bonheur, se demanda Ash, ou du regret de ne pouvoir répondre à ses sentiments ?

Le doute fut vite levé.

— Moi aussi je t'aime, déclara-t-elle. J'aime ton côté héroïque, ta force mais aussi ta grâce, sans oublier ton humour. Oh ! Je t'aime tellement, Ash.

Stimulé par le bonheur et l'excitation, le cœur d'Ash

se mit à battre à tout rompre dans sa poitrine. Claire l'aimait !

— Je dirais que nous avons plus en commun que la plupart des gens.

— Je suis une souillon, lui rappela-t-elle.

— J'aime cela aussi chez toi. Et nous embaucherons une femme de ménage.

Elle éclata de rire, et la seconde suivante fut dans ses bras. Ses mains volèrent autour de son cou, et elle se dressa sur la pointe des pieds pour l'embrasser.

— J'aime tout de toi.

Il lui rendit son baiser. Il l'interrompit assez longtemps, cependant, pour demander :

— Je ne suis pas trop guindé ? Trop *costard* ?

— Cela aussi, je l'aime chez toi.

Ses yeux verts pétillaient de cet amour qu'elle venait de lui déclarer.

— Tu es parfait…

— C'est vrai, approuva-t-il sans ambages. Mais seulement pour toi. Je te donnerai tout l'amour et toute l'attention dont je serai capable.

Le sourire de Claire s'estompa.

— Quoi que tu puisses me donner, je serai heureuse, dit-elle. Je sais à présent combien tu es occupé à protéger la planète et ses habitants.

Son exagération le fit sourire.

— Toi aussi, tu protèges la planète.

— Tu sais qu'en réalité je n'ai pas arrêté ? Que je travaille toujours chez Nowak Consulting ?

Peter Nowak n'avait fait cette conférence de presse que pour la protéger. Et ça avait marché.

— Je sais *tout* de toi.

— Mais j'ai l'intention de travailler moins, ajouta-t-elle comme un avertissement. Et presque uniquement à la maison, comme Leslie.

— Moi aussi, je lève le pied, annonça-t-il. Je vais effectuer plus de travail administratif et consacrer l'essentiel de mon temps à la formation de nouveaux agents pour sauver la planète.

Claire lâcha un petit cri de surprise.

— Mais pourquoi ?

— Je ne veux plus d'opérations sous couverture. Sauf au sens propre, et avec toi.

Le sourire de Claire revint, plus radieux que jamais. Elle fouilla dans les abysses de son sac fourre-tout et en sortit la carte clé d'une chambre, qu'elle agita sous son nez.

— Que dirais-tu de passer un moment sous couverture avec moi ?

Il secoua la tête.

— Pas avant que tu m'aies donné une réponse. Claire, veux-tu m'épouser ?

— Oh oui ! répondit-elle avec exaltation. Je veux t'épouser, Ash !

Il la souleva alors dans ses bras et la porta jusqu'aux ascenseurs. Il ne pouvait attendre pour commencer leur lune de miel. Il voulait qu'elle soit sienne immédiatement et chaque nuit jusqu'à la fin de leurs jours.

Retrouvez prochainement,
dans votre collection

BLACK ROSE

Une dangereuse collaboration, de Cindy Dees - N°759

Prétentieux, exaspérant... mais tellement sexy ! Chaque fois que son regard croise celui de Reese Carpenter, Yvette Colton sent le feu lui monter aux joues. Un trouble qu'elle a le plus grand mal à cacher depuis qu'ils enquêtent en étroite collaboration pour résoudre un *cold case* vieux de vingt-cinq ans : un double meurtre dont l'auteur est toujours en cavale...

Un protecteur si troublant, d'Elle James

Pour Dallas Jones, revenir à Whiskey Gulch est synonyme d'un nouveau départ, et le poste d'adjointe au shérif lui convient parfaitement. Mais ce qui semblait tranquille au début se transforme bientôt en mission à haut risque. En effet, menacée de mort après la découverte d'un trafic de drogue, elle ne doit la vie qu'à l'intervention d'un homme : Levi Warren, un agent de sécurité qui la rassure et la trouble tout à la fois...

Une épouse à protéger, de Beverly Long - N°760

LE DÉFI DES HOLLISTER – 1/4

En arrivant à Ravesville, Chase Hollister est submergé par une multitude de souvenirs. Mais, très vite, il revient à l'instant présent. Car, s'il est de retour, ce n'est pas seulement pour vendre la ferme familiale, mais surtout pour accomplir la mission qui vient de lui être confiée : protéger Lorraine Taylor, témoin à charge dans le procès d'un dangereux criminel...

La mariée sans mémoire, de Beverly Long

LE DÉFI DES HOLLISTER – 2/4

« Puisque vous avez oublié votre nom, je vais vous conduire aux urgences. » Paniquée, la jeune femme se débat pour tenter d'échapper à l'inconnu qui vient de la secourir. Certes, elle ignore comment elle s'est retrouvée sur cette route enneigée, blessée et vêtue d'une robe de mariée trempée, mais elle sait que si elle va à l'hôpital les hommes qui la recherchent la tueront...

Retrouvez prochainement,
dans votre collection

BLACK ROSE

Sous protection particulière, de Lisa Childs - N°761

Victime ou complice ? Blaine fixe en silence Maggie Jenkins, qu'il vient d'arracher aux mains d'une bande de cambrioleurs. Comment se fait-il qu'après avoir été prise en otage une première fois, lors du braquage d'une banque, cette jeune femme, enceinte de plusieurs mois, se retrouve aujourd'hui au cœur d'un nouveau hold-up ?

Double révélation, de Rita Herron

Joe McCullen a été assassiné… Abasourdi, Roan dévisage Megan Lail, la jeune médecin légiste qui vient de lui faire cette révélation. Puis la phrase le percute à nouveau. Ainsi, le patriarche du clan n'est pas décédé de mort naturelle… Mais qui l'a supprimé ? Et quel terrible secret a-t-on voulu taire par ce crime ?